한강

趙廷來 大河小說 ⑥

제2부 유형시대

해냄

차례

한강

제2부 유형시대 ③

39
검은 머리카락

「비켜요, 난 독일사람이에요!」

금발의 살찐 여자 노인은 병실이 울리도록 갑자기 소리쳤다.

「아 네, 알겠어요. 담당의사를 불러들일 테니 진정하세요. 흥분하면 병세가 나빠질 수도 있으니까요.」

김광자는 주사기를 거두며 웃는 얼굴로 침착하게 말했다. 그러나 그녀의 감정은 싸늘하게 굳어지고 있었다. 한두 번 당하는 일이 아니었지만 감정도 얼굴처럼 웃음을 띨 수는 없었다.

직업의식이 육체적 고통을 이겨낼 수는 있어도 인종 차별이 주는 모독감까지 이겨내지는 못했다. 또한 그녀는 인종 차별까지 이해하며 감정이 상하지 않게 노력할 필요는 없다고 생각하고 있었다. 그녀는 저쪽에서 황인종에게 주사 맞기를 거부하는 것과 똑같이 이쪽에서도 주사 놓기를 거부해 버리는 것으로 인종 차별 문제를 그때그때 해결하면서 잊어버리곤 했다.

「수고 좀 하셔야 되겠어요. 인종주의자가 또 나타났어요.」

김광자는 지체 없이 의사한테 가서 말했다. 의사에게 주사를 놓게 하는 것이 가장 확실한 해결책이면서 보복책이었다. 주사 놓기 싫어하는 백인 의사한테 주사를 맞으며 그 늙은 백인 여자가 미움을 받게 해줘야 했다. 미움이 섞인 주사가 더 아프면 아팠지 덜 아플 리 없었다.

「이거 참 미안합니다. 백인들의 우월주의는 일종의 불치의 정신병이오.」

의사가 어색스럽게 웃으며 의자에서 일어났다.

「괜찮아요. 그렇지 않은 독일사람들이 훨씬 더 많으니까요.」

김광자는 밝게 웃었다. 그건 인사치레가 아니라 사실이었다. 인종 차별 의식은 젊은이들보다는 노인네들이, 남자들보다는 여자들이 많았다.

「이 간호원한테 주사 맞기 싫으십니까? 그러시면 안 되지요. 우리 독일 정부가 이 간호원에게 주사 놓는 자격을 인정했는데요.」

의사가 웃으면서 여자 노인네에게 나긋나긋하게 말했다.

「싫어요, 난 싫어요. 검은 머리 가진 사람이 내 몸에 손대는 건 절대 싫어요.」

여자 노인네는 단호한 태도를 보이며 진저리를 쳤다.

이상하게도 독일사람들은 얼굴이 노란 것보다는 머리카락이 검은 것을 아주 싫어했다. 검은색은 죽음·절망·불길함을 나타내고, 마귀할멈의 치장도 온통 새까맣기 때문이었다.

「그건 아주 잘못된 생각입니다. 누구나 다 똑같은 사람이거든요. 앞으로 이 간호원의 도움을 많이 받아야 하니까 실수한 것을 사과하세요.」

「싫어요. 나 딴 병원으로 가겠어요.」

김광자는 이미 돌아서서 병실을 나가고 있었다. 그런 대답을 다 예상하고 있었고, 더 이상 모독을 당하고 싶지 않았다.

인종 차별은 피부 색깔이나 머리 색깔의 차이로 생기는 것만이 아니었다. 밥을 먹지 않으면 안 되는 것도, 김치 냄새나 마늘 냄새도, 독일말이 서투른 것도 다 인종 차별의 원인이었다. 그러나 그런 것에서 비롯되는 차별은 그나마 괜찮았다.

「당신들도 예수를 믿을 줄 아느냐?」

교회에 나갔다가 들은 말이었고,

「아, 당신들도 베토벤, 모차르트를 이해할 수 있는가!」

라디오에서 흘러나오는 명곡을 감상하다가 이런 말을 들어야 했다.

독일사람들이 한국이 어디인지 모르는 것은 당연했다. 지구본을 가져다가 한국이 어디인지 짚으며, 나라치고 너무나 작은데다 그나마 또 반토막이 난 것에 독일인 모르게 새삼스럽게 놀라고, 독일인들은 그 먼 나라에서 왔다는 것에 놀라고, 그 먼 동양의 작은 나라에 병원이고 간호원이 있다는 것을 도무지 믿으려 하지 않았다.

이런 차별과 무시를 그나마 견뎌낼 수 있는 건 병원생활은 평등했고, 능력 위주로 자격을 평가했던 것이다. 타국에서 살아가려면 몰이해한 소수의 언행은 빨리 잊어버리는 게 상수였다.

「또 기분 상하게 해서 미안해요. 아직도 히틀러주의자가 있는 판이니까 인종주의자가 있는 거야 어쩔 수가 없지요. 인간이란 도대체 어떤 존재인지 알 수가 없어요.」

주사를 놓고 온 의사가 궁색스럽게 말했다.

「아니 괜찮아요. 한두 번 당한 일도 아닌걸요. 저런 환자가 있는 대신 선물 주고 퇴원하는 환자들이 더 많잖아요. 전 독일과 독일사람들을 좋아해요.」

김광자는 환하게 웃으며 말했다. 그건 진심이었다.

꽤 많은 환자들은 퇴원하면서 담당의사와 간호원들에게 선물을 마련했다. 선물은 고마워하는 마음을 담은 조출한 것으로 커피, 초콜릿, 과자 같은 것이었고, 어떤 사람들은 예쁜 카드와 함께 30마르크나 50마르크를 봉투에 넣기도 했다. 그리고 가끔 집으로 초대하는 사람들도 있었다. 독일 의사들은 집으로 초대받는 것을 마치 무슨 상이라도 받는 것처럼 기뻐했다. 그도 그럴 것이, 서양에서는 사람을 집으로 초대하는 것이 상대방에 대한 최고의 호의의 표시이니까 초대받은 의사로서는 자기의 의술이 인정받는 보람스러운 자리가 아닐 수 없었다. 김광자는 의사의 보조자로서 서너 번 그 기쁨을 함께 나눈 적이 있었다.

그런데 그런 자리에서는 꼭 기분 언짢은 일이 생겼다. 한국에도 텔레비전이 있느냐, 냉장고를 쓰느냐. 한국에도 한국의 고유 문자가 있다는 것이냐? 아니, 시인과 소설가가 있다고? 그들의 호의적 관심이 어느새 자존심을 긁는 모독감을 느끼게 하고는 했다.

그러나 해가 바뀔수록 한국 간호원과 광부들에 대한 호감과 신뢰는 독일 사회에 넓게 퍼져나가고 있었다. 그건 한국 간호원들을 겪어본 환자들이나, 광부들을 부려본 탄광회사들에 의해서만이 아니었다. 신문들이 기사로 다루면서 그런 인식은 빠르게 확산되고 있었다. 신문들은 한국의 간호원과 광부들을 취업시킨 것은 아주 성공적이라고 평가하고, 그들은 성실하고 부지런하며 기술 습득이 빠르고, 책임감이 강하다고 쓰고 있었다. 특히, 간호원들이 노인 환자들을 상냥하고 극진하게 간호하는 것은 어른에 대한 공경심이 높은 한국적 전통이 발휘된 아름다운 인간애라고 강조하고 있었다.

노인들이 한국 간호원들을 좋아하는 것은 사실 그대로였다. 한국 간호원들은 어렸을 때부터 생활을 통해서 몸에 밴 어른에 대한 공경심이 저절로 우러나와 노인들에게 예의를 잘 갖추면서 정답게 대했고, 아픈 데를 미리미리 살펴가며 알뜰하게 간호하는 것이 다른 나라 간호원들과 달랐다. 근무경력이 쌓이고 재교육을 통해 독일 간호원의 자격을 획득하는 사람들이 많아지면서 그 인기는 더 높아져갔다. 한국 간호원들이 환자들에게 누리는 인기는 단순히 어른에 대한 공경심 때문이 아니었다. 환자들은 주사를 가장 아프지 않게 놓는 사람들로 한국 간호원들을 좋아했다.

독일 간호원의 자격 획득과 함께 피하주사를 놓을 수 있게 되면서 한국 간호원들의 진가는 발휘되었다. 주삿바늘을 살에 무작정 찔러대는 것이 아니라 주사 놓을 부위를 손바닥으로 가볍게 찰싹찰싹 치면서 바늘을 꽂는 요령, 그것은 한국 간호원들만이 지닌 독특한 기술이었다. 미리 찰싹찰싹 치는 것은 근육을 이완시키는 동시에 그 피부 감각이 바늘이 꽂히는 아픔을 반감시키는 효과를 발휘했다.

한국 간호원들은 독일에 오기 전에 이미 그 기술을 완전히 익힌 상태였다. 간호원 경력이 많은 사람들은 더 말할 것이 없었고 간호학교만 졸업했어도 주사 놓는 솜씨들은 대단했다. 그건 한국 병원에서 주사 놓는 일은 간호원 전담처럼 되어 있기 때문에 철저하게 교육을 시킨 결과였다.

「주사를 놓는 것은 간호원이 해야 할 가장 중요한 임무입니다. 주사를 잘 놓는다는 건 두 가지, 첫째 환자가 덜 아프게, 둘째 부작용이 일어나지 않게 하는 겁니다. 그런데 그건 말로 되는 게 아닙니다. 그 요령을 빨리 터득하는 데는 연습, 연습밖에 없어요. 수천 번, 수만 번 바늘을 찌르다 보면 도를 통하게 돼요. 여러분은 한 근짜리 돼지비계가 너덜너덜해질 때까지 바늘을 찔러대서 열 근은 없앨 각오를 해야 해요. 그래야 요령도 터득하고 자신감도 생겨요. 주사기 들고 떨려서야 주사를 제대로 놓을 수 있겠어요? 여기서 배운 것을 기초로 해서 날마다 연습해요, 연습. 그러면 언젠가는 바늘이 내 손처럼 놀게 돼요.」

학원에서 누구이 강조한 말이었다.

김광자는 간호학교를 나오지 못한 자신의 약점을 보완하기 위해서 독일어를 하는 것보다 더 열심히 돼지비계에 주삿바늘을 찔러대는 연습에 몰두했다. 열 근이 아니라 스무 근을 없앨 각오로. 주삿바늘이 휘어지고 부러지기를 거듭하다 보니 어느 때부턴가 손끝에 감각이 확연해지면서 '주삿바늘을 일부러 찌르는 것이 아니라 자연스럽게 던지는 것 같은 기분'이라는 말이 무엇인지 깨닫게 되었다. 그 즈음부터는 아무리 많이 돼지비계를 찔러도 주삿바늘이 휘어지거나 부러지는 일이 없었다. 그리고 두려움이 사라지면서 자신감이 서서히 붙어갔다.

주사를 놓게 되면서 그 누구보다도 생기를 얻게 된 것이 수간호원 출신 이정옥이었다. 그녀는 귀신같이 주사를 잘 놓아 수간호원 출신의 진가를 유감없이 발휘하기 시작했다. 주사기를 능숙하게 다루는 그녀의 솜씨에 독일의 의사와 간호원들이 다 놀랐지만 더 민감한 반응을 보인 건 환자들이었다. 그녀에게 한 번 주사를 맞아본 환자들은 다른 사람한테는 주사를 맞으려고 하지 않았다. 이정옥의 근무시간이 아닌데도 그녀가 아니면 주사를 맞지 않겠다고 버티는 환자들이 자주 생겨나 그 진가는 자꾸 높아져갔다.

주사에 관한 한 이정옥이 특별 취급을 받게 된 것은 야간근무를 하면서 발생한 사고를 해결한 다음부터였다. 수술을 받고 장시간 링거를 맞고 있는 환자의 팔이 부어올라 환자가 고통을 호소하고 있었다. 혈관주사가 잘못되어 링거가 혈관 밖으로 새나오는 거였다. 살이 많이 찐 그 환자의 혈관이 잘 드러나지 않아 생긴 실수였다. 독일 수간호원이 서너 번 주삿바늘을 찔렀지만 피가 주사기로 역류하지 않았다. 혈관을 빗나간 거였다. 그때마다 환자는 아프다고 소리쳐댔다. 보다 못한 이정옥이 나섰다.

「이리 줘요. 내가 할 테니까.」

「안 돼요.」

수간호원이 냉정하게 고개를 저었다. 한국 간호원들이 혈관주사를 놓는 건 금지되어 있다는 뜻이었다.

「난 한 번이면 돼요.」

이정옥은 검지손가락을 똑바로 세워 보이며 또렷하게 말했다.

「안 돼요. 그걸 어떻게 믿어요.」

수간호원은 더 세게 고개를 저었다.

「그럼 저 환자 어떻게 할 거지요? 밤새도록 링거 안 맞힐 건가요? 그럼 환자가 어떻게 되지요? 규정 따지기 전에 환자를 생각하세요. 난 딱 한 번이면 돼요. 만약 내가 실수하면 바로 한국으로 돌아가겠어요. 그래도 못 믿겠어요?」

이정옥은 자신만만하게 수간호원을 응시했다. 그녀는 자신의 주사 놓는 기술만 믿고 있는 것이 아니었다. 이미 자신이 아니면 주사를 맞지 않겠다고 버티는 환자들이 많다는 사실로 수간호원을 압박하고 있었다.

「좋아요, 환자를 생각해서 딱 한 번이에요.」

수간호원은 자리를 비켜주었다.

이정옥은 숨을 깊이 들이켰다가 내쉬며 침착하게 환자의 팔을 잡았다. 희미한 혈관을 주시하고 왼쪽 손가락 끝으로 감지하면서 주삿바늘을 찔러넣었다. 곧 피가 주사기로 역류했다.

「고마워요. 정말 훌륭한 솜씨예요. 이 사실을 내일 의사한테 그대로 보고하겠어요.」

이정옥이 링거 처치를 끝내고 나자 수간호원이 그녀를 얼싸안았다.

이튿날 이정옥은 의사들이 지켜보는 가운데 응급실에서 혈관주사를 놓아야 했다. 일종의 시험이고 사실 확인이었다.

대여섯 환자의 팔에 바늘을 찔렀는데 그야말로 백발백중이었다. 그래서 이정옥은 혈관주사를 놓을 수 있는 특별한 간호원이 되었다.

「축하해요, 축하해요.」

「참 잘됐어요.」

한국 간호원들은 다같이 입을 모았다.

「그러면 뭘 해. 수간호원으로 올려줘서 월급을 더 주는 것도 아니고. 그래 봐야 삼류 국가 코리안일 뿐이지.」

이정옥은 그녀 특유의 입바른 소리로 얄미움을 드러냈다.

「그래도 한국사람 자존심을 세운 게 얼마예요.」

「그럼요. 선배님 덕에 저희들도 덩달아 값이 올라가잖아요.」

「아이고, 그 선배님 소리 참 오랜만에 듣겠네.」

「죄송해요. 앞으로는 귀가 아프시도록 선배님이라고 부를게요.」

이정옥의 주사 놓는 솜씨는 한국 간호원들도 모두 감탄할 정도였다. 세월을 따라 쌓아올린 관록이란 함부로 범접할 수 없는 것이었다. 김광자는 이정옥의 그 능력을 진정으로 높이 여겼다. 그리고 배우려고 노력했다.

며칠이 지나 점심을 먹으려고 식당에 가기 전에 기숙사로 들어선 김광자는 분위기가 이상한 것을 느꼈다. 간호원들이 끼리끼리 모여 수선스런 몸짓으로 숙덕거리고 있었다. 끼리끼리란 국적별로 수다를 떠는 것이었다. 제일 많이 모여 마구 담배를 피워대고 있는 것은 독일 간호원들이고, 그 옆에 서너 명이 유고 간호원이었고, 담배를 전혀 안 피우고 있는 맨 끝쪽이 한국 간호원들이었다. 늙다리 처녀가 많은 독일 간호원들은 유별나게 담배를 많이 피웠다. 유고 간호원들도 더러 피웠는데 한국 간호원들은 단 한 명도 피우지 않아 그것도 이상스럽게 보였고, 흥거리가 되었다.

「얘, 얘, 큰일났다, 큰일났어.」

정남희가 김광자에게 쪼르륵 달려와 수선을 피웠다.

「무슨 일이 있는 모양이지?」

「있는 모양이지가 아니야, 얘. 결국 우리 병원에서도 터지고 말았어.」

「뭐가?」

「그거 있잖아, 간호장학생 사건!」

정남희가 김광자의 어깨를 살짝 쳤다.

「뭐라구? 그럼 주선녀도 당했단 말이니?」

김광자는 자신도 모르게 목소리가 커졌다. 그녀는 순간적으로 소용돌이치는 의식 속에서 지난날의 자신의 모습을 보고 있었다.

「그래 글쎄. 오늘 만나는 날이라 기숙사로 찾아갔더니 글쎄 닷새 전에 벌써 떠나고 없더랜다. 지금 울고불고 야단났다.」

수다스럽게 말하는 정남회의 얼굴에 이상야릇한 웃음이 담겨 있었다.

「다 알게 그러면 어쩌지. 괜히 망신스럽기만 한데……」

김광자는 난색이 되며 중얼거렸다.

「그러니 글쎄, 이 세상 남자라는 것들 다 도둑놈이란 말이 맞다니까. 한두 놈도 아니고, 한두 푼도 아니고, 그리 도움받은 놈들이 어쩜 그렇게 깨끗하게 배신하고 돌아설 수가 있니, 그래.」

정남회는 점점 신바람이 일고 있었고,

「꿩 먹고 알 먹고 튀는 거야 원래 사내놈들 심보 아니야? 사내놈들이 그리 노는 거야 영화고 소설에서 수없이 봐왔고, 또 눈앞에서 남들 당하는 걸 봤으면 속들 차렸어야지. 하긴 뭐 박사님의 사모님 되실 욕심에 눈이 어두워 나야 설마 하신 거겠지. 설마가 사람 잡는다는 옛말이 꼭꼭 들어맞는 줄 모르고. 그리고 솔직히 말해서 여자 쪽에서도 꼭 손해만 봤나 뭐? 남자 없으면 그 깨 쏟아지는 재미 어떻게 봐아?」

이정옥은 또 입바른 소리를 참지 못하고 있었다.

「그렇게 말하면 어떡해요. 주선녀는 하늘이 무너진 건데.」

김광자는 어쩔 수 없이 상을 찌푸렸다. 정남회가 그렇고, 이정옥의 반응이 그런 것처럼 여자들이 가장 좋아하는 구경거리는 다른 여자의 사랑이 깨지고 망가지는 것인지도 몰랐다. 하늘같이 믿었던 사랑의 배신 앞에서 여자의 심신은 불길 속에서 타는 나무토막과 다를 것이 없었다. 김광자는 그 쓰라리고 외로웠던 상처가 되살아나는 것을 느끼며 주선녀의 방 쪽으로 걸음을 서둘렀다.

「몰라, 몰라, 난 죽을 거야. 이대로는 못살아, 난 못살아……」

울음에 섞인 이런 소리가 들려왔고,

「세상에, 그따위 인간이 어딨니. 그따위 인간 말종이 박사학위를 따면 뭘 해 글쎄. 아휴, 그걸 그냥……」

한국식의 야단스러운 울음을 그치게 하려는 것인지, 불붙은 감정에 더 부채질을 하는 것인지 모를 이런 말이 뒤를 잇고 있었다.

김광자는 잠깐 멈칫했다가 방문을 안으로 밀었다. 주선녀를 위로하고 어쩌고 하기 전에 모든 사람들의 구경거리가 되고 있는 상황을 수습해야 된다는 생각이 앞섰다.

「주선녀 씨, 참 안됐네요. 행복하길 바랐는데……. 근데 저어……, 밖에 사람들이 다 모여서 수군거리고 있어요. 한국으로 돌아갈 거 아니고 여기서 계속 일할 거잖아요. 슬프고 괴로운 처지에 괜히 망신까지 사서 할 건 없잖아요. 그만 실례하겠어요.」

김광자는 목례를 하고 돌아섰다. 그녀는 자신보다 1년 먼저 온 주선녀가 어서 냉정해지기를 진심으로 바라고 있었다. 사랑의 상처는 어쨌거나 스스로 핥고 어루만지며 치유할 수밖에 없었다. 자신이 겪었던 아픔을 솔직하게 털어놓으며 위로하면 확실히 효과가 있겠지만 괜히 과거를 들춰내 다른 사람들에게 손가락질당할 수는 없었다. 다만 주선녀가 자신처럼 임신을 하지 않았기를 바라고 있었다. 한국에서는 임산부 마음대로 낙태수술을 할 수 있지만 독일에서는 엄격하게 금지되어 있었다.

「뭐랬길래 울음을 뚝 그쳤니?」

정남희가 성급하게 물었다.

「가! 배고프다.」

김광자는 복도를 빠르게 걷기 시작했다. 독일과 유고의 간호원들도 그들 특유의 제스처를 쓰며 발길을 돌리기 시작했다.

「글쎄 그러니까 유학생들보다는 광부들이 더 낫다는 말이 왜 생겼겠어. 거 뭐라더라, 끼리끼리 격에 맞는 사람들이 어울려야 한다는 유식한 말. 높고 높은 박사님들께서 글쎄 우리 같은 고졸짜리들을 왜 좋아하겠어. 다 임시변통으로 이용해 먹고 속여먹으려고 흑심 품고 덤비는 건데 우리가 괜한 꿈 꾸다가 당하는 거지. 우리한테는 같은 고졸짜리 광부들이 딱 어울려. 그치?」

정남희는 김광자의 빠른 걸음에 발을 맞추며 입을 놀렸다. 김광자는 자신을 속이며 임신까지 시켰던 이동원의 얼굴을 지우려고 애쓰며 말대꾸할 것도 잊고 있었다. 이동원과 '간호장학생'들……, 그런 사람들의 공통점은 사랑이라는 가면을 쓰고 계속 거짓말을 하면서 상대방의 몸까지 빼앗는 것이었다. 인간……, 남자……, 그녀는 또 어지러운 회의에 감기고 있었다.

김광자는 며칠째 주선녀를 지켜보고 있었다. 그녀는 보기에 딱할 정도로 허물어지고 있었다. 다시는 소리내어 울지는 않았지만 웃음기 사라진 얼굴에는 그늘이 가득했고, 저러다가 내쫓기지 않을까 싶을 정도로 병원 일도 마지못해 하고 있었다.

「주선녀 씨, 너무 괴로워하지 말아요. 나도 비슷한 과거가 있어서 하는 말인데, 인생의 목표를 새롭게 바꿔봐요. 난 그 상처에서 벗어나려고 독일에 왔고, 여기 와선 의사가 되기로 결심했어요. 자기는 자기자신이 구할 수밖에 없어요.」

김광자가 주선녀와 단둘이 있는 시간을 만들어 한 말이었다.

「어머! 그래서 공부를 그리 열심히 하는군요. 광부고 뭐고 남자들은 거들떠보지도 않고.」

주선녀는 슬픔이 가득한 눈으로 김광자를 절실하게 바라보았다.

「그러니까 권하고 있잖아요. 처음엔 쉽지 않지만 애를 쓰면 돼요.」

「그럼 저를 좀 도와주세요. 복수하러 갈 수도 없이 여기서 돈을 벌어야 할 형편이니까 저도 그 일을 빨리 잊고 싶어요.」

「그래요. 우리 자주 얘기합시다.」

김광자는 손을 내밀었다. 그 손을 잡는 주선녀의 손이 떨리고 있었다.

김광자는 날마다 주선녀와 한 시간 정도씩 얘기하는 시간을 가졌다. 솔직한 서로의 얘기였다. 그러나 김광자는 자신의 임신과 낙태는 철저히 감추었다. 그러던 어느 날 김광자가 물었다.

「혹시 저어, 임신할 염려는 없어요?」

「네에, 미리……, 했어요.」

「참, 잘했군요. 그럼 더 걱정 없어요.」

김광자는 한국에 비해 거의 완벽한 독일의 피임 기구들을 생각했다. 그리고, 임신과 낙태를 겪지 않아도 되는 주선녀의 상처가 치유되기는 그리 어려운 일이 아닐 것 같았다.

방문 앞으로 다가서던 김광자는 문틈에 꽂힌 편지를 반갑게 뽑았다. 자신에게 소식을 보내오는 유일한 사람, 남동생 선태의 편지였다. 김광자는 편지 봉투를 서둘러 뜯으며 가슴이 두근거리기 시작했다.

"……누나 참 면목없게 됐어. 이번에 또 실패야. 이번에는 꼭 붙으려고 사력을 다했지만 또 낙동강 오리알이니 난 아무래도 재주가 모자라나 봐. 어머니, 형, 누나를 모두 생각해서라도 이번에는 악착같이 패스하려고 했는데……, 미칠 것만 같애. 어머니와 누나한테 죄송하고 면목 없는 것도 죽을 지경이지만 형한테 무시당하는 것은 정말 환장하겠어. 형은 더욱더 나를 사람 취급하지 않게 생겼으니 앞으로 자주 만나기는 점점 더 어렵게 될 거야. 형이 우리 형제들을 창피스럽게 생각하는 형편에 누나가 서독에 가지 않았더라면 우리는 어떻게 되었을지 생각만 해도 끔찍해. 그런데 내가 보기 좋게 고시에 패스하지 못하고 타국에서 고생하는 누나 돈만 받아 쓰고 있으니 이 못난 신세 그만 죽고 싶어……."

김광자는 동생의 편지를 책상에 떨어뜨리며 의자에 주저앉았다. 동생은 두 번째 고시 실패였다. '바보 같이!', '이런 것도 몰라!' 이런 오빠의 말이 들리는 것만 같았다. 그건 어렸을 때부터 오빠가 동생들한테 써온 말이었다. 언제나 1등만 하는 오빠 앞에서 4·5등, 6·7등 하는 동생들은 바보일 뿐이었고, 공부까지 잘하는 장남의 그런 위세를 아버지나 어머니는 당연한 것으로 생각했다. 자신은 독일로 도망쳐 나왔지만, 동생 선태는 하필 오빠하고 같은 길을 택해 거듭 실패하고 있으니 딱하기 이를 데 없었다.

김광자는 자신도 모르게 깊고 긴 한숨을 쉬며 동생의 편지를 다시 집어들었다.

일요일을 맞아 김광자는 머리를 정성스레 빗고 옷도 새로 다려 입었다. 언제부터인가 일요일이 오면 맑고 푸르른 새로움을 느끼게 되었다. 교회에서 얻게 된 빛이고 안식이었다. 그녀는 경건한 마음으로 성경을 들고 방을 나섰다.

「진정으로 주 예수 그리스도의 축복을 받고자 하면 예수께서 실천하신 바를 바르게 따르십시오. 예수께서 실천하시고자 하신 것은 사랑이었습니다. 예수께서 가르치시고자 하신 것은 처음서부터 끝까지 사랑이었습니다. 그 사랑은 나 자신만을 위하는 이기적인 사랑이 아니었고, 내 가족만을 위한 편협한 사랑이 아니었습니다. 예수님의 사랑은 나 아닌 남, 나 아닌 수없이 많은 남들을 내 몸처럼 사랑하는 것이었습니다. 그 하늘처럼 넓고 바다처럼 깊은 사랑을 일러 박애라 했습니다. 예수님께서는 그 박애의 실천을 십자가에 못박힘으로써 우리에게 증거하셨습니다. 그리고, 더하여 부활하심으로써 그 박애가 영원불변한 생명임을 재차 증거하셨습니다. 주 예수 그리스도의 부활은 무덤에서 끝나는 것이 아니라 여러분의 가슴, 가슴마다에서 계속 부활할 때 비로소 영원불변의 부활이 되는 것입니다. 그럼 여러분의 가슴, 가슴마다에 예수님께서 부활한다는 의미는 무엇입니까. 그건 바로 나 아닌 남을 내 몸처럼 사랑하는 예수님의 마음으로 박애를 실천하는 것입니다. 그 과업을 성실히 수행하는 그 순간 여러분은 예수님의 축복을 최고로 받고 있는 것입니다. 예수님의 마음을 간직한 사람, 그보다 더 큰 행복이 어디 있으며, 그보다 더 큰 축복이 어디 있겠습니까. 그러나 우리는 이기심 때문에 그 가르침을 너무나 쉽게 잊어먹고, 잊어먹고 또 잊어먹습니다. 그러고는 예수님을 향하여 나만을 위하여, 내 가족만을 위하여 복을 달라고 기도하기 일쑤입니다. 그런 기복은 한없이 그릇된 믿음이며, 예수님의 부활의 가르침을 역행하는 어리석음입니다. 날마다 여러분의 가슴에서 예수 그리스도께서 새롭게 부활하도록 기도하십시오. 그리고 예수님의 마음을 지니고 나날의 일을 해나가십시오. 그러면 하는 일마다 즐겁고 기쁠 것이며, 그 즐거움과 기쁨이 바로 주 예수 그리스도의 축복입니다. 전 인류가 그렇게 될 때 천국은 바로 우리 앞에 펼쳐지게 되는 것입니다.」

이런 설교를 들을 때마다 자신의 마음을 되짚게 되고, 병원 일의 고달픔을 이겨낼 수 있는 힘을 얻고는 했다.

김광자는 정남희의 방문에 손기척을 냈다.

「응, 들어와. 문 열렸어.」

「아니, 누군 줄 알고 무조건 들어오래?」

김광자는 방으로 들어서며 정남희에게 눈을 흘겼다.

「그야 노크 소리 들으면 누군지 몰라? 식구가 많아도 대문 흔드는 소리 듣고 누군지 아는 것이나 마찬가지지.」

정남희가 옷을 갈아입으며 대꾸했다.

「오늘도 교회는 안 가?」

「미안해. 오늘은 양로원에 가기로 했어.」

정남희가 어색하게 웃었다.

「미안하기는. 평일에도 하루도 빼지 않고 아르바이트를 하면서 일요일까지 그러는 건 너무 과한 것 아닌가? 그렇게 과로해서 몸이 어떻게 견디겠어.」

「그럼 어떡해. 동생들은 줄줄이고 돈 버는 사람은 나 혼자뿐인걸.」

정남희가 슬픈 웃음을 지으며 한숨을 쉬었다.

「아무리 그래도 일요일 하루는 쉬어야지. 몸이 쇳덩어리가 아닌데 그러다가 병나면 어쩌려고.」

「괜찮아. 한국에선 잘먹지도 못하면서 그렇게 일했는데 여기선 잘먹으니까.」

「아니, 이건 무슨 약이야?」

김광자는 책상 위에 있는 약병을 집어들었다.

「응, 아스피린. 몸살 기운이 좀 있는 것 같아서 두 알 먹었어.」

「거 봐. 과로하니까 그렇잖아. 피로는 쉬어서 풀어야지 약을 먹으면 어떡해. 아스피린을 먹는 건 임시변통이고, 이것도 이로울 것 없는 약이라고. 명색이 간호원께서 왜 그리 무식하게 구셔?」

「장래 의사선생님, 그만 좀 바가지 긁으세요. 쉬어야 될 만큼 피곤하면 쉬겠습니다요.」

정남희는 짓궂은 웃음을 지으며 나가자는 손짓을 했다.

「양로원에는 혼자 가?」

「아니, 주선녀하고.」

「주선녀는 마음이 좀 정리된 것 같애?」

「모르겠어. 겉으로는 아무렇지도 않은 것 같지만 속마음은 어떤지. 그 상처가 평생 잊혀지겠어? 첫사랑인데다가 뼛골 빠지게 아르바이트까지 해가며 뒷바라지해 주다가 당한 건데. 그 인간 독일 박사 돼서 돌아갔으니까 틀림없이 교수님 되셨겠지? 그 인간도 학생들에게 양심적으로 살아라, 올바르게 살아라, 하겠지? 그걸 생각하면 소름 끼치고 기막혀.」

정남희는 방을 나서며 몸서리를 쳤다.

「그래, 나도 그 생각을 하면 끔찍스러워져. 어쩌자고 그렇게들 남을 속이고 사는지. 사업하는 것도 아니고 사랑이라는 것을 놓고…….」

　김광자는 얼결에 짙은 한숨을 쉬었다. 마음속에는 아무런 시차도 거리감도 없이 또 이동원이 가득 들어찼다. 독일로 오면서 그를 완전히 잊으려고 했다. 지저분한 쓰레기를 말끔히 쓸어내 버리듯 그와의 기억을 깨끗하게 지우려고 했다. 그러나 야속하게도 그 일은 뜻대로 되지 않았다. 주선녀도 두고두고 그 상처에 시달리게 될 거라고 생각했다.

　「양로원은 다른 병원이나 꽃집 같은 데보다 더 많이 주나?」

　「그럼, 일요일 근무잖아. 그리고 양로원 노인들은 뒷수발을 해주긴 해도 병자들이 아니잖아. 병자들 안 보고 일요일 수당까지 받으니까 아르바이트하기로는 양로원이 최고인 셈이지.」

　주선녀는 기숙사 앞에서 기다리고 있었다.

　「오래 기다렸어요?」

　정남희가 밝게 웃으며 인사했다.

　「아니, 금방 나왔어요. 성경 든 광자 씨 모습이 잘 어울리네요.」

　주선녀가 두 사람에게 눈인사를 했다.

　「일요일에는 교회 나가고, 의사선생님 될 공부하느라고 아르바이트는 딱 발 끊고, 김광자가 최고 팔자지요 뭐. 너무 부러워서 배가 다 아프려고 해요.」

　정남희가 정말 샘나고 기분 상한다는 기색으로 말했다.

　「남희 씨는 나보다 덜하네요. 난 너무 배가 아파 마구 설사가 나요.」

　주선녀의 대꾸에 그들은 모두 웃었다.

　「근데 이게 그냥 웃을 일이 아니라구요. 광자 애 먼저 온 사람들 제쳐 놓고 독일어 제일 잘하는 것 보세요. 좋은 머리에 날마다 공부를 그리 열심히 해대니 언젠가 의사가 되는 건 틀림없다구요. 그런데 그때도 우린 간호원 신세일 테니 얼마나 비참하고 초라하겠어요. 그땐 광자하고 천 리 밖에 떨어져 살아야 해요.」

정남희가 과장된 몸짓을 했다.

「난 싫어요. 써주기만 한다면 광자 씨 병원에서 간호원 노릇 하겠어요.」

주선녀의 대꾸였다.

「아니, 그건 또 무슨 초 친 맛이에요?」

「광자 씨는 이해심이 많잖아요. 날 괄세하는 게 아니라 마음 편하게 해줄 테니까.」

「예, 그건 그래요. 애는 이상하게 철든 소리, 유식한 소리는 혼자 다 해요. 애, 그럼 우리 둘 다 써줄래?」

「아니, 발걸음도 못하게 할 거야.」

김광자의 대꾸에 그들의 웃음소리는 다시 조용한 병원의 구내에 명랑하게 퍼지고 있었다.

「그럼 교회에 잘 다녀오세요.」

주선녀가 손을 들어 인사했고,

「네, 수고하세요. 너무 무리하진 말구요.」

김광자도 손을 흔들며 돌아섰다.

김광자는 혼자 천천히 걸었다. 그녀는 문득 가로수의 잎들이 변색해 가는 것을 느꼈다. 어느덧 또 한 해가 저물어가는 독일의 가을이 오고 있었다.

40
내 죽음을 헛되이 말라

　어둠 속에서 어둠보다 더 짙게 드러나는 산의 자태는 육중하고도 우람했다. 낮의 산과 달리 야릇한 신비감과 두려운 위압감을 자아내고 있는 밤의 산은 무수한 별들의 조명을 받아 어떤 종교적 경건함까지 지니고 있었다. 겨울별들에 비해 훨씬 가깝고 크게 보이는 여름별들의 반짝거림은 어지러울 지경으로 현란했다.

　자정이 넘은 산속에는 깊은 적막뿐 풀벌레 소리 하나 들리지 않았다. 산의 정기에 꺾여 초저녁의 더위는 자취 없이 가시고 산골에서는 서늘한 기운이 번져나고 있었다.

　무릎을 꿇은 전태일은 어둠 속의 산과 하늘을 우러르고 있었다.

　주여! 당신을 닮은 용기를 주소서. 죽음의 십자가를 두려워하지 아니하신 당신의 용기를 베풀어주소서. 가난한 자, 병든 자, 버림받은 자들을 한없이 사랑하시고, 그 불굴의 실행으로 스스로를 버리신 주님을 감히 따르고자 하나이다. 감히 주님을 따르고자 하는 저의 마음속에서 예수 그리스도께서 부활하심을 똑똑히 목도하고 있나이다. 나약한 저의 마음이, 밤과 낮이 다르게 변덕을 부리는 저의 마음이 저 돌덩어리로 뭉친 산봉우리처럼 단단하게 굳어지도록, 주여! 힘과 용기를 주소서.

전태일은 또 어김없이 기도하고 있었다. 밤마다 기도를 할 때면 마음이 돌덩어리로 단단해지고 쇳덩이로 강해지는 것을 느꼈다. 그러나 날이 밝아지면 그 마음은 어느새 흔들리고 허물어지고는 했다.

바위를 깨서 기도원의 터를 닦고, 괭이질과 삽질을 해대고, 면장갑이 붉게 물들도록 손을 다쳐가며 석축을 쌓아올리고, 우물을 파고 하면서 산에 머물 때는 그래도 마음의 동요가 덜했다. 그러나 목재를 나르려고 리어카를 끌고 남대문시장엘 나갈 때면 마음의 파문은 아주 심해졌다.

'바보짓하지 마. 재단사 월급이면 네 식구가 고생 안 하고 살 수 있어. 눈치껏 요령껏 그냥 편히 살아. 다 그렇게 살잖아. 괜히 앞에 나서봤자 누가 알아주지도 않고 손해만 봐. 뭐 하려고 고생 사서 하고 그래……'

이런 속삭임과 소곤거림이 마음을 흔들고 어지럽혔다.

시내의 휘황한 상점들, 활기가 넘치고 있는 거리들, 자기네들 일에 바빠 분주하게 오가고 있는 사람들……, 그런 것들이 유혹의 손짓을 하고 있었다.

밤의 마음과 낮의 마음이 그렇게 다른 것을 안타까워하며 전태일은 매일 밤 기도를 거르지 않았다. 그는 일꾼들 사이에서 '벙어리'로 소문나 있었다. 생각 깊은 얼굴로 다른 사람들과 거의 말을 하지 않은 채 일손만 부지런히 놀리고 있는 전태일은 벙어리나 다름이 없었다. 언제나 남들보다 일을 빨리 마치는 그는 혼자 지하실로 내려가 책을 펴들곤 했다. 그건 어느 곳으로 자리를 옮기거나 가지고 다니는 『근로기준법』 책이었다.

하루하루 지나가면서 기도원의 모습이 차츰차츰 이루어져 가듯 전태일도 자신의 마음속에 기도의 탑이 한 층, 한 층 쌓여 올라가는 것을 보고 있었다. ……두 달이 가고, 석 달이 가고……, 그 탑은 낮에도 흔들리거나 허물어지지 않게 되었다.

"이 결단을 두고 얼마나 오랜 시간을 망설이고 괴로워했던가? 지금 이 시각 완전에 가까운 결단을 내렸다.

나는 돌아가야 한다.

꼭 돌아가야 한다.

불쌍한 내 형제의 곁으로, 내 마음의 고향으로, 내 이상의 전부인 평화시장의 어린 동심 곁으로. 생을 두고 맹세한 내가, 그 많은 시간과 공상 속에서, 내가 돌보지 않으면 아니될 나약한 생명체들.

나를 버리고, 나를 죽이고 가마. 조금만 참고 견디어라. 너희들의 곁을 떠나지 않기 위하여 나약한 나를 다 바치마. 너희들은 내 마음의 고향이로다……

오늘은 토요일. 8월 둘째 토요일. 내 마음에 결단을 내린 이날. '무고한 생명체들이 시들고 있는' 이때에 한 방울의 이슬이 되기 위하여 발버둥 치오니, 하느님, 긍휼과 자비를 베풀어주시옵소서."

전태일은 글 끝에다 '1970년 8월 9일'이라고 적었다. 그 손이 가늘게 떨리고 있었다. 그는 삼각산에서 4개월 정도 보내면서 마음을 다지고 다져 마침내 '나를 버리고, 나를 죽이고 가마'라고 분명하게 새긴 결단의 비석을 세우게 되었다.

전태일은 죽음을 각오하고 '한 방울의 이슬이 되기 위하여' '무고한 생명체들이 시들고 있는' 인간지옥 평화시장을 향하여 산을 내려갈 채비를 했다. 모든 것을 다 버린 자신에게 남은 것은 오직 하나, 사람답게 살기 위해 투쟁하는 길뿐인 것을 그는 응시하고 있었다.

9월 들어 평화시장에 나타난 전태일은 산에서처럼 손질 안 된 긴 더벅머리가 아니라 빡빡 깎은 모습이었다. 그 빡빡머리는 대통령의 특별명령으로 8월부터 실시한 '장발 단속'에 걸려 깎인 것이 아니었다. 그는 노동운동을 새롭게 할 결심으로 삭발을 한 것이었다. 그런데 이상한 모습으로 오랜만에 나타난 그를 보고 사람들은 '저 사람 큰집 갔다 온 모양'이라고 수군거렸다.

형무소 생활을 했을지도 모른다는 쑥덕공론이 하루빨리 취직을 해야 할 전태일에게 유리할 리 없었다. 당장 돈도 급했고, 노동운동을 제대로 하려면 평화시장 안에 근거를 잡아야 했다. 모자를 푹 눌러쓰고 한동안 평화시장을 떠돌던 그는 마침내 일자리를 얻게 되었다. 지난 1년 동안 노동운동을 선동하고 다니는 놈이라는 소문이 가라앉아 있었고, 업주가 바뀐 공장도 더러 있어서 겨우 취직이 된 거였다.

취직이 해결되자 전태일은 다시 사람들 규합에 나섰다. 그는 친구 김개남과 함께 그동안 흩어져 있었던 바보회 회원 여섯을 모을 수 있었다. 그리고 새로운 재단사들에게도 손을 뻗쳤다.

추석 대목이 지나 일거리가 줄어들게 되자 전태일은 여유시간을 내서 동양방송을 찾아갔다. 〈시민의 프로〉에 나가서 봉제공장들의 실태를 알리고, 자신들의 요구를 내세우려는 것이었다. 그는 프로 담당자에게 자료를 설명하고, 공원들의 입장을 세상에 호소할 수 있는 기회를 달라고 간청했다. 그러나 담당자는 고개를 저었다. 방송을 하기에는 자료가 부족하니 좀더 자세하고 체계적으로 정리해 다시 와보라고 했다.

「하루에 열네다섯 시간씩 일을 한다고요?」

프로 담당자는 고개를 갸웃갸웃했다.

「예, 열여섯 시간일 때도 많습니다.」

「이거 참……. 잠 안 오는 주사를 맞으며 일한다는 게 사실이오?」

「예에, 며칠 전 추석 대목 때도 그랬습니다.」

「이거야 원……. 천장 높이가 정말 1미터 50센티미터가 맞아요? 지금 내 키가 1미터 70인데.」

양복을 빼입은 프로 담당자는 도저히 믿을 수 없다는 얼굴이었다.

「그렇게 믿기지 않으시면 지금 당장 저와 함께 가보시지요. 30분이면 그런 것들을 전부 확인하실 수 있습니다.」

전태일은 그의 팔을 곧 잡아끌 기세로 의자에서 일어났다.

「아니, 아니, 내가 지금 곧 방송시간이라 시간이 없소. 다음에 다시 봅시다.」

프로 담당자는 당황스럽게 팔을 내저었다.

전태일은 무거운 발길로 방송국을 나왔다. 정말 서소문의 방송국에서 청계천6가까지는 버스를 타더라도 미처 20분이 걸리지 않았다. 더구나 택시를 타면 10분 이내에 평화시장에 도착해 그가 의문스러워하고 믿기 어려워하는 모든 것을 두 눈, 두 귀로 똑똑히 보고 들을 수 있었다. 그러나 그 사람은 바쁘다는 핑계로 그 일을 외면했다.

전태일은 그 사람의 양복과 자신의 작업복을 비교하며 쓰게 웃었다. 신발을 벗어야 되지 않을까 싶을 정도로 으리으리하게 꾸며진 방송국 건물도 자신들이 일하는 공장과는 너무나 하늘과 땅 차이였다. 양복쟁이들만 모여서 일하는 방송국, 그곳은 천국이었다. 천국에 사는 사람이 지옥의 형편을 알 리 없고, 지옥에 관심이 있을 리도 없었다. 전태일은 마음을 닫으며 길을 건넜다.

이 수많은 사람들은 왜 이리들 바쁜가. 이들은 무엇을 위해 사는 것일까……? 사람들이 이렇게 불어나고 있는 서울은 과연 사람이 살 만한 곳인가……? 천당과 지옥이 서로 등을 맞대고 동거하는 곳, 서울은 끔찍스러운 곳이었다.

이런 생각을 하며 사람들에게 밀려 걷다가 전태일은 시청이 저 멀리 건너다보이는 네거리에 다다른 것을 알았다. 한 가지 생각이 퍼뜩 떠올랐다. 여기까지 온 김에 다시 시청에 들러보자는 것이었다.

시청 사회과는 텅 비어 있었다. 막 점심시간이 시작된 참이었다. 급사 외에는 단 한 사람도 남아 있지 않은 빈 책상들을 보면서 '공무원 기강'

이라는 말을 떠올리고 있었다. 부정부패를 일소하고 공무원의 기강을 바로잡기 위해 매식을 일절 금지하고 도시락을 지참하게 한다는 말이 라디오에서 쟁쟁 울려나온 것이 언제였던가. 국민재건복 입는 것이 언제부턴지 흐지부지되어 전부 양복으로 바뀐 것처럼 공무원들도 도시락을 싸온 사람은 하나도 없고 모두 매식을 하러 나간 것이다. 공무원 월급은 일반 회사 직원들보다 훨씬 적은데 무슨 재주로 매일 점심을 사먹는다는 것인가. 전태일은 근로감독관이 업주들의 편을 드는 이유를 다시금 되새기고 있었다.

권력 있는 자들이 돈 있는 자들을 끼고 돌고, 돈 있는 자들이 권력 있는 자들을 알아서 모시면서 그렇고 그렇게 돌아가는 세상이라는 말을 생각하면서도 전태일은 복도의 나무의자에 몸을 부렸다. 점심시간이 끝날 때까지 기다릴 작정이었다.

점심시간을 의식해서 그런지 몹시 배가 고팠다. 라면으로 아침을 때운 속은 비어버린 지가 이미 오래였다. 라면으로도 끼니를 때우지 못하고 옥상에 몰려 점심을 굶고 있는 수많은 시다들을 생각하며 전태일은 눈을 감았다.

「이건 너무 어려운 문제가 돼서 여기선 어떻게 해볼 도리가 없소. 미안하지만 주무부서인 노동청 본청으로 좀 가보시오.」

점심을 먹고 온 담당직원은 이렇게 발뺌하기에 급급했다.

전태일은 또다시 절벽을 느꼈다. 공무원은 도대체 뭘 하는 사람들이냐고, 국민 세금으로 월급을 받아먹고 사는 것인 줄 아느냐고, 당신네들도 양심이 있는 거냐고, 당신네들이 바로 나라 망쳐먹고 있는 모리배들이라고, 퍼부어대고 싶은 말들이 너무 많았다. 그러나 전태일은 분노와 증오를 눌러 다스리며 노동청으로 발길을 돌렸다.

노동청의 담당자는 출타 중이라고 했다. 전태일은 또 자리를 잡고 앉았다. 그러나 30분이 넘도록 기다려도 이 사람은 나타나지 않았다. 전태일은 다시 오기로 하고 기운 없는 발길을 옮기기 시작했다.

「정 기자, 이 신문 좀 봐, 이거.」

「아니, 이건 윤 기자가 쓴 거 아냐.」

정문을 나서던 전태일은 멈칫했다. 노동청으로 들어가고 있는 네댓 명은 신문기자들이 틀림없었다.

이 사람들에게 매달려보자!

순간적으로 전태일의 머리에 떠오른 생각이었다.

「안녕하세요? 기자님들이시죠? 저는 평화시장에 있는 봉제공장의 재단사 전태일이라고 합니다. 저희들 공원들의 비참한 작업환경에 대해 들어보시면 좋은 기삿거리가 될 수도 있을 것입니다. 한 10분 정도만 제 얘기를 들어주시겠습니까?」

기자들 사이에 눈길이 빠르게 오가더니 그들은 금방 의견 통일을 했다. 전태일은 아주 숙달되어 있어서 짧은 시간에 효과적으로 설명을 했다.

「이건 정말 좋은 기삿거리가 될 수 있소. 그런데 한 가지 문제가 있소. 공원들이 1만이나 되는데 30장 정도의 앙케트로는 자료가 충분하지 못해요. 그러니까 여러 사람들의 힘을 합쳐서 더 많은 자료를 모으고, 많은 사람들의 이름으로 진정서를 작성해서 노동청에 정식으로 제출하시오. 그럼 우리도 기사화하겠소.」

어느 기자가 친절하게 말해 주었다.

「예, 알겠습니다. 그렇게 하겠습니다. 정말 고맙습니다.」

전태일은 기자들에게 몇 번이고 고개를 숙였다.

「우리가 잘하기만 하면 우리 평화시장 얘기가 신문에 나게 돼. 기자들이 약속했으니까 우리가 할 나름이야. 신문기자들은 속임수 쓰는 더러운 공무원들하고는 완전히 다르잖아. 우리가 자료만 구체적으로 잘 갖추면 틀림없이 신문에 내줄 거야. 우리가 본격적으로 조직을 짜서 나서야 해. 이제부터 시작이야!」

친구들을 둘러보는 전태일의 얼굴은 상기되어 있었다.

우리들의 이야기가 신문에 날 수 있다!

재단사들의 눈빛이 달라지고 얼굴에도 생기가 돌았다.

그들 열두 명의 재단사들은 지난날의 바보회를 삼동친목회로 명칭을 바꾸어 재조직을 갖추었다. 삼동(三棟)이란 평화시장·동화시장·통일상가 세 건물을 가리키는 것이었다.

임원선출에서 그들은 전태일을 회장으로 뽑았다.

삼동친목회는 지체 없이 첫 사업을 시작했다. 노동청에 진정서를 내는 데 필요한 자료를 구체적이고 충분하게 확보하기 위한 설문지 배포였다. 설문지는 작년에 쓰다 남은 것이 잘 보관되어 있었고, 작년 같은 실패를 거듭하지 않으려고 업주가 전혀 눈치채지 못하게 비밀작전을 짰다. 업주의 친척이나 연고자가 있는 작업장은 철저하게 피했고, 회원들이 각자의 친분에 따라 연줄연줄로 각 작업장의 재단사나 미싱사들을 접촉했고, 공원들에게 설문지를 전달할 때는 반드시 업주가 자리를 비운 틈을 이용하도록 했다. 그 작전은 성공해서 며칠 만에 126매의 설문지를 회수하게 되었다. 그들은 설문조사를 분석하고 통계를 내는 한편으로, 수백 개에 이르는 작업장들의 위치·구조·시설 등의 자료를 수집했다. 그리고 진정서에 무게를 더하기 위하여 보다 많은 노동자들의 서명을 받으려고 애쓴 결과 삼동회 회원 외에도 90여 명의 서명을 받는 데 성공했다.

삼동친목회는 마침내 1970년 10월 6일 노동청장 앞으로 '평화시장 피복제품 상종업원 근로개선 진정서'를 제출하였다.

「나왔다, 나왔다, 기사 나왔다!」

평화시장 노동자들의 약속장소인 국민은행 앞의 빈터로 달려오며 소리치고 있는 것은 전태일이었다.

「야, 태일이다, 태일이!」

「햐아, 정말 신문에 났구나!」

전태일을 기다리고 있던 회원들은 그를 향해 우르르 몰려갔다.

「났어, 났어, 이거야, 이거!」

전태일은 감격에 넘쳐 가지고 있던 신문을 회원들 앞에 펼쳤다.

「와아—, 정말 났구나!」

'골방서 하루 14시간 노동'이라는 기사 제목을 확인한 그들은 환호성을 터뜨리며 서로 얼싸안았다.

10월 7일자 《경향신문》은 평화시장 피복공장들의 실태를 사회면 톱기사로 다루고 있었다. 삼동회 회원들은 신문사로 달려가서 신문 300부를 샀다. 당장 돈이 없어서 어느 회원의 손목시계를 풀어 맡겼다.

시장으로 돌아온 그들은 모조지를 잘라 붉은 글씨로 '평화시장 기사 특보'라고 써서 어깨띠를 둘렀다. 그리고 건물마다 돌아다니며 신문을 돌리기 시작했다. 돈을 받기도 했고 어린 시다들에게는 그냥 주기도 했다. 평소에 20원씩 하는 신문을 사보는 노동자들은 별로 흔하지 않았다. 20원이면 풀빵이 스무 개였다. 그런데 신문 300부는 삽시간에 다 팔리고 말았다. 공원들은 서로서로 신문들을 빠르게 돌려보았고, 작업장마다 술렁거리기 시작했다.

「세상에! 정말 우리 얘기가 났네.」

「글쎄 말야. 우리 같은 쓰레기들을 인간 취급해 줄 때도 다 있네. 이게 어쩐 일이야 그래.」

「누가 아니래. 근데 이게 그냥 된 일이 아니래. 어제 그 신문을 돌리던 사람들 있잖아. 그 사람들이 나선 거래.」

「그 사람들 멋져. 장하고 훌륭해. 우리도 그 사람들을 따라서 나서야 해.」

노동자들은 자기네들을 사람 대접해 준 신문에 감동하고 있었고, 그 일이 우연하게 생긴 것이 아니라는 것을 깨달으며 서로서로 힘을 엮어 나아가야 된다는 자각에 이르고 있었다.

신문기사의 효과는 당일로 금방 나타났다. 각 업주들의 이익을 도모하기 위해서 만든 평화시장주식회사에서 노동청에 진정서를 낸 대표자들을 찾아나선 것이다. 삼동회 회원들은 그쪽의 반응을 묵살하고 저녁 늦게까지 회합을 해서 자신들이 내세울 요구조건들을 총정리했다. 작업 시간 단축에서부터 노동조합 결성의 지원까지 15개 항을 결정해 나가면서 그들은 가슴 벅차고 눈물겨웠다. 비로소 인간답게 살게 될지도 모른다는 기대감으로 감정이 부풀고 마음이 달뜨고 있었다.

밝고, 통풍 잘되고, 천장 높은 작업장에서 하루에 여덟 시간쯤 일하며, 일요일마다 쉴 수 있고, 월급을 조금 더 받을 수 있는 것. 그것이 그들이 기본적으로 원하고 있는 것이었다.

다음날 전태일과 다른 두 간부는 평화시장주식회사 사무실을 먼저 찾아갔다. 그건 공원으로서 최초의 일이었다. 사장과 공원의 사이란 군대의 장군과 졸병 사이나 마찬가지라서 평소에는 감히 엄두도 낼 수 없는 일이었다. 그러나 이제는 형편이 달라져 있었다. 신문보도로 용기를 얻은 재단사들은 기업주들의 대표기관에 찾아가서 따질 것을 따지고 나선 것이다.

「진정 내용은 잘 알겠소. 그러나……, 지금 실정으로 요구조건을 전부 다 들어주기는 어려우니까 조금만 참고 기다리면 우선 환풍기 설치와 조명 시설은 바꾸도록 해보겠소.」

말대꾸할 필요조차 없어서 전태일은 자리에서 일어나고 말았다.

한편, 느닷없는 신문보도에 놀란 노동청에서는 더 보도되는 것을 막으려고 실태조사를 한다느니, 근로기준법 위반업체를 고발하겠다느니 하며 수선을 떨었다. 그리고 며칠이 지나 노동청 근로감독관이 삼동회 회원들을 찾아왔다.

「여러분은 근로자들의 권익을 지키기 위해 자기 희생을 무릅쓰고 나선 모범 청년들이고 모범 산업전사들입니다. 여러분은 우리 노동청에서 바라는 일을 솔선해서 했으니까 노동절에 표창을 하겠소. 모든 건 우리가 다 알아서 해결할 테니 여러분은 이제 일을 열심히 하시오.」

이번 일이 처음이었다면 그 달고 고소한 근로감독관의 말에 속아넘어갔을 것이다. 그러나 전태일은 그가 감추고 있는 꼬리를 보고 있었다.

그런데 때를 같이 해서 정보계 형사들까지 나타나서 회원들의 주변을 맴돌기 시작했다. 그러는 사이에 삼동회 회원들은 자꾸 직장에서 쫓겨나고 있었다. 대표로 진정서를 낸 것이 알려진 때문이었다. 전태일이 그 누구보다도 먼저 쫓겨난 것은 더 말할 것이 없었다.

그러던 어느 날 노동청의 근로기준국장이 삼동회 회원들을 만나려고 왔다.

「너희들 깡패처럼 이게 무슨 짓이냐. 대표들이 직업이 없으면 진정 사항을 들어줄 수 없다. 모두 취직을 하라. 그러면 1주일 이내로 다 해결해 주겠다.」

'국장님'이 책임지겠다고 한 말이었다. 그들은 좀 먼 곳까지 수소문해서 모두 취직을 했다. 전태일은 다급한 김에 재단 보조로 들어갈 정도였다.

그러나 1주일이 지나고 열흘이 지나도 노동청에서는 아무 소식이 없었다. 전태일은 근로감독관을 찾아가 어떻게 되는 거냐고 따졌다.

「노력을 해봤지만 현실적으로 도저히 불가능해. 괜히 헛고생하지 말고 적당히 편히 살어. 미련하게 생기지도 않았는데 왜 그러지?」

전태일은 근로감독관의 낯짝에 침을 뱉어버리고 싶었다.

취직을 하게 해서 날마다 일에 쫓기다 보면 노동운동 같은 것에는 신경 쓰지 못하리라고 생각한 것, 그것이 국장의 얄팍한 술수였음을 전태일은 평화시장으로 돌아오면서 깨닫고 있었다.

「국장까지 우릴 속였어. 이젠 말로는 안 되겠으니 10월 20일날 노동청 정문 앞에 가서 데모를 하도록 하자. 그날 국회의 국정감사가 실시

되니까.」

「데모를 해? 그래도 괜찮을까?」

어느 회원이 겁나는 기색을 드러냈다.

「글쎄 말야, 나라에서 제일 싫어하는 게 데모잖아. 데모를 하면 대학생들도 그리 무지막지하게 다루는데 우리 같은 것들이야 어떻겠어?」

「그래, 우리 같은 공돌이들이야 골로 가고 말겠지 뭐.」

새로 생겨나 퍼지기 시작하고 있는 '공돌이'라는 말이 묘하게 분위기를 자극했다.

「맞어, 공돌이 공순이야 어디 사람이냐. 박살나서 개피 보기 딱 알맞지.」

「안 그래도 찍혀 있는 판인데 본전도 못 찾고 깨지면 바보짓이잖아?」

부정적인 기운이 좌중을 휘돌고 있었다.

「다 일리가 있는 말이야. 그런데 한 가지 빼먹은 게 있어. 내년 4월이 대통령 선거잖아. 벌써부터 선거운동이 벌어지고 있는데, 선거 때만 되면 우리 같은 사람들도 '존경하는 유권자 여러분!'이 되잖아. 경찰이 아무리 기분 상해도 우릴 함부로 취급하지 못해. 우릴 박살내서 개피 보게 만들면 투표권 가진 공순이 공돌이들이 전국에 얼마야?」

전태일은 좌중을 휘둘러보았다. 그의 예리한 상황 판단은 왜 노동운동이 필연적으로 정치운동의 성격을 띠는 것인지 그 단초를 보여주고 있었다.

「맞다! 그걸 못 생각했다.」

「그래, 선거 때 인심 잃으면 즈네들만 손해니까.」

「맞어, 맞어. 전국적으로 따지면 우리 공순이 공돌이들 표만 가지고도 대통령 붙였다 떼었다 할 수 있겠는데?」

「글쎄, 그게 그렇게 될지도 모르겠네. 이거 우리가 그냥 멍청하게 당하고 있을 일만이 아니잖아?」

「그래, 그러니까 우리부터 데모를 하고 보자구.」

「맞는 말이야. 우는 애 떡 하나 더 준다는 말도 있잖아. 이 시기를 잘 이용해 데모를 하는 게 좋겠어.」

분위기는 금세 반전되었다. 신문보도가 나온 다음부터 전태일의 말은 한층 영향력이 커졌고, 친구들은 그의 의견을 전보다 더욱 존중하게끔 되어 있었다.

며칠이 지나 노동청의 근로감독관이 또 전태일을 찾아왔다.

「나도 자네 같은 동생이 있는 입장으로 자네들 어려운 사정 충분히 이해해. 그게 여기저기 복잡하게 얽혀서 그러는 건데, 앞으론 감독권을 강력하게 발휘해서 업주들이 자네들의 요구조건을 다 들어주도록 하게 방침을 정하고 있어. 그러니까 경솔하게 데모하려고 하지 말고 며칠만 참고 기다려봐. 다 좋은 게 좋은 거라고, 데모해서 영창에 갇히는 것보다 데모 안 하고 일이 해결되는 게 더 좋은 일 아니야?」

전태일은 감독관이 데모 계획을 알고 있다는 것에 별로 놀라지 않았다. 자기네 주변을 형사가 배돌고 있었고, 누군가가 예사롭게 한 말을 엿듣기는 어려운 일이 아니었다. 더 문제는 감독관에 대한 불신이었다.

「그 말을 어떻게 믿습니까. 더는 속지 않습니다.」

전태일의 태도는 단호했다.

「아니야, 이번에는 틀림없어. 나도 자네 같은 동생이 있다니까. 믿으라구.」

「아니오, 더는 못 믿겠어요.」

「이봐, 내가 또 거짓말하면 이 손가락에 장을 지져. 아니, 내 성을 갈아!」

감독관은 검지손가락을 세우더니 이내 쪽 편 손바닥으로 목을 치는 시늉을 해보였다. 전태일은 그런 감독관을 한동안 물끄러미 쳐다보고 있었다.

「좋습니다. 이번에는 꼭 약속을 지켜야 합니다.」

삼동회 회원들의 며칠은 불안 속에서 흘러갔다.

근로감독관이 전태일을 다시 찾아온 것은 국정감사가 끝난 바로 다음 날이었다. 그는 다짜고짜 전태일을 음식점으로 끌어갔다.

「배고픈데 점심을 먹으면서 얘기하자구. 들어보면 아주 마음에 들 거야. 이봐 아가씨, 여기 불고기 백반.」

　감독관은 호기를 부렸고,

「아닙니다, 그 비싼 걸.」

　전태일은 불안한 예감에 부딪히고 있었다.

「자아, 어서 많이 먹으라구. 사람은 그저 젊어서 잘먹어야 해. 젊었을 때 건강이 평생 가는 거니까.」 감독관은 불고기를 뒤적이면서, 「근데 그게 말씀이야, 경제발전의 선봉대로 앞장서고 있는 산업역군인 자네들의 노고는 너무나 잘 아는데 말야, 그렇다고 경제가 막 발전하기 시작한 지금 자네들의 요구대로 해버리면 발전이고 뭐고 다 망쳐져 도로아미타불이 돼버리거든. 닭이 열 마리 이상으로 불어난 다음부터 잡아먹어야지 다섯 마리도 못 돼서 잡아먹기 시작하면 결국 씨가 말라 거덜나지 않느냐 그런 말이야. 나라 전체 사정이 그러하니 조금만 더 참고 기다려야 되겠어. 그래서 내가 자네한테 조용히 하는 말인데 말야, 일 편하고 보수 많은 직장에 취직시켜 주고, 가정적인 애로사항 같은 것도 다 해결해 줄 테니까 그놈의 일에서는 이 정도로 손떼는 게 좋지 않겠어? 바보짓하지 말고 요령껏 눈치껏 편히 사는 게 최고라구. 자아, 어서 먹어, 어서.」 그는 과장되게 입맛을 다시며 불고기를 입으로 몰아넣었다.

「아니, 그게 도대체 무슨 말입니까? 그렇게는 못합니다.」

　전태일은 단호하게 고개를 저었다.

「이거 봐. 왜 그리 말귀를 못 알아들어? 좋아, 국정감사도 다 끝났으니 어디 네 맘대로 해봐.」

　감독관은 화를 내며 전혀 딴사람으로 변하고 말았다.

「……!」

말이 막혀버리는 그 배신에 현기증을 느끼며 전태일은 몸을 일으켰다.

「세상에 믿을 놈 하나도 없구나. 그런 게 어찌 공무원이냐.」

「그런 사기꾼새낀 죽여야 해.」

「됐어, 빨리 복수전을 시작하자구!」

삼동회 회원들은 모두 격분했다. 그들은 10월 24일 오후 1시에 국민
은행 앞에서 데모를 감행하기로 만장일치로 결의했다. 데모 시각을 1시
로 정한 것은 1시부터 2시 사이가 공원들의 점심시간이기 때문이었다.
그리고 데모에서 외칠 구호도 세 가지로 정했다.

「근로기준법을 준수하라!」

「일요일은 쉬게 하라!」

「14시간 작업에 일당 100원이 웬말이냐!」

그들은 다음날부터 은밀히 움직이기 시작했다. 데모 효과를 높이기
위해서는 참가자들이 많아야 했다. 회원 한 사람이 재단사 열 명씩을 확
보하고, 그 재단사들이 자기네 작업장의 공원들을 모두 데리고 데모 현
장으로 나오도록 꾀했다. 업주가 눈치채지 못하게 감쪽같이 그 일을 처
리하는 것은 결코 쉬운 일이 아니었다.

전태일은 노동청 출입기자들에게 취재를 부탁하고 평화시장으로 돌
아왔다. 그런데, 그는 시장 분위기가 달라진 것을 한눈에 알아보았다.
평화시장 일대의 각 작업장으로 통하는 일곱 개의 골목마다 시장의 경
비원들이 두 명씩 짝을 지어 버티고 있었다. 곤봉을 빼들고 있는 그들의
모습은 어느 때 없이 살벌했다. 전태일은 자신도 모르게 주먹을 말아쥐
며 어금니를 물었다.

오후 1시가 가까워 전태일을 비롯한 삼동회 회원들은 국민은행 앞으
로 나갔다. 그때부터 밀려나오기 시작한 노동자들은 잠깐 사이에 500여
명으로 불어났다. 그러자 경비원들이 곤봉을 고쳐잡으며 모인 사람들을
해산시키려고 들었다. 경비실에서 그들의 이름을 불러대는 소리가 들렸

다. 그들이 놀라 고개를 돌려보니 경비실 창가에서 형사가 내려다보며 올라오라고 손짓하고 있었다. 그 순간 전태일도 다른 회원들도 모든 것을 깨달았다.

경비원들만이 아니라 다른 형사들도 여기저기 깔려 있다는 것을 그들은 뒤늦게 알아차렸다. 일이 틀린 것을 알고 그들은 경비실로 올라갔다.

「왜 아무것도 개선이 안 됩니까?」

「형사님, 도와준다더니 이게 뭡니까?」

그들은 격렬하게 따지고 들었다.

「이봐, 그렇잖아도 내가 회사 측보고 자네들 요구를 들어주라고 하던 참이야. 거 회사 측에서 날짜를 직접 말해 주시오.」

형사가 평화시장주식회사 사람에게 말했다.

「아무 걱정 말고 11월 7일까지만 기다려. 다 선처해 줄 테니까.」

회사 사람이 곧바로 응답했다.

「그걸 어떻게 믿어요!」

전태일이 회사 사람을 응시했다.

「이봐! 말 조심해! 내가 있잖아, 내가. 날 뭘로 보고 하는 소리야.」

형사가 자기 가슴을 치며 외쳤다.

「아니, 예에……, 알겠습니다.」

한 사람이 겁이 실린 눈길로 전태일을 질벅이며 굽실거렸다.

「좋습니다. 7일까지 기다리겠습니다.」

형사는 근로감독관하고는 달랐다. 전태일은, 곧장 유치장으로 끌려가느니 못 믿을 약속을 또 믿어보기로 했다.

7일은 아무 변화 없이 지나갔다.

「이놈이고 저놈이고 믿을 놈 하나도 없잖아!」

「있는 놈들은 즈네들끼리 다 한통속으로 짜고 돌아가는 거야.」

「그렇다니까. 못 배우고 힘 없어서 당하는 우리 같은 것들만 병신이지.」

삼동회 회원들의 격분은 뜨거웠다.

「자아, 회원 여러분! 우리 근로기준법 화형식을 곧 거행합시다.」

이 느닷없는 말에 회원들은 모두 어리둥절해서 전태일을 쳐다보았다.

「여러분, 겉만 번드르르한 채 지켜지지도 않는 그따위 허울좋은 법은 우리 노동자들의 손으로 화형에 처해버리고, 우린 그따위 법 대신 우리 몸뚱이를 내던져 새로 싸우자 그겁니다.」

「옳소, 옳소!」

「찬성이오. 그리 합시다.」

그들은 다같이 뜨겁게 박수를 쳤다.

「여러분, 우리한테는 우리들 자신밖에 없습니다. 하늘은 스스로 돕는 자를 돕는다고 했습니다. 이번만은 어떤 희생을 치르더라도 우리 절대로 물러나지 말고 싸웁시다. 날짜는 11월 13일로 하고, 화형식에 쓸 휘발유통은 제가 준비하겠습니다.」

전태일은 회원들을 둘러보았다. 혈색이라고는 없이 깡마른 그의 얼굴은 엄숙한 것 같기도 했고 비장한 것 같기도 했다.

「우리는 기계가 아니다!」

「1주일에 한 번만이라도 햇빛을!」

「하루 14시간 노동이 웬말이냐!」

화형식에 이은 데모 때 외칠 구호들을 정하고 회의를 마쳤다. 자장면은 고사하고 라면 하나씩도 먹지 못한 채 밤이 깊어 있었다.

전태일은 며칠째 불기 없이 얼음장처럼 차가운 방바닥에 『근로기준법』 책을 놓고 두 손을 모았다. 손때가 까맣게 전 그 두꺼운 책은 해질 대로 해져 있었다. 인간이 인간답게 살 수 있는 길을 찾아 펼치고 펼치고 또 펼치기를 헤아릴 수 없이 많이 했던 책. 그러나 그건 거짓 치장이었고 가짜 눈속임이었다. 그것을 불태워 없애야 할 날이 하루하루 가까워져 오고 있었다.

전태일은 두 손에 이마를 대고 차가운 방바닥에 엎드렸다.

「주여, 약한 저에게 용기와 확신을 주소서. 제가 저의 죽음을 넘어설 수 있는 용기를 주시고, 저의 죽음이 절대 헛되지 않을 것이란 확신을 주소서. 가난하고 약한 자들을 돈 많고 권력 가진 자들이 서로 작당해서 속이고 속이고 또 속이고, 거기에 정부까지 한통속이 되어 있습니다. 그 벽은 높고 높으며, 두껍고 두껍습니다. 그 벽을 어찌해야 깰 수 있겠나이까. 그 벽을 깨고 모든 사람끼리 빈부도, 강약도, 귀천도 없는 세상을 이룩하기 위해서는 이 한 몸을 육탄으로 날리는 길뿐이라고 여겨지옵니다. 이 미천한 몸 하나 육탄으로 날아가 산산이 부서져서 천대받고 억눌려 사는 모든 노동자들이 눈 똑바로 뜨고 자기들을 보게 하고자 하옵니다. 그리하여 그들이 다함께 뭉쳐 일어나 그 벽을 완전히 무너뜨리고 인간다운 세상을 이룩해 내는 데 한 톨 불씨이고자 하나이다. 이 결심에 이르기까지 수없이 번뇌하였으나 이 길이 가장 옳은 길이라 여겨지옵니다. 주 예수께서 십자가에 못박히심은 2천 년 동안 끝없이 부활하시기 위함이었나이다. 이 나약한 자 감히 주님의 가르침을 따라 한 줌 거름이 되고자 하오니 주여, 부축하여 주소서……」

맞잡힌 전태일의 두 손이 부들부들 떨리고 있었다.

마음 다잡기를 자꾸 방해하는 것은 어머니 생각이었다. 두 동생을 데리고 살아가야 할 홀어머니를 생각하면……, 기도의 탑은 그만 허물어지려고 했다. 어머니의 생활력이란 오로지 약한 몸 하나뿐이었다. 2만 5천 원 재단사의 월급이면 어머니를 호강은 못 시켜드려도 편히 모실 수 있는 수입이었다. 그러나 자신은 그동안 노동운동에 빠져 있느라고 어머니가 돈벌이를 나서지 않으면 안 되게 만들었을 뿐만 아니라 빚까지 10만 원이 넘게 지고 있었다. 그런데다 그 일까지 저지르게 되면……, 어머니 앞에는 끝도 한도 없는 가시밭길이……

전태일은 며칠 있다가 어머니가 겪게 될 충격을 줄이려고 마음을 썼다.

「어머니, 우리 시장 일이 아무래도 한판 크게 벌어지게 생겼어요.」

「왜 또? 그 일 네가 안 하면 안 되니? 제발 서른 될 때까지만 좀 참아라. 이 에미를 생각해서라도.」

「죄송해요. 어쩔 수 없게 됐으니 요번 13일날 1시에 국민은행 앞으로 나와보세요. 어쩌면 아들 얼굴 오랫동안 못 보게 되실지도 모르니까⋯⋯.」

「아니, 그게 무슨 소리냐? 잡혀간단 말이냐, 안 그러면 네가⋯⋯.」

「아니 뭐 그런 게 아니구요, 한바탕 왕창 벌이고 나서 불리하게 되면 어디 일본 같은 데로 밀항이라도 해야 될지 모르잖아요. 만약 그리 되면 평화시장 일은 어머니가 제 대신 좀 맡아주세요.」

「아이구, 그런 험한 소리 허덜 말어. 이 무식한 에미가 뭘 안다구.」

13일 하늘은 우는 듯 아침부터 잿빛 구름으로 흐렸다. 평화시장 일대에는 지난 10월 24일 데모 때보다 더한 긴장감이 감돌고 있었다. 시장 경비원들은 전보다 더 불어난데다 경찰 병력까지 요소요소에 삼엄하게 배치되어 있었다.

마침내 오후 1시, 종업원들을 나가지 못하게 하려고 업주들은 공장을 지키고 있었고, 경비원과 형사들은 국민은행 안으로 통하는 모든 길목을 막아 노동자들의 집결을 차단시키려 했다. 그러나 노동자들은 물이 어디든지 스미고 솟듯 금방 500여 명으로 물결을 이루었다.

삼동회 회원들은 형사들의 눈초리를 피해 3층 복도 구석에서 아래 상황을 살피고 있었다. 회원 몇 사람은 벌써 경비원들에게 끌려가 감금 상태였다.

「됐다, 내려가자!」

1시 30분경 전태일이 옷 속에 감추었던 플래카드를 꺼내며 말했다.

"우리는 기계가 아니다!"

붉은 글씨로 쓴 종이 플래카드를 들고 그들은 아래로 내려가기 시작했다. 그런데 2층 복도에서 형사 두 사람이 쫓아왔다. 몸집 건장한 형사들은 성난 짐승 같았다. 그 완력 앞에서 종이 플래카드는 곧 찢어졌고, 회원 서너 명까지 심하게 구타를 당하며 끌려갔다.

「너희들 먼저 내려가 담뱃가게 옆에서 기다려. 나도 곧 갈 테니까.」

회장 전태일이 엄하게 지시했다.

국민은행 앞에서는 500여 명의 남녀 노동자들이 경찰과 경비원들의 거친 몽둥이질 앞에서 어찌할 줄을 모르고 이리 밀리고 저리 밀리고 있었다. 전태일은 10분쯤 지나 회원들 옆에 나타났다. 그는 가장 친한 친구 김개남을 끌어당겨 급히 옆골목으로 갔다.

「너 성냥 있지? 불 좀 켜봐.」

전태일의 말에 김개남은 무심코 성냥을 켰다. 다음 순간 전태일이 다가서는가 싶더니 옷에 불이 확 붙었다.

「아니, 태일아!」

김개남은 눈이 뒤집혀 소리쳤다.

순식간에 온몸이 불길에 휩싸인 전태일은 큰길로 뛰쳐나가고 있었다.

「근로기준법을 준수하라!」

불길 속에서 전태일이 외쳐댔다.

「우리는 기계가 아니다!」

노동자들을 향해 뛰는 불길이 외쳤다.

「내 죽음을 헛되이 말라아!」

더 거세게 휘돌고 너울거리는 불길 속에서 울부짖는 목소리가 갈라지고 있었다.

전태일은 불길과 싸우며 무슨 구호를 또 외쳤다. 그러나 입에서는 말 대신 허연 연기가 뿜어져 나왔다. 또 외쳤다. 역시 허연 연기만 한 줄기 뿜어져 나왔다. 그리고 그는 불길과 함께 쓰러졌다.

41
구원의 길

「허, 요런 무주 산골꺼정 머리크락이 동나부렀네 그랴. 워떤 놈덜이 골골이 잘도 더터묵었당께로.」

천두만은 산골동네를 나서며 허탈하게 혼자말을 뇌까리고 있었다. 마을을 둘러싼 첩첩의 산에는 색색의 단풍이 꽃의 아름다움을 비웃듯 낭자하게 물들어 있었다.

「아저씨, 저 개울가에서 좀 쉬었다 가요. 맥빠져서 더 못 걷겠어요.」

뒤따르던 미용사 아가씨가 가방을 추스르며 짜증스럽게 말했다.

「그려, 물도 한모금 묵고 낯도 잠 씻고 허드라고.」

천두만이 고개를 끄덕이며 개울 쪽으로 발길을 잡았다. 미용사 아가씨가 머리카락을 쓸어넘기며 뭐라고 투덜거렸다. 그 뒤를 군용배낭을 진 나복남이 터덕터덕 따르고 있었다.

「어야, 단풍 참 오지게 곱다.」

천두만이 개울가에 털퍽 주저앉으며 주변 산들을 둘러보았다.

「아저씨는 참 속도 편하시네요. 속타는 판에 단풍이 다 보이고요.」

미용사 아가씨가 가방을 던지듯 하며 입을 삐죽거렸다.

「허허, 일이 심에 안 차는 것이야 안 차는 것이고, 단풍이 고운 것이야 고운 것이제. 이 시상 일이라는 것이 이러기도 허고 저러기도 허는디, 일이 잠 꾀인다고 그리 속끓이고 꼬트작거리면 몸만 상허는 법이여. 그럴수록 맘 푼더분허니 묵어야 써.」

천두만은 담배를 꺼냈다.

「꼬트작거리는 게 뭐예요?」

미용사가 해맑게 흘러내리는 개울물에 손을 씻으며 천두만을 쳐다보았다.

「이? 꼬트작이 꼬트작이제 머시여? 가만있거라……, 긍께 그것을 서울말로 머시라고 혀야 쓸끄나?」 천두만은 고개를 갸웃갸웃하며 담배에 불을 붙이고는,「그것이 긍께로……, 거 머시냐……, 무신 속상허는 일로 맘얼 편케 묵덜 못허고 지 속얼 비비꼬고 비비틀고, 찰떡 방애 찧디끼 지 속을 지가 짓이기는 것이여. 긍께로 지 성질에 몸꺼정 상허는 것이제.」 그는 힘겹게 설명하고는 담배연기를 후우 내뿜었다.

배낭을 벗은 나복남은 저만치 떨어져 왼손 하나로 개울물을 떠서 마시고 있었다. 두 사람의 말을 듣고 있는 것 같지 않게 그의 얼굴은 아무 표정이 없이 굳어진 것 같은 느낌이었다.

「아저씨, 그렇지만 꼬트작거리지 않을 수가 없잖아요. 이렇게 돼가면 저는 미장원 차리는 건 틀려버린다구요. 언니들처럼 미장원을 꼭 차려야 하는데.」

미용사가 말라가고 있는 풀줄기를 잡아뜯으며 울상을 지었다.

「언니들이 날 따라나섰을 때야 호시절이었응께 그리 된 것이고, 사람 사는 시상이야 음지였다가 양지 되고, 양지였다가 음지 되고 허는 법잉께 그리 맞춰감서 살아야 허는 것 아니라고. 요 일이 정 안 되겠다 싶으면 그때는 무신 딴 방도럴 찾어야겠제.」

「아저씨, 이제 육지는 틀렸으니까 섬으로 가보는 게 어떨까요?」

미용사가 불쑥 말했다. 그녀의 눈에 생기가 돌고 있었다.

「섬? 글씨……, 요런 산골짝꺼정 더트고 지내간 판에 섬이라고 그냥 뒀겠어? 미스 정이 그리 생각허면 딴사람들도 다 그리 생각허는 것잉게.」

천두만이 느리게 고개를 저었다.

「아저씨, 그럼 저는 어떡해요. 고생만 하고 다니면서 결국 미장원은 못 차리게 되는데요.」

다시 울상이 된 미용사의 손에 구절초 몇 송이가 잡아뜯기고 있었다.

「그 맘은 알겠는디 그리 욕심 앞세우지 말랑게 그러네. 재미가 예전만 못해서 그렇제 요새 벌이로도 월급받는 것보담은 낫덜 안 혀? 산천 귀경해 감시로 월급보담 낫게 벌면 그것이 워디냐 허고 생각혀. 그래야 맘이 편해지제. 요리 산천 귀경 골고로 허고 댕김서 돈도 버는 것은 아무나 허는 일이 아닝께로.」

「아저씨야 좋은 시절에 돈 많이 벌어났으니까 그리 느긋하게 말씀하시지만 저는 속이 타서 죽겠단 말이에요. 다 비슷비슷한 촌구석 구경하면 뭘 해요.」

미용사는 화풀이를 하듯 개울물로 마구 얼굴을 씻기 시작했다.

개울물은 어찌나 맑은지 바닥의 작은 모래알까지 투명하게 들여다보였다. 긴긴 세월에 걸쳐서 물결에 씻겨온 바위들이 여러 가지 형상으로 개울물 여기저기에 몸을 담그고 있었다. 그 바위들을 감아도는 물줄기들은 화음 잔잔하고도 그윽한 자연 음악을 끊임없이 연주하고 있었다. 그리고 넓은 암반 위를 흘러내리는 물줄기의 유연한 흐름은 하얀 천이 순한 바람결을 타고 느리게 펄럭거리는 우아함을 지니고 있었다. 아무리 흐드러진 꽃사태라도 당할 도리가 없이 온통 단풍으로 물든 주변 산의 그 어느 나무에서 떨어진 것인지 이따금 붉은 낙엽, 노란 낙엽이 물결에 실려 어디론가 떠가고는 했다. 해맑은 물줄기 위에서 그 낙엽들은 한결 고와 보였다.

천두만은 곧 물속으로 빠질 듯한 자세로 엉덩이를 치켜들고 엎드려 오래도록 물을 마셨다.

「아이고메 션타. 산이 짚은께로 물도 요리 맑고, 맛도 달디 달시.」

천두만은 긴 숨을 토해내며 소매 끝으로 입을 훔쳤다.

「아저씨는 왜 사투리를 안 고치세요? 서울서 산 게 10년도 넘었다면서.」

가방을 챙겨든 미용사가 무슨 트집을 잡듯이 말했다.

「워째? 글먼 안 될 일 있당가?」

배낭끈을 어깨에 걸치던 천두만은 눈을 치떴다.

「아저씨 말 들으면 못 알아들을 말이 너무 많잖아요.」

「이, 나는 또 무슨 소리라고. 워찌워찌 돈 잠 벌면 고향 찾어 내래갈 것인디 멀라고 존 고향말을 고치고 말고 혀. 항, 고향 찾어가야제.」

천두만은 배낭을 지고 일어났다.

「아저씨는 참 이상하네요. 남들은 서울로 못 올라와서 안달인데 아저씨는 왜 진작 서울에 올라와서는 또 내려가려고 그러세요?」

「몰르는 소리 말어. 서울이 머 좋아서 올라왔가디. 죽도 사도 못해 올라온 것이제. 서울은 짠뜩 정신읎이 북대기기만 허제 사람 살 디가 아니여. 내 전답만 있음사 고향서 이웃간에 따순 정 나눔서 푼더분허니 사는 것이 질이제. 하먼, 사람 한시상 사는 것이 먼디. 서울은 10년 아니라 100년을 살아도 정이 안 드는 디여. 서로 모지락시럽고 인정머리 읎는 것이 서울 아니드라고. 인자 야그 그만 허고 싸게싸게 걸어. 해 떨어지기 전에 잠자리 찾아들어야 헝께.」

천두만은 배낭을 바짝 추키며 잰 걸음질을 하기 시작했다. 미용사도 걸음이 빨라졌고, 나복남은 멀찍하게 뒤떨어져 천두만의 앞을 피해 담배에 불을 붙이고 있었다.

해가 지고 어둑발에 산도 단풍도 묻혀갈 즈음에 그들은 국밥집에 잠자리를 정했다. 저녁을 먹고 미용사는 자리를 떴고, 천두만은 나복남을 데리고 술잔을 기울였다.

「니넌 무신 생각을 허니라고 통 그리 말이 읎냐?」

천두만은 나복남에게 잔을 건네며 오래 마음에 담아왔던 말을 꺼냈다.

「뭐……, 그냥…….」

나복남은 억지웃음을 지으며 어물거렸다.

「생각보담 벌이가 션찮어서 그러냐?」

천두만이 나복남의 잔에 소주를 따르며 나직하게 물었다.

「아아니요. 이만한 벌이면 많은 거지요. 힘드는 일도 없이. 서울서 막노동한다고 이만큼 벌 수 있나요, 어디.」

나복남은 고개까지 저었다.

「그려, 나가 니 손을 볼 때마동 속이 씨리고 아픈디, 니 맘이야 더 말헐 것이 읎는 일이제. 요것이 다 뒷북치는 소리다마는, 요 일이 한창 시절 좋을 적에 니럴 그놈의 공장서 못 빼낸 것이 두고두고 후회시럽다. 그때 딱 잘라 맘 못 정혔든 것은 요 일은 끝이 내다보이는 한때고, 거그는 직장 아니었냔 말이여. 이리 될지 알았음사 그때 맘을 딱 정했을 것인디, 니헌테 미안시러바 똑 죽겄다.」

「아니에요. 제가 아저씨한테 죄송스러워 죽겠어요. 제가 괜히 따라다니면서 아저씨 수입만 줄게 하고 있어서.」

「어이, 그 무신 실답잖은 소리여. 당최 그런 소리 허덜 말어. 옛말에 말이시, 콩 한나를 열어서 갈라묵고 남치기를 둠벙에 던진께로 풍덩 소리가 나드란 말이 있네. 고것이 무신 말인지 안가? 정이라는 것은 서로가 나눌수록 커진다는 말이시. 넘덜찌리도 그러는 판인디 자네는 넘이 아니여. 자네 아부지가 나헌테 혀준 것에 비허면 암것도 아닝께. 하나또 맘 쓰덜 말어. 그라고, 사람이라는 것은 다 살게 돼야 있응께 심내고.」

「…….」

「아, 위째 답이 읎어?」

술기운에 젖은 천두만의 목소리가 쿠렁하게 컸다.

「예에…….」

마지못해 나오는 나복남의 대답에는 힘이 없었다.

「나가 쪼깐 더 있다가 말헐라고 혔는디 말이여, 자네가 하도 맘얼 못 잡고 있응께 미리 말얼 혀야 쓰겄구마. 자네는 앞날 걱정이 태산인 갑는디, 눈꼽 째가리만치도 앞날 걱정헐 것이 읎어. 위째 그냐! 한 2~3년 더 있으면 나가 가발 하청공장을 채리게 된다 그것이여. 그리 되면 위찌 돼냐! 자네는 떡허니 취직이 되는 것이제. 이찌방(첫 번째의 일본말)으로 취직이 된단 말이여.」

술기운에 실려 천두만의 목소리에는 생기가 펄펄했다.

「에에? 공장을 차려요?」

나복남은 눈이 휘둥그레졌다. 그 눈에는, 그렇게 돈을 많이 벌었어요? 하는 말이 담겨 있었다.

「머시냐, 공장이라고 혀서 큰 것이 아니고 하청받는 것잉께 쬐그만허니 한나 채래갖고 우리 말분이가 존 기술로 사람들 부리면 요새 벌이보담 훨씬 나슬 것잉만. 그간에 말분이허고 나가 버는 돈을 안 굶어죽게만 묵어감서 알뜰살뜰허니 모타왔응께로.」

「아저씨, 그런데 이렇게 머리카락이 동나가면 가발공장이라는 것도 얼마 못 가서…….」

나복남은 천두만을 의아스럽게 쳐다보았다.

「아니시. 그런 걱정 안 해도 돼야. 인조 머리크락을 쓰기 시작헌 지가 오래 되얐고, 요새 맨글어지는 가발은 태반이 인조 머리크락이여.」

「인조 머리카락이요?」

「이, 사람 손으로 맨글어낸 가짜 머리크락 말이시. 그것이 미국서 맨

글어져 오는디, 여러 가지 물덜이고 빠마시키고 혀서 가발을 맨글어놓
으면 영축읎이 진짜 머리크락 같단게로. 그 원료를 쓰면 된께 아무 걱정
이 읎는 심이여.」

「그럼 왜 진짜 머리카락을 모으지요?」

「이, 자네가 몰르는 것이 많구만 그려. 가짜 머리크락으로 맨든 가발
이 지아무리 그럴듯허다 혀도 진짜로 맨든 것허고는 댈 것이 못 되는구
만. 눈 붉은 사람덜 눈에는 금세 표가 난께. 그려서 진짜로는 아조 비싼
고급품을 맨글어내는 것이제.」

「아, 예에……」

나복남은 비로소 고개를 끄덕였다.

「긍께 앞날 각다분허니 생각허지 말고 심내란 말이시. 알겄어?」

「예에.」

「그려. 얼렁 잔 비우고 자드라고. 낼 또 해 뜨기 전에 나서야 헝께.」

천두만은 자리에 눕기가 바쁘게 잠이 들었다. 나복남은 잠이 오지 않
아 뒤척이다가 살그머니 밖으로 나와 담배에 불을 붙였다. 머릿속에는
여전히 그 생각뿐이었다.

「사람 더 모을 것 없어. 괜히 사람 많아지면 비밀 새기 쉽고 일만 복잡
해져. 우리 단둘이 해치워. 손목이 잘린 게 아니니까 우리 둘이 힘을 합
치면 충분해.」

뜻밖에도 쉽게 마음을 정한 양성팔이 한 말이었다.

그 준비를 위해 천상 천두만 아저씨를 따라나설 수밖에 없었다. 벌써
서너 달 동안에 집에 내놓고 조금씩 떼어놓은 돈이 필요한 장비를 거의
구할 만큼 모아져 있었다. 자신보다 손가락이 두 개가 더 성한 양성팔은
드라이버 하나로 창문이나 도어 핸들을 따는 기술을 익히고 있었다.

「사람이란 참 묘해. 이거 하자고 드니까 날마다 기술이 느는 거야. 도
어 핸들 이거 수십 번 분해하고 결합하고 하다 보니까 속이 훤히 들여

다보여. 스텐 강판 자른 솜씨들이니까 철창 잘라내는 것이야 식은죽 먹기고.」

양성팔이 전에 볼 수 없었던 생기를 드러내며 하는 말이었다.

「야, 곰곰이 생각해 보니까 말야 그 새끼손가락 잘라 복수하는 건 좀 곤란하지 않을까 싶어. 그렇게 해놓으면 그런 일 당하고 공장에서 쫓겨난 직공들이 한 짓이란 게 금방 표가 나잖아. 그건 우리 잡아가슈 하는 바보짓이니까 감정대로 했다간 곤란할 것 같애. 좀더 생각해 봐.」

양성팔이 얼마 전에 한 말이었다. 그건 꽤나 일리가 있는 말이었다. 경찰이 그동안 쫓겨난 공원들을 찾자고 들면 못 찾을 리가 없었다. 그건 자기 가슴에 총 쏘는 일이었다.

그 일은 그야말로 쥐도 새도 모르게 해치워야 한다. 그럼 보상받는 셈 치고 금품만 털어내? 글쎄……, 돈이고 보석이 많으면 모르지만 그렇지 않으면……. 막말로 둘이 구멍가게라도 하나씩 해가며 살아갈 수 있는 돈이나마 챙기게 되면 모르지만 그렇지도 못하고 그놈이 성하게 살아가도록 내버려둔다……. 그건 한낱 도둑질일 뿐이지 보복이 아니었다.

나복남은 담배를 깊이깊이 빨며 또 그 생각에 말려들고 있었다.

산간마을을 며칠 더 찾아다니며 천두만과 나복남은 배낭을 어지간히 채워가지고 서울로 돌아왔다.

「한 사흘 푹허니 쉬어라. 부지런헌 귀신은 배곯는 일 읎고, 께을른 귀신은 물밥도 못 얻어묵는다고 혔니라. 부지런허니 싸댄게 그래도 배낭이 시나브로 차덜 안 혀?」

천두만이 가발회사에서 받은 돈을 나눠주며 웃었다.

「고마워요, 아저씨.」

나복남은 멋쩍게 돈을 받으며 고개를 꾸벅했다.

「그런 말 안 혀도 돼야.」

천두만이 정겹게 웃으며 나복남의 어깨를 두들겼다.

나복남은 이튿날 아침 일찍 청계천 만물상으로 나갔다. 온갖 종류의 공구들이 있는 상점을 눈여겨 구경하는 것은 서울로 돌아오면 빼놓지 않는 일이었다. 필요한 공구들이 어느 상점에 있는지 미리 보아두고, 값도 비교해 보고 했다. 청계천 공구상들은 남대문시장이나 동대문시장보다 더 심해 같은 종류의 펜치 하나도 상점마다 값이 제멋대로였다.

　「제 몸에 불을 붙여 죽다니 그게 이만저만 지독한 독종이 아니야.」

　「암, 독종 중에 독종이지. 그놈 그거 살았을 때 사장들 속깨나 썩였을 거야. 어쨌거나 봉제공장 사장들 앞으로 일해먹기 골치 아프게 생겼어. 잘못하면 평화시장 대들보 무너질지도 몰라.」

　「누가 아니래나. 그놈 본따서 공순이 공돌이들이 돈 올리라고 들썩거려대면 날 새는 거지. 내 친구 하나도 거기 사장인데 바짝 얼어 있어.」

　「근데 말야, 그놈 그거 정신이 좀 이상한 놈 아닐까? 당장 숨막히는 제 일도 아니고, 봉제공장 노동자들이 사람 대접받게 하겠다고 제 몸을 불태워 죽는다는 게 그게 말짱한 정신으로 할 수 있는 일이겠어?」

　공구들을 살피고 있던 나복남은 두 남자의 이야기에 귀가 쏠려 있었다. 평화시장 봉제공장이면 여동생과 직결되어 있었고, 누군가가 자기 몸에 불을 질러 죽었다는 것이 귀를 번쩍 띄게 했다. 자기 몸에 불을 질러 죽어? 그건 생전 처음 들어보는 말이었다.

　「그게 글쎄 알다가도 모를 일이야. 정작 정신병자라면 그런 일을 할 수도 없을 텐데 말야. 그나저나 그게 강 건너 불 구경만은 아니라는 게 골치 아파. 그 불똥이 우리한테도 튈 수 있거든.」

　「우리한테도? 그럼 우리 애들도 월급 올리라고 들썩거릴 수 있단 말인가?」

　「당연하지. 여기서 평화시장이 10리야, 20리야? 그날로 소문 다 듣고 저희들끼리 쑥덕쑥덕 야단이던걸.」

　「이런 빌어먹을, 그놈 귀신이 우리 잡아먹게 생겼군. 염려 말어. 까불고 나서는 놈들이 있으면 외상 없이 싹싹 잘라버려. 사람은 얼마든지 있으니까.」

「그야 두말하면 잔소린데, 그런 일 벌어지면 그거 골치 아프지. 좌우간 우리도 정신 바짝 차려야 해.」

「그거 말 듣고 보니 그렇네. 미꾸라지 한 마리가 우물물 흐리더라고.」

나복남은 슬그머니 상점을 나섰다. 그 사람이 누군지 궁금증이 한껏 부풀어올랐다. 봉제공장 노동자들이 사람 대접받게 하겠다고 사장들을 상대로 자기 몸을 불태워 죽은 사람……! 믿을 수 없는 일이었다. 여동생은 그 일을 모를 리 없었다. 그런데 왜 어젯밤에 그 이야기를 하지 않았을까? 여동생은 너무 늦게 돌아왔다. 그리고 말이 없는 편이었다. 더구나 열흘 가까이 시골을 돌아다니다가 돌아온 오빠에게 그런 이야기 하고 싶지 않았을 수도 있었다.

나복남은 부리나케 양성팔을 찾아갔다.

「응, 언제 왔어? 촌여자들 신식 많이 만들었어?」

또뽑기 과자를 찍어내고 있던 양성팔이 반갑게 웃었다.

「응, 그건 그렇고. 혹시 평화시장의 봉제공장 직공이 자기 몸에 불질러 죽은 사건 알아?」

나복남은 좌판 옆에 다붙어 앉으며 성급하게 물었다.

「느닷없이 그게 무슨 소리야? 누가 자기 몸에 불을 질러 죽어?」

양성팔은 오히려 의문에 찬 얼굴로 눈을 껌벅거렸다.

「응, 이 구석에 앉아 있으니까 모르는 모양이군. 그런 일이 있었대.」

나복남은 중얼거리듯 하며 담뱃갑을 꺼냈다.

「어디 자세히 좀 말해 봐. 사람이 어떻게 자기 몸에 불을 질러 죽어? 도대체 무슨 일이야?」

「나도 자세히는 모르고, 청계천 공구상에 나갔다가 사장 둘이 하는 얘길 엿들었는데 말야. 평화시장의 어떤 직공 하나가 거기 봉제공장 노동자들이 사람 대접을 받게 하겠다고 사장들을 상대로 해서 자기 몸에 불을 질러 죽었다는 거야.」

「저런! 그럼 그 사람도 우리처럼 사장한테 개 취급당한 건가?」

「글쎄 그걸 모르겠어. 하여튼 자기 몸을 불태워 죽은 것을 보면 무지하게 분하고 원통한 꼴을 당한 모양이야.」

「자기 몸에 불을 지르다니, 그게 도대체 무슨 소리지? 몸에 무슨 기름을 뿌렸다는 건가?」

「그렇겠지. 휘발유를 뿌리고 불을 켜대면 그건 뭐 외상이 없잖겠어.」

「하, 그거야 기막히지. 꼼짝없이 숨막혀 죽을 수밖에. 근데, 그게 맨정신으로 그럴 수 있을까? 생사람이 타죽는 건데……, 아유 끔찍해.」

양성팔이 어깨를 떨며 진저리를 쳤다.

「나도 그래서 여기로 부랴부랴 달려온 거잖아. 그 사람 그거 누군지 보통 사람은 아닌 것 같애.」

나복남은 눈길을 떨군 채 볼이 패이도록 담배를 빨고 있었다.

「글쎄, 무슨 일을 당했는지 모르지만 그 강단이 우리하고는 다른 것 같긴 해.」

양성팔이 다 굳어진 또뽑기 과자를 유리상자로 옮기며 고개를 주억거렸다.

「그것 참 알 수 없는 일이야. 노동자들이 사람 대접받게 하겠다고 그렇게 죽다니…….」

나복남이 생각 깊은 얼굴로 중얼거렸고,

「되게 충격받은 모양이네. 그렇지만 그렇게 죽는다고 뭐가 달라지겠어? 사장놈들이야 끄떡도 하지 않을 텐데. 괜히 죽는 사람만 억울한 거지.」

양성팔이 귀에 꽂아두었던 담배꽁초에다 불을 붙였다.

「그래, 이 좆같은 세상.」

나복남이 가래를 돋우어 내뱉었다.

두 사람 사이에는 한동안 말이 끊어졌다. 연탄불에 설탕을 볶는 단내만 그들 주위에 자욱이 퍼져 있었다.

나윤자는 다른 날과 마찬가지로 밤 11시가 다 되어 돌아왔다.

「이, 인자 오냐. 오빠가 아까보톰 기둘리고 있다.」

갈포댁이 딸을 맞으며 말했다.

「오빠가? 무슨 일 있어?」

나윤자의 지친 얼굴이 문득 긴장되었다.

「몰르겄다, 말 안 헝께. 무신 일 있을라디냐. 배고픈디 얼렁 들어가자.」

「너 이제 왔냐? 피곤하겠다.」

그때 나복남이 방에서 나오며 눈을 부볐다. 그는 벽에 기대 졸다가 나오는 참이었다.

「오빠, 무슨 일 있어?」

나윤자는 불안한 기색으로 오빠를 쳐다보았다.

「아니야, 뭘 좀 물어볼 얘기가 있어서. 배고픈데 어서 밥부터 먹어라. 난 그동안에 변소에 다녀오고 담배나 한 대 피우고 할 테니까.」

오빠의 예사스런 반응에 안심하며 나윤자는 방으로 들어갔다.

「오빠 맘 상헐 야그는 한마디도 허지 말어야 혀 잉? 포도시 맘 잡았는디.」

갈포댁이 딸 앞에 밥상을 가져다 놓으며 말했다.

「걱정 마세요. 별일 아닌 것 같으니까.」

피곤에 찌들어 혈색 나쁜 나윤자의 얼굴은 무표정했다.

나복남이 담배를 끄는데 여동생이 건너왔다.

「밥을 천천히 먹지 그랬냐.」

나복남이 여동생을 올려다보며 자리를 고쳐앉았다.

「응, 천천히 먹은 거야.」

나윤자는 자리잡고 앉으며 흐릿하게 웃음지었다.

「그래, 내가 궁금한 건 다른 게 아니고 말야, 느네 평화시장에서 어떤 공원이 몸에 불질러 죽었다면서? 그걸 좀 자세히 알고 싶으다.」

나복남의 말은 급하게 쏟아졌다.

「어머, 오빠가 그걸 어떻게 알았어?」

나윤자는 멈칫 놀랐다.

「오늘 청계천 지나다가 얼핏 듣고 놀랐는데 누구한테 물어볼 수가 있어야지. 그 사람은 어떤 사람이고, 왜 그런 거냐?」

나복남은 담배를 빼들었다. 나윤자는 어떻게 해야 할 것인지 잠깐 생각했다. 그 이야기가 오빠 기분을 상하게 할 것이 없었고, 무슨 피해가 갈 것도 없을 것 같았다. 오히려 실의에 빠져 있는 오빠에게 어떤 힘이 되지 않을까 싶었다. 오빠를 위해 그 이야기를 자세하게 해주고 싶었다.

「그 사람 재단사고, 이름이 전태일이라고 해. 오빠가 믿을지 어떨지 모르겠는데, 그 사람은 자기 개인의 어떤 일이 잘못되어서가 아니라 평화시장에서 일하는 수많은 우리 공원들을 위해서 분신자살을 한 거야. 공원들이 지금같이 먼지구덩이 속에서 월급은 적게 받으면서 짐승처럼 기계처럼 일하지 않고 좋은 환경에서 사람다운 대접을 받으면서 일하고 사람답게 살게 하려고 애를 쓰다가 결국 잘 안 되니까 마지막 방법으로 자기 몸에 불을 붙여 분신자살을 한 거야.」

나복남은, 자기 몸에 불을 붙여 죽은 것을 '분신자살'이라고 부르는 것을 처음 알았다.

「자기 이익이 아니라 순전히 남들을 위해서……?」 나복남은 의아스러운 얼굴로 고개를 갸웃거리다가, 「넌 그 사람을 아니?」 불쑥 물었다.

「아니, 만난 일은 없고 가끔 말로만 들어왔어. 시다들한테 풀빵도 사주고 약도 사주고 하면서 걔네들 편을 들어주는 괴상한 재단사가 있다고. 그 사람이 바로 전태일 그 사람인 건 이번 사건으로 알게 되었어.」

「괴상한 재단사?」

「응, 오빠도 알겠지만 어느 공장에서든 공장장 같은 사람들은 다 사장 편이잖아. 우리 봉제공장도 대개 재단사들이 공장장을 겸하고 있으니까 당연히 사장들 편이거든. 그래서 재단사들은 인정사정없이 시다들을 구박하고 천대하고 그래. 그런데 그 사람은 시다들 편을 들어주니 괴상할 밖에. 그리고 더 괴상한 게 있어. 누구나 다 아는 거지만 재단사는 우리 미싱사보다 월급을 배 가까이나 더 받거든. 2만 원만 받는다고 쳐도 그 돈이면 얼마든지 편케 살 수 있잖아. 그런데 아랫사람들 불쌍하게 생각해서 자기 돈 써가면서 노동운동을 하고 나섰으니 모두 괴상한 사람이라고 생각하잖아.」

「노동운동……?」

그것도 처음 듣는 말이라 나복남은 여동생의 말을 끊었다.

「응, 나도 이번 사건으로 모든 걸 알게 된 건데, 우리 노동자들이 공장에서 일을 하면서 사람 대우를 받을 수 있도록 나라에서 법을 만들었는데, 거기에 근로조건이라는 게 있어. 하루에 일은 여덟 시간만 한다, 야근을 시키면 야근수당을 따로 지급해야 한다, 일요일과 공휴일은 쉬어야 한다, 공장 안의 작업환경은 건강을 해치게 해서는 안 된다, 하는 식으로 정해놓은 거야. 그밖에도 노동자들을 위한 법이 많은데, 그 법들을 다 합해놓은 게 근로기준법이라는 거야. 그런데 사장들은 그 법을 하나도 안 지키잖아. 그래서 그 사람은 모든 걸 법이 정한 대로 하게 하려고 우리 노동자들이 힘을 모아 들고일어나게 하는 일을 시작했어. 그걸 노동운동이라고 해.」

나복남으로서는 근로기준법이라는 것도 처음 들었다.

「얘, 그 근로기준법이라는 것이 나라에서 정한 법인데 왜 사장놈들은 안 지키지? 그리고, 사장놈들은 돈에 환장한 놈들이니까 그럴 수 있다고 치고, 그럼 나라에서 법을 어기는 놈들을 다 처벌해야 되잖아.」

입에서 마구 욕이 튀어나올 정도로 나복남은 열이 오르고 있었다. 자기가 일해 왔던 공장도 줄곧 그 법을 어겼다는 것을 뒤늦게 깨달은 탓이었다.

「오빠, 그게 문제야. 전태일 그 사람은 그것을 해결해 달라고, 감독을 똑바로 해달라고 여러 번 관청을 찾아갔었대. 그런데 글쎄 관청에서는 사장들 편을 들었다지 뭐야. 그 사람은 하다하다 안 되니까 결국 내가 죽어야 해결된다 하고 분신자살을 하게 됐다는 거야. 결국 그 사람은 나라에서 죽인 거나 마찬가지야.」

나윤자의 목이 메는 것 같았다.

「그런 법을 만든 건 뭐고, 또 사장들 편을 드는 건 뭐야!」

나복남이 버럭 소리를 질렀다.

「거 있잖아, 싼값으로 수출 많이 해야 되는 거. 근로기준법대로 하면 물건값이 비싸져 수출이 안 되고, 수출이 안 되면 경제발전이 안 돼 나라가 어렵고 한다는 것 말야.」

「허 참, 자알들 논다. 그래서 힘없고 불쌍한 노동자들 짓눌러 있는 놈들 배 터지게 만들어주겠다 그거지? 이제 뭐가 뭔지 알 것 같다. 그래서 나도 그 꼴로 당한 거야. 근데 너도 그 사람이 분신자살하는 것 봤냐?」

「아니, 못 봤어. 그 생각만 하면 큰 죄를 진 것 같아서 얼굴을 들 수가 없어. 아까 말한 대로 그 사람이 관청을 찾아다니다가 안 되니까, 이거 좋게 말로 해서는 안 되겠다 생각하고 데모할 계획을 짠 거야. 그 계획이 사장이나 공장장들 모르게 각 공장으로 퍼지기 시작했어. 근데 그 계획을 좋아한 건 시다나 미싱 보조, 재단 보조 같은 애들이었고 미싱사들은 별로 관심이 없었어. 아니야, 좀더 솔직하게 말하자면 걔네들보다 월급을 훨씬 더 많이 받는 미싱사들은 데모에 나섰다가 떨려나는 게 무서워 모르는 척하면서 몸을 사렸어. 나도 마찬가지였어. 결국 몇백 명이 모여 데모를 벌이게 됐는데, 시장 쪽에서만 데모 막을 사람들을 동원한 게 아니라 형사와 경찰들까지 나선 거야. 그런 형편에 데모를 해봤자 소용없다는 것을 안 그 사람은 자기 몸에 휘발유를 끼얹고 불을 붙이고 말았어. 불길에 휩싸인 채 데모대를 향해 뛰면서 그 사람이 부르짖은 소리가 뭔지 알아? 우리는 기계가 아니다! 근로기준법을 지켜라! 내 죽음을 헛되이 말라! 이 세 가지였어. 나는 그 말만 생각하면 너무 죄스러워서⋯⋯.」

나윤자는 목이 메어 말을 맺지 못하고 손으로 입을 가렸다.

「그게 그리 됐구나.」

나복남은 한숨을 푹 쉬며 담배에 불을 붙였다.

그들은 한동안 말이 없었다.

「그래서 근로기준법처럼 달라졌냐?」

나복남이 여동생을 쳐다보았다.

「아니. 달라진 건 아무것도 없어. 아니, 있긴 있네. 사장들이 운영하는 시장조합 쪽에서 경비를 전보다 훨씬 심하게 돌고, 형사들도 자주 나타나고, 공장장들도 더 심하게 감시하고 그래.」

「그럼 그 사람 죽음은 헛되이 되고 말았잖아.」

「그건 그렇지 않아. 1만 명이 넘는 평화시장 공원들이 전과 다르게 자기들이 얼마나 사람 대접을 못 받고 기계처럼 일하고 있는지 알게 됐고, 근로기준법이라는 게 있다는 것도 알게 됐어. 그리고 거의가 다 나처럼 죄진 마음을 가지고 있어. 그 사람은 죽었지만 죽은 게 아니야. 우리 마음속에 살아 있으니까.」

「그래 그 사람 참 장하고 장하다. 몇 살이나 먹었냐?」

「스물둘.」

「뭐? 스물둘? 서른둘이 아니고?」

「아니야. 틀림없이 스물둘이야.」

「하! 스물두 살짜리가⋯⋯.」

나복남은 고개를 떨구며 중얼거렸다.

여동생이 건너가고 나복남은 자리에 누웠지만 잠이 오지 않았다. 스물두 살짜리가 그런 행동을 했다는 것은 낮에 자기 몸에 불을 붙여 죽었다는 말을 들었을 때보다 훨씬 더 큰 충격이었다. 어떻게 그 나이에 그런 생각을 할 수 있고, 그런 행동까지 할 수 있는 것인지 도무지 믿어지지 않았다. 그런데 나이가 열 살 가까이나 더 많은 자신은 그런 생각을 해본 일도 없었고, 근로기준법이 있다는 것도 이제 겨우 알게 되었다. 그 사람에 비하면 자신은 나이만 먹었지 무엇이 무엇인지도 모르고 헛살아온 셈이었다. 그리고, 더 믿을 수가 없는 건 어떻게 남들을 위해서 하나뿐인 자기 목숨을 버릴 수가 있는 것인지 이해할 도리가 없었다. 그 사람이 2만 원을 받았다면 자신의 월급보다 더 많았다. 재단사는 자신처럼 손가락이 잘릴 위험도 없었다. 그 나이, 그 월급, 그 직업이면 얼마든지 편안하게 살아갈 수 있었다. 그 사람은 무엇이 다른 것일까……. 누구에게 그런 것을 배운 것일까……. 태어날 때부터 특별했을까…….

이튿날 잠이 깨자마자 잠을 한숨도 자지 않은 것처럼 그 생각이 바로 연결되었다. 세수를 하고, 아침을 먹고, 오전이 다 흘러가도 그 생각에서 벗어날 수가 없었다.

도대체 어떻게 된 사람일까……. 배운 것이 많은가……. 아니지, 스물두 살에 벌써 재단사 노릇을 했으면 아무리 짧아도 5년은 봉제공장밥을 먹었을 것 아닌가. 그럼 아무리 많이 배웠어야 중학교밖에 더 나왔겠는가. 그렇다면 많이 배웠다고 할 수가 없었다. 그런데 어찌 그런 생각을 할 수 있을까. 스텐공장은 일하는 모든 조건이 봉제공장에 비해 나빴으면 나빴지 좋을 것이 없었다. 그런데 자신은 막소주나 마시며 불평을 했을 뿐이지 그 사람 같은 생각을 해본 적이 없었다. 다른 공원들도 마찬가지였다. 그런데 그 어린 사람이 남들을 위해 자기 목숨을 버리다니……. 그게 똑똑한 것인가……, 어리석은 것인가……. 이 야박하고 약아빠진 세상에서 그런 사람이 있다니…….

도저히 풀 수 없는 의문에 시달리며 나복남은 외출을 하지 않았다. 그 의문들은 새로운 생각에 부딪치게 했다. 그 사람의 행동과 자신이 계획하고 있는 보복이 비교되는 것이었다.

「그 사람은 죽었지만 죽은 게 아니야. 우리 마음속에 살아 있으니까.」

여동생이 목이 메며 했던 말이 다시 들렸다. 여동생은 그 사람의 이야기를 하며 눈물까지 글썽였다. 그 사람은 확실히 죽은 것이 아니었다.

나복남은 또 밤늦도록 잠을 자지 못했다. 자신보다 나이 어린 사람이 목숨을 내던진 것과, 손가락이 잘려 복수를 계획하고 있는 자신과⋯⋯. 어떤 것이 옳은 것인지 알 수가 없었다. 그렇다고 여동생에게 속마음을 털어놓고 물어볼 수도 없었다. 그 비교는 혼자 앓는 괴로움이 되고 있었다.

나복남은 다음날도 외출을 하지 않았다. 그 생각을 몰아내려고 애를 썼지만 끈끈한 고무풀처럼 떨어지지 않았다. 그리고, 자신의 계획이 어딘가 잘못된 것이 아닌가 하는 생각이 자꾸만 커져가고 있었다.

나복남은 사장집도 살피지 않고, 양성팔도 더 만나지 않고 다시 천두만 아저씨를 따라나섰다. 여기저기 돌아다니며 그 생각을 잊으려고 했었는데 날이 가도 아무런 효과가 없었다. 무슨 마술에 걸린 것처럼 그 생각에서 벗어날 수가 없었다. 전태일 그 사람은 여동생의 가슴에만 살아 있는 것이 아니었다. 자신의 마음속에서도 점점 자리를 넓혀가고 있었다.

나복남은 열흘 만에 서울로 돌아왔다. 다음날 아침 일찍 집을 나섰다. 『근로기준법』이란 책부터 구해 읽어볼 작정이었다.

42
열대에 뿌린 죄

폭염을 식히는 스콜이 거센 기세로 퍼붓고 있었다. 열대 나무들의 넓고 두꺼운 잎사귀에 부딪치는 빗방울들은 천지에 가득 차는 상쾌하고 장중한 자연교향곡을 만들어내고 있었다. 갑자기 쏟아지는 열대의 소나기인 스콜도 신비스러웠고, 세찬 빗줄기들이 이루어내는 풋풋한 자연음의 조화도 월남의 신비였다.

문태복은 스콜을 바라보며 하염없이 앉아 있었다. 넓은 잎사귀들에 부딪치며 잘게 부서지는 빗방울들이 부옇게 떠돌고, 거기서 스며나오는 시원한 기운이 숙소 안의 더위를 식히고 있었다. 그러나 스콜은 그의 가슴은 식혀주지 못했다.

손을 끊으려고 끊으려고 애를 썼지만 노름의 마력은 끈질기고도 독했다. 본전만 찾으면, 본전만 찾으면…… 그 미련이 헤어날 수 없는 늪이었다. 이번에는, 이번에는…… 꼭 본전을 찾을 수 있을 것 같은 그 유혹이 사람을 망치는 독이었다. 돈을 잃고 나서야 후회는 절실해졌고, 다시는 손을 대지 않겠다는 다짐 또한 절실했다. 그러나 월급을 받아쥐고 보면 다시금 마음이 설렁거리기 시작했다. 그 자발없이 바람 타는 마음을 다잡으려고 어금니를 앙다물고 속입술을 깨물어댔다. 그러나 화투짝을 착착 쳐대며 냄새를 피우기 시작하면 도저히 견딜 수가 없게 되고는 했다. 그 증상은 아주 묘했다. 이번에는 틀림없이 본전을 건질 수 있을 것 같은 생각과 함께 전신 구석구석이 스멀스멀 하는가 하면, 머리에서 무슨 냄새가 나는 것 같으면서 정신이 아릿아릿해지고, 배고픔이나 목마름처럼 몸이 달아올라 안절부절못하게 되었다. 그 증상은 베트콩들의 맹렬한 공격으로 한나절 이상 담배를 피우지 못했을 때 일어나는 것과 흡사했다.

그러나 그 증상은 그 상태로 가라앉는 것이 아니었다. 화투판이 벌어지는 것을 보면 더욱 심해져 전신이 비비꼬이고, 눈앞에 화투짝들이 쉴 새없이 날아다니고, 밤새도록 돈을 따는 꿈을 꾸고, 밥맛도 싹 떨어지고, 순간순간 정신이 아뜩해지는가 하면, 말까지 더듬거려지고, 짜증이 꾸역꾸역 괴어오르다 못해 아무에게나 화를 내게 되었다. 하루 종일 담배를 피우지 못해 안달이 나고 죽을 지경인데 남이 담배를 피우는 것을 보고만 있어야 할 때와 다름없는 증상이었다.

그 고비를 넘기지 못하고 또 화투판에 끼여들고는 했다. 화투를 잡으면 꼭 거짓말처럼 그런 증상들은 말끔히 가셨다. 오랜 시간 담배를 입에 대지 못하다가 한 대를 피우고 나면 머리가 어질거리면서도 정신이 혼곤하고 아른한 속에서 마음이 착 가라앉고 기분이 가뿐해지는 것처럼.

문태복은 억세게 퍼부어대는 빗줄기를 멍하니 바라보며 어깨가 처져 내리도록 한숨을 쉬었다. 자신이 어쩌다 이 꼴이 되었는지 생각할수록 한심스러웠다. 어젯밤에 붙은 판에서는 6개월 월급을 고스란히 날리고 말았다. 자정을 넘기면서 판돈이 커지기 시작했고, 신바람 나게 패가 잘 붙어주었다. 화투판은 열기를 더해가면서 마침내 6개월 월급을 걸

만큼 달떠올랐다. 이것이 마지막이다! 하고 눈을 부릅뜨고 덤볐다. 그런데 어떻게 된 것인지 끗발이 안 서 여지없이 깨지고 말았다. 돈이 있어서 그 많은 액수를 건 것이 아니었다. 이자를 주기로 하고 서너 사람에게 빌렸으니 꼼짝없이 빚더미에 깔리는 신세가 되고 말았다. 자그마치 5부 이자였다. 엉뚱하게도 그런 돈놀이를 하고 있는 사람들이 원망스러웠다.

문태복의 가슴에서도 스콜이 내리고 있었다. 남들에게 보일 수 없는 후회의 눈물이 가슴 가득 쏟아져 내리고 있었다. 돈을 잃고 나면 꼭 뒤따르는 후회였다. 그때 기분으로는 앞으로는 절대로 화투를 만지지 않을 것 같았다. 그러나 스스로의 힘으로는 어찌할 수 없도록 다시 도지는 그 이상야릇한 증상이 이제 두려웠다.

내가 왜 이러는가. 이 덥고 위험한 전쟁터에 와서 내가 왜 이 꼴을 하고 있는가. 근무기한을 연장하고서도 빈털터리로 돌아가면 말이 되는가. 정신차려라, 정신차려라, 이 멀대 쪼다 같은 새끼야. 넌 이새끼야, 노름에 소질이 없어. 남들 밥만 되다가 거지꼴 되지 말고 정신 똑바로 차려. 지금부터 마음잡아도 때는 안 늦어. 제발 정신차려.

문태복은 자기자신을 힐책하며 신음을 씹었다. 스콜은 차츰 약해지고 있었다.

「왜 이러고 앉았어. 스콜 첨 봐?」

황동일이 늘어지게 하품을 하며 문태복의 옆에 와 앉았다.

「으응……, 그저…….」

문태복은 우물쭈물하며 담뱃갑을 꺼냈다.

「아니, 왜 이렇게 맥빠져 축 처져 있어? 안색도 안 좋고. 옳아, 또 그놈에 그림공부 하다 털린 거지?」

다잡듯 말하는 황동일의 얼굴이 일그러지고 있었다.

「아니 뭐……, 그게 원…….」

문태복은 계면쩍은 얼굴로 쩝쩝 쓴 입맛을 다셨다.

「이거 참 예삿일이 아닐세. 이번엔 또 얼마나 털렸어? 많아?」

황동일이 담배에 불을 붙이며 풀죽고 근심 짙은 문태복의 얼굴을 유심히 살폈다.

「아니……, 그저 그래.」

문태복은 고개를 저으며 억지웃음을 피워냈다.

「이봐, 제발 거기서 손떼라니까. 계속 그러다간 정말 도로아미타불로 생불알만 차고 귀국하게 된다니까. 그러는 넌 그 구멍 계속 파대면서 무슨 말이 많으냐 할지도 모르겠는데 말야. 알아, 주색잡기 패가망신이라는 말 있는 거. 그치만 이 월남에서 노름하는 거하고 바람피우는 거하고는 영 달라. 여기서 바람피우는 거야 여자값이 워낙 똥값이니까 우리나라의 반에 반값도 안 들잖아. 그치만 노름이야 그거 판돈 따라 큰돈이 왕창왕창 무너지잖아. 친구로서 아슬아슬해서 못 보겠어. 문 형, 혹시 완전히 중독된 거 아니야? 노름 중독도 마약에 중독된 것만큼이나 무섭다고 하던데. 마약 중독자는 논밭은 말할 것도 없고 솥까지 팔아먹고, 마지막에는 마누라고 딸까지 팔아먹고, 노름에 미친 사람은 하다하다 안 되니까 다시는 노름을 하지 않겠다고 도끼로 자기 손목을 잘라놓고는 얼마가 지나면 그 버릇을 고치지 못하고 하나 남은 왼손으로 화투짝을 잡는다는 거야. 사람이 그 지경이 되면 어찌 되겠어. 제발 마음 독하게 먹고 거기서 손을 끊어.」

「글쎄 말야, 나도 그러고 싶은데 참 미치겠어. 자꾸만 본전 생각은 나고……」

「본전 생각, 그게 사람 신세 조지게 하는 거라구. 그건 죽은 자식 불알 만지기니까 애저녁에 싹 잊어버리고 손 깨끗이 씻어야 해. 안 그러고 본전에 미련 가지면 정말 여기 와서 한 고생 꽝 되고 말아.」

「그걸 아는데 글쎄……」

「지금 너나 할 것 없이 다 정신차려야 해. 미군들이 철수하네 어쩌네 이상한 소문들이 떠돌고 있잖아. 방구 잦으면 똥 나오더라고 그런 소문 도는 게 심상치가 않아. 그건 우리 호시절도 날 샐 때가 얼마 안 남았다는 뜻이잖아.」

「글쎄, 그 소문이 정말일까? 물자 들어오는 걸 보면 달라지는 게 없는데.」

문태복은 긴장해서 황동일을 쳐다보았다.

「이런, 대충 건성으로 보는 우리 눈으로 그걸 어떻게 알아. 미군들 물자 들어오는 항구가 여기만 있는 것도 아니고. 어쨌거나 그런 소문이 돌고 있는 건 월남 경기가 한물가고 있다는 말하고 맞아떨어지잖아. 그러니까 문 형도 끝물이라 생각하고 정신 바짝 차리라 그거야.」

「이거 참 사람 미치고 환장하겠네.」

문태복은 또 쓴 입맛을 다셔대며 얼굴이 잔뜩 구겨졌다.

「어젯밤에는 얼마나 털렸는데?」

「아이구, 말 말어. 하여튼 내 옛날 오야지가 웬수야.」

「무슨 소리야?」

「무슨 소리긴. 내가 운전 배우면서 조수로 따라다닐 때 글쎄, 우리 오야지가 화투라면 사족을 못쓰는 사람이었거든. 그 시절에 어깨너머로 화투 배운 게 이렇게 드럽게 됐다니까.」

문태복이 한숨을 내쉬었다.

「오야지 한번 드럽게 만났네. 나 같은 사람을 만났어야지.」

「얼씨구. 그럼 바람피우는 것밖에 더 배웠겠어?」

「어허, 이렇게 모르는 게 많으니 원. 가운뎃다리 기운 센 거야 타고나는 거지 배워서 되는 게 아니잖아. 문 형이야 바람피우기 와따인 이 별천지에 와서도 1주일에 한 번이면 족하잖아. 나같이 멋진 친구한테 배우지도 못하고. 그러니 나 같은 오야지 만났으면 운전만 착실히 배웠을 것 아니냐 그거야.」

「허, 그거 말 되네.」

문태복이 허한 웃음을 흘리며 밖으로 눈길을 돌렸다.

언제 그리 억센 비가 쏟아졌느냐 싶게 숙소 뜰에는 강한 햇볕이 내리 쬐고 있었다. 스콜은 길어야 30분 남짓이었다. 파리나 모기까지 생명 있는 동물은 모두 그늘을 찾아들지 않을 수 없게 더위가 극심해지는 우기에 스콜은 하루에 한 차례씩 꼭 내렸다. 폭염에 시달리는 목숨들을 보호해 주는 하늘의 은총처럼. 한바탕 비에 목욕을 한 수목들의 초록색은 강렬한 햇볕 속에서 눈부시도록 싱싱하고 풍요로웠다. 흡족하게 쏟아지는 비와 넘치게 내리쬐는 햇볕, 모든 식물들은 흐드러지고 치렁치렁하게 무성해지지 않을 수가 없었다. 사람의 발길이 닿기 어려운 먼 산골일수록 나무들의 천국인 밀림이 겹겹이 이루어지는 것도 지극히 자연스러운 일이었다.

「가, 밥때 다 됐어.」

황동일이 일어났다.

「혼자 가. 나 밥 생각 없어.」

문태복이 담배를 빼들며 고개를 저었다.

「이거 왜 이래. 밥 안 먹고 어떻게 밤샘 운전을 해. 돈 털려 기분 잡치는 거하고 일하는 것하고는 별개잖아. 일할 준비 철저히 하지 않으면 엉뚱한 일 생기게 되니까 빨리 일어나.」

황동일이 문태복의 팔을 잡아끌었다.

문태복은 억지로 밥을 먹으려고 했지만 반도 먹지 못했다. 큰돈을 잃은 분함이 꼬약꼬약 괴어올라 가슴이 뜨겁기도 하고 갑갑하기도 해서 밥이 넘어가지 않았다. 그리고 이자 많은 그 돈을 언제 다 갚을까 하는 걱정으로 앞이 캄캄하기도 했다.

「아이구, 이 빌어먹을 것 좀 안 입을 수 없을까. 그렇잖아도 더운데 이

것까지 입으니 사람이 미칠 지경이잖아.」

「그러게 말야. 좀 얇기나 하면 또 몰라. 어떤 미련한 새끼가 두껍게는 만들어가지고. 이놈의 것 때문에 가슴이고 등이고 온통 땀띠투성이잖아.」

저녁을 먹은 운전수들은 교대시간에 맞추어 방탄조끼를 입으며 투덜거렸다.

「거 배부른 소리들 말어. 그것 입고 완전무장까지 하고 정글에서 싸우고 있는 군인들을 생각해 봐. 단돈 40딸라에 목숨 내걸고 있는 군인들에 비하면 우리 이건 아주 신선놀음이라구.」

「공자님 아들 말씀이로다. 거럼, 군소리 말고 착실히 착용해야지. 총알이 뭐 인정사정 있나.」

그들은 방탄조끼에 철모를 쓰고 주차장으로 나갔다. 학교 운동장보다 서너 배는 넓은 터에 짐을 가득가득 실은 트럭들이 정연하게 줄 서 있었다. 그들은 헌병이 지키고 있는 무기고 앞에서 M16을 지급받아 자기네 차에 오르기 시작했다. 운전수들이 방탄조끼 입는 것보다 더 귀찮아하는 것이 총이었다. 총은 일을 시작하기 전에 일일이 지급받고 일을 끝내면서 반납해야 하는 번거로움 때문이었다.

이가놈 그걸 팡 쏴 죽여버렸으면 좋겠어.

문태복은 총을 운전석 옆에 놓으며 불현듯 이 생각을 했다. 그는 자신의 생각에 섬찟 놀랐다. 그러나, 다시 생각해 보니 아무도 모르게 죽일 수만 있다면 죽여버리고 싶었다. 그자에게 돈을 잃은 것이 어젯밤만이 아니었다. 그가 오고 대여섯 달 동안에 줄곧 잃어왔다. 초장에는 더러 따기도 했지만 결국에는 빈손을 털어야 했다. 그자에게 돈을 잃은 사람이 한둘이 아니었다. 사람들은 그의 솜씨를 신기해 하는 한편으로 속임수를 쓰지 않나 싶어 눈을 부릅떴다. 그러나 속임수를 잡아내지는 못했다. 그런데 또 이상한 것이 있었다. 그도 어느 때는 엄청나게 큰돈을 잃기도 했다. 그것이 그에게 돈을 잃은 사람들을 더 몸달아 오르게 만들었다. 그의 솜씨라는 게 별거 아니고 재수만 좋으면 한 판으로 그동안 잃은 것을 복구할 수 있다는 생각으로 가슴을 설레게 했다. 어젯밤에 당한 것도 그런 마음으로 덤빈 탓이었다.

150대가 넘는 수송 트럭들이 스무 대, 서른 대씩 분리되어 여러 방향의 미군 보급창을 향해 출발하기 시작했다. 문태복은 차를 출발시키며 정신을 한곳으로 집중시키려고 했다. 다음 교대시간까지 24시간 동안의 전쟁터로 들어가는 참이었다. 월남전이란 전방도 후방도 없는 괴상망측한 전쟁이었지만 특히 수송차량들은 언제 어디서 기습을 당할지 몰라 잠시도 긴장을 풀 수 없었다. 베트콩들이 줄기차게 수송차량을 노리는 것은 두 가지 목적 때문이었다. 미군의 보급을 차단시키는 동시에 군수품을 확보하기 위해서였다.

문태복은 앞차를 따라 점점 속력을 내면서 미군이 철수할지도 모른다는 소문이 아무래도 믿어지지 않았다. 이대로 철수를 한다는 것은 미군이 전쟁에서 진다는 것인데, 미국이 진다는 것은 있을 수가 없는 일이었다. 상대가 소련도 아니고 고작 월맹일 뿐인데. 베트콩이란 무기라고 해봤자 겨우 소총에 박격포뿐이었다. 철모도 없이 초록색 헝겊모자를 썼고, 군화도 없이 맨발에 타이어를 잘라 만든 슬리퍼를 신고 싸우는 그들을 이기지 못한다는 건 말이 안 되는 소리였다. 거기다가 베트콩의 비행기라고는 아예 하늘을 날지 않았다. 미군의 온갖 비행기들이 활개치고 날아다니며 폭탄을 퍼부어대고, 얼마 전부터는 정글의 무성한 나무들을 순식간에 말라죽게 하는 고엽제를 뿌리고 있다는 소문인데 어째서 미군이 철수한다는 것인지 알 수가 없는 노릇이었다.

더구나 그 소문을 믿을 수 없는 건 군수품들이 줄어드는 기미가 없이 줄기차게 밀려들고 있었다. 그동안 몇 년에 걸쳐서 밤낮없이 실어나른 물자들이 얼마가 될 것인지 어림짐작도 할 수가 없었다. 그건 상상할 수도 없는 어머어마한 양일 텐데, 그 많은 군수품을 쏟아붓고도 전쟁을 깨꿋하게 이기지 못하는 건 또 이상한 일이 아닐 수 없었다. 끝도 한도 없이 펼쳐진 밀림 때문이라고도 했고, 베트콩들이 수많은 땅굴을 파고 신출귀몰하기 때문이라고도 했다. 어쨌거나 물자가 계속 풍성하게 들어오고 있는데 미군 철수란 괜한 뜬소문인지도 몰랐다. 어쩌면 미군들의 기세를 꺾기 위해서 베트콩 쪽에서 일삼아 퍼뜨리는 것일 수도 있었다.

그러나, 만약에 미군 철수가 사실이라면 그거야말로 큰일이 아닐 수 없었다. 한밑천 톡톡히 잡으려고 왔다가 돈을 벌기는커녕 노름빚을 안고 귀국했다가는 그런 망조가 없었다. 문태복은 정신이 바짝 들어 엉덩이를 들었다가 놓았다. 다시는 그놈의 화투짝에 손대지 말고 철군하기 전에 빚부터 꺼나가야지, 그는 마음이 다급해져 숨을 몰아쉬었다. 그런데 마음 한편에서는 억울한 생각이 다시 일며 이가 그놈을 죽이고 싶은 충동이 또 솟구쳤다.

다다다다…….

갑자기 기관총 난사음이 앞에서 들려왔다. 아직 어두워지지도 않았는데 이상하다 생각하며 문태복은 시선을 앞쪽으로 멀리 보냈다.

다다다다…….

총소리는 계속 울려대는데 앞차가 속도를 줄이는 느낌은 없었다. 그렇다고 위협사격을 가할 만한 숲이 가까운 것도 아니었다. 문태복은 이상하게 생각하며 앞쪽 좌우를 빠르게 살폈다. 왼쪽 먼 논둑길에서 소 한 마리가 하늘을 향해 치솟기는 것처럼 펄쩍펄쩍 뛰고 있었다.

다다다다…….

기관총은 그 소를 향해 난사되고 있었다. 소는 몇 번을 더 들뛰더니 그 큰 몸이 땅에 내던져지듯 푹 나가 넘어졌다. 기관총 소리가 멎고, 트럭들은 거침없이 질주해 대고 있었다.

「씨팔, 월남에선 소들도 전쟁을 치른다니까.」

문태복은 손등으로 턱 밑의 땀을 훔치며 내뱉었다.

농사짓는 주인 없이 혼자 어슬렁거리는 소들은 어디서나 여지없이 표적이 되었다. 이쪽의 반대편인 소의 배에 베트콩이 찰싹 달라붙어 이동하고 있다고 간주하기 때문이었다. 소를 향한 기총소사는 헬리콥터에서도 예사로 하고 있었다.

문태복은 껌을 까서 입에 넣었다. 어젯밤에 잠을 못 자 졸음이 오려고 했다.

딴 날과 다른 피곤에 시달리며 겨우겨우 일을 마친 문태복은 교대를 하자마자 침대에 쓰러졌다. 저녁밥을 먹으라고 황동일이 깨웠지만 그는 앓는 소리를 하며 손을 내저었다.

다음날 왁자지껄 밖이 소란한 바람에 문태복은 긴 잠에서 깨어났다. 무슨 일인가 싶어 숙소를 나선 문태복은 깜짝 놀랐다. 두 남자가 소리소리 질러대며 사무실을 향해 무엇이든 닥치는 대로 던지고 있었다. 임시 계약직일 뿐인 운전수들에게 회사의 사무실은 언제나 범접하기 어려운 성역이었다. 다른 운전수들은 멀찍이 떨어져 구경만 하고 있었다. 두 사람이 날뛰는 기세로 보아 누가 나서서 말리기도 어려운 형편이었다. 문태복은 여기저기를 두리번거리며 황동일을 찾았다. 랑한테 나갔는지 그는 보이지 않았다.

「저 사람들 왜 저래요?」

문태복은 옆에 있는 아무에게나 물었다.

「참 웃기는 사람들이오. 숙소에서 술을 퍼마시고 취해 술주정을 해대는 것도 뭐한데, 직원이 간섭한다고 멱살잡이를 하더니, 직원이 피하자 저 난리까지 치는구랴. 하루살이 목숨인 주제에 술기분 한번 기차게 뽑고 있는 거요. 내일 당할 깝세 그 배짱 한번 기똥차요.」

한 사람이 비아냥거렸다.

그때 헌병 지프가 들이닥쳤다. 술 취한 눈에도 헌병들이 들이대는 총은 보이는 모양이었다. 두 사람은 꼼짝못하고 붙들려갔다.

더 볼 것 없다는 듯 사무실에서는 다음날로 귀국 조처를 취했다. 두 사람은 차에 실려 떠나지 않을 수 없었다. 그런데 그들 중의 한 사람이 이가 그놈인 것을 알고 문태복은 뒤늦게 놀랐다. 본전을 찾을 길은 영영 없어지고 만 거였다.

그런데 그들이 떠나고 나서 이상한 소문이 떠돌기 시작했다. 그들은 날고 기는 노름꾼들로 한패라는 것이었다. 노름판에서 하나가 판에 끼여들면 다른 하나는 맞은편에서 구경하는 척하며 상대방들의 패를 신호로 다 알려준다고 했다. 그들은 여기서 털어먹을 만큼 다 털어먹고 일부러 사고를 저질러 빠져나간 것이라 했다. 귀국한 그들은 뒷돈을 써 다시 어느 회사의 현장으로 파고들지 모른다는 거였다.

문태복은 남모르게 가슴을 치고 또 쳤다. 그런 자들을 상대로 돈을 따겠다고 버둥거린 자신의 어리석음에 그만 죽고 싶었다.

「거 봐, 내가 뭐랬어. 문 형도 그놈들처럼 그렇게 본격적으로 나서지 않으려면 다시는 노름에 손대지 말어. 이 험한 세상 요령껏 눈치껏 살아야지 사람이 그리 순진해서야 원.」

황동일이 비웃는 듯 딱해 하는 듯 끌끌끌 혀를 찼다.

문태복은 하루하루가 지겹기만 했다. 속이 부글부글 끓어오르는 것을 가까스로 참아가며 폭염 속에서 운전대를 돌려대는 것도 죽을 지경인데 또다른 고통이 잇따르고 있었다.

「문 씨, 내 돈 빨리 갚아줘야 되겠는데. 집에서 돈이 급하다고 연락이 왔소.」

「아 예, 이번 월급을 타면…….」

「아니, 급하단 말 안 들려요? 월급날까지 기다릴 수 없으니까 딴사람한테 좀 빌려봐요.」

「그게 글쎄 어디 쉬워야 말이지요. 조금만 더 기다려 주세요.」

문태복은 그저 굽실거릴 수밖에 없었다.

「문 씨, 내 돈 언제 갚을 거요? 나 급히 쓸 데가 있는데.」

「예, 이번 월급을 타서…….」

「월급? 그거 틀림없소?」

「그럼요, 그날 바로 드릴게요.」

「문 씨가 빚이 많다는 소문인데 틀림없이 내 것부터 갚을 수 있다 그거요?」

「예, 그러지요.」

문태복은 다른 빚쟁이에게 또 시달려야 했다. 이렇게 서너 명에게 번갈아가며 빚 독촉을 당하다 보니 그는 나날이 사는 것 같지가 않았다. 그는 실의에 빠져 밤이면 유난히 반짝이는 남십자성을 하염없이 바라보고는 했다.

월급날 문태복은 꼼짝못하고 빚쟁이들에게 에워싸였다.

「이봐 문 씨, 나하고 약속했잖아.」

「틀림없이 내 것부터 갚겠다고 했으니까 빨리 내놔.」

「문 씨, 나한테 한 말 어찌 됐어?」

빚쟁이들은 문태복을 찢어가기라도 할 것처럼 서로 다투었다.

「왜들 이래요, 내가 당장 죽는 것도 아닌데. 나도 억울하고 분하게 사기당한 사람이니까 이러지들 말아요. 자아, 이거 다 내놓을 테니까 당신들이 알아서 갈라요.」

문태복은 그들에게 월급 봉투를 그대로 내줄 수밖에 없었다.

「이거 참 사람 환장하겠네. 월급 봉투를 뺏겨버렸으니 당장 담배 살 돈도 없고 어떻게 살지. 나 담배 한 대 줘.」

문태복은 황동일에게 손을 내밀었다.

「어떡하긴 뭘 어떡해. 빚쟁이들한테 가서 담배 사내라고 해야지.」

황동일이 담배 한 개비를 건네주며 시큰둥하게 말했다.

「빚쟁이들한테……?」

「당연하지. 돼지도 키워서 잡아먹는다고 나한테 돈 받으려면 돌아가면서 담배를 사내라. 그렇지 않으면 나 일 못한다 하고 공갈치라구. 그럼 자기들이 어쩔 거야. 그런 배짱도 없이 남의 돈 쓰고, 월급봉투 내줬어? 즈네들이 담배 사주기 싫으면 담뱃값은 돌려줄 거라구.」

문태복은 담배를 빨며 황동일을 멍하니 쳐다보았다. 아무래도 황동일은 자기보다 한 수 위인 것만 같았다.

문태복은 곰곰이 생각해 보니 황동일의 말이 맞는 것 같았다. 언제까지 황동일에게 담배를 얻어 피울 수 없는 일이었고, 더구나 다른 사람들에게 손을 내밀며 웃음거리가 될 수는 없었다.

「뭐 길게 말할 것 없이 아까 나눠 가진 돈에서 담배 한 보루 값만 내놓으쇼. 나 담배 못 피우면 일 못하니까.」

문태복은 첫 번째 빚쟁이한테 찾아가 다짜고짜 말했다.

「아니, 그게 무슨 소리요?」

빚쟁이가 눈을 치떴다.

「그게 뭐 모를 소리요? 돼지도 키워서 잡아먹더라고 내가 일해서 돈 갚게 하려면 담배는 사 피울 수 있게 해달라 그거요. 정 씨도 담배 피우니까 알겠지만, 담배 굶고 살 수 있소? 난 하루에 한 갑 피우니까 돈 빌려준 사람들이 한 보루 값씩만 내놓으면 다음 월급날까지 해결돼요. 그냥 달라는 거 아니니까 갚은 돈에서 까라구요.」

「이거야 원, 똥싼 놈이 큰체하더라고 완전히 똥배짱일세.」

그러나 빚쟁이는 담배 한 보루 값을 내놓았다. 그 돈을 내보이자 다른 사람들도 마땅찮아하면서도 돈을 내놓았다.

문태복은 그 돈을 챙겨넣고, 세상 참 별나게 사는 방법도 다 있다, 생각하며 어이없게 웃었다. 택시 한 대 장만할 꿈은 깨끗하게 날아가 버리고 거지꼴이 된 자신의 모습에 헛웃음밖에 나오지 않았다. 세 끼 밥은 회사에서 먹여주니 그나마 다행이었다.

문태복은 운전대를 잡고 있을 때보다 쉴 때가 더 괴로웠다. 돈이 없으니 외출은 꿈도 꾸지 못하고 꼼짝없이 숙소에 갇혀 있어야 했다. 남들은 외출해 즐겁게 시간을 보내는데 혼자 숙소에 남아 있어야 하는 것처럼 큰 고역이 없었다. 시간은 지루하게 가지 않았고, 짜증이 날수록 더위는 더 심해졌다. 창살 없는 감옥이란 바로 그것이었다.

　돈이 없으니까 쌀국수는 더 먹고 싶어지고, 여자도 더 품고 싶어졌다. 아니, 돈이 없으니까 더 그런 마음이 동하는 것이 아니었다. 1주일에 한 번씩은 몸을 풀어왔었는데 벌써 3주를 그냥 넘기고 있었다. 몸매 날씬한 꽁까이들의 모습이 눈앞에 어른거리지 않을 수 없었다. 그러나 그런 목마름을 풀 길이 없었다. 자신은 이미 빚투성이로 알려져 있어서 그 누구에게도 돈을 빌릴 수가 없었다.

　그는 더 견딜 수가 없어서 변소로 가서 수음을 했다. 돈 몇 달러가 없어서 수음을 해야 하는 자신의 꼴이 너무나 비참하고 한심스러웠다. 내가 또다시 노름을 하면 개새끼다! 내가 또다시 화투짝을 만지면 정말 개새끼다! 정말로, 정말로 개새끼다! 그는 바지를 끌어올리며 부르짖었다. 정말 다시는 노름을 하지 않을 결심이었다.

　그는 고개를 젖혀 숨을 토해내다가 멈칫했다. 천장에 손바닥보다 큰 도마뱀이 달라붙어 큰 눈을 껌벅거리고 있었다. 그놈이 수음하는 것을 내려다보고 있었다고 생각하니 기가 막혀 그는 픽 웃음을 흘렸다. 도마뱀은 꼼짝도 하지 않고 있다가 갑자기 긴 혀를 쑥 내밀었다. 순간적으로 빠져나온 두 가닥의 긴 혀는 무엇인가를 채가지고 순식간에 사라졌다. 파리나 무슨 벌레를 낚아챈 것이다. 도마뱀은 파리나 모기만큼 월남에 흔했다. 험상궂고 징글맞게 생긴 것과는 달리 순하면서 아무 피해도 주지 않는 도마뱀들은 벽이고 천장이고 다니지 못하는 곳이 없었다. 펑퍼짐하고 두꺼운 몸집에 비해 턱없이 가늘고 연약해 보이는 발가락으로 천장이나 벽을 꽉 움켜쥐고 찰싹 달라붙어 있는 기술은 신기하기만 했다.

새끼, 건방지게 허가도 안 받고 남 물건 구경하고 그래.

문태복은 도마뱀에게 눈을 흘기고 변소를 나왔다. 돈의 힘을 다시금 뼈저리게 느끼며, 앞으로 절대로 화투에 손대지 않을 것을 다시 결심했다. 다른 때와 달리 그 결심을 지킬 수 있을 것 같은 절실함이 마음에 서리는 것을 느끼고 있었다.

「나 2~3일 내로 귀국할 거야.」

어느 날 황동일이 불쑥 한 말이었다.

「뭐라구? 그게 무슨 소리야?」

문태복은 어리둥절해서 그를 쳐다보았다.

「응, 아버지가 위독하시다는 편지가 왔어. 돈벌이가 아깝지만 어쩔 수 없잖아.」

황동일이 시무룩하게 대꾸했다.

「어디가 편찮으신데?」

「암인지 뭔지 확실하지가 않은 모양이야. 입원하셨다니까 빨리 가보는 수밖에 없지.」

「그래야겠지…….」

문태복은 힘없이 중얼거렸다. 갑자기 의지할 데가 없어지는 것 같아 그는 더 마음이 침울해지고 있었다. 자신도 황동일과 함께 비행기를 타고 싶었다. 그러나 그건 순간적인 마음일 뿐이었다. 돈도 한푼 없고, 빚쟁이들이 놓아줄 리도 없었다.

「자아, 이거 내 주소니까 문 형 주소도 적어줘. 문 형 귀국하면 만나자고.」

황동일이 종이쪽지를 내밀었다.

이틀 뒤에 황동일이 떠나자 문태복은 월남생활이 더욱 지겨워지기만 했다. 말상대가 없어지고 빚쟁이들만 대하게 되니 하루하루는 더 지루해지고, 풀 길 없는 울화만 부글부글 끓어오르고 있었다.

그놈들이 그런 속임수를 쓰는 한패라는 게 왜 그놈들이 내뺀 다음에 알려졌는지 모를 일이었다. 미리 알았더라면 무슨 수를 써서든 가만두지 않았을 것이다. 밤마다 그놈들을 죽이고 돈을 되찾는 꿈을 꾸는가 하면, 어느 때는 자신이 그놈들에게 죽기도 했다. 300여 명 중에서 당한 사람이 한둘이 아니니 그놈들이 쓸어간 돈은 엄청날 거였다. 귀국해서 언제라도 그놈들을 만나면 꼭 죽이고 말겠다는 증오가 월남 하늘에서 이글거리는 백광처럼 가슴에서 뜨겁게 끓고 있었다.

　황동일이 떠나고 열흘쯤 지나 문태복은 사무실로 오라는 연락을 받았다. 그는 가슴이 철렁했다. 사무실의 호출을 당하면 열에 아홉은 나쁜 일 때문이라 근로자들은 누구나 겁부터 먹었다.

　「문 씨, 뭐 잘못한 것 있소?」

　「혹시 그 일 때문에 그러는 것 아닌가?」

　「설마, 그건 지난 지가 언젠데.」

　「누가 알아? 늦게라도 찍으면 찍히는 거지. 돈 받아먹고 사람 바꿔치기 하려면 무슨 짓을 못해. 뒷돈 쓰고 덤비는 놈들 쌔고 쌘 판에.」

　「그야 그럴 수도 있지.」

　운전수들은 문태복의 불안한 가슴에 부채질을 해대듯 입들을 모았다. 문태복은 아무 대꾸도 하지 않고 숙소를 나섰다. 그러나 그들의 말이 맞을지도 모른다는 불안감이 마구 부풀고 있었다.

　사무실로 들어선 문태복은 멈칫 놀랐다. 저쪽에서 먼저 자신을 알아보고 의자에서 일어난 여자는 랑이었다. 그 여자를 보는 순간 황동일의 얼굴이 떠오름과 동시에 무슨 일이 벌어졌다는 느낌이 스쳤다.

　「저 사람 맞아요?」

　총무과장이 영어로 랑에게 물었다. 그 말을 어깨 좁고 마른 월남 남자가 랑에게 통역했다. 그 남자는 회사의 현지 고용인이었다.

　랑이 울먹이는 얼굴로 고개를 끄덕였다.

「당신, 황동일이하고 친구지?」

총무과장이 화난 얼굴로 문태복에게 물었다.

「아닙니다. 친구는 아니고 여기 와서 친하게 지낸 편이지요.」

문태복은 랑이 울먹이는 것을 보고 자신의 첫 느낌이 틀림없다고 생각했다.

「황동일 연락처 알아?」

「아뇨.」

문태복은 고개를 저었다. 랑이 딱하기는 했지만 어쩔 수가 없었다.

총무과장이 다시 영어로 몇 마디 했고, 통역은 그 말을 랑에게 해주었다. 랑은 두 손으로 얼굴을 감싸며 의자에 털썩 주저앉았다.

「됐어, 돌아가.」

총무과장이 문태복에게 턱짓했다.

「저어……, 무슨 일인가요?」

문태복은 짐작으로만 만족할 수가 없어서 몸을 사리며 조심스럽게 물었다.

「가끔 생기는 일인데, 보면 몰라? 황동일 그놈이 임신시켜 놓고 줄행랑을 친 거야. 결혼하자고 사기 친 놈이나, 그 말 믿고 임신한 여자나 다 똑같은 것들이야. 아유, 골치 아파.」

총무과장이 화내는 것이 두려워 문태복은 얼른 돌아섰다.

「이 험한 세상 요령껏 눈치껏 살아야지 사람이 그리 순진해서야 원.」

문태복은 숙소로 돌아오며 황동일이 했던 이 말을 다시 듣고 있었다. 그리고 문득, 결혼하자고 꼬신 다음부터는 돈도 안 주고 공짜로 한 것은 아닐까? 하는 생각이 들기도 했다.

그나저나 랑은 어떻게 할 것인가? 임신이 몇 개월인지 알고 싶었지만 총무과장의 서슬에 더 물을 수가 없었다. 얼핏 들은 바로는 3개월이 넘으면 수술도 어렵다고 했다. 문태복은 3개월이 넘지 않았기를 바라며 담배를 빼물었다. 담배에 불을 붙이고 그는 변소 쪽으로 발길을 돌렸다. 지금 숙소로 가게 되면 심심한 입들이 이때다 하고 떠들어댈 것이 뻔했던 것이다. 연락처를 모른다고 해버린 것이 다시금 랑에게 미안했다.

문태복은 소변을 보면서 역시 황동일은 자신보다 한 수 위라고 생각하고 있었다. 지금쯤 서울에서 랑은 까맣게 잊어버리고 어떤 여자를 꼬드기고 있을지 모를 일이었다.

햇살이 가려지는가 싶더니 이내 스콜이 쏟아지기 시작했다. 문태복은 담배를 입에 문 채 두 팔을 쫙 벌리고 빗줄기 속으로 나섰다. 삭일 수 없는 분함으로 가슴이 너무 뜨거웠다.

43
10년 세월

「하룻밤 팁만 글쎄 5천 원이래잖니, 5천 원!」

「그럼 그게 한 달이면 얼마라는 거니? 오 삼에 십오면…….」

「삼 오 십에 오, 15만 원이지 뭐야.」

「15만 원! 그게 정말일까? 우리들 1년치 월급보다 더 많은데.」

「글쎄, 나도 계산을 해봤는데 너무 겁나서 믿어지지가 않아.」

「기집애들, 못나기는. 그게 가난뱅이 우리한테나 큰돈이지 돈 많은 쪽 발이들한테는 푼돈이래잖아. 일본돈이 우리나라 돈보다 더 가치가 있기도 하고 말야.」

「세상에……, 그럼 1년을 열 달만 잡고 그 돈이 얼마니?」

「물어 뭐 해? 150만 원이지. 어지간한 집 한 채 값, 150만 원.」

「아이구 어지러워. 몸치장에 뭐에 50만 원을 쓴대도 100만 원이면 팔자 고칠 돈이잖아. 미장원도 차릴 수 있고 양품점도 차릴 수 있고.」

「말해 뭘 해. 통닭집, 식품점, 하고 싶은 것 뭐든지 차려서 떼돈을 벌

수가 있지. 애, 애, 자꾸 말만 하지 말고 빨리 마음들 정하자.」

어둠 속에서 김명숙은 친구 임귀례에게 조용히 하라는 손짓을 했다. 불빛 흐린 방에서 들려오는 말에 김명숙은 현기증 일어나는 충격을 받고 있었다.

「너 미쳤니? 언니들한테 물어보지도 않고 무슨 마음을 정해?」

「아이구, 미친 건 바로 너구나? 언니들이 그런 데로 옮기기라도 할 것 같애? 보나마나 반대하고 나설 건데.」

「반대하긴. 언니들도 함께 가서 눈 딱 감고 1년만 벌면 얼마나 좋겠니. 다같이 팔자가 피는 건데.」

「애, 또 얼띠게 말하는 것 좀 보게. 기집애야, 스물네 살까지가 땡이랬잖아. 근데 언니들은 벌써 스물다섯도 넘어 스물여섯이 됐잖아. 자격상실, 벌써 늙었다 그런 말씀이야.」

「어머머머, 언니들이 늙다니. 언니들이 들으면 너무 서운해 하겠다. 아직 시집도 안 간 처녀들인데.」

「서운해도 어쩔 수 없지 뭐. 여자 나이 스물다섯 넘으면 꽃띠로 안 치는 거야 세상이 정한 거니까.」

「맞어, 그러니깐 우리도 정신차려야 한다구. 퇴물 취급당할 날이 2~3년밖에 안 남았잖아. 어물어물 날만 보내지 말고 빨랑 결정해야 해.」

「그래, 이러고 있어선 안 돼. 그쪽으로 옮기고 싶어하는 애들이 많대잖아. 오늘 밤에라도 언니들한테 의논해 보자.」

「난 그건 반대야. 언니들이 그쪽으로 가라고 할 것 같지도 않고, 언니들이 가지 말랜다고 너희들은 갈 맘이 있는데도 안 갈거니? 그게 아니잖아. 우리 친언니들도 아니고, 같은 직장에서 일하다 보니 자취생활 좀 싸고 편하게 해보자고 언니 동생 하며 지내게 된 건데, 다 자기 좋을 대로 생각해서 하는 게 젤 좋은 거라구. 자기 인생 자기가 알아서 해야 되는 것 아니겠어?」

「하긴 그래. 서로가 다 남남이고, 자기 일은 결국 자기가 알아서 해야 되겠지 뭐. 그래서 인생은 고독한 거라고 한 것 아니겠어?」

「얼씨구, 아주 고상하게 나오네.」

김명숙은 발끝걸음으로 물러서며 임귀례에게 손짓했다. 임귀례도 살금살금 뒤로 물러서기 시작했다. 둘이는 좁고 지저분한 마당을 가로질러 언제나 반쯤 열려 있는 판자대문을 빠져나갔다. 드나드는 여공들이 너무 많아 주인집에서는 문단속을 아예 포기해 버렸다. 그런데도 도둑 맞는 일은 한 번도 없었다. 도둑들도 가진 것이라곤 아무것도 없는 여공들의 자취집이라는 것 정도는 알고 있는 모양이었다.

「어딜 가는 거야?」

눈이 녹아 질척거리는 골목을 걸으며 임귀례가 물었다.

「아무데나 가서 시간을 좀 보내야지. 바로 들어갈 수가 없잖아.」

김명숙이 말끝에 한숨을 달았다.

「그래, 괜히 엿들은 것같이 입장이 난처하지. 근데, 술집에서 나이 어린 것들을 꼬셔낸다는 게 헛소문이 아니었어, 애. 그것도 그렇구, 어린 기집애들 말하는 것도 그렇구, 난 겁나 죽겠어.」

임귀례가 어깨를 추스르며 떨었다.

「그것도 저것도 다 겁낼 것 없어. 그냥 모르는 척하고 있으면 끝날 일들이니까.」

「넌 하나도 놀라지도 않고, 그건 또 무슨 소리니?」

「우선 저 호떡집으로 들어가자.」

「밥상 차려놨을 텐데. 괜히……」

「괜찮아, 너무 돈 아까워하지 말어. 걔네들한테 의논할 시간을 좀 줘야지.」

김명숙은 친구의 팔을 끌었다.

바깥 날씨가 추운 만큼 호떡집 유리창문에는 김이 가득 서려 있었다.

여러 가지 중국빵들이 싸고 따끈해서 겨울철 서민들의 휴식처답게 호떡집에는 사람들이 바글거렸다. 그들은 호떡을 시키고 뜨거운 물부터 마셨다.

「아까 그거 무슨 소리야?」

임귀례가 김명숙을 쳐다보았다.

「으응……, 저런 일 넌 첨 당하는가 본데 난 몇 년 전에 당해봤거든. 내가 왜 차장했었다고 했잖아? 그때 당한 일인데……, 그때도 지금하고 똑같이 술집에서 우릴 꼬실려고 들었어. 나랑 친구 셋이서 소개아줌마를 만나보고, 안 좋을 것 같아서 난 친구들을 말렸어. 근데 두 친구는 편한 돈벌이를 찾아서 결국 떠났어. 차장 일은 정말 아더메치고 힘들었걸랑. 근데 말야……, 폐병을 앓았던 내 고향 친구 복녀는 피를 토해 폐병쟁이인 것이 들통나 어디론가 팔려가 버리고, 경상도가 고향이었던 보금이라는 친구는 그 뒤로 안 만나서 어찌 됐는지 몰라. 내 말은, 젊은 애들 그렇게 꼬셔내는 일이야 그전부터 있었던 일이고, 애들이 돈 편하게 벌고 싶어서 바람잡고 나서는 것도 못 말리는 거니까 모르는 척 내버려두라는 거야.」

김명숙이 마침 나온 호떡을 집어들며 임귀례에게도 어서 먹으라고 눈짓했다.

「애, 그래도 그렇지 술집에 나가면 신세 망치는 거잖아.」

임귀례가 호떡을 집으며 울상을 지었다.

「충청도 양반께서 모르시는 것이 없네. 왜, 그게 무서워?」

김명숙이 손가락에 묻은 설탕물을 핥으며 피식 웃었다.

「그야 서울물 먹고 살면 누구든 다 아는 일이잖아. 처녀가 몸 버리면 평생 신세 망치는 건데, 애들이 그렇게 못하게 막아야지 어떻게 내버려둬?」

「괜히 충청도식으로 순진한 소리 하지 말어. 아까 말한 대로 내가 그 일 해봐서 아는데, 아무리 입 아프게 말해봤자 소용이 없어. 돈에 미치면 정신을 못 차리더라구.」

「그래, 우리 사장 돈에 미쳐서 하는 꼴 좀 봐. 그래도 얘, 한솥밥 먹은 정이 있는데 애들을 말려야 되지 않겠니? 잘못될 것을 뻔히 알면서……」

「차암, 넌 순진한 거냐 답답한 거냐? 내 말은 그만두더라도 아까 걔네들이 하던 말 생각해 봐. 우리한테 의논할 필요도 없다고 하잖아. 그렇게 작정하고 나서는 애들한테 우리 말이 통하겠니?」

「그래, 그것도 그렇긴 하네. 근데 말야, 난 걔네들한테 참 섭섭하고 서운하다. 우리 보고 늙었다느니 퇴물이라느니, 말들 하는 게 싸가지가 없어.」

「글쎄, 기분 좋을 건 없지만 영 틀린 말도 아니잖니? 나이 스물세넷이면 다 시집가고, 스물다섯이면 노처녀로 헌신짝 취급해 버리는 게 세상 인심이잖아. 난 그따위 소리에 신경 안 써.」

김명숙은 물컵을 들더니 후루룩거리며 마셔댔다. 그 소리에 그녀의 상한 기분이 묻어나고 있었다.

「근데 있잖니, 나라에서는 왜 그리 쪽발이들을 무작정 받아들이는 거니? 속도 없이.」

「너 무슨 소리야, 지금? 너나 나나 할 것 없이 돈에 환장 들렸고, 나라에서도 딸라 벌어들이느라고 정신이 하나도 없잖아. 쪽발이들이 와서 그 귀한 딸라를 푹푹 쓰고 가는데 왜 막아? 많이 올수록 대환영이지.」

「아무리 딸라가 좋지만 그래도 우리 체면이란 게 있잖아. 술집에서 그짓들 하는 그 기생관광인지 뭔지로 세상이 시끌시끌하잖아.」

「참 웃기고 앉았어. 피 흘리고 죽어가면서 월남에서 딸라 벌어오는 건 괜찮고 여자들 기생관광으로 딸라 버는 건 왜 말썽이니? 알다가도 모르겠어.」

「그야 일본놈들이니까 그렇잖아.」

「얘, 웃기는 소리 하지 말어. 딸라면 다 똑같은 딸라지 왜놈 딸라, 월

남 딸라 표시가 있니? 그리 자존심 상하면 나라를 뺏기지 말았어야 할 것
아냐. 그러고, 월남에서 죽고 병신 되는 것에 비하면 술집에서 돈 버는
건 아무것도 아니잖아. 그만 가자.」

김명숙이 발딱 몸을 일으켰다.

「넌 어찌 그리 맨날 유식한 사람처럼 말을 잘하니, 사람 기죽게.」

임귀례가 충청도 어조로 느릿하게 말하며 따라 일어났다.

"앵두나무 우물가에 동네처녀 바람났네.
물동이 호미자루 나도 몰래 내던지고."

가로등 불빛이 침침하게 흐린 골목으로 접어들며 김명숙이 흥얼거리
기 시작하자 임귀례도 자연스럽게 목소리를 맞추었다. 그들이 그렇게
스스럼없이 노래를 맞춰 부를 수 있는 건 평소에 하도 많이 부른 탓이었
다. 그렇다고 늘 노래를 부르며 살 만큼 나날의 생활이 즐겁거나 신나는
것은 아니었다. 그들의 가발공장에서도 작업능률을 올리려고 작업장마
다 노래를 틀어놓고 있었다. 날마다 노래를 듣고 따라 부르고 하다 보니
노래라는 노래는 모르는 게 없게 되었다.

"말만 들은 서울로 누구를 찾아
이쁜이도 금순이도 단봇짐을 싸았다네."

판자대문을 들어서고, 마당을 가로지르면서 그들의 노랫소리는 좀더
커지고 있었다. 그 노래는 '공순이 주제가'라고 해서 여공들은 누구나
다 좋아했다. 김명숙은 노래 속의 이쁜이와 금순이가 자신과 나복녀인
것만 같아 그 대목에서는 꼭 목이 메고 슬픔이 사무쳤다.

「어머, 언니들이다.」

「어서 오세요. 배고프시지요?」

「무슨 좋은 일 있으세요? 집에서 노래를 다 부르시구.」

그들은 방에서 몰려나오며 인사치레하기에 바빴다.

저 맹랑한 것들 좀 봐. 그런 눈치를 어디 챌 수가 있어. 사람이란 너

무 무서워. 속이려고 들면 그 속을 전혀 알 도리가 없는 거야. 정신차려야 해!

김명숙은 이 사실을 다시 확인하며 마음의 치부책에다가 써넣었다.

「어서 드세요. 생각보다 야근이 빨리 끝나셨네요?」

한 아가씨가 밥상을 김명숙 앞에 놓으며 물었다. 유치한 색감의 꽃이 찍혀 있는 둥근 양은밥상에는 보리 섞인 밥 두 그릇, 콩나물국 두 그릇, 총각김치, 두부조림 한 접시가 놓여 있었다.

「시야게할 게 그리 많지 않아서. 야근이 짧아져도 걱정이다.」

숟가락을 집어들며 김명숙은 한숨을 쉬는 기색으로 대꾸했다.

「그럼 미국에서 가발이 한물가고 있다는 게 정말인 모양이죠?」

다른 세 아가씨 중의 하나가 냉큼 물었다.

「몇 년 동안 없어서 못 팔아먹을 정도로 잘 팔아먹었으니까 한물가는 거야 당연하지 않니? 가발이 닳아지는 것도 아닌데.」

김명숙의 심드렁한 대꾸였다.

「어머, 그럼 우리들은 어떡하죠?」

「어떡하긴 뭘 어떡해. 가발공장이 당장 문닫는 것도 아니고, 지금 다른 공장들이 많이 생기고 있으니까 업종 봐가면서 슬슬 옮겨가면 되는 거지.」

「그치만 기술이 달라지잖아요.」

「까짓 기술이라는 게 뭐 별건가? 가발기술 익히듯 배우면 되는 거지. 공순이 기술이라는 게 다 그게 그 타령이니까 맘먹기에 달렸잖아.」

김명숙은 직장 후배 넷을 찬찬히 둘러보았다. 여섯이서 한 방을 쓰는 것은 순전히 방세 때문이었다. 그리고, 고참과 신참들이 섞인 것은 공장장을 앞세운 회사의 입김 탓이었다. 같은 업종끼리 공원 빼돌리기가 심해서 신참들의 철새 버릇을 고참들 힘을 빌려 막고자 했다.

「예에, 그야 그렇지요……」

한 아가씨가 어물거렸고, 다른 세 아가씨는 힐끔힐끔 눈치를 보았다.

「느네들 야학에 다닐 맘은 전혀 없는 거니?」

김명숙은 느닷없이 말머리를 돌렸다.

「그거 배우고는 싶은데요, 매일 나가지 못하고 야근하는 날을 빼먹으면 그 담에는 무슨 말인지 알아들을 수가 없고, 선생님들은 싫어하고……」

「애, 순덕아, 공부하기 싫으면 좋게 공부하기 싫다고 할 것이지 선생님들 핑계는 왜 대? 야학선생님들 중에서 어느 분이 우릴 싫어하시든? 그분들이 싫어하는 건 결석한 우리가 아니라 멋대로 야근시키는 사람들이잖아. 그래, 안 그래?」

김명숙의 말꼬리가 카랑해졌다.

「예에, 그야……」

얼굴 곱상한 정순덕이 눈을 내리깔았다.

「느네들 다 똑똑히 들어. 대학생들이 돈을 받기는커녕 자기네들 돈을 써가면서 우리 같은 것들을 가르쳐주려고 애쓰시는데, 세상에 그보다 더 고마운 일이 어디 있니. 우리가 무식 면해서 사람으로 대접받고 살려면 배우는 것밖에 없으니까 다들 야학에 열심히 나가라구. 야학에선 그냥 공부만 배우는 게 아니잖아. 전태일 같은 사람에 대해서도 배우고, 사람이 아는 게 얼마나 많아져. 그래. 정신들 똑바로 차려.」

김명숙은 다시 네 사람을 하나하나 주시해 나갔다.

속말을 그렇게 에둘러서 하고 있는 김명숙을 바라보며 임귀례는 늘 정 깊고 튼실한 김명숙의 마음을 느끼고 있었다.

「전태일 그 사람 그리 죽은 게 남자답고 아싸리하긴 하지만 우리한테는 손해만 입히고 있잖아요. 그 사람 죽은 후로 업주들이 우릴 부쩍 의심하고 감시하고 하는데, 참 짜증나고 귀찮아요.」

다른 아가씨의 말이 퉁명스러웠다.

「양자 너, 그따위 무식한 소릴 어디서 막 지껄이고 그래? 너 말야 야학에 안 나가서 대학생선생님들 말씀 안 들으니까 그따위 무식한 소릴 마구 지껄여대는 거야. 너, 전태일이란 사람이 왜 하나밖에 없는 목숨에 불을 붙여 분신자살을 했는지 알어? 그 사람은 자기를 위해서가 아니라 우리들 노동자 전부를 위해서 죽은 거야. 너, 이 말 무슨 말인지 아니? 자기만 위하는 사람은 그렇게 죽지 못해. 여기 앉아 있는 우리들처럼 제 목숨이 아까워서. 그런데 그 사람은 이 땅의 모든 노동자들이 사람다운 대접을 받으며 잘살게 하기 위해서 하나뿐인 자기 목숨을 내던져 불타 죽은 거야. 주 예수가 모든 인간들의 죄를 대신해 십자가에 못박혀 죽은 것처럼. 그러니까 그 사람은 우리 노동자들의 예수라구, 노동자들의 예수!」

김명숙의 목소리가 떨리고 있었다.

「언니……, 그, 그런 말 대학생선생님들이 했수?」

이양자가 두려움이 서린 듯한 얼굴로 더듬거리며 물었다.

「당연하지. 그 선생님들 아니면 나같이 무식한 것이 그런 기막힌 소릴 어떻게 해. 사람이 괜히 배워야 하는 줄 아니?」

「글쎄, 우리 노동자들의 예수라는 말 들으니까 가슴이 찌르르한 게 영 이상하네요. 왜 사장이나 공장장 같은 사람들은 그 사람을 다혈질이니 정신병자니 하고 욕하고, 그 사람 죽어서 빨갱이들이 박수치고 좋아할 거라는 이상한 말을 하고 그래요?」

정순덕이 의아스럽게 물었다.

「그야 당연하잖아. 우리가 그 사람을 따라 배우면 자기네들한테 손해니까.」

김명숙은 자기보다 나이 어린 스물두 살의 전태일이라는 남자에게 또 휘감기고 있었다. 슬픔과 감동으로 가슴 떨리며.

이틀이 지나 월급을 받고, 그날 밤으로 정순덕과 이양자는 자취를 감추었다.

「아줌마, 이렇게 빈손으로 가면 어떡해요. 당장 세수를 할래도…….」

정순덕이 불안한 눈길로 주위를 살피며 앉음새를 고쳤다.

「까짓것 걱정하지 말래니까 그러네. 공순이 신세로 살면서 빤스 하나, 수건 하나 반듯한 것 없을 거야 뻔할 뻔 자 아니겠어? 그까짓 넝마 다 된 것들 가져가면 뭘 해. 가져가느라고 무거워서 고생하고, 펴놓으면 구질구질해 창피만 당하지. 돈만 싹 챙겨가지고 나왔으면 됐어. 치약, 칫솔부터 외출복까지 하나도 빼지 않고 좌악 신품으루다 광나게 해줄 테니까. 알아들어?」

얼굴이 홀쭉하고 눈이 반들반들한 소개쟁이 여자는 우유를 한모금 마시고는 눈웃음을 쳤다.

「아줌마, 우리 넷이 함께 가기로 했는데 우리만 이렇게……, 의리 없이…….」

소개쟁이의 눈치를 살피는 이양자의 조심스러운 말에는 불만이 서려 있었다.

「흥, 의리 좋아하시네. 이게 지금 깡패질 나서는 거야? 의리 따지고 앉았게. 그게 아니면 수학여행 떠나는 거야? 넷이 함께 가기로 약속하게. 정신 똑바로 차려. 이건 장난도 놀러가는 것도 아니고 직업전선에 나서는 거야. 난 무식해서 유식한 말 좋아하지 않지만, 느네들도 직업전선이란 말은 알지? 근데 왜 전선이라고 했겠어? 사람들이 돈벌이하면서 살아가는 게 전쟁터에서 싸우는 것과 같다 그런 뜻 아니겠어? 그러니까 말야, 전쟁터에서 서로 살아나려고 인정사정이 없잖아. 돈벌이도 마찬가지야. 서로 많이 벌려고 피도 눈물도 없는 거야. 공장에서 좀 당해봐서 알지? 사장들 하는 거. 근데 말야, 돈벌이라는 게 결국 뭐지? 기술껏 요령껏 남의 주머니에 있는 것 빼먹기 시합 아니겠어? 근데 있잖아, 술집에선 그게 아주 노골적이라 그거야. 돈 두둑하게 가지고 술기운에 기마이 쓰는 남자들의 돈은 그 누구나 먼저 빼먹는 게 임자야. 근데 그 기술이나 요령이 뭐냐? 첫째가 인물이고, 둘째가 애교야. 인제 무슨 말인지 알아잡수셨지? 여자라고 다 화류계로 빠질 수 있는 게 아니라구. 가난하면 인물이라도 반닥하게 생겨야 어찌 별들 날 있지. 가난하면서 인물도 볼 게 없으면 그 인생은 영영 파이야. 남자들이 애써 돈 벌어서 괜히 비싼 술 마시는 게 아니다 그런 말씀이야.」

소개쟁이 여자는 빤지르르한 인상에 어울리게 청산유수로 읊어댔다.

「아줌마, 우린 일본말을 못해요. 빠가야로 한마디밖에는.」

정순덕이 심각한 얼굴로 말했다.

「그깐 건 하나도 걱정할 거 없어. 한 이틀이면 당장 필요한 몇 마디는 배울 수 있고, 술자리에서야 말보다 더 필요한 게 애교부리는 것 아니겠어? 그 다음이 노래 한가락 뽑는 거구. 내가 살짝 미리 말해 주겠는데 말이지, 우리나라 남자들도 그렇지만 특히 쪽바리들은 여자가 애교 떠는 것 되게 좋아한다. 걔네들 짜다고 소문났지만 여자가 맘에 들었다 하면 돈을 막 푼다는 거야. 그 요령 잘 부려 몇 년 사이에 왕창 돈 번 여자가 바로 느네들 맡아줄 한 마담이야. 그 한 마담도 처음엔 일본말이라곤 몇 마디밖에 몰랐는데두 돈은 착착 잘 빼냈대. 그런 요령은 차차 다 알게 될 테니까 아무 걱정할 거 없어. 어서 빵들 먹어. 가게.」

정순덕과 이양자는 서로 불안한 눈길을 나누며 포크로 빵을 찍었다.

「저어……, 아까 말한 옷이고 뭐 그런 것들은……, 우린 돈이 얼마 없는데…….」

정순덕이 빵을 입으로 가져가다 말고 조심스럽게 말을 꺼냈다.

「으응, 그런 건 하나도 걱정할 거 없어. 한 마담 언니가 화장품까지 싹 알아서 구해주고, 화장하는 법까지 다 가르쳐줄 테니까. 느네들은 부지런히 벌어서 갚으면 돼. 참, 느네들이 부럽다. 내 젊은 시절에도 이렇게 경기가 흥청망청했더라면 나도 한밑천 왕창 잡았을 텐데 빌어먹을, 아까운 세월만 다 갔어. 막내동생들 같아서 내가 한마디 해두겠는데 말야,

똑똑히 기억해 두라구. 인생살이라는 건 돈 놓고 돈 먹기구, 누구든 돈 많으면 왕이구, 돈 없으면 시체야.」

소개쟁이 여자는 그 생김처럼 야무지게 말하며 의자에서 발딱 일어섰다.

혼자 잘난 척 되게 하네. 이 세상에서 최고 와따가 돈이라는 걸 누가 몰라? 사람 웃기고 자빠졌네.

정순덕이 빵집을 나서며 소리 없이 내뱉고 있었고,

잔소리 말어. 돈 좋은 거야 세 살 먹은 어린애도 다 아니까. 여자 신세 멍드는 것 뻔히 알면서도 술집으로 왜 가는데. 개처럼 벌어서 정승처럼 쓰려는 거라구.

이양자도 이런 속말을 하고 있었다.

택시에서 내린 소개쟁이 여자가 어둠침침한 뒷골목을 더듬어 찾아간 곳은 서대문 적십자병원 뒤쪽으로 이어진 오래된 한옥촌이었다. 그 여자가 찾아들어 간 집은 ㄷ자의 흔한 서울식 한옥이었다.

「아이구 한 마담, 마침 와 있었네.」

소개쟁이 여자가 대청마루로 올라서며 반갑게 말했다.

「네에, 어서 오세요. 그렇잖아도 애들 데려다주고 아줌마 만나보려고 방금 돌아온 참이에요.」

멋부린 여자가 대청으로 나서며 대꾸했다. 그런데, 불빛에 드러난 그 얼굴은 차장이었던 박보금이었다. 그녀는 그동안 성을 바꿔 '한 마담'이 되어 있었다.

「애들아, 인사드려라. 느네들이 앞으로 받들어 뫼셔야 할 한 마담이시다.」

안방으로 들어서며 소개쟁이 여자가 정순덕과 이양자에게 턱짓했다. 그들은 어찌해야 좋을지 모르는 기색으로 머뭇거렸다.

「참 뻔때 좋은 촌닭들이네. 저래 가지고 절이나 제대로 할 줄 알겠어?

내가 차차 가르쳐줄 테니까 오늘은 그냥 눈맞추는 것으로 됐어.」화장을
짙게 한 박보금은 그들에게 앉으라고 손짓하고는, 「그 대신 아다라시는
틀림없죠?」하며 소개쟁이에게 눈길을 돌렸다.

「그야 두말하면 잔소리지. 척 보면 삼천 리잖아.」

「아니, 그럼 직접 확인 안 하셨어요?」

「안 하긴. 둘 다 또박또박 물어서 확답을 받았지. 의심나면 한 마담이
다시 확인해 봐.」

소개쟁이 여자는 천연덕스럽게 말을 받아넘기고 있었다. 그러나, 언
제나 조심조심 아가씨들을 꾀어내야 하는 처지에서 '너희들 숫처녀냐
아니냐' 따지고 들어서는 일을 성사시킬 수 없었다.

「예, 됐어요. 좌우간 조선놈들이고 왜놈들이고 남자라고 생겨먹은 것
들은 어찌 그리 아다라시를 좋아하는지 원. 꼴들 웃기지도 않아.」

박보금이 담배를 빼들며 쓰게 웃었다.

「영계에다 아다라시 밝히는 거야 사내꼭지들이 부리는 못된 행투잖
아. 그야 사내들 고질병이니까 어쩔 수 없는 일인데, 그치만 그 덕에 먹
고 사는 사람들도 수두룩하니까 나쁠 것도 없어. 유행가 가사대로 세상
은 참 요지경 속이지 뭐야.」

「하긴 그렇기도 하네요. 아줌마나 나나 다 그 덕에 사는 거니까.」

박보금이 담배연기를 길게 내뿜었다.

「근데 쪽발이 경기는 어떨 것 같애? 월남 경기는 김새기 시작한다는데.」

「월남 경기 날 새고 있는 거야 뻔할 뻔 자고, 쪽발이 경기는 앞으로 점
점 더 불붙을 거예요. 글쎄 일본 사업가들이 우리나라에 와서 보고 하는
말이, '한국에는 길바닥에 돈이 굴러다닌다'고 한대잖아요. 그만큼 일제
물건들을 팔아먹을 게 많다는 거래요. 좋아요, 왜놈들이 돈 많이 벌면
난 계속해서 걔네들 헬렐레하게 만들어 긁어낼 테니까.」

「어머, 한 마담은 좋겠네. 이 젊은 나이에 아가씨들을 열씩이나 거느

리고 있으니 곧 떼돈 벌게 생겼잖아.」

「젊긴요. 화류계 환갑 넘어 술상에서 밀려난 지가 언제라고요. 어쨌든 이 짓 해서 여섯 식구 먹여살리고, 네 동생 학교 보내니까 난 당당해요.」

「그럼요, 그렇다마다요. 헌데, 요정은 언제나 채리게 되나요?」

「너무 급하게 생각하지 말고 기다려요. 다 때가 되면 이것 그대로 물려줄 테니까. 요정을 차려 돈에 원수 갚도록 돈을 벌고 싶은 마음은 내가 더 급해요.」

박보금은 또 담배연기를 길게 내뿜었다.

서울서 부산까지 고속도로가 뚫리면서 바로 생겨난 말이 '1일생활권'이었다. 고속버스 타고 부산에 가 볼일 다 보고 서울에 돌아와 저녁을 먹을 수 있는 세상이 되었다는 거였다. 기차보다 빠른 고속버스의 시대, 그건 분명 달라진 세상의 시작이고 더 잘살게 될 거라는 기대를 부풀게 했다. 그러나, 그와 정반대의 반발을 촉발시키기도 했다. '호남 푸대접'이라는 말이 어느 때 없이 거세게 솟아오르고 있는 것이 그것이었다. 그동안 경제개발 5개년 계획을 거듭하면서 개발이 경상도 쪽으로만 치중된 것은 분명했고, 그럴 때마다 '호남 푸대접'은 심심찮게 떠올라 정치권을 자극하며 그 해결을 위한 위원회 같은 것까지 만들어지곤 했었다.

「와따메, 고속도로 팽 뚫린 시상에 요놈으 뻐스는 워째 이리 들뛰고 난리판굿이다야. 처녀덜 시집도 못 가보고 방뎅이 다덜 깨지겄다.」

비포장 도로를 달리며 흔들리는 버스 속에서 어떤 남자가 컬컬한 소리로 말했다.

「잉, 그래도 설이라고 타관서 고상덜 죽사리치게 허다가 부모형제 만내보겄다고 요리 고향 찾아오는 질인디, 요 험헌 신작로 꼬라지가 머시여. 홍, 즈그 경상도땅은 싹 포장혔겠제? 나가 멋도 몰르고 야물딱지게 생긴 것만 보고 박정희럴 두 번이나 꽉꽉 찍어줬는디, 니미럴 인자 다시는 안 찍어줘. 고속도로 놓는 것 봉께로 그 사람 영 느자구가 읎어.」

「으따, 입은 옆으로 찢어졌어도 말은 바르게 허드라고. 자네가 술 얻어
묵고 고무신 받아 챙기는 맛에 박정희 찍었제 언제라고 이뻐서 찍었남?
또 술 멫 잔 걸치고, 밀가리고 비누고 받으면 더 볼 것 머시가 있겄어?」

「아따, 사람 멀로 보고 허는 소리여 시방? 아, 우리 전라도를 그리 홍
어좆으로 아는디 속창아리도 읎어? 그려, 막걸리고 수건이고 머시든지
다 줘. 주는 것이야 다 받아묵고 찍는 것이야 안 찍어줄 것잉께.」

「얼랴, 고것 참 존 방도시 잉. 싹 다 그리 혀불면 그간에 우리 전라도
푸대접허고 시퍼본 서운함 톡톡허니 갚는 것 아니겄어?」

「어허, 귀 한분 붉아 좋네 그려. 긍께로 자네넌 내 동상이여.」

「요놈이 성님얼 보고!」

두 남자는 껄껄대고 웃어댔다.

「워메, 월출산이네!」

갑자기 터진 어떤 아가씨의 탄성이었고,

「워야 반가운거. 꿈에 보든 그대로시!」

설 쇠려고 고향을 찾아오는 다른 아가씨의 탄성이 이어졌다.

어엄니이……, 어엄니이…….

김명숙은 저 멀리 나타난 월출산을 바라보며 자신도 모르게 어머니를
부르고 있었다. 월출산을 보는 순간 꼭 어머니를 대한 것처럼 반가움과
서러움이 복받쳐올랐다. 육중한 바위들로 첩첩이 봉우리를 이루고 있는
신령스러운 월출산은 어머니 다음으로 꿈에 자주 나타나기도 했었다.
조금 전에 한 아가씨가 외친 것을 보면 월출산을 꿈에 본 것은 자신만이
아닌 모양이었다.

김명숙은 10년 만에 마주 대하는 월출산을 경건한 눈길로 바라보고
있었다. 월출산은 10년 세월 정도는 아무것도 아니라는 듯 예전과 다름
없이 우람한 자태 그대로 신비스러움과 아름다움을 우아하고 그윽하게

간직하고 있었다.

월출산은 바위산의 아름다움이 더없이 빼어난 산이었다. 월출산의 신비스러움과 아름다움은 두 가지 사실이 합해져 이루어지고 있었다. 사방 그 어디를 둘러보아도 산줄기라고는 없이 질펀한 들녘일 뿐인데 어찌 그렇게 거대한 바위산이 솟을 수 있는 것인지. 그리고, 바위산이 되 무작정 커서 위압적인 것이 아니라 수많은 작은 봉우리들이 모여 산을 이루고, 그 산들은 겹겹이 큰 산을 이루어내며 아기자기하고 오밀조밀하게 조화되어 있었다. 넓은 들판 가운데 솟아 더욱 우람해 보이고, 그러면서 수많은 봉우리들이 어우러져 섬세한 아름다움을 자아내는 월출산은 바위산의 극치를 이루고 있었다. 그 겹겹의 봉우리에 안개가 감겨 있을 때는 범접하기 어렵게 신령스럽기 그지없었고, 눈이 하얗게 내려 있으면 신선의 세상이 저기가 아닌가 싶게 신비스러움은 절정을 이루었다.

월출산을 보고 나자 버스 안은 더욱 소란해지기 시작했다. 영암에 다 왔고, 월출산을 감돌아가면 이내 강진이었다. 김명숙은 마음이 바빠 사람들을 따라 짐을 챙기고 싶기도 했지만 촌스럽게 굴지 않으려고 꾹 참았다. 미리 챙겨야 할 만큼 짐이 많지도 않았다.

어머니와 동생들을 10년 만에 만날 생각으로 김명숙은 가슴이 울렁거리면서도 한편으로는 겁이 나고 있었다. 함께 돌아와야 하는데 나복녀의 식구들을 어찌 대하나 하는 걱정 때문이었다. 복녀와 함께 집을 떠날 때 품었던 꿈은 사라진 지 오래였다. 꿈을 줄이고 바꾸기도 했지만 아무것도 이루지 못하고 가발공장 여공 신세로 나이만 열 살이나 불어나 있었다. 그러나 타관생활 10년을 그냥 넘길 수는 없었다.

「워메 이년아, 니가 누구여!」

부엌에서 나오던 월하댁은 이렇게 울부짖으며 둘째딸을 왈칵 보듬었다.

「엄니이……, 엄니이…….」

김명숙은 짐을 마당에 내던진 채 제 몸집보다 작은 어머니의 품으로 한사코 파고들며 느껴울고 있었다.

「시상에나 만상에나 요새년 꿈자리서도 잘 안 뵈등마 니가 워쩐 일이 다냐. 이년아, 이 독허고 무정헌 년아, 그간에 죽지는 않고 있다고 간간이 소식이나 전했어야제 10년 세월 다 흘러가도 핀지 한 장 안 보냄서 이 에미 애간장얼 그리도 태우다니, 에라이 요 못된 년아, 웬수가 따로 읎다.」

월하댁은 한 손으로 딸의 등을 치고 다른 손으로 딸의 등을 쓰다듬으면서 눈물이 홍건하게 젖은 소리로 읊조리고 있었다.

「아니, 엄니…….」

그때 키 껑충한 고등학생이 사립을 들어서다가 엉거주춤 멈춰섰다.

「인냐 선진아, 둘째누나 왔다, 둘째누나. 니가 그리 보고 잡어허고 걱정해쌌튼 명숙이 누나가 왔어.」

월하댁이 눈물을 훔치며 생기 넘치는 소리로 막내아들에게 알렸다.

「음마……!」

김명숙은 키 큰 고등학생을 올려다보며 어리둥절해졌고,

「얼랴…….」

김선진도 파마머리의 여자를 바라보며 당황스런 기색이 드러나고 있었다.

「봐라, 10년 세월이란 것이 늙어가는 사람헌티는 벨라 표가 안 나도 커나는 사람들헌티는 요리 무서운 것이여. 한 성제간에도 그간에 한 분도 안 보고 산께 서로 얼렁 못 알아보덜 안 혀.」

월하댁이 양쪽 손으로 딸과 아들의 손을 각각 잡아 끌어당겨 서로 마주잡게 했다.

「선진아, 니가 요리 커부렀을 줄 몰랐다. 참말로 몰라보겠다.」

김명숙은 저절로 나오는 고향말을 하며 청년 선진의 모습에서 문득 아버지의 느낌이 스치는 것을 보았다.

「누나도 너무 변해부렀구마. 꿈에서는 맨날 여학생이든디……」

김선진이 쑥스럽게 웃으며 목이 잠겼다.

「어야 선진아, 요러고 있을 때가 아니라 얼렁 달구새끼 한 마리 모가지 삐틀어라. 누나 시장허다.」

어머니가 밥을 하면서 쉼없이 엮어내는 집안 이야기를 들으며 김명숙은 한없이 초라해지는 자신을 느끼고 있었다. 큰오빠는 검사, 언니는 서독 간호원, 작은오빠는 고시생, 여동생 금숙이는 사범대생, 막내동생은 고3이었다.

「……언니가 서독에 안 갔드라면 큰 탈 날 뻔혔어. 다 그 덕에 묵고 살고 핵교 댕기고 헝께.」

월하댁은 긴 한숨을 쉬었다.

「큰오빠는 으쩌고라?」

김명숙은 자신도 모르게 기를 세웠다.

「글씨……, 검사 월급이 원체로 작은디다가 양심 잘 지켜야 헝께 어쩔 수가 읎고, 언니도 핀지 보낼 때마동 큰오빠 심들게 허지 말라고 당부다.」

「음마 요상허시. 판검사 되면 금세 그 집안이 활짝 핀다고 허든디……」

「피기야 무섭게 폈지야. 사람덜이 우리 집안을 얼매나 높이 보는지 아냐? 워디서 만내도 내 그림자도 못 볿는다 말이여. 그리 지체 높아졌으면 되았제 멀 더 바래겄냐.」

김명숙은 뭔가 서운한 느낌이 들었지만 너무 오랜만에 상면한 어머니가 어려워 더 입을 놀리지 못했다.

「엄니 말 믿으면 안 되야. 그냥 듣기 좋게 허는 소린께. 큰성은 우리럴 우세시럽게 생각허고 자주 볼라고도 안 혀. 작은성이 큰성 집에 있지도 못허고 따로 하숙허는 형편잉께.」

　말문이 트인 막내동생이 다음날 어머니 없는 틈에 한 말이었다. 김명숙은 그제서야 어머니가 왜 자꾸만 한숨을 쉬었는지 깨달았다.

　「아조 잘 되았다. 요 가발공장 공순이가 찾아가면 검사님이 징허게 반가와라 헐 것잉께 서울 가듬절로 찾아가야 쓰겄다.」

　김명숙의 입술이 씰그러지고 있었다.

　「글먼 안 돼야, 엄니 속 터진께로!」

　김선진이 울상이 되어 소리쳤다.

44
서로 다른 길

한 사람씩 면접하기에는 면접실은 턱없이 넓었다. 보통 교실 크기만한 면접실 한가운데는 팔걸이 없는 의자 하나가 놓여 있었고, 그 정면에 육중한 나무 책상 세 개가 버티고 있었다. 그 구도부터가 신입사원 응시자들의 기를 꺾기에 충분한 위압감을 자아내고 있었다. 마치 범죄자 취조실 같은 그런 딱딱하게 살벌한 구도는 어느 회사나 다 마찬가지였다.

허진은 몸이 자꾸 졸아들고 숨쉬기가 힘겨운 것을 느끼며, 군대에서 대대장실에 불려갔을 때와 별 다름없는 긴장감에 떨고 있었다.

「고등학교는 일류를 다녔는데 대학은 이게……, 무슨 이유가 있소?」

마침내 서류를 뒤적이고 있던 세 사람 중에서 가운데 사람이 말을 던졌다.

「예, 집안이 가난해서 4년 동안 장학금을 받지 않으면 대학을 다닐 수 없었습니다. 아르바이트 수입으로는 동생들을 학교에 보내야 했으니까요.」

허진은 자신의 성실성과 인내력 그리고 책임감을 동시에 입증할 수 있다는 순간적인 판단에 따라 이렇게 대답했다.

　　「호오! 그럼 4년 동안 학비를 전부 장학금으로 해결하고, 동생들을 위해 아르바이트까지 했다 그거요?」

　　가운데 사람은 콧등의 안경을 밀어올리며 호감을 드러내 보였다.

　　「예, 그렇습니다.」

　　「으음, 가난한 거야 어쩔 수 없고……, 그 의지력 한번 쓸 만하구만.」 가운데 사람은 혼자말을 하며 고개를 끄덕거리고는, 「좀 듣기 거북한 말일지 모르지만, 우리 회사에는 일류대학 출신들이 많소. 만약 근무하게 된다면 그 사람들하고 비교가 될 거고, 어떤 면에서는 억울하다고 생각될 정도로 불이익을 당할 수도 있소. 그런 경우가 생기면 어떡하겠소?」 그는 엷은 웃음이 스치는 얼굴로 멀리 앉은 허진을 바라보았다.

　　「예에……, 그런 점은 제가 장학금을 보고 속칭 이류대학을 갈 때부터 저를 괴롭힌 고민이고 콤플렉스였습니다. 그런데 저는 그것을 실력으로 극복하고자 했습니다. 남다른 실력과 남들을 앞지르는 성실한 근무로 학벌의 열세를 만회할 자신이 있습니다. 그러나, 현실은 현실이기 때문에 학연에 따른 어떤 불이익이 오게 된다면 그때는 참는 도리밖에 없다고 생각하고 있습니다.」

　　허진은 평소에 가지고 있던 생각을 그대로 털어놓았다.

　　「참는다……, 왜 참지? 항의하고 덤빌 생각은 없는가?」

　　가운데 사람은 의식적인지 무의식적인지 말을 놓고 있었다.

　　「예, 그건 가난이 저에게 준 피치 못할 운명이기 때문입니다. 그리고 우리 사회에서 학연은 사회문제가 될 정도로 한 개인이 뛰어넘을 수 없는 벽입니다.」

　　「흐음……, 남들을 앞지르는 성실한 근무라고 했는데, 구체적으로 어떻게 근무하겠다는 것인가?」

「예, 제 혈육인 동생들을 돌보았던 열성으로 회사 일을 하고자 합니다. 왜냐하면 회사의 월급이 저의 동생들을 먹이고 입히고 가르칠 것이기 때문입니다. 혈육을 사랑하듯 회사를 사랑하면 그 누구보다 성실하게 근무하게 되리라 믿습니다.」

「음, 혈육을 사랑하듯 회사를 사랑한다……」 그는 고개를 주억거리고는, 「실력에 대해서도 자신만만한 모양인데, 이번 시험에서 몇 등이나 했을 것 같은가?」 하며 빙그레 웃었다.

「확실하게는 모르겠습니다만, 틀린 것은 별로 없었지 않나 싶습니다.」

「1등을 자신한다는 투로군. 미안하지만 1등이 아닐세.」

「네에……?」

허진은 이게 어찌 된 일인가 싶었다. 스스로의 채점으로도 그랬지만 상대방의 웃음에서 1등을 자신했던 것이다.

「뭐 그리 놀랄 것 없어. 2점이면 한 문제 차이니까 1등이나 다름없지. 회사에서 중요시하는 건 1등짜리의 이론적 실력보다는 10등짜리의 성실과 근면이니까. 자아, 수고했으니 나가도 좋소.」

가운데 앉은 사람이 담배를 빼들었다.

「예, 그만 물러가겠습니다.」

허진은 고개를 깊이 숙였다. 그는 합격의 예감을 확실하게 느끼고 있었다.

「오빠, 여러 생각하지 말고 하청업체 하나 차려봐요. 남들은 줄 대느라고 야단법석인데……, 취직하는 것보다는 훨씬 빠르대요…….」

허진은 복도를 걸어나오며 동생 미경의 말을 듣고 있었다. 여동생은 자기 하나 희생하고 집안을 구하면 된다는 처음의 생각을 변함없이 간직하고 있었다. 제대를 하고 복학을 할 때도 계속 피하던 눈치더니 졸업을 앞두게 되자 얼마 전에 굳이 찾아와 어렵게 꺼낸 말이었다.

「그래, 고맙다. 아직 시간이 있으니 좀 생각해 보자.」

미경이에게 '고맙다'고 할 수밖에 없었다. 꼭 고마워서 그러는 것이 아니었다. 세상살이의 이런저런 경우를 당하면서 마음에 꼭 맞는 말을 하기가 쉽지 않지만, 여동생 앞에서는 정말 마땅한 말을 찾을 수가 없었다. 여동생이 사장의 첩이 된다는 것은 도저히 용납할 수 없는 일이었지만 그 사건을 알았을 때는 여동생은 이미 임신 중이었다. 그때 낙태수술을 하라고 강압하지 못했다. 여동생은 자기 하나 희생해서 집안을 구할 수 있다면 더 바랄 게 없다고 마음을 정리하고 있었고, 자신은 오빠로서 그 일을 수습할 수 있는 아무런 능력도 없는 채 이미 엎질러진 물이라는 절망감에 빠져 있었다. 그리고, 여동생은 제 나름의 공을 세우기도 했다. 자신이 군대에 묶여 있는 동안 집을 마련하고, 할머니를 그 힘겨운 돈벌이에서 벗어나게 하고, 두 동생을 학교에 보낸 것은 여동생 말마따나 '희생'의 덕이었다. 이 엄연한 현실 앞에서 '고맙다'는 말은 어쩌면 가장 적절하고 진실한 말인지도 몰랐다.

그러나 자신의 일마저 여동생의 희생을 먹이로 하며 고마워할 수는 없었다. 그 원수 같은 가난을 물리치고 돈을 빨리 벌려면 분명 취직보다는 하청업체를 차려야 했다. 여동생의 말은 백 번 옳았다. 그러나 또 한 가지 분명한 사실이 있었다. 아무리 가난이 지긋지긋했지만 자신의 자존심을 그렇게 더럽히고 싶지는 않았다. 그래서 여동생에게는 아무 응답도 없이 그 회사와 맞먹을 만한 회사에 입사시험을 쳤다.

허진은 현관을 나서며 담배에 불을 붙였다. 여동생 미경이도 자신의 이런 선택을 훨씬 더 좋아할 것 같았다. 자기를 옹색한 입장에 처하지 않게 해준 오빠에게 감사하리라 생각하며 그는 담배연기를 후련하게 내뿜었다.

미경아, 걱정하지 마라. 시시한 월급쟁이로 끝나지 않을 테니까. 이 나라는 이제 발동을 걸기 시작했으니까 앞으로 사업을 일으킬 기회는 얼마든지 있다. 내가 가난에 원수 갚는 모습을 똑똑히 보여주마.

이틀 뒤에 최종 합격자 발표를 했다. 허진은 자기 이름을 확인하고 돌아서며 제일 먼저 유일표를 생각했다. 12층짜리 높고 높은 건물의 일류 회사에 근무하게 된 것은 유일표의 덕이 가장 컸다. 어려운 고비마다 유일표는 친구들을 앞장서 이끌며 자신을 도와주고 용기를 북돋워주곤 했었다.

허진은 마음이 급해 전화부터 걸고 싶었지만 재건대에는 전화가 없었다. 그는 버스정류장으로 걸음을 서둘렀다.

「난 인생의 절반은 포기했어. 그렇다고 승려가 되거나 신부가 될 수도 없잖아. 내 기질에 전혀 맞지 않으니까. 난 여기가 딱 좋으니까 아무 걱정하지 마.」

유일표가 하는 말이었다. 고등학교 때 정치가 지망생이었던 그가 넝마주이들과 함께 재건대에서 살 수밖에 없는 것이 너무 기막히고 어이없었다. 아버지 때문에 시퍼렇게 젊고 능력 있는 그가 그렇게 삶을 포기해야 한다는 것이 도무지 믿을 수 없는 일이었다. 그러나 그것은 거역할 수 없는 현실이었다.

연좌제……, 연좌제……, 이런 잔혹한 법을 시행하는 나라가 어디 또 있을까. 분단……, 분단……, 그건 무엇인가…….

유일표가 딱하면 딱할수록 허진은 그런 현실에 분노하고 괴로워했다. 그러나, 그럴수록 그는 절망에 깊이 빠지며 국가라는 거대한 조직 앞에서 자신은 벌레만도 못한 존재라는 것을 뼈저리게 느껴야 했다.

「일표야, 나 합격했다.」

허진은 기어드는 소리로 겨우 말하며 눈길을 떨구었다.

「와아, 잘됐다. 축하한다. 오늘 저녁에 당장 축하주 마시게 연락하자.」

유일표는 허진을 얼싸안으며 외쳤다.

허진은 말이 막히는 것을 느꼈다. 유일표의 우정이 그렇게 뜨거울수록 미안하고 죄를 짓는 기분이었다. 사회진출이 완전히 막혀 넝마더미

속에 파묻혀 있는 유일표에게 자신의 일류회사 취직은 또다른 상처가 될 것이 분명했다.

유일표에게 고마움을 가장 먼저 표해야 하고, 그렇게 하고 보니 그를 괴롭히는 것이 되고, 이런 미묘한 관계가 허진은 못내 옹색스러웠다. 자신을 구원해 준 넝마더미 재건대에서 자신이 빠져나가게 되자 그 빈자리를 채우듯 유일표가 들어섰다. 그러나 유일표가 언제 이곳을 벗어나게 될지 기약이 없어 허진은 더없이 우울하고 착잡했다.

「가자. 점심 먹고 식당에서 전화 빌려 쓰게.」

유일표는 때가 더께 진 목장갑을 벗으며 환하게 웃었다.

「주한이도 그렇고 상재도 그렇고, 다 매인 몸들이라 오늘 당장 가능할까?」

「저희들이 아무리 바쁜 척해도 이 소식 들으면 별수없이 쫓아오게 돼 있어. 철공소 직공 허진이 거기서 좌절하지 않고 대학을 졸업하고, 당당하게 일류회사의 직원이 됐으니 이보다 더 반가운 소식이 어디 있나. 말을 하고 보니 지나온 세월이 참 꿈만 같다야.」

유일표는 감회 깊은 얼굴이 되며 허진의 어깨를 지그시 잡았다. 묵직하고 우수 어린 그의 얼굴에는 사나이가 살아온 29년 세월이 담겨 있었다.

「다 너희들 덕이야. 난 뭐라고 할말이 없어.」

허진은 겨우 이렇게 말하며, 말이라는 것이 속마음을 털어놓기에 얼마나 마땅찮고, 진심을 말로 나타낸다는 것이 얼마나 어려운 것인지를 또 느끼고 있었다.

「덕은 무슨. 모든 게 네가 꺾이지 않고 이겨낸 결과야. 솔직히 말해서 난 너를 지켜보면서 위태위태하고 아슬아슬하기도 했는데, 네가 그렇게 끈질기게 버텨내는 걸 보고 놀랐어. 그런 집념과 인내심이면 앞으로의 길이야 더 볼 것 없이 탄탄대로야.」

「모르겠어. 사회생활이라는 걸 어떻게 해야 할 것인지 겁나고 긴장되고 그래.」

「그거 뭘 별거겠어? 군대생활도 다 이겨냈는데. 자아, 가자. 배고프다.」

작업복을 대충 턴 유일표가 허진의 팔을 툭 치며 걸음을 옮겨놓았다.

남산의 나무들은 아무런 군더더기 없이 잎들을 다 떨군 채 추운 모습들로 오롯이 서 있었다. 허진은 무심코 그 겨울나무들을 바라보다가 남산이 몇 년 사이에 많이 변했다는 것을 느꼈다. 등산객이 많아진 대신 나무들은 표나게 줄고 있었다. 그리고 전보다 더욱 많아진 자동차들은 심한 소음을 일으키며 남산 중턱을 질주해 대고 있었다.

「박정희는 틀렸어. 4년씩 두 번이나 해먹었으면 됐지. 왜 법을 맘대로 뜯어고치고 그래. 이승만하고 뭐가 달라.」

「말 조심해. 이승만은 부정부패로 나라 망쳤지만 박정희는 이렇게 살기 좋게 경제발전 시키고 있잖아. 막 좋아지는 판에 그 양반이 관두면 누가 맡아 할 거야. 인물이 없다구, 인물이.」

「자네 술잔 얻어먹었구먼. 공화당에서 하는 소리 똑같이 하는 걸 보니. 괜히 박정희, 박정희 하지 말어. 어쨌거나 독재는 절대로 안 돼. 나라 망하니까.」

「아니, 그럼 야당이 하면 나라가 제대로 될 것 같애? 어림도 없는 소리 하질 말어. 야당은 틀렸어.」

「이 사람 이거 순 엉터리야. 야당이 하면 안 된다니. 시켜보지도 않고 자네가 어떻게 알어. 그게 말이 돼?」

「어허 이 사람들아, 이러다가 쌈 나겠어. 그만들 해, 그만.」

연탄가게를 겸한 구멍가게 앞에서 네댓 명의 남자들이 서로 질세라 기를 세우고 있었다. 대통령 선거바람이 남산 아래 골목에도 어김없이 불어대고 있는 판이었다.

「우리나라 사람들 말 한가락씩은 다 잘해. 이번에 누가 될 것 같애?」

허진이 픽 웃으며 유일표를 쳐다보았다.

「보나마나 아니겠어. 재건대에도 벌써 밀가루고 비누고 돌았는데, 난 관심 없어.」

유일표는 쓴 얼굴로 짭짭 입맛을 다셨다.

곰탕을 시켜놓고 유일표는 전화를 걸었다. 그러나 최주한도 이상재도 통화가 되지 않았다. ㅎ건설회사의 관리직에 근무하는 최주한은 포항에 출장 중이었고, 신문사 기자로서 필수적으로 거쳐야 한다는 경찰서 출입을 하느라고 언제나 허덕거리는 햇병아리 기자 이상재는 당연한 것처럼 통화가 되지 않았다.

「아무래도 오늘은 좀 곤란하겠는데. 이상재는 이따가 오후 늦게 붙들면 되지만 최주한이가 무슨 일로 갑자기 포항에 출장을 가서 말야.」

유일표가 식탁에 앉으며 뒷머리를 긁적거렸다.

「괜찮아, 차차 하지 뭐. 근데 갑자기 포항 출장은 뭐지?」

「거 개네 회사가 포항제철 공사 크게 맡았잖아. 회사가 온통 들먹들먹하는 모양이던데.」

「그건 아는데, 공대 출신도 아니면서 건설 현장에 무슨 출장을 가고 그래.」

허진이 막 나온 곰탕그릇을 끌어당겼다.

「대형 공사를 하는데 어디 공대 출신들만 필요하겠냐. 돈 없이는 될 일이 아니니까 상대 출신들도 사무실에 편히 앉아서 월급받을 수는 없 겠지.」

유일표는 소금으로 간을 맞춘 곰탕에다 붉은 깍두기 국물을 듬뿍듬뿍 떠넣었다. 그러면서 그는 어금니 사이사이에서 지르르 번져나는 신침을 삼켰다.

「그야 그렇기도 하겠군. 근데, 너, 형 사업은 어떻게 잘돼 가?」

허진은 숟가락에 뜬 곰탕을 불어 식히다 말고 조심스럽게 말을 꺼냈다.

「그까짓 게 사업은 무슨. 한심하고 비참한 짓거리지.」 유일표는 코웃

음을 치며 깍두기를 와삭와삭 씹어대더니, 「친구가 잘 보살펴줘서 그럭
저럭 그래. 그동안 식구들이 다 먹고 살았고 무허가 판잣집이나마 장만
했으니 재벌 된 셈이지.」 볼이 미어지게 밥을 떠넣는 그의 얼굴에 자조
적인 웃음이 번지고 있었다.

　유일표의 냉소에 허진은 그만 더 할말을 잃고 말았다. 자신이 바란 것
은 일표네 형의 '술장사'가 '사업'으로 번창해 일표가 어서 그쪽으로라
도 옮겨가기를 바랐던 것이다. 재건대의 생활이 의미가 없는 것은 아니
었지만 남자의 평생을 걸 만한 직업이 아니었다. 더구나 자기가 끌어들
인 것이나 마찬가지인데 혼자만 빠져나간다는 것이 영 께름칙했다. 그
런데 유일표는 제 형이 하는 일을 '한심하고 비참한 짓거리'로 일축해
버렸다.

　「그런데 말이다……, 언제까지고 여기 있을 순 없지 않겠니?」

　허진은 유일표를 물끄러미 바라보았다. 그 눈에 언뜻 물기가 느껴졌다.

　「네가 무슨 생각 하고 있는지 다 알아. 너 말야, 나한테 미안한 생각
전혀 갖지 말어. 그리고 앞날 걱정도 하지 말고. 그동안 많이 고민하고
괴로워하며 생각했는데……, 인생은 이럴 수도 있고 저럴 수도 있는 거
아니냐. 나 말야, 솔직하게 말하자면 재건대 생활이 행복하지 않아. 그
렇다고 불행하지도 않아. 왜냐하면 난 여기서 대학생들과 함께 애들을
가르치면서 그런대로 삶의 의미를 찾고 있으니까. 두고 봐야겠지만, 그
의미가 사회적으로 커질 수도 있으니까 내 걱정일랑 말고 너나 잘해. 월
급 많이 받으면 자주 술이나 사구.」

　유일표는 좌절과 체념의 상처에서 아직도 피가 흐르고 있는 가슴을
감춘 채 밝은 웃음을 지어 보였다.

　「미안해. 아무 도움도 못 돼서.」

　허진은 고개를 떨구더니 곰탕을 마구 퍼넣기 시작했다.

　그런 허진을 바라보며 유일표는 목이 메고 있었다. 허진은 지긋지긋

한 가난에 치를 떨며 어서 어른이 되어 부자가 되고 싶다는 꿈을 털어놓
다가는 부끄러워하기도 하고 창피스러워하기도 했었다. 그런데 그는 마
침내 그 길로 들어섰다. 경제발전의 물결을 타고 번창일로에 있는 일류
회사에 입사했으니 그의 꿈은 머지않아 이루어질 거였다. 유일표는 자
신에게 드리워진 어둠이 한층 짙고 깊어지는 것을 느끼고 있었다.

「어서 가서 출근할 준비를 해라. 우린 주말께나 만나도록 하자.」

유일표는 재건대 앞에서 허진을 보냈다.

「아이고, 하느님 고맙습니다. 그래, 우리 진이 장하고 장하다. 이젠 이
할미가 맘놓고 눈감게 됐구나. 고맙다, 고마워.」

허진의 할머니는 손자의 손등을 쓸고 또 쓸며 울먹였다. 세월은 아이
들에게 관대한 만큼 노인들에게는 잔인해 허진의 할머니 모습은 진기가
다 빠져 파삭 마른 가랑잎 같았다.

더 늙으려야 늙을 수 없도록 할머니 얼굴을 온통 뒤덮고 있는 무수한
주름살들을 보면서 허진은 가까스로 한마디를 했다.

「할머니, 오래오래 사세요……」

「그래, 이젠 여한이 없다만 네가 어서 장가들어 증손자를 안아보고 싶
은 마음이 동하니 이 무슨 욕심이누.」

허진의 할머니는 얼굴은 웃고 있는데 손으로는 눈물을 훔쳐내고 있었다.

「네에, 할머니……」

허진은 그때서야 비로소 자신이 해야 할 효도가 월급을 타다가 편히
모시는 것만이 아니라는 것을 깨달았다. 그러고 보니 자신의 나이 어느
덧 스물아홉이나 되어 있는 것에 허진은 당황하고 있었다.

출근 첫날부터 허진은 술이 취해야 했다. 첫날은 회사 전체의 신입사
원 환영회, 둘쨋날은 부서 축하회, 셋쨋날은 과 신고식 하는 식이었다.
그러나 그게 단순히 놀고 먹는 술타령이 아니라는 것을 허진은 느끼고
있었다. 술자리마다 형식과 방법은 조금씩 달라도 다같이 단합하여 열

심히 일하자는 것이 강조되고 있었고, 술자리가 거듭될 때마다 서로간의 거리감과 서먹거림이 급속도로 허물어지면서 친근감이 생기고 소속감이 강해지는 것을 느낄 수 있었다.

"눈물도 한숨도 나 홀로 씹어 삼키며……"

허진은 얼큰한 술기운에 실려 출렁거리는 기분으로 노래를 흥얼거리며 걷고 있었다. 군대에서 그야말로 '맨발의 청춘'인 자신의 신세를 비관하며 절절하게 부른 노래였다. 그 비감한 느낌의 유행가를 신세가 달라진 입장에서 다시 불러보니 그 맛 또한 색다른 데가 있었다. 노랫가락을 따라 비참한 감정에 자꾸 빠져들었던 전과는 반대로 차츰차츰 커가는 승리감을 맛볼 수 있었다.

「진아, 큰일났다. 이 일을 어쩌면 좋으냐?」

허진이 쪽대문을 들어서자마자 할머니가 성급하게 쏟아놓았다.

「……!」

허진은 순간적으로 긴장하며 놀라움보다는 '또 뭐야!' 하는 역정이 솟아오름을 느꼈다. 그동안 당해온 궂은일들이 너무 지겹고, 지칠 대로 지쳐서 이젠 그만 피하고 도망치고 싶은 생각이 강하게 일어나고는 했다.

「아니, 저어……」

허진의 기색을 본 할머니는 고개를 떨구며 목소리가 처져내렸다.

「할머니, 괜찮아요. 무슨 일인지 말씀해 보세요. 큰일났다니……, 혹시 미경이한테 무슨 일 생겼나요?」

허진은 여동생이 항상 불안스러운 나머지 자신도 모르게 이렇게 말했다.

「글쎄 말이다 그게…….」 허진의 할머니는 한 손으로 가슴을 누르며 뜨거운 한숨을 토하고는, 「글쎄 그 사람, 박 사장이 애를 내놓으라고 한다는구나.」 그 목소리에 울음이 섞이고 있었다.

「애를요……?」

허진은 대청마루로 올라서다가 충격에 부딪쳤고,

「젖 뗐으니 이젠 호적에 올리고 데려가야 한다는구나.」

허진의 할머니는 치마 끝으로 눈물을 훔쳤다.

허진은 방에 주저앉으며 담배를 피워물었다. 호적에 올려 데려간다……, 그만 첩의 관계마저 청산하겠다는 뜻이었다. 그건 시기의 빠르고 늦은 차이일 뿐 어차피 한 번은 당해야 될 일이었다. 어쩌면 빨리 당하는 게 더 나을지도 모를 일이었다.

「언제 데려간대요?」

「이달 말이라고 하더라.」

「미경이는 어때요?」

「글쎄 그게 큰일이다. 모자의 정을 억지로 끊는 것이니 그게 말이 되니. 어쩔 줄을 모르고 있다.」

「큰일일 거 없어요. 올 게 온 거지요. 제가 곧 만나볼 테니까 할머니도 맘 약한 소리 하고 그러지 마세요.」

허진의 냉정한 목소리에는 날이 서 있었다.

「그래……, 기구한 팔자 타고 났으니.」

그녀는 손자의 서슬에 눈물을 씹으며, 저런 대목은 어찌 저리 제 할아버지를 빼박았누, 생각하고 있었다.

허진은 밤새껏 잠을 설쳤다. 여동생이 박 사장의 애를 임신한 걸 알았을 때처럼 분노가 끓어올랐다. 그러나 그때 감정으로도 법으로도 어찌할 도리가 없었던 것처럼 이제 또 속수무책이었다. 군대라는 국가 권력 아래서 꼼짝달싹을 못했던 것처럼 거대한 회사의 금력 또한 어마어마한 권력이었다. 가난뱅이를 놓고 취사선택할 수 있는 권한은 전적으로 부자에게 있었다. 더구나, 여자가 미성년자가 아니고, 경제적 혜택을 받아버린 이상 그 관계는 법적으로도 아무런 하자가 없었다.

다음날은 유일표와 약속한 주말이었다. 허진은 하루 종일 우울한 채로 여동생에게 전화를 할까말까 망설이다가 결국 다이얼을 돌리지 못하고 약속 장소로 나갔다.

「야아, 축하한다, 축하해!」

「드디어 맨발의 청춘을 면했구나. 또 하나의 불사조 탄생이야. 허진 만만세다.」

친구들의 넘치는 축하를 받으며 허진은 행복한 배우 노릇 하기에 애를 쓰고 있었다. 그러나 이상재를 차마 똑바로 쳐다볼 수가 없었다. 그가 어렵사리 마음을 수습하고 기자생활을 시작한 건 얼마 되지 않았다. 아직까지 그에게 죄의식이 가시지 않고 남아 있는데 새롭게 죄가 겹치는 기분이었다.

「야, 오늘은 날도 날이고 하니까 왕대포 집어치우고 좀 고상하게 놀자.」

최주한이 커피잔을 들며 말했다.

「왜, 보너스라도 탔냐? 돈만 내겠다면 방석집이라도 얼마든지 가주지.」

이상재가 담배연기를 씹듯이 말했다.

「햇병아리 기자가 똥배짱만 두둑해 가지고. 요정은 아직 멀었고, 맥주홀 정도는 가야 어울리지 않겠어?」

「그것도 괜찮아. 우리도 이젠 슬슬 급을 올려야지. 소비가 미덕인 세상에서 번 만큼 폼을 잡을 줄 알긴 해야지.」

이상재가 가볍게 고개를 끄덕였다.

그들 둘이 동의하는 것으로 일단 술집 종류는 정해졌다. 허진은 축하를 받아야 할 입장이었고, 유일표는 예나 지금이나 돈 쓰는 일 앞에서는 그저 유구무언이었다.

「가자, 청계천으로!」

최주한이 먼저 몸을 일으켰다.

살기가 점점 나아진다는 분위기 속에서 변하는 것들이 많았는데, 그중의 하나가 서울 전역에 걸쳐서 번창하는 맥주홀이었다. 그런데 청계천

일대에서 성업 중인 맥주홀들은 그 규모로나 치장으로나 으뜸이었다.

그들은 청계천4가 어림에서 택시를 내렸다.

「빌어먹을, 난 저놈의 건물만 보면 기분 나쁘더라, 시커먼 게. 어이 기자 양반, 저게 그 사람 거라는 소문이 파다한데, 그게 사실이야?」

유일표가 턱짓하는 쪽으로 그들의 눈길이 쏠렸다. 그쪽에는 검은 바탕에 검은 색감의 유리로 치장된 최신식 건물이 엄청난 체구를 과시하며 치솟아 있었다. 그건 청계천 명물로 등장한 삼일빌딩이었다.

「글쎄, 그런 소문은, 아니 땐 굴뚝에 연기 나랴 하는 속담이 꼭꼭 들어맞잖아? 나도 확인할 길이 없으니까 그 정도로 생각해 둬.」

이상재가 쓴웃음을 지었다.

「그게 도대체 말이나 돼? 총리라는 자가 저렇게 어마어마한 삘딩을 지어대다니. 그 돈 다 어디서 났어?」

최주한의 목소리가 커졌다.

「어디 그것뿐이야? 시청 앞 무슨 삘딩은 시장 거고, 퇴계로 무슨 호텔은 공화당 누구 거라고 하잖아. 다 좋은 자리 있을 때 한탕씩 해먹고 잘린 거지. 이 정부 이거 아주 괜찮은 정부야.」

이상재의 입가에 쓴웃음이 어렸다.

「빌어먹을, 이놈이고 저놈이고 해먹을 돈들이 어찌 그리 많지?」

유일표가 푹 한숨을 쉬었다.

「순진하긴, 외자도입이 30억 불이 넘는다고 했잖아. 또, 부동산 투기는 불붙고. 기업한테 뜯어서 부동산에 투기하면……, 일확천금! 그거 아주 기막히잖아.」

이상재가 더 말하지 말라는 듯 손을 저으며 헛웃음을 쳤다.

「아 참, 느네들 이 소문 들었냐? 잘린 중정 부장 있잖아, 그 친구 집에 추석에 선물이 쏟아져 들어오는데 말야, 어떤 사람이 사과 한 궤짝을 보낸 거야. 조그만 케이크 상자나 와이셔츠 상자 안에 고액 수표가 들어 있어야 하는데, 커다랗고 엉성한 나무궤짝에서 왕겨가 흘러나오면서 사과들이 쭉 박혀 있었으니 어떻게 됐겠어. 그 부장님 화가 나서 자가용 운전수한테 외쳤어. 야, 너 이것 가져다 먹어. 운전수가 궤짝을 집으로 가져가서 사과만 골라내려고 궤짝을 엎었는데, 이게 뭐야! 와르르 쏟아진 건 사과가 아니라 고액권 현찰 뭉치들이었어. 사과로는 위에 한 겹만 살짝 덮었던 거야.」

최주한은 말을 마치며 네온사인 휘황한 맥주홀 어귀로 들어섰다.

「그래서 그 돈은 어쨌어?」

허진이 처음으로 입을 열었다.

「어쨌을 것 같애? 그런 돈은 깨끗하게 먹어치우지 못하면 바보 천친 거야. 어쨌든 삼선교에 있는 그 부장 나리 집을 지나가면서 한번 본 적이 있는데, 참 어마어마해. 담이 어찌나 높은지 안에 보이는 거라곤 아무것도 없는데, 담의 둘레가 개인집이라고 할 수 없이 넓고, 담을 쌓은 재료가 값비싼 검은 벽돌이야. 그 담 쌓은 돈만 해도 서민주택 몇 채 값은 될 거야.」

「그래, 다들 잘먹고 잘살라고 해라. 하느님이 보우하사 우리나라 만만세다.」

유일표가 또 한숨을 쉬었다.

어디나 그렇듯 음악소리 요란한 맥주홀에는 칸막이 방들이 잇대어 있었다. 그들은 안내하는 대로 방 하나를 차지했다.

「안녕하세요, 실례합니다.」

맥주보다 먼저 들이닥친 것은 여자들이었다. 무늬 혼란한 긴 월남치마를 입은 아가씨들은 잽싸게 남자들 사이사이에 끼어앉았다.

미스 서예요, 미스 조예요, 하며 아가씨들이 인사를 해나갔다.

「미스 최라고? 이거 좀 난처한데.」

최주한이 갑자기 고개를 내둘렀다.

「왜, 최 씨예요? 어머, 보기하고 다르게 순진하셔라. 이런 데서 진짜 자기 성 쓰는 애들이 어딨어요. 이리 순진하신 걸 보니까 어쩜 아다라시 총각인지도 모르겠네. 나 오늘 재수 왔따다.」

최주한에게 붙어앉은 아가씨가 장난스러운 표정으로 손뼉을 쳤다.

「그래, 너 눈 한번 밝아서 좋구나. 나 오산 쑥고개 양키부대에서 3년 동안 썩으면서도 숫총각 딱지 못 뗀 순진파거든. 오늘 밤 네가 어떻게 좀 해볼래?」

최주한이 능글맞게 감고 들었고,

「어머, 양공주 일개 사단이 있다는 그 유명한 쑥고개에서 숫총각으로 제대를 하셨다니 이 얼마나 기막힌 순진파셔. 내가 오늘 밤 특별히 공짜로 싸아비스 해드릴게.」

아가씨가 최주한의 팔을 감으며 넉살좋게 반죽을 맞추고 들었다.

「술도 안 마시고 잘들 돌아간다. 자아 술부터 마시자.」

마침 맥주와 안주를 내오자 이상재가 물수건을 던지며 말했다.

아가씨들이 제각기 맥주병을 들어 남자들의 잔에 솜씨 있게 술을 따르기 시작했다.

「느네들이 성도, 이름도, 나이도, 고향까지도 다 가짜로 대는데 딱 한가지는 진짜가 있지. 집들이 다 시골이라는 거.」

「어머나! 그 어려운 걸 어쩜 그리 콕 찍어서 알아맞히세요?」

최주한의 아가씨가 깜짝 놀라는 시늉을 했고, 그들의 가벼운 웃음이 터졌다.

「그래, 중단 없는 전진을 계속하는 경제발전이라는 게 순진한 시골 처녀들 다 서울로 끌어올려 신세 아주 좋게 만들고 있다. 자아, 우리의 거룩하고 위대한 경제발전을 위하여!」

이상재가 쓴웃음이 물린 입술을 비틀며 잔을 들었다. 그들 넷은 잔을 부딪쳤고, 아가씨들은 재빠르게 안주를 입에 집어넣기 시작했다. '중단 없는 전진'이라는 말은 대통령이 신년사를 하고 난 다음부터 슬슬 바람을 타고 있었다.

「너 포항 출장은 왜 갔었어?」

유일표가 최주한을 쳐다보았다.

「응, 무슨 일이 좀 생겨서.」

최주한이 순간적으로 일어난 당황한 기색을 어물쩍 감추며 내렸던 술잔을 다시 들어올렸다.

「참, 내가 먼저 물어보려고 했었는데 말야, 거기 공사장에 무슨 사고 났나?」

이상재가 눈빛 날카롭게 물었다.

「아니. 현장에 가 계신 사장님께 급히 보여드려야 할 서류가 있어서.」

최주한은 속내를 싹 감추고 태연하게 둘러댔다. 회사에서 함구령이 내려진 이상 아무리 친구라 해도 그가 기자니까 특급 경계 대상이었다.

「새끼, 너 참 충성이로구나? 면전에 있지도 않는 사장 놓고 최대 존대를 써대고 말야. 얌마, 사람 서글프게 만들지 마라. 아무리 월급쟁이라 해도.」

이상재가 술잔을 불쑥 내밀었고,

「얌마, 좀 봐주라. 말단사원이라 잔뜩 쫄아서 입에 붙은 대로 나온 건데 뭘 그리 시비냐. 이새끼 이거 기자 되더니 사람 깐죽깐죽하게 변해 간다니까.」

최주한이 술잔을 받으며 눈총을 쏘았다. 친구는 팔십에도 아이들이더라고 그들의 언행도 고등학교 시절 그대로였다.

「그런데 말야, 제철공장을 세운다는 게 우리나라 형편에 무리 아닌가?」

유일표는 최주한한테서 별다른 눈치를 채지 못하고 말머리를 돌렸다.

「응, 그게 쉽지는 않은 일인데 세우기는 꼭 세워야 해. 우리가 언제까지고 옷감이나 가발 팔아먹고, 보세가공이나 해먹을 수는 없잖아. 그래

가지고는 시장이 뻔하고, 제자리걸음으로 끝나고 마니까. 우리가 이 상태에서 도약적 발전을 하려면 중화학공업으로 방향을 전환해야 하는 건 필수적이야. 그런데 중화학공업에서 가장 중요한 재료가 바로 철강이잖아. 지금 우리나라에서 소비하는 철강의 99프로가 외국에서 수입하는 거야. 해마다 그 액수가 엄청나게 불어나고 있고, 우리가 중공업으로 전환하려고 해도 철강을 비싸게 수입해서 상품을 만들어가지고는 외국에 팔아먹을 방법이 없어. 코리아가 잘 알려지지도 않았는데 물건값까지 비싸면 누가 사겠어. 한마디로 철강을 우리 손으로 싸게 생산해야만 수입·수출에서 동시에 딸라를 벌어들일 수 있다 그거야. 이건 정권 차원이 아니라 국가적 차원에서 아주 중대한 기로에 서 있는 거니까 제철공장은 반드시 지어져야 해.」

이상재는 마치 세미나의 주제 발표자처럼 진지하기 그지없었다.

「그래, 시작이 반이라니까 어떻게든 완성이 되겠지. 근데 야 기자 나리, 요새 정치판은 어떻게 돌아가는 거야?」

최주한은 어서 포항제철 이야기를 끝막음하려고 이상재에게 술잔을 내밀며 화제를 바꾸어버렸다.

네 사람 사이에 술잔들은 쉼 없이 돌고, 아가씨들은 안주를 열심히 야금거리고 질겅거리며 술도 제때제때 따라 잔을 채우는 두 가지 임무를 충실히 수행하고 있었다.

「빌어먹을, 이 나라에 무슨 정치가 있어야 말이지. 술맛 떨어지는데 정치 얘긴 꺼내지도 말어. 자아, 우리의 슬픈 청춘을 위해서 기분 좋게 술이나 마시자.」

이상재가 술잔을 들었다.

「아저씨도 기자세요? 두 분만 잠바를 입으셨는데.」

유일표의 아가씨가 나직하게 물었다.

「나? 술집에 있는 느네들이 남자들 직업 알아맞히는 괴수라고 하던데, 그래도 내 직업은 죽어도 못 알아맞힐걸.」유일표는 술기운 번진 얼굴로 히죽히죽 웃더니, 「난 이 사람들하고는 달리 특별한 직업이지. 재건대 넝마주이. 어때?」하고는 아가씨를 와락 껴안더니 입을 맞추었다.

45
이히 리베 디히

「독일제가 뭐든지 다 좋은 줄 알았더니 국산만 영 못한 것도 있더라구요.」

창고의 벽에 걸린 작은 거울 속에서 김병찬이 불만스러운 얼굴로 말했다.

「국산보다 못한 것? 글쎄에…….」

아르바이트 이발사 정수남은 가위질을 하다 말고 거울 속의 얼굴과 눈길을 맞추며 고개를 갸웃했다.

「거 있잖아요, 치약이요. 치약은 아주 형편없더라구요.」

「예, 맞아요. 거품도 나지 않고, 화한 치약 냄새도 나지 않고, 뭔가 느끼한 것도 같고 시큼한 것도 같은 게 영 파이더라구요. 그래서 국산 쓰려고 집에 편지를 보냈어요. 치약 빨리 보내라고.」

순서를 기다리고 있는 권영진이 맞장구를 치고 나섰다.

「흐흐흐흐…….」

정수남은 터지는 웃음을 참지 못하고 가위질을 멈춘 채 웃기 시작했다. 두 사람은 웬일인가 싶어 어리둥절해서 정수남을 쳐다보았다.

「으흐흐흐흐…….」

정수남은 짚이는 것이 있어서 허리가 굽어지며 웃음이 농익고 있었다.

「아니, 왜 그러세요?」

「뭐가 잘못됐나요?」

두 사람은 더 의아스러운 얼굴로 정수남을 쳐다보다가 서로를 쳐다보다가 했다.

「아이고, 아이고, 뱃창자가 다 땡기려고 하네.」 정수남은 겨우 웃음을 잡고는, 「권 씨, 빨리 가서 그 치약 가지고 와보쇼」 하며 권영진에게 일렀다.

「왜요? 그놈에 치약 같지도 않는 놈에 치약.」

회사 숙소까지 가기 싫다는 듯 권영진이 불퉁스럽게 말했다.

「싫으면 어쩔 수 없지. 내가 알기로는 독일 치약은 국산이 족보도 못 내밀게 좋은데. 그게 확실히 치약이기나 한지 모르겠네.」

정수남이 가위질을 하며 실실 웃었다.

「아니 그럼, 그게 치약이 아닐 수도 있다 그건가요? 생긴 모양이 국산하고 똑같은 게 틀림없이 치약이었는데.」

「치약 모양하고 똑같이 튜브에 담긴 게 뭐 치약 한 가지뿐인 줄 아슈? 이것저것, 한두 가지가 아니란 말이오.」

「아니, 그래요? 그럼 그게 치약이 아닐 수도 있잖아요. 아이고, 이거 큰일났네. 빨리 가서 가져와 봐야지.」

권영진이 깜짝 놀라서 허둥지둥 밖으로 뛰어나갔다.

「아아 참, 베트콩에 마라리아 모기, 독사들까지 드글드글하던 정글을 생각하면 월남이 지긋지긋하지만, 미제 물건들 흔하게 쓰던 걸 생각하면 월남이 그립기도 해요. 미제 치약 끝내주거든요.」

김병찬은 입버릇처럼 또 월남 이야기를 꺼냈다.

「그거 그럴 수 있는 일이오. 그런데, 월남전은 어찌 돼가고 있소? 여기 독일사람들은 미국을 영 안 좋게 생각하고 있는데. 프랑스사람들도 그렇고. 미국이 결국 베트콩을 이기지 못할 거라는 게 여기 사람들 생각인데, 직접 싸워보니 베트콩들이 어때요?」

정수남은 다시 가위질을 시작하며 평소에 궁금하게 생각해 왔던 말을 꺼냈다.

「나도 여기 와서 그런 눈치를 챘는데, 거기서야 미국이 틀림없이 이긴다 생각하고 열나게 총질을 해댔지요. 왜냐면 미국은 우리의 혈맹이고, 공산당은 우리의 공적이다. 그러므로 공산당놈들은 씨를 말려야 한다고 교육받았으니까요. 근데 미국이 베트콩들을 이기지 못할 거라는 말을 듣고 생각해 보니까 어쩌면 그럴지도 모른다는 생각이 들기도 해요. 그때도 느낀 거지만 베트콩들 지독한 것 하나는 알아줘야 해요. 전쟁터에서야 용감한 게 최고 아니겠어요? 근데 베트콩들은 그냥 용감한 게 아니라 죽기 아니면 까무러치기로 너 죽고 나 죽자 하고 덤비니 세상에 그런 독종들이 어디 있겠어요. 정글은 겹겹이 끝도 없이 깊지, 마라리아 모기며 독사 같은 것은 드글드글하지, 온갖 부비트랩(베트콩이 설치한 살상용 덫)은 정글 여기저기서 생명을 노리고 있지, 베트콩들은 산지사방에 땅굴을 파대며 치고 숨고 치고 숨고 해버리지, 미군들이 죽어라고 골탕먹고 있는 건 사실이지요. 한국군도 고생들 많이 하고 애 많이 먹고 있고요. 그렇지만 미국이 지는 일이 생기겠어요? 미국이 얼마나 센 나란데.」

김병찬은 끝말에 힘을 넣었다. 그는 파월장병에게 베푸는 우선권의 혜택을 받고 독일에 온 사람다웠다. 정부에서는 파월장병과 전투경찰 출신들에게 '파독광부 우선권'을 언제부턴가 부여하고 있었다.

「글쎄요, 두고 봅시다. 어쨌거나 남들 나라 일이니까. 우리야 6·25 때

끔찍하게 싸워 몰피 봤으니까 이젠 구경이나 하면서 잘들 싸워보라고 해요.」

「아니, 그렇게 속 편한 소리 하면 안 돼요. 지금도 정글에서 우리 한국군이 피 흘리고 있다구요.」

김병찬이 불쑥 언성을 높였다.

「이런, 흥분하지 마슈. 혈맹이니 공산당 타도니 하는 건 겉보기 좋게 내세운 이유고, 솔직하게 말해 우리가 파병한 목적은 당장 급하니까 돈 벌자는 것 아니었소? 우리가 이 먼 나라까지 요 잘난 광부 노릇 온 것처럼. 그러니까 한국군은 슬슬 싸우는 시늉만 해가면서 돈을 벌면 된다 그거요. 돈 많아 몸살나는 미국돈 눈치껏 빼먹는 게 임자지 목숨 내걸고 죽자사자 싸울 것 없는 거 아니오? 내 말 틀렸소?」

「글쎄요……, 듣고 보니 그렇기도 하네요. 왜 진작 그런 생각을 못했는지 모르겠군요.」

김병찬이 거울 속에서 떫은 표정을 지었다.

「김 씨 그 태권도 실력은 베트콩들한테 써먹어봤어요?」

「아아니요. 베트콩들이 육박전을 붙어와야 말이지요. 파병한 다음부터 한국군에서는 더욱 열나게 태권도를 가르쳐대지만 그거 써먹기 어려워요. 베트콩들은 자기네 몸집이 작다는 걸 알아서 그런지 어쩐지 육박전으로 돌격해 오는 일이 없으니까요. 그건 만일에 대비한 예비용일 뿐이지요.」

정수남은 김병찬의 태권도 실력으로 그가 파월장병이라는 것을 더욱 실감하고 있었다. 그는 오자마자 회사의 기숙사 잠자리 문제로 싸움을 벌여 태권도 2단의 실력을 유감없이 발휘했었다. 그 다음부터 그는 광부들 사이에서 주먹이 가장 센 사람으로 통했다.

「아이고 힘들어. 빤히 보이면서도 혼자 갔다 올래니까 머네.」 권영진은 숨을 몰아쉬며 들어와서는, 「여깄어요, 이 골치 아픈 것」 하며 튜브를 정수남에게 내밀었다.

튜브를 받아든 정수남은 곧 웃음을 터뜨렸다.

「으하하하하…….」

그 웃음소리는 아까에 비할 수 없도록 걸쩍지고 요란스러웠다.

「아니, 왜 그래요?」

「뭐가 잘못됐나 보지요?」

두 사람은 자기들이 무슨 실수를 한 낌새를 채고는 어색하고 민망한 얼굴로 정수남을 쳐다보고 있었다.

「아하하하하…….」

정수남은 배를 움켜잡고 허리가 굽어지며 웃음을 걷잡지 못하고 있었다.

「저게 치약이 아닌 거 아냐?」

김병찬이 권영진을 멀뚱하게 쳐다보았고,

「글쎄, 그런 것 같은데.」

권영진이 뒷덜미를 문지르며 머쓱해져 있었다.

「아이고, 아이고, 나 배꼽 다 빠지겠네. 이거 원 이럴 수가 있나…….」 정수남은 가까스로 웃음을 다스리고는, 「이게 뭔지 아쇼? 마요네즈요 마요네즈」 하며 또 쿡쿡거렸다.

「마요네즈요……?」

김병찬이 뭔지 모르겠다는 얼굴이었고,

「그게 치약이 아닌가 본데, 그럼 뭐지요?」

권영진의 얼굴이 일그러지고 있었다.

「이건 샐러드 만들 때 쓰는 소스요.」

「샐러드요?」

「아, 또 샐러드가 뭔지 모르시는구만. 샐러드란 여러 가지 야채들을 섞어 먹는 것인데, 그냥 먹으면 풋내가 나니까 이걸 쳐서 버무려 먹는 거요.」

「이런 제길, 그러니까 느끼하고 시큼하고 이상했지.」

「하, 거 독일사람들 이상하네. 그런 걸 병에 넣어 팔아야지 왜 튜브에 넣나 그래. 튜브에 들었으니까 치약인 줄 알았지.」

김병찬이 떫은 얼굴로 혀를 찼다.

「어허허, 그래도 이건 불행 중 다행이오. 목으로 넘어가도 괜찮은 거니까. 우리가 처음 왔을 때는 어떤 사람이 포마드를 치약인 줄 알고 쓰다가 입 안이 다 부르트고 야단났었어요. 허허허허…….」

정수남의 입에서는 연신 웃음이 흘러나오고 있었다.

「포마드요? 그럼 그것도 튜브에 들었던가 보지요?」

「글쎄, 우리가 무식한 게 아니라 독일사람들이 문제라니까. 왜 그런 걸 다 튜브에 넣느냔 말야.」

김병찬은 화까지 내고 있었다.

「맞소. 독일사람들이 다 잘못한 거요. 허허허허…….. 다 됐으니 일어나시오.」

정수남은 김병찬의 목에 두른 보자기를 풀었다.

「제기럴, 알아야 면장한다는 말 괜히 나온 게 아니라니까. 독일 와서 촌놈 노릇 톡톡히 했네.」

김병찬이 의자에서 일어나며 투덜거렸다.

「그러게 말야. 이 얘기 안 꺼내고 그냥 지나갔더라면 우리나라에서 치약 부쳐오고 어쩌고 하느라고 헛돈 깨질 뻔했지 뭐야. 우리보다 발달한 나라에서는 그런 걸 다 튜브에 넣는구먼. 그게 더 편리하긴 하겠어.」

권영진이 의자에 앉으며 고개를 끄덕였다.

「저어……, 죄송하지만 오늘이 일요일이고 하니까 한 가지 부탁드려도 될까요?」

김병찬이 정수남의 눈치를 보며 망설였다.

「부탁? 어디 말해 보슈.」

정수남은 빗과 가위를 들며 별로 달갑지 않은 기색으로 말했다.

「저어 다른 게 아니라, 아무리 참고 견디려고 해도 더는 참을 수 없어서 그러는데, 오늘 점심을 좀 얻어먹을 수 없을까요? 박 씨가 김치 담그는 솜씨가 기똥차다고 소문이 나 있는데, 쌀밥에 김치 한번 먹어보면 소원이 없겠어요.」

「예, 식당 음식에 질려서 빵에 고추장을 발라 먹고 있는데, 미칠 지경이에요. 돈을 내면 기분 상하실지도 모르고 해서 저희들이 담배를 준비했어요.」

권영진이 빠르게 말을 이어 붙였다.

「글쎄, 그 심정들 충분히 이해는 하겠는데, 나 혼자 결정할 문제가 아니니까 이따가 박 씨한테 말해 보겠소.」

정수남의 말은 사실이었다. 밥은 자기가 하는 거지만 김치는 박갑동이 담그는 거니까 마음대로 할 수가 없는 일이었다. 박갑동은 그 누구도 따라올 수 없게 김치를 잘 담그면서도 정작 김치 담그는 것을 별로 좋아하지 않았다. 그 일이 손이 많이 가는 탓이었다.

그러나 정수남은 두 사람이 당하고 있는 괴로움을 누구보다 잘 알았다. 식성에 맞지 않는 독일 음식을 한 달 가까이 먹고 있으니 쌀밥에 김치를 먹고 싶어 환장할 시기였다. 자신이 이미 겪은 일이었다. 그러나 그들은 셋방을 얻어 나올 돈을 모으려면 앞으로 두 달 정도는 더 식당 음식을 먹어야 하는 신세였다. 외환은행을 통해서 한국에 의무적으로 보내야 하는 돈 때문에 새로 오는 사람들은 누구나 똑같은 형편이었다. 그 기한을 줄이려면 아르바이트를 해서 돈을 보태는 수밖에 없었다.

「자아, 다 됐소. 내가 가서 박 씨하고 의논해 볼 테니까 조금 있다가 전화하슈.」

정수남은 권영진의 목에서 풀어낸 보자기를 털었다.

「꼭 좀 부탁드립니다.」

「예, 빵에 고추장 발라 먹는 저희들이 얼마나 불쌍합니까.」

두 사람이 허리를 굽실거렸다.

정수남이 2층 방으로 올라가니 박갑동은 식당에서 열심히 김치를 담그고 있었다.

「어이 박 씨, 그 파월장병 있잖소? 그 사람이 친구하고 둘이서 우리한테 오늘 점심을 좀 얻어먹기를 바라는데 어떡하면 좋을까? 빵에 고추장을 발라 먹고 있다고 죽는 소리를 하는데.」

정수남은 박갑동 옆으로 다가서며 넌지시 말했다.

「그 친구들 한 달도 못 돼서 엄살 더럽게 떨고 앉았네. 빵에 고추장 발라 먹을 수 있으면 됐지 뭘 더 바래? 우리 땐 그런 것도 없잖았소.」

박갑동의 반응은 싸늘했다.

「그야 그런데, 이런 부탁 자주 들어오는 건 다 박 씨 책임이오.」

「내 책임?」

박갑동은 그제서야 눈길을 돌렸다.

「그렇잖고. 박 씨가 김치 잘 담근다는 소문이 쫙 퍼져 있으니 그 김치에 쌀밥 먹고 싶어하는 것 아니오. 어지간하면 인심 한번 씁시다. 태권도 2단짜리 옆에 둬서 나쁠 건 없으니까.」

「정 씨, 눈치 없이 남 청춘사업 망치려고 들지 마쇼. 내 사업 망쳐지면 정 씨 사업은 시작도 못해보고 빠이빠이니까.」

박갑동은 고춧가루 듬뿍 친 배추를 열심히 버무리며 퉁명스럽게 말했다.

「아니 그럼, 이 김치 또 미스 서한테 갖다 바치려고 담는 거요?」

「그럼 이것밖에 달리 꼬실 무슨 방법이 더 있소? 돈 싸게 먹히고, 효과 크고, 부지런히 담가다 갖다 바치는 수밖에.」

「그럼 파월장병 일은 글렀네.」

정수남이 아쉬운 입맛을 다셨다.

「미스 서하고 같이 점심 먹기로 했으니까 점심때는 안 되고, 이따가 저녁으로 합시다.」

「아, 그래요 그래. 차분하니 그게 더 좋겠어요.」

정수남은 반색을 했다.

「자아, 이거 어떤가 맛 좀 보쇼.」

박갑동이 고춧가루 범벅인 손으로 김치 한 쪽을 집어 내밀었다. 정수남은 입을 있는 대로 벌리고 김치를 받아먹었다.

「아, 최고, 최고! 무슨 특별한 재료를 더 썼는지 이건 훨씬 더 맛있는데?」

정수남은 엄지손가락을 세우며 김치를 맛있게 씹었다.

「그 재료를 꼭 말해야 알겠소? 사랑이지, 사랑.」

「아이고 간지러 사람 미치겠네. 허허허허……」

정수남의 웃음소리에 맞추어 박갑동도 김치를 우물거리며 흐흐흐흐 웃고 있었다.

「이젠 점심까지 함께 먹기로 하고, 일이 뜻대로 잘 풀려가는 것 아니오? 그럼 빨리 나한테도 친구 하나 소개하라고 하시오. 몸달아 죽겠는데.」

정수남이 김치를 집어먹으며 정말 몸다는 기색으로 말했다.

「감은 익어야 홍시가 되고, 밥은 뜸이 들어야 먹는 것 아니오. 기다려요, 뜸이 다 들 때까지.」

「뜸? 그게 언제 다 드는 거요? 요새 소개해서 두 짝이 함께 연애하면 좀 좋아. 나 혼자 외톨이로 쓸쓸하지 않고 말이오.」

「나도 그러고 싶은 맘이야 굴뚝 같은데 아직도 날 완전히 안 믿고 있는 형편이니 거기다 대고 친구 소개해 달라고 할 수는 없잖소.」

「하, 그것 참. 몇 안 되는 간호장학생놈들하고, 기혼자놈들이 멀쩡한 총각들 혼사길 막고 애타게 만드네 그거. 속을 까뒤집어 보일 수도 없는 일이고, 그거 어쩌지요?」

「급하게 생각 말고 조금만 더 기다려요. 김치 받아먹기 시작하면서 표나게 맘이 움직이고 있으니까.」박갑동은 김치를 네모진 큰 유리병에 담으면서, 「기회 봐서 곧 말뚝 꽉 박을 테니까, 말뚝 박고 나면 바로 소개시키도록 하겠소. 한국 여자들이야 말뚝 박고, 안 박고 차이가 천양지차니까. 안 그렇소?」그는 뒷말을 소곤거리듯이 하고는 킥킥거리며 웃었다.

「맞어요, 맞어요. 뭐니뭐니 해도 그걸 빨리 해치우는 게 최고요.」

정수남도 목소리를 낮게 맞추며 키득키득 웃었다.

박갑동은 사귀고 있는 간호원 서미향에게 혹시 기혼자가 아닐까 하는 의심을 받고 있었다. 그건 '간호장학생'들이 피해를 입히고 떠나는 것처럼 광부들 중에서 기혼자들이 총각 행세를 하며 현지 결혼을 했다가 나중에 들통나는 일이 있었기 때문이다. 더구나 박갑동은 서른한 살이나 먹어 그런 의심을 더 샀다. 스물다섯이면 거의가 결혼을 하는 세태여서 서른하나면 애가 있어도 두셋은 있을 나이였다. 간호장학생들 때문에 간호원들이 유학생을 불신하고 광부들에게 눈길을 돌리게 된 것까지는 좋았는데, 또 기혼자들 몇몇이 양심 없이 '피아노를 치고' 나서는 바람에 정작 총각 광부들이 피해를 입고 있었다.

「나 다녀오겠소. 미안해요, 혼자 밥 먹게 해서.」

박갑동이 김치병을 보자기에 싸가지고 나섰다.

「그거, 내가 나서서 총각인 것을 보증 서면 안 될까.」

정수남이 고개를 갸웃거리며 중얼거렸다.

「아이고, 그래 가지고는 더 의심만 사요. 한국에서 오는 호적등본도 안 믿는 판인데 한통속으로 돌아갈 것이 뻔한 친구 말 믿어주게 생겼어. 좌우간 조금만 더 기다려요. 잘 풀려가고 있는 참이니까.」

박갑동은 신바람 나게 손을 흔들며 밖으로 나갔다.

한국에서 보내오는 호적등본이나 사망확인서 같은 것을 안 믿는 것은 이미 오래된 일이었다. 광부들의 임금은 독일 복지제도에 따라 기혼자와 총각이 달랐다. 기혼자의 경우 아내와 자식 하나가 있으면 가족수당이 붙어 한 달 임금이 600마르크인데 총각은 400마르크였다. 총각의 입장에서 보면 똑같은 일을 하고 200마르크나 차이가 난다는 것은 엄청난 손실이 아닐 수 없었다. 그리고, 슬그머니 억울한 생각이 들게 되었다. 그래서 시작된 것이 문서 위조였다. 서류상으로 장가를 가게 되고, 아이들도 낳게 되었다. 외국으로 가는 서류니까 구청 직원이나 면서기들이 뒷돈을 받아먹고 적당히 꾸며준 것이었다. 그 가짜 서류들을 탄광회사에서는 공문서니까 추호도 의심하지 않고 찰떡같이 믿었다. 그래서 자식이 셋이라고 문서를 위조한 총각은 그렇지 않은 총각보다 월급을 두 배나 받는 일이 벌어졌다.

복지제도는 그것뿐만이 아니었다. 아내가 죽게 되면 3천 마르크의 위로금을 주게 되어 있었다. 약삭빠른 광부들은 그 대목도 놓치지 않았다. 그래서 서류상으로는 아내를 죽이는 일이 벌어졌다. 사망확인서도 공문서니까 아무 의심도 받지 않고 3천 마르크씩을 받아먹을 수 있었다. 그런데 1천여 명이 일하는 광산에서 해괴한 일이 벌어졌다. 같은 날 17명의 아내가 죽었다는 사망확인서가 접수된 것이다. 회사에서 이상하게 생각하고 조사에 나섰다. 옛날 한강에서 뱃놀이를 하다가 몰살한 것이라고 둘러댔다. 회사에서는 광부들을 조사하는 것으로 끝내지 않고 한국대사관에도 문의했다. 왜냐하면 그런 공문서는 대사관에 신고해 확인을 받아오도록 되어 있었기 때문이다. 그런데 대사관에서도 똑같은 대답이었다. 그게 그럴 수밖에 없는 것이 대사관에 서류신고를 할 때마다 담당직원에게 1천 마르크에서 2천 마르크까지 뒷돈을 바치는 게 상례로 되어 있었으니 대답이 달라질 리 없었다. 그러나 회사에서는 더 조사를 진행시켜 그것이 거짓말이라는 것을 밝혀내고 말았다. 주한 독일대사관에 의뢰하면 서류가 위조된 것은 금방 드러날 수밖에 없었다.

그 사건이 밝혀진 다음부터 독일 회사들은 한국대사관을 인정하지 않게 되었다. 그리고 한국에서 보내오는 모든 공문서들은 일단 한국 변호사의 검증을 거쳐 주한 독일대사관의 확인을 받도록 조처했다. 이런 상황 속에서 자기가 총각이라며 내미는 광부의 호적등본을 믿을 간호원이 있을 리 없었다.

버스에서 내린 박갑동은 옷매무시를 고치며 병원으로 빨리 걸었다. 서미향은 이상하게도 익은 김치보다는 풋김치를 더 좋아했다. 그래서 아침나절에 담가 바로 가져가려다 보니 좀 늦어진 기분이었다. 서미향을 알게 된 것도 어느덧 반년이 넘었는데 딱부러지게 결혼이 결정되지 않고 있으니 여러 가지로 마음이 잡히지 않았다. 특히 미국으로 가볼까 했던 계획이 서미향에게 마음을 빼앗기게 되면서 흔들리고 말았다.

병원에 입원했을 때 3교대로 자신의 병실을 맡고 있는 간호원 중에서 둘이 우리나라 간호원이었다. 그중에 오후 당번이 서미향이었다. 그리고 그 병원에는 우리나라 간호원들이 열 명이나 더 있었다. 그런데도 첫눈에 마음이 끌린 것이 서미향이었다. 석탄운반차에 부딪쳐 다친 다리 때문에 입원해 있었던 7일 동안 서미향을 바라보는 설레임으로 지루한 것을 몰랐다. 그녀를 바라보면 두근거리는 가슴에서 새 기운이 샘솟았고, 그녀가 멀리 지나가기만 해도 시원한 바람이 쏴아 불어왔고, 그녀가 주사를 놓으면 그 손길이 전신으로 퍼지면서 몸이 금세 가뿐해지는 기분이었다.

나는 당신을 사랑합니다. 나는 당신을 사랑합니다. 나는 당신을 사랑합니다.

퇴원하기 전에 이 말을 하려고 골백번을 더 연습했다. 그러나 그 말이 어딘가 어색하고 쑥스러웠다. 그렇다고, 우리 연애합시다, 할 수도 없는 노릇이었다. 다른 말을 아무리 생각해 보아도 마땅한 말이 떠오르지 않았다. 그래서 독일말로 연습을 해보았다.

이히 리베 디히. 이히 리베 디히. 이히 리베 디히.

한국말보다는 좀 덜 어색한 것 같았지만 역시 마땅치 않기는 마찬가지였다.

「저어……, 김치 좋아하세요?」

「그럼요. 한국사람인걸요. 그치만 맛있는 김치를 먹을 수가 없네요.」

「왜요?」

「병원 일에다가 아르바이트까지 하다 보니까 매냥 시간에 쫓기거든요.」

퇴원을 하면서 그녀와 나눈 말이었다. 그래요? 그건 걱정 마세요. 내가 담가다 드릴 테니까요. 이 말을 하고 싶었지만 어찌 된 일인지 말이 나오지 않았다.

다음 일요일이 될 때까지 생각하고 또 생각했다. 남자가 칠칠맞게 김치를 담근다고 오히려 점수 깎이는 게 아닐까. 아니지, 독일물을 먹으면서 독일 남자들이 예사로 식당 일 도와주는 것을 보고 사니까 더 점수를 딸 수도 있지 않을까. 그래도 한국 여자는 한국 여잔데 남자답지 못하다고 무시당할 수도 있는 일이지. 아니야, 맛있는 김치를 못 먹는 형편에 김치를 맛있게 담가다 주면 얼마나 고마운 일인가. 남자가 김치 담그는 거야 혼자 사는 몸으로 어쩔 수 없다고 이해하지 않을까.

그렇다고 이런 고민을 정수남에게 의논할 수도 없었다. 혼자 생각을 거듭하다가 김치를 담가다 주기로 작정했다. 자연스럽게 가까워지는 방법은 그것밖에 없었고, 마음을 표현하기에도 그보다 더 좋은 방법은 없었다. 그리고 손해보다는 이익이 더 많을 거라고 결론을 내렸다.

토요일 저녁에 김치를 담가두었다가 일요일 아침 일찍 집을 나섰다. 일요일에도 아르바이트를 나갈지 모르니까 그전에 만나기 위해서였다.

「어머, 어쩐 일이세요?」

기숙사 현관으로 나온 서미향은 깜짝 놀랐다.

「맛있는 김치를 못 먹고 산다고 하셨잖아요. 남자들끼리 자취를 오래하다 보니까 김치 담그고 밥하는 건 이골이 났지요. 특히 저는 김치를 잘 담그기로 소문나서 김치 담가 팔아먹는 것으로 아르바이트를 할 정돕니다. 그러니까 먹을 만할 겁니다.」

흠잡히지 않도록 미리 준비했던 말을 털어놓았다.

「어머, 고맙긴 한데, 이거 죄송해서 어쩌지요?」

「아닙니다. 전혀 신경 쓰지 마세요. 내가 먹을 것 담글 때 조금 더 하는 거니까요.」

「그래도 수고를 더 하신 건데요.」

「아니, 아무렇지도 않습니다. 아낄 것 없이 많이 드세요. 다음 일요일에 또 담가올 테니까요. 김치는 앞으로 내가 책임지겠습니다. 그럼 안녕히 계세요.」

「어머, 이걸 어쩌나. 차 한잔도 대접하지 못하고. 제가 아르바이트를 나가려던 참이라…….」

김치 보자기를 든 서미향은 붉어진 얼굴로 못내 당황스러워했다.

「신경 쓰지 마세요. 차는 담에 얼마든지 얻어먹을 수 있으니까요.」

그렇게 시작된 첫 만남은 저으기 만족스러웠다. 미리 생각한 대로 자신의 마음을 전한 것이 그랬고, 그녀가 차를 대접하지 못해 미안해 한 것은 더욱 만족을 느끼게 했다.

그 다음부터 매주 일요일이면 김치를 담가서 서미향을 찾아가는 것은 새 활력이 되었다. 그리고, 일요일을 함께 보내기 위해 두 달 전부터 서미향은 아르바이트를 그만두었다. 건강을 위해 일요일의 아르바이트는 안 하는 게 어떠냐는 자신의 제의를 서미향은 별다른 이의 없이 따랐다. 그때 그녀의 마음이 열리고 있다는 것을 느꼈지만 사랑한다는 말은 하지 못했다. 그러니 결혼하자는 말은 더구나 까맣게 멀리 있었다. 그녀는 기혼자들에게 속아 결혼했다가 파경을 맞은 간호원들 때문에 계속 경계심을 가지고 있었다. 그 경계심이 풀려 믿음을 갖게 하려면 서둘러서는 안 될 것 같았다.

박갑동은 기숙사 앞에서 자신도 모르게 숨을 한껏 들이켜며 초인종을 눌렀다. 짧게 세 번, 그것은 언제부턴가 자신이 왔다는 신호가 되어 있었다.

서미향이 나오기 전에 창문 열리는 소리들이 먼저 들렸다. 다른 한국 간호원들이 내다보려고 그러는 것을 박갑동은 알고 있었다. 그냥 광부도 아니고 일요일마다 김치를 담가 오는 광부니 간호원들의 호기심에 찬 눈길이 자신에게 쏠리고 있다는 것을 박갑동은 오래전부터 알고 있었다. 박갑동은 그 눈길들이 거북스러운 한편으로 당당한 마음이 없지도 않았다. 그녀들 중에서 자신이 담근 김치를 맛보지 않은 사람은 없을 것이기 때문이었다.

「어서 오세요.」

종종걸음을 치고 나온 서미향이 반가운 웃음과 함께 미안함이 깃든 얼굴로 김치 보자기를 받아들었다. 평범하지만 참하고 복스럽게 생긴 얼굴이었다.

「안녕하세요?」

서미향을 뒤따라 나온 여자가 인사를 했다.

「아 예……, 안녕하세요.」

박갑동은 이미 낯익어 있는 이민애와 인사를 나누었다.

「제가 오늘은 커피 한잔 대접하고 싶어서 따라나왔어요. 그동안 미향이 김치를 제가 제일 많이 뺏어먹었거든요.」

「아 예에…….」

박갑동은 어물거리며 서미향을 쳐다보았다. 서미향이 웃으며 고개를 끄덕였다.

「이리 주세요. 무거워요.」

박갑동은 현관으로 들어서며 서미향이 들고 있는 김치 보자기를 잡았다.

「아니 괜찮아요.」

「괜찮긴요. 2층 끝까지는 한참인데.」

박갑동은 김치 보자기를 빼앗듯이 했다.

「어머, 멋지셔. 어쩜 그리 여자 위해주는 서양식 예법을 잘 익히셨어요? 미향이가 부러워 죽겠네요.」

이민애가 상글거리며 반쯤은 놀리는 투로 말했다.

그래, 그런 말만 자꾸 해라. 그래야 미향이 마음이 더 열리지. 더 애인으로 막 몰아붙여. 미향이가 결혼할 마음이 생기게.

박갑동은 이렇게 속으로 반색을 하고 있었다.

자기 방으로 안내한 이민애는 곧 커피를 내왔다.

「김치 그렇게 잘 담그는 솜씨시니까 커피도 잘 끓이실 것 같은데, 커피맛 없다고 흉보지 마세요.」

이민애가 박갑동 앞으로 커피잔을 옮겨놓으며 말했다.

「원, 별말씀 다 하십니다.」

「근데 한 가지 궁금한 게 있어요. 결혼하시고도 김치를 계속 담가주실 건가요?」

커피잔을 들며 이민애가 불쑥 물었다.

「어머, 애!」

서미향이 놀라며 이민애에게 눈총을 쏘았다.

「글쎄요……, 그게……, 한국이라면 곤란할지 모르지만, 여긴 독일이니까 독일식으로 집안일 돕는다고 생각하고 하면 흉될 게 없지요. 특히 부부가 맞벌이를 하는 경우에는 김치 담그는 것보다 더한 일도 남자가 나눠서 해야지요.」

「어머나, 어머나, 정말 멋지셔. 어쩜 그리 마음이 활짝 열리셨어요? 미향이 넌 좋겠다. 1등 신랑감을 얻었으니.」

이민애가 말에 걸맞게 활달한 손짓을 해댔다.

「얘, 얘, 너 왜 이래?」

서미향이 당황하며 이민애의 팔을 꼬집었다.

그렇지, 그렇지! 바로 그거야. 더 몰아붙여. 빨리 결혼하라고.

박갑동은 자신을 돕고 있는 이민애에게 응원을 보내고 있었다.

「얘, 괜히 내숭떨지 말어. 속으로는 그런 남자 좋아하면서. 여자치고 그렇게 속 넓고 이해심 많은 남자 싫어하는 여자는 하나도 없지만 말야.」 이민애는 꼬집힌 팔을 문지르며 서미향에게 눈을 흘기고는, 「근데 있잖아요, 얘가 직접 물어보지 못해서 그러는 건데요, 틀림없이 총각은 총각이세요?」 그녀는 커피 마실 자리를 마련한 목적이 이 사실을 확인하려는 것이라는 듯 대담하게 묻고 나왔다.

「얘, 너 왜 그러니.」

서미향이 울상을 지었고,

「글쎄, 넌 가만있어. 친구 좋다는 게 뭐야. 혼자 해결 못하는 것 이런 때 거들고 도와야 되는 것 아니니?」

이민애는 또렷하게 말하며 박갑동에게 대답을 독촉하는 눈길을 보내고 있었다.

「예, 여러 말할 것 없이 틀림없이 총각입니다. 그동안 하도 속임수가 많아서 남자 입장에서도 뭐라고 말을 해야 좋을지 모르겠어요. 속마음을 시원하게 꺼내 보일 수가 없으니 하늘에 골백번 맹세하면 뭘 하고, 날 믿어달라고 애걸복걸하면 뭘 하겠어요. 내 경우에는 이것 한 가지만 말씀드릴게요. 내가 처자식이 있는 몸이면 한국으로 가지 않고 미국으로 갈 마음을 먹을 수 있었겠어요?」

「미국이요?」

이민애는 의아한 얼굴이 되었고, 서미향은 심히 놀라는 얼굴이 되었다.

「예, 몇 년 동안 일해서 집안 잡히도록 자식 노릇 했으니까 그만 미국으로 갈까 하는 계획을 세웠지요. 국내 물가는 치솟고, 좁은 땅에서 복작거리면서 사느니 기왕 외국으로 나온 김에 미국으로 이민 가자 하는 생각이었지요. 여기서 가기는 쉽고, 아시겠지만 꽤 많은 사람들이 가고 있잖아요.」

「그럼 지금도 이민 갈 생각이세요?」

「아아니요.」 박갑동은 완강하게 고개를 내젓고는, 「일만 잘되면 그냥 독일에 살 겁니다. 미국이 독일보다 좋은 것 별로 없다니까요.」 그는 힘주어 말했다.

「일이 잘된다는 건 미향이하고 일 말인가요?」

서미향이 다시 이민애의 팔을 꼬집었다.

「예, 바로 그거지요.」

이보다 더 좋은 기회는 없다 싶어 박갑동은 더욱 힘을 넣어 대답했다.

「이것아, 이젠 됐지? 속으로 끙끙 앓기만 하면 뭘 해.」

이민애가 서미향을 향해 빈 주먹질을 했고,

「기집애, 엉뚱하긴…….」

귓불이 발갛게 물든 서미향은 박갑동을 등진 듯한 채 이민애에게 잔뜩 눈을 흘겨대고 있었다.

「이젠 커피 타임 다 끝났어요. 두 분 나가주세요, 나가주세요.」

이민애가 팔을 휘저어 내쫓는 손짓을 했다.

박갑동은 버스를 타고 라인강가로 나갔다. 강물 따라 풍광이 아름답기도 했지만 서미향이 유별나게 강변을 좋아했다. 라인강변은 경치가 좋고 한적해 데이트 장소로는 안성맞춤이기도 했다. 그러나 서울내기인 그녀는 라인강에서 한강을 보고 있는지도 몰랐다.

박갑동은 이제 그만 결혼하자는 말을 참아가며 그녀를 즐겁게 하는 이야기를 골라 하다가 데이트를 끝냈다.

　박갑동은 다음 일요일에도 어김없이 김치 보자기를 들고 서미향을 찾아갔다.

　「저는 곧 베를린으로 떠나게 돼요.」

　라인강변에 이르자 서미향이 느닷없이 한 말이었다.

　「예에? 왜요?」

　박갑동은 소스라치게 놀랐다.

　「베를린에 있는 선배 언니한테서 연락이 왔어요. 그쪽 병원에 좋은 자리가 비었으니 오라고요. 거긴 일도 좀 편하고 보수도 더 많아요. 그리고 우리나라 간호원들도 많고, 우리나라 사람들도 많아서 지내기도 더 좋다고 해요.」

　「됐어요. 나도 가겠어요.」

　박갑동이 소리치듯 한 말이었다.

　「네에?」

　이번에는 서미향이 소스라쳤다.

　「나도 간다구요. 미향 씨 가는 데는 이 세상 끝까지 따라가요.」

　박갑동의 태도는 단호했다.

　「직장은 어쩌구요?」

　「그까짓 것 때려치우지요.」

　「때려치워요?」

　「예, 때려치우고 베를린에 가서 한식당을 내면 돼요. 우족탕 끓이는 것하고 김치 담그는 건 누구보다 잘할 자신이 있으니까 식당을 차리면 탄광에서 썩는 것보다 몇 배는 더 벌 수 있어요. 이건 갑자기 하는 소리가 아니라 전부터 가끔 생각해 왔던 거예요. 그런데 마침 베를린으로 간대니까 잘됐잖아요. 베를린에 우리나라 사람들 많은 건 나도 들어서 알고 있어요. 거기서 한식당 차리면 틀림없이 성공할 수 있어요.」

「정말 가시겠어요?」

「그렇다니까요. 미향 씨 가는 데는 이 세상 끝까지 따라간다니까요.」

「그럼 좀더 생각하고 의논하기로 해요.」

서미향은 강으로 고개를 돌렸다. 석탄을 가득 실은 배가 느리게 물살을 가르고 있었다.

박갑동은 '의논하자'는 말을 결혼 승낙으로 해석하며 소리 없는 만만세를 외쳐 부르고 있었다. 더구나 그동안의 성과가 좋아 서독 정부에서는 한국에 간호원 1만 7천 명을 더 보내달라고 하고 있어서 그는 한식당이 잘되리라는 서광까지 느끼고 있었다.

46
그 밑뿌리

신개발지구 강남은 황량하고, 한강의 겨울바람만 드세게 휩쓸고 있었다. 개발이라고 했지만 드넓은 벌판에 가로세로 줄무늬를 긋고 있는 것은 새로 뚫린 도로들이었고, 정작 도시를 이루는 건물이란 10리나 20리 간격쯤 되게 멀리멀리 서 있었다. 그사이의 야산에는 과수원이 버려져 있는가 하면, 폐농한 밭들을 따라 텅텅 빈 농가들이 기울어져가고 있었다. 도시 구실을 하려면 20년도 더 걸릴 것 같은 인상인데 널찍널찍하게 뚫린 도로들을 따라 성시를 이루고 있는 것이 셀 수 없이 많은 복덕방이었다.

그 복덕방들은 가건물을 세우고 번창하고 있었는데, 그 명칭은 펄럭이는 광목에다 먹으로 쓴 한자의 '福德房'이 아니었다. ××부동산이라고 한글을 색색의 페인트로 쓴 매끈한 간판들을 큼직큼직하게 내붙이고 있었다. 그리고 그 부동산 사무실에 앉아 있는 사람들도 강북의 골목에서 복덕방을 지키던 한복 입은 영감님들이 아니라 양복을 미끈미끈하게 빼입은 중년층이었다. 그 수많은 부동산들이 온 서울을 '한탕 치기'로 들뜨게 하고 있는 부동산 투기바람을 잘 보여주고 있었다.

「이거 2월이 코앞인데도 어찌 통 입질들이 없지? 싸모님들이 추워서 다 아랫목 차지하고 앉았나, 캬바레로 빠져서 뺑뺑이를 돌고 있나.」

「글쎄 말야, 연초에는 으레 주춤한다 해도 이건 좀 심한 것 아닌가? 혹시 여기서 막차 되는 건 아닐까?」

「음, 어쩌면 그럴지도 모르지. 평당 500원도 안 되던 땅이 5만 원이 됐으니 목이 찰 만큼 찬 것 아니겠어?」

「참, 하늘 높은 줄 모르고 지독하게도 치솟았다. 100배로 솟기긴 했어도 막차 될라면 아직 멀었을걸. 강북 중심지하고 대봐. 여기 땅값은 거저 아냐? 좀 주춤할지는 모르지만 대형건물들 들어서고, 아파트들 들어서고, 단독주택들이 단지를 이루고 하면서 강북 땅값을 따라잡아 가며 계속 오를 거야.」

「그거야 금은 썩지 않는다는 소리나 마찬가지니까 하나마나 한 소리고. 당장 코앞이 어찌 되느냐 그거지.」

「그야 물결치는 대로 바람 부는 대로지 어쩌겠어. 제기랄, 나도 고관 싸모님하고 한탕만 줄이 닿아야 하는데 그게 그리 잘 안 된단 말씀이야.」

「그따위 소리 작작 좀 해. 그 사람들도 자기네 신분 감추느라고 두 다리, 세 다리 걸치고 있는데 그게 꿈에서라도 될 소리야? 냉수 먹고 속 차리고 복덕방 노릇 제대로 할 생각이나 해.」

「하아, 정보 착 빼내 첫물에 산 땅을 지금까지 가지고 계신 싸모님들이 있을 텐데, 그럼 어찌 되지? 돈이 100배로 뻥튀기가 되었을 테니, 한탕 잘 쳐서 평생 먹을 것 벌어버리니 세상에 이런 기막힌 장사가 어디 또 있어. 이 생각은 아무리 해도 싫증이 안 나고, 할 때마다 가슴이 떨린다니까.」

「가슴이 자꾸 떨리면 심장병 걸릴 일밖에 없으니까 조심하라구. 내가 부러운 건 여기 농사꾼들이야. 거 이번에 네거리에다 삘딩 올린 지 씨 있잖아, 두 번째 첩을 얻었다더군. 아주 젊은 미인이래.」

「허, 그거 부럽네. 일자무식인 그 사람 나무도장을 신주단지 모시듯 하는 걸 보면 참 가관이야. 돈벼락을 맞았다는 건 바로 그런 사람들을 두고 하는 말이야.」

「거 손수 농사지으며 고생하던 장본인들이 떼부자, 벼락부자가 돼서 여잘 몇 씩이든 데리고 첩질을 하는 건 그래도 괜찮아. 저기 저 학교 옆의 김 씨 아들놈 있잖아. 그게 글쎄 여배우 남 머시기하고 하룻밤 놀아나면서 1천만 원을 줬대잖아. 참 드럽게 웃기는 세상이라구.」

「아이구, 그런 소리 다 하자면 끝도 한도 없지. 자아, 우린 우리한테 맞는 실속이나 차리게 탕수육에 빼갈 내기 장기나 한판 두자구.」

「그래, 그거 좋지.」

그때 부동산의 유리문이 옆으로 드르륵 열렸다. 그리고 색안경 낀 두 여자가 거침없이 들어섰다.

「아 어서 오십시요, 싸모님들.」

막 장기판을 펼치려던 세 남자가 동작들 민첩하게 허리를 반으로 꺾었다.

「땅 좀 쓸 만한 거 있어요?」

색안경을 벗을 생각도 하지 않고 한 여자가 시건방진 말투를 던졌다. 두 여자는 미니스커트를 뒤따라 겨울용으로 유행한 판타롱이라는 바지를 입고 있었다. 그 바지는 엉덩이 부분은 착 달라붙고, 바짓가랑이는 아래로 내려갈수록 점점 넓어질 뿐만 아니라 그 끝은 곧 땅을 휩쓸 지경으로 긴, 괴상한 모양을 하고 있었다.

「예에, 쓸 만한 거라면 대로변일 텐데 널찍널찍하고 반듯반듯한 게 많습죠, 네. 몇 평쯤으로나 보시는지, 예, 앉으시지요, 앉으세요.」

한 남자는 여자들을 살피고 말대꾸를 하며 자리를 권하기에 바빴고, 두 남자는 유리문 밖의 자가용을 보고 서로 눈짓하느라고 정신이 없었다.

「뭐, 딴 큰길가는 볼 것 없고 이 영동대로변으로 한 5천 평쯤 있어요?」

두 여자가 마지못한 듯 거드름을 피우며 소파에 엉덩이를 걸쳤다.

「예에, 있구말굽쇼. 삘딩 세우면 금값을 칠 수 있는 코나로 쪽쪽 빠진 게 있습죠. 예, 지금은 평당 5만 원씩이지만 눈 딱 감고 반년만 묻어두면 그 따블이 됩니다요, 따블. 내 말이 거짓말이면 열 손가락에 장을 지져요.」

그 남자는 한 손으로는 더블을 표시하느라고 손가락 두 개를 세웠고, 다른 손으로는 열 손가락을 내보이느라고 손가락 다섯 개를 쫙 펴고 있었다.

「5만 원? 얼마까지 깎을 수 있죠?」

여자는 색안경을 벗는 게 아니라 더 바짝 밀어올리면서 물었다.

「뭐, 싸모님들께서도 잘 아시겠지만 여기 영동이야 서류에 잉크 묻히고 말고 할 것 없이 바로바로 넘어가면서 돈 놓고 돈 먹기니까 깎아주고 말고가 뭐 있겠습니까.」

「세상에, 에누리 없는 장사가 어딨어요? 여긴 아주 배짱이시네.」

여자가 옆의 여자를 쳐다보았다. 그들은 곧 일어날 기세였다.

「아 예, 예, 맞는 말씀이십니다. 말씀 대접으로라도 저희가 나서서 깎아올려얍지요. 예, 손 많이 탄 물건은 골치 아프고, 저희가 잘 통하는 여기 토백이 지주 것이 있습니다. 그건 손 안 타서 유도리(여유)가 있으니까 작은 것 한 장은 빼게 하죠. 아니, 잔금까지 보름 안에 끝내면 두 장까지 뺄 수 있어요.」

다른 남자가 다급하게 나서면서 말했다.

「2천 원이란 말이죠?」

「예, 그렇습니다. 딴 데 다녀보셨겠지만 이보다 더 좋은 조건은 없을 겁니다.」

「네, 잘 알았어요.」

두 여자는 몸을 일으켰다.

「땅을 구경 안 하시겠습니까?」

「대로변 코너땅이면 보나마나잖아요. 빈 땅 오며 가며 실컷 보고 있어요.」

「예, 그럼 전화번호를 좀 알려주시지요.」

「아니, 됐어요. 우리가 연락할 테니까 여기 명함을 주세요.」

두 여자는 명함을 하나씩 받아가지고 나갔다. 그들이 나가자 자가용에서 운전수가 쫓아나와 재빠른 동작으로 뒷문을 열었다. 그리고 또 반대쪽으로 달려가 나머지 뒷문을 열었다. 두 여자는 의연하고 유유한 몸짓으로 차에 오르며 색안경을 벗었다.

복덕방 남자들은 그들의 거동을 지켜보고 있다가 자동차가 떠나자 한 사람이 불쑥 내뱉었다.

「저것들 저거 빠꼼이 아냐?」

「글쎄, 돈 냄새는 풀풀 풍기는데 그렇게 빠꼼이 냄새는 안 나잖아?」

「그렇지도 않아. 그 썬그라스 잡순 꼴들하구 말하는 뽄새가 예삿것들이 아니야.」

「저게 아마 한가락 하는 치들 마누랄 거야. 누가 혹시 즈네들 얼굴 알아볼까 봐 썬그라스를 안 벗는 거지.」

「옘병, 괜히 장기판만 망쳤다.」

한 남자가 침을 내뱉었고,

「그러지 말어. 저러다가 물렸다 하면 월척이니까. 좌우간 권세 있고 돈 있는 사람들이 떼돈 벌고 돌아가는 판에서 우리도 떡고물 챙기는 거니까 뭐 메스껍게 생각할 것 없다구.」

다른 남자가 동료들의 등을 두들겼다.

「워커힐로 가.」

운전수에게 이르는 여자는 한정임이었고, 그 옆의 상석은 최혜경이었다.

「그자가 허튼소리는 안 하는구만.」

최혜경이 껌을 까서 입에 넣었다.

「그럼요, 사모님. 다 확인해 볼 거라는 걸 아는걸요.」

「그래, 그자가 특별히 양심적인 건 아니겠지. 어떤 세상이라고.」

「네, 당연하지요. 근데 시집보내실 건가요?」

한정임은 운전수를 의식해 은어를 쓰고 있었다.

「응, 그 정도 신랑감이면 인연이 아닌가 싶은데.」

최혜경도 땅을 팔아넘기겠다는 뜻을 이렇게 표시했다.

「네에, 제 생각도 그런 것 같군요.」 한정임은 고개를 끄덕이고는, 「근데 사모님, 한 가지 걱정이 있어요. 각하께서 히피족들 테레비 출연을 금지시킨 것 있잖아요. 건전한 사회 기풍을 진작하시려는 뜻은 더 말할 것 없이 좋으신데 그 조처를 대통령 선거 끝난 다음으로 미뤘으면 좋겠어요. 지금 한 표가 새로운 형편에 테레비에 못 나오게 된 연예인들만이 아니라 일반 히피족 젊은이들까지 그 조처를 싫어하거든요.」 그녀는 이야기를 완전히 딴 방향으로 바꾸었다.

「으음, 그것도 일리가 있는 말이네. 미니스커트 길이 재고, 장발에 가위질하고 하는 것 젊은 사람들이 질색을 하는데. 그렇잖아도 젊은 사람들이 뻐딱한 판에 긁어 부스럼 낼 것 없지.」

「그럼요, 젊은 사람들 표도 엄청 많잖아요. 각하께서 그런 것을 엄하게 다스리는 것은 옳지만 괜히 이 시기에 표 잃을 건 없잖을까요?」

「내가 차 장군님한테 바로 말을 하겠지만, 각하께선 왜 그러시는지 몰라. 당신 곧은 마음만 생각하셨지 그런 세세한 계산까진 안 하신다니까. 또, 당장 그런 조처를 취하더라도 해당 장관을 앞세우고 당신은 좀 피해서시면 욕도 안 먹고 손해도 안 보실 텐데 워낙 솔선수범으로 평생을 살아오시다 보니까 말야……」

최혜경은 껌을 짝짝거리며 과장된 한숨을 쉬었다.

워커힐에 도착할 때까지 그들은 땅 이야기를 피해 그런 식의 이야기만 나누었다. 운전수가 자세한 내막까지 알게 해서는 안 되기 때문이었다.

「자아 김 상병, 점심 먹고 있어.」

차가 멈추자마자 한정임은 1백 원짜리 서너 장을 내밀었다.

「예 고맙습니다, 사모님.」

황송한 듯 돈을 받는 운전수는 양복차림으로 보나 포마드 반지르르한 긴 머리로 보나 군인이 아니었다. 한정임은 기성복 양복을 사입히고, 머리를 기르게 하고 해서 군인 티를 완전히 지워 없앴다. 계급이 높으면 누구나 으레 그렇게 하듯 한정임도 남편의 비위를 살살 맞춰 운전병 하나를 빼돌려 쓰고 있었다.

「운전수한테 너무 잘해 주는 것 아닌가? 버릇없어지게.」

차에서 내린 최혜경이 몇 발짝 옮겨놓으며 톡 쏘듯 말했다.

「네에, 따로 월급 주는 게 아니니까요. 돈 후하게 줘서 인심 잃거나 욕 먹는 법 없다는 말도 있고 해서요.」

「음, 그렇기도 하네. 돈이 충신 만든다는 말도 있으니까.」

최혜경은, 내 돈 없어지는 것도 아닌데 뭐, 하는 생각으로 선선히 동의했다. 그리고 그 군인에게도 미안한 마음이 전혀 없지는 않았다.

한정임과 최혜경은 화장실을 거쳐서 커피숍으로 따로따로 들어갔다. 조선호텔이 그렇듯이 워커힐도 달러를 벌어들이기 위해 외국인 전용으로 지었던 것인데 언제부터인지 모르게 커피숍에는 한국인들로 넘치고 있었다. 시내에서 멀찍하게 떨어진 그곳은 상류사회의 새로운 명소로 등장해 있었다. 굽이굽이 흐르는 한강과 멀리 뻗어가는 산세가 어우러진 전망은 그림처럼 아름다웠다.

「아 사모님, 이제 오십니까.」

한 남자가 단단해 보이는 체구만큼 탄력 있게 일어나며 한정임을 맞았다.

「네, 앉읍시다.」

한정임은 엄한 기색으로 자리잡았다.

최혜경은 한발 늦게 들어와 한정임과 눈짓하며 그 남자를 등지고 앉았다.

「이 상사, 잔금을 20일로 해서 평당 얼마라고 했죠?」

한정임의 목소리는 나지막했지만 최혜경이 들을 수 있도록 또렷했다.

「예, 4만 6천 원까지 내겠다는 겁니다.」

「알아보니 그건 너무 도맷금으로 치는 거예요. 열흘로 앞당겨서 4만 7천 원을 부르라고 하세요.」

「열흘요? 액수가 큰데 너무 급하지 않나요?」

「이 상사, 왜 그리 눈치가 없어요. 빨리 발 빼고 딴 데로 뛰어야 해요.」

「알겠습니다, 사모님. 근데 저어, 사·칠로 딱 안 떨어지면 어쩌죠?」

「어쩌면 그 친구라는 사람이 평당 1천 원씩 붙여먹으려고 그런 꿍수를 쓸 수도 있어요. 정신 바짝 차려야 해요.」

한정임은 말을 이렇게 하고 있지만 그 속뜻은, 너 날 속이려고 잔머리 굴리면 알지? 하는 두 가지 효과를 동시에 노리고 있었다.

「아닙니다, 사모님. 절대 그런 일은 없습니다. 만약 그놈이 그따위 짓 하면 제 주먹이 장날 만나는 거지요. 뼈 싹 추리고 말아요.」

「됐어요. 빨리 그 사람한테 연락해서 부동산하고 흥정하라고 하세요. 급하니까 시간 끌면 안 되고, 얘기가 잘 안 풀리면 그때 가서 다시 만나요. 그리고 마음 급하다고 이 상사가 직접 얼굴 내밀면 안 돼요.」

「예, 알겠습니다. 그럼 제 것도 처분해야 되는 거죠?」

「당연하지요.」

「새로 어디 좋은 데가 생겼습니까?」

「좀 기다리고, 그 일이나 빨리 끝내도록 하세요. 어서 가보세요.」

그 남자는 '상사'라고 불린 것에 걸맞게 절도 있는 몸짓으로 인사를 하고는 돌아섰다. 한정임은 그가 커피숍 밖으로 완전히 사라지는 것을 지켜보고 나서 최혜경 쪽의 자리로 옮겨 앉았다.

「잘했어. 그렇게 당겨보다가 물지 않으면 천 원 더 빼줘도 괜찮아. 저쪽에서 몇십 배 더 크게 잡으면 되니까.」 최혜경은 커피를 한모금 마시고 싱긋 웃더니, 「저 상사는 요새 뭘 해? 사람이 제법 쓸 만해」 하며 한정임을 지그시 쳐다보았다.

「네, 제대하고는 별로 하는 일 없이 재향군인회에 나가고 그럽니다.」

이 상사에 대한 최혜경의 신뢰 표시는 곧 자신에 대한 신뢰인 것을 한정임은 잘 알고 있었다. 이 상사를 방패막이로 고른 것은 자신이었다. 최혜경은 신분을 철저하게 감추려고 했고, 그 대비책으로 자신은 두 겹의 망을 쳐야 했다. 첫 번째가 이 상사였고, 두 번째가 이 상사의 친구였다. 그런데 최혜경은 이 상사의 친구는 말할 것도 없고 이 상사하고도 여지껏 얼굴을 마주 대한 적이 없었다. 그러니까 최혜경은 세 겹의 방패막이 뒤에 몸을 숨기고 있는 셈이었다. 이 상사마저도 직접 부동산들을 만나지 않으니 신분 은폐는 꽤나 철저하게 이루어지고 있었다.

「이번 것까지 잘되면 큼직한 삘딩이나 하나씩 올리자구. 계속 월세 받구, 땅값 올라가구, 그보다 안전하고 좋은 게 없어.」

「네. 저기 송은강 씨 오네요.」

한정임이 손을 살짝 들어올렸다.

「사모님, 안녕하세요. 먼저 와 계셨군요.」

송은강이 당황한 기색으로, 그러나 더없이 공손하게 최혜경을 향해 인사했다.

「어서 와요. 괜찮아요.」

최혜경은 환하게 웃으면서도 거만하기 그지없이 앉으라는 턱짓을 했다.

커피를 다시 시키고 시작된 세 사람의 밀담은 깨가 쏟아지고 있었다.

최혜경과 한정임은 이틀 동안 줄다리기를 해서 강남의 땅을 처분했다. 그리고 그 다음날부터 자가용을 강남의 동쪽으로 몰아댔다. 그쪽은 광주로 넘어가는 길이 빠끔하게 뚫려 있을 뿐 사방이 황무지처럼 논밭이 질펀하게 펼쳐져 있었다. 그들은 며칠 동안 여러 부동산들이 앞다투어 엮어오는 땅을 계약하느라고 숨가쁘게 돌아갔다.

며칠이 지나 서울시에서는 잠실 개발계획을 발표했다. 그들 세 여자는 워커힐 식당에서 비프스테이크를 시켜놓고 강 건너 저 멀리 펼쳐진 잠실벌을 바라보며 붉은 포도주잔을 잘그랑 맞부딪쳤다.

「미스 허, 사장님 성질 잘 알잖아? 다 단념하고 사장님 뜻대로 따르는 게 현명하지 않겠어?」

비서실장이 애타하는 얼굴로 사정하듯 말했다.

「실장님도 참 너무하세요. 저하고의 정을 생각해서도 그렇지, 어떻게 한 번만 뵙게 해달라는 것도 안 된다는 거예요.」

이미 눈자위가 붉게 물들어 있는 허미경은 아랫입술을 깨물며 울먹였다.

「미스 허, 왜 그리 답답한 소리를 해. 내가 안 된다는 게 아니잖아. 사장님이 더 만날 필요 없다고 하시는 거지. 내가 사장님 앞에서 벌레만도 못한 존재라는 건 미스 허도 잘 알잖아?」

「…….」

허미경은 입을 가리며 얼굴을 떨구었다. 말이 막혔고, 울음이 복받쳐 올랐던 것이다. 이를 앙다물었지만 걷잡을 수 없이 눈물이 쏟아져 치마 위로 뚝뚝뚝 떨어져내렸다. 시작도 짓밟음이었고 끝냄도 짓밟음이었다. 모든 걸 자기 멋대로 해버리며 마지막으로 한 번 만나달라는 것까지 내

치는 그 몰인정과 모독이 너무 비참하고 서러웠다.

「미스 허, 괴롭고 고통스럽겠지만 어쩌겠어. 다 운명이거니 하고 정리하고 잊어야지.」

허미경은 문득 놀라며 다시 속입술을 깨물었다. 어리석고 한심하게도, 새 여자가 생겼나요? 하는 말이 나가려 했던 것이다. 버림받은 것이 분명한데 그걸 알아서 어쩌자는 것인가. 그런 것을 물으면 물을수록 자신의 꼴은 더 초라하고 비참해질 뿐이었다. 그런데도 자신은 어리석게 박 사장에게 연연하고 있었다. 그건 무슨 정이 남아서가 아니었다. 아들을 빼앗기지 않으려는 것이었다. 박 사장을 마지막으로 한 번 만나려는 것도 어떤 다른 일 때문이 아니었다. 그만 관계를 끊어도 좋으니 아들은 뺏어가지 말고 자신이 기르게 해달라고 간청하려는 거였다.

「미스 허, 나도 중간에 끼어 이런 심부름하기 정말 괴로워.」

허미경은 울음을 추스르며 고개를 끄덕였다. 비서실장의 말을 듣고 보니 그의 곤혹스러운 입장을 이해하기 어렵지 않았고, 그에게 미안한 마음도 들었다.

「미스 허, 사장님께서 말이지……, 이번에 미스 허한테 마음을 크게 쓰셨어.」

허미경은 반사적으로 고개를 들었다.

「이게 사장님께서 주시는 건데……」 비서실장은 양복 속주머니에서 봉투를 꺼내고는, 「얼마 전에 잠실 개발계획이 발표됐는데, 미스 허도 그 소식 알지? 우리 회사도 그 개발에 뽑혔는데, 사장님께서 그 근방 땅을 미스 허 명의로 구입하신 거야. 개발계획이 발표되자마자 투기바람이 심하게 불어 땅값이 하루가 다르게 치솟고 있으니까 이 땅을 잠실 개발이 끝날 예정인 73년까지 두면 엄청나게 큰돈이 될 거야. 이 돈만 잘 간수해도 미스 허 평생 동안 돈 걱정하지 않아도 되지 않을까 싶어. 사장님께서 세심하게 배려하신 거니까 받아두고……」 그는 봉투를 허미경의 앞으로 밀어놓았다.

허미경은 순간적으로 반발의 불길이 솟아오르는 것을 느꼈다. 예상은 하고 있었지만 모든 것을 돈의 힘으로 좌지우지해 버리는 그 행투를 다시 확인하자 그만 반감이 곤두섰다.

「그거 그냥 가져가세요.」

「아니, 그게 무슨 소리야?」

비서실장이 허리를 곧추세우며 눈이 휘둥그레졌다.

「저도 생각 좀 해보겠어요.」

허미경의 목소리는 낮고 차가웠다.

「생각하긴 뭘 생각해, 사흘밖에 안 남았는데. 그간에 많이 생각했잖아.」

몸이 단 비서실장은 어깨를 떨었다.

「네, 저도 결론을 내려야지요. 이틀 동안 더 생각해 보겠어요.」

「미스 허, 뭐 복잡하게 생각할 거 없어. 이건 어차피 애초에……, 그러니까 저어…….」

「실장님, 말 그렇게 쉽게 하지 마세요. 괜히 실장님한테도 서운해지려고 하니까요. 나도 사람이고, 내 인생은 하나밖에 없어요. 이 말 사장님한테 전해주시고, 그만 가보도록 하세요.」

허미경은 먼저 자리에서 몸을 일으켰다.

비서실장이 돌아가자 허미경은 창가에 붙어서서 흐느껴 울었다. 울지 않으려는 의지의 둑은 눈물의 홍수 앞에 힘없이 무너지고 말았다.

「욕심내지 마라. 어차피 안 될 인연이었느니라. 자식 낳아 키운 이 할미가 어찌 네 속을 모르겠니. 생살을 찢기고 손발이 잘리는 아픔인 것을. 허나 말이 나왔으니 보내야 한다. 애비가 제 자식을 찾겠다는데 보내야 하는 게 세상법이야.」

할머니가 진작 내려놓은 결론이었다. 그건 옳은 말이었고, 거역할 수도 빠져나갈 수도 없는 유일한 길이었고, 현명한 해결책이었다. 그러나 막상 아들의 모습을 보게 되면 그런 생각들은 흔적도 없이 사라져버리고, 아들을 끝끝내 지키려는 욕심만 시퍼렇게 살아올랐다.

박 사장과 평생 살게 되리라고 생각하지 않았다. 그렇다고 이렇게 빨리 자식을 잃게 되리라고 예상해 본 적도 없었다. 불행이지만, 아들만 박 사장의 호적에 올라 자신의 손으로 성인이 될 때까지 키울 줄 알았다. 바란 것은 그뿐, 감히 박 사장의 부인 자격을, 아들의 결혼식에서 어머니 노릇 하기를 꿈꾸지 않았다. 그러나 그 움츠린 바람마저 너무나 빨리 깨지고 있었다.

오빠가 취직한 것을 알면서도 아예 만나기를 피해버렸다. 오빠도 할머니 이상의 해결책이 없을 게 뻔한데 괜히 만나서 서로의 괴로움을 키우고 싶지 않았다. 오빠는 그동안 몇 차례 만나면서도 박 사장의 얘기는 단 한마디도 꺼내지 않았다. 자신이 먼저 하청업체를 차리라고 권했지만 오빠는 일언반구 없이 취직을 하고 말았다. 그리도 꿋꿋하게 자존심을 세운 오빠가 그렇게 자랑스러울 수가 없었다. 그때 만약 박 사장의 도움을 받아 하청업체를 차리고 이 일을 당하게 되었으면 어찌 되었을 것인가. 오빠의 자존심은 영원히 회복할 길이 없도록 짓밟히고 말았을 것이다. 그 끔찍스러움에 허미경은 새삼스럽게 몸을 떨었다.

허미경은 한 파수 감정의 파도가 잦아들자 건넌방으로 갔다. 아들 현서는 다리가 긴 어린이침대에 엎드려 곤한 낮잠을 자고 있었다. 젖살, 밥살이 한꺼번에 올라 오동통하게 살이 찐 볼은 속살이 꿰비칠 것처럼 살색이 투명한 복숭앗빛이었다. 솜털 보송보송한 그 얼굴은 탐스럽고 귀엽기 한량없었다. 아이는 잠결에 상글 웃는가 하면 작고 붉은 입술을 오물오물하며 젖 빠는 시늉을 하기도 했다.

허미경은 아들의 모습을 내려다보다가 그만 흑 울음을 터뜨리고 말았다. 아무리 참으려고 해도 봇물 터지는 서러움을 어찌할 도리가 없었다.

안 돼, 안 돼, 안 돼⋯⋯. 엄마가 없는 데서, 생판 모르는 사람들투성이 속에서 얼마나 놀라고 얼마나 무섭겠어. 낯가림이 심해 걸핏하면 우는 네가 얼마나 심하게 울겠니. 심하게 울면 야단을 맞고, 야단을 맞으면 더 심하게 울고, 그러면……, 안 돼, 안 돼, 안 돼…….

허미경은 아들을 와락 끌어안으며 흐느꼈다. 차라리 이대로 죽고 싶다는 생각에 사무치며.

아들을 꼭꼭 끌어안다가 그녀는 문득 자신의 젖가슴이 불어 있는 것을 느꼈다. 젖을 뗐으면서도 현서가 파고들면 물리곤 해서 젖은 샘솟기를 멈추지 않고 있었다.

젖을 먹여 키워서 더 이렇게 미치겠는 것인가…….

허미경은 불현듯 이런 생각을 했다.

「우유는 소새끼가 먹는 것이지 사람의 자식이 왜 그따위 걸 먹어. 사람의 자식은 당연히 엄마의 젖을 먹여야지.」

박 사장이 투박하게 한 말이었다.

박 사장의 그런 말이 아니었어도 허미경은 우유를 먹일 생각이 없었다. 아이를 보는 순간 남들과 달리 헤어짐이 빨리 오리라는 예감 속에서 정을 있는껏 쏟아붓고 싶은 욕망을 느꼈던 것이다. 그래서 간호원들이 이상하게 생각할 정도로 세태에 어울리지 않게 아이에게 젖꼭지를 물렸었다.

세상은 온통 분유 먹이는 유행바람에 휩쓸려 있었다. 서양 것이면 무엇이든 최고로 치는 세태 속에 분유 먹이기도 포함되어 있었다.

「젖 먹이면 몸매 다 망가지잖아요. 분유 먹이면 애들 더 튼튼해지구요.」

이렇게 일거양득이니 당연히 분유를 먹여야 한다는 젊은 주부들의 반응이었다. 그런데 이런 무식하기 이를 데 없는 유행에 살살 부채질을 해대고 있는 것이 분유회사들이었다. 분유회사들은 금값보다 더 비싸다는 신문광고를 뻔질나게 내면서, '아직도 모유를 먹이십니까!' 하고 자극하고 선동해 댔다. 그뿐만 아니라 10년이 넘도록 '우량아 선발대회'라는 것을 해서 디룩디룩 살찐 아이들의 발가벗은 모습을 신문광고로 써먹기도 했다. 그 야비한 상업주의의 유혹에 휘말려 비싼 분유를 먹이는 여자들은 자기네 신분을 과시하며 으스댔고, 아직도 젖을 빨리고 있는 여자들은 자기들의 가난을 수치스러워하고 불행해 했다. 그러나 양심적이고 실력을 갖춘 의사들은 이렇게 말했다.

「우유가 그냥 밥이라면 엄마의 젖은 더없이 좋은 보약입니다.」

허미경은 아들 현서가 탐하기 전에 먼저 젖을 내보이곤 했다. 그러면 현서는 그 복스러운 얼굴에 꽃웃음을 벙글벙글 피우며 달려들었다.

허미경은 이틀 밤을 꼬박 앉아서 새웠다. 현서를 빼앗기지 말고 끝까지 지킬까……, 아들을 데리고 어디로 도망을 갈까……, 함께 죽어버릴까……, 수많은 생각이 물거품처럼 일어났다가 사라지고는 했다. 그러나, 죽은 사람을 되살리는 것만 빼놓고 안 되는 것이 없다는 돈을 끔찍하게도 많이 가지고 있는 박 사장이 떠오르면 그런 생각들은 안개 사라지듯 자취를 감추고는 했다.

「미스 허, 좋은 게 좋은 것 아니겠어? 그만 끝내도록 하지.」

다시 찾아온 비서실장이 전보다 더 곤혹스럽게 말을 꺼냈다.

「제 말 전했어요?」

허미경은 자신의 의사가 묵살된 모독감에 부딪치며 물었다.

비서실장은 눈길을 내리깔며 고개를 끄덕였다.

「뭐래요? 잔소리 말래요?」

허미경의 목소리가 곤두섰다.

「저어……, 미스 허도, 한 번 정하면 그만인 사장님 성질 잘 알잖아.」

「그래요? 거지 같은 계집애 그 돈이나 감지덕지하게 먹고 조용히 물러날 것이지 무슨 말이 많냐 그거지요?」

싸늘하고 독한 기운이 서린 말을 내쏘고 있는 허미경의 모습은 돌변해 있었다. 평소의 안온하고 가녀리고 참해 보이던 인상은 간 곳이 없었다.

「아니, 미스 허…….」

「실장님, 똑똑히 들으세요. 처음엔 날 속여 맘대로 짓밟을 수 있었을지 몰라요. 그러나 끝날 때도 제멋대로 짓밟을 순 없어요. 나도 사람이에요. 나도 박 사장과 똑같은 사람이라구요.」

「이봐, 미스 허…….」

「나한테 아무 말도 하지 마세요. 난 설득되지 않으니까요. 시작은 박 사장 멋대로 했지만 끝날 땐 그렇게 안 돼요. 끝날 땐 내 맘대로 하겠어요. 좋아요, 아이는 보내겠어요. 그 대신 위자료를 지난번 것의 배로 올리라고 가서 전하세요.」

「아니, 미스 허…….」

「가만히 계시라니까요. 시간 오래 끌 것 없어요. 모레까지 결정하세요. 만약 내 말 듣지 않고 박 사장이 완력으로 하려 들면 그땐 각오하세요. 난 애 데리고 자살할 거예요. 극약 다 구해놨고, 유서도 다 써놨어요.」

「아니 이봐, 미스 허…….」

「말씀 마시라니까요. 내 말 우습게 알다간 큰일날 줄 아세요. 그 유서는 신문에 날 거고, 그렇게 되면 박 사장은 망해요. 이 말 괜한 공갈로 들리나요? ㄷ일보 사회부 이상재 기자가 우리 오빠하고 제일 친한 친구예요. 그 오빠한테 유서 한 통을 보낼 거거든요.」

「아이고 미스 허…….」

「내 말 못 믿겠으면 당장 가서 확인해 보세요. 적으세요. ㄷ일보 이상재 기자예요. 아니, 실장님 사람 이름 외우는 건 기막히시니까 그냥 됐군요. 내 얘기 다 끝났으니까 그만 돌아가세요.」

「알았어, 알았어.」

비서실장은 허둥지둥 일어났다.

47
정치라는 탁류

검정색 지프가 경찰서 정문에 멎었다. 보초경찰 둘이 거수경례를 올려붙였고, 다른 경찰 하나가 재빨리 지프의 문을 열었다.

「어서 오십시오, 의원 각하!」

모자에 금테를 두르고 양쪽 어깨가 좁도록 무궁화 계급장을 요란하게 단 서장이 지프에서 내리는 사람을 향해 경례를 붙였다.

「아, 안녕하시오, 이 서장.」

차에서 내린 사람은 건성으로 경례를 받는 손짓을 하고는 악수를 청했다. 그는 여전히 건재하고 있는 국회의원 최영찬이었다.

「원로에 오시느라고 수고하셨습니다. 그간에 무고하셨습니까?」

최영찬의 한 손을 두 손으로 받쳐잡은 경찰서장은 황공하여 몸둘 바를 모르겠다는 듯 그 제복과 모자에 어울리지 않게 굽실굽실했다. 마치 그의 역할은 국회의원의 위세가 얼마나 대단한지를 보여주려는 것 같기도 했다.

「아, 덕분에……. 급하니까 어서 들어갑시다.」

턱끝이 치켜 올라간 최영찬의 거드름이었다.

「예에, 이쪽으로…….」

경찰서장이 가재걸음을 하며 최영찬을 앞장세웠다.

「전체, 차려우왓! 의원 각하를 향하여 경롓!」

최영찬이 지프 앞으로 나서는 순간 이런 구령이 우렁차게 울렸다. 경찰서 정문에서부터 현관까지 양쪽에 두 줄씩 도열해 있던 경찰들이 일제히 경례를 붙였다. 최영찬도 거수경례로 답하며 위엄 넘치게 걷기 시작했다.

경찰서장이 최영찬과 보조를 맞추게 되자 다시 울린 구령에 따라 경례를 끝낸 경찰들은 박수를 치기 시작했다. 그건 경찰서를 방문하는 국회의원에 대한 기본적인 예우고 영접이었다.

「에에, 지금 경찰에선 어떻게 하고 있으시오?」

최 의원은 자리를 잡고 앉자마자 경찰서장을 비롯한 간부들을 둘러보았다.

「예, 백방으로 최선을 다하고 있습니다.」

경상도 어조 그대로 경찰서장이 대답했다.

「백방으로 최선을 다한다…….」 최 의원은 느리게 담배에 불을 붙이고는, 「그 말 흔히들 하는 소리고, 조금 전에 시청에서도 들은 소린데, 그렇게 막연한 소리 가지고는 이번 선거에서는 큰코다칠 위험이 있어요. 무슨 말인지 알겠소?」 그의 각진 눈초리가 다시 좌중을 휘둘러보았다.

「아 예, 다른 때와 달리 우리 경상도 대 전라도라 카는 걸 잘 알고 있습니다.」

재빨리 정답을 대는 국민학생처럼 경찰서장이 대답했다.

「바로 그거요. 모든 신문들도 은근히 그런 냄새를 풍기고 있고, 세상 인심도 그리 돌아가고 있듯이 이번 선거는 분명 우리 경상도와 전라도의 싸움일 수밖에 없소. 여러분은 이 사실을 명확하게 인지하고 유권자들에게 주지시켜야 해요. 우리끼리니까 터놓고 하는 얘긴데, 유권자 설득작전에서 그냥 막연하게 우리가 같은 경상도니까 경상도를 찍자 해서는 효과가 좋지 않아요. 특히 지식수준이 낮고 단순한 사람들일수록 구체적이고 자세하게, 이건 된장이고 간장이고 고추장이다 하는 식으로 꼭꼭 찍어서 쉽게 말해야 효과가 나요. 다시 말하면, 우리 경상도가 이렇게 잘살게 된 건 누구 덕이냐? 다 각하 덕이다. 왜냐하면 각하께서 경제개발 5개년 계획을 1차, 2차 단행하시면서 덕을 제일 많이 입히신 데가 우리 경상도 아니냐. 부산, 대구를 양대 중심으로 해서 발전시키는 것은 더 말할 것 없고, 울산을 개발했고, 마산에 수출자유지역을 만들었고, 경부고속도로를 개통하지 않았느냐. 다 이런 혜택으로 딴 데보다 더 잘살게 된 것이니 우리가 어떻게 해야 되겠느냐? 폐일언하고 우리가 한 사람도 빠짐없이 똘똘 뭉쳐 또다시 각하를 찍어 대통령으로 받들어야 한다. 만약에 우리가 힘을 합치지 않아 불행한 사태가 벌어지면 어떻게 되느냐. 지금까지 누렸던 그 모든 혜택이 다 전라도땅으로 가버린다. 여러분, 이런 사실들을 명백하게 주지시켜야 한다 그겁니다.」

최 의원의 목소리는 격앙되고 얼굴은 벌겋게 상기되어 있었다.

「저어……, 의원 각하의 말씀 지당하고 지당하십니다만, 그 말을 전라도사람들이 들으면 우리를 공격하기 딱 좋은 말이 아닌가 합니다. 평소에도 그런 식으로 트집잡고 시비 걸고 했으니까요. 울산·마산을 개발하는 것은 미국과 일본으로 오가는 데 그 어느 곳보다 뱃길이 가까워 수입·수출을 함에 있어서 그만큼 이익이 되기 때문이라고 하는데, 이런 점은 어떻게 해야 좋을지 모르겠습니다.」

어느 간부가 어깨와 목을 움츠린 자세로 눈길을 들지 못한 채 말했다.

「어허, 저 순진한 민중의 지팡이 봤나. 지금 여기가 국민학교 사회생활 시간이 아닌데 꼭 이건 콩이야, 저건 팥이야 하고 가려가며 말을 해야 되겠소? 물론 그런 데를 먼저 개발한 건 그런 이점이 있었기 때문이오. 허나 우린 지금 치열한 선거전에 돌입해 있소. 한 시, 한 표가 급한 판인데 우리끼리 어떤 말을 꺼내야 효과가 나겠소? 눈코 뜰 새 없는 싸움터에서 총을 쏴야 할지 수류탄을 던져야 할지 제때제때 눈치껏 판단해야 되는 것 아니겠소?」

「예, 의원 각하의 말씀이 지당하십니다. 이게 다 집안일이니까 저희들도 최선을 다하겠습니다. 어쨌거나 김이야 상대가 안 되는 것 아니겠습니까?」

경찰서장이 공손한 태도로 최 의원의 비위를 맞추고 들었다.

「글쎄요, 기분상으로 생각하면 한주먹감도 안 된다고 무시해 버리고 싶은데 가만히 생각해 보면 그게 그리 간단치 않단 말이오. 이게 무슨 말인고 하니, 이번엔 그전의 윤보선하고는 달리 엄청나게 많은 몰표가 나올 지역을 딱 등에 업고 있다 그거요. 그동안 정보를 입수한 바에 의하면 저쪽 전라도 공기가 묘하다는 거요. 만에 하나라도 일이 잘못되는 날에는 우리 당은 야당이 되고, 난 야당 국회의원이 되는데, 그럼 여러분들 신세는 어떻게 되겠소?」

최 의원은 일부러 과장해서 말하며 간부들을 둘러보았다. 이모저모로 최 의원과 얽히고설켜 있는 그들의 얼굴에 금방 당황스러운 기색이 드러났다.

「뭐, 긴말 할 것 없습니다. 그런 일은 절대 일어나서는 안 됩니다. 저희들은 일치단결하여 분골쇄신할 각오가 돼 있으니 아무 걱정 마십시오.」

경찰서장은 아까보다 훨씬 더 힘주어 대답했다.

「아, 여러분들의 철통같은 각오, 고맙소. 헌데 세상이란 묘해서 우리 경상도에도 생각 삐딱한 반골들이 뜻밖에도 많소. 그런 자들이 각하를 비난하고 공격할 것은 딱 한 가지, 3선개헌이오. 3선개헌으로 독재하려고 한다는 험담을 하는 자들은 눈에 띄는 대로 무슨 트집을 잡든지 즉각즉각 적발하시오. 털어서 먼지 안 나는 놈 없더라고 경찰이 트집 잡고 죄 씌워 안 걸려들 놈 없으니까. 그리고 이쪽에서는 백 번 천 번 각하께서 세우신 경제 업적과 우리가 받은 혜택을 강조하시오. 반복 효과가 크니까. 현재 여기 상황은 어떻소?」

최 의원은 물잔을 들었다.

「예, 아직 확실하게 표가 나진 않지만 대다수 유권자들은 다시 각하를 찍을 것 같은 눈치입니다. 날이 갈수록 표가 날 테니까 당선은 압도적일 것입니다.」

「암, 암, 꼭 그리 돼야지요. 허나 방심은 금물이오. 나 여러 번 선거를 치러봤지만, 선거는 전쟁이오. 죽이지 않으면 죽어야 하는 전쟁, 예측 불허의 전쟁이오. 한 표가 모자라 패배한다는 심정으로 마지막 순간까지 최선을 다해 표를 모아야 하는 게 선거전이오. 이 사실 명심들 하시고, 오늘은 이만 끝내고 앞으로 자주 만나도록 합시다.」

최 의원은 손목시계를 보며 일어났다.

「어디 또 약속이 있으십니까? 식사를 대접해 올리려고 했었는데요.」

경찰서장이 현관으로 따라나가며 연신 방아깨비절을 했다.

「내가 술 살 테니 담에 합시다. 나 지금 지구당 사무실에 들러 조직을 총가동해야 될 일이 남았소.」

「언제 상경하십니까?」

「투표일까지 여기 있어야겠소. 내 구에서 표가 적게 나오면 어찌 되겠소.」

최 의원이 서장을 똑바로 쳐다보았다.

이곳이 지하 3층인지 4층인지 알 수가 없었다. 차에서 내려 건물로 들어와 계속 계단을 걸어 내려오기만 했다. 아니, 정확하게 말하자면 계단을 한 층 내려와서는 긴 복도를 걸어 다시 계단을 내려오고는 했다. 그런데 그 소름 끼치고 끔찍스러운 비명소리, 긴 복도를 걸어갈 때마다 울려오는 비명소리들 때문에 계단을 몇 번 내려왔는지 기억할 수가 없었다. 그 비명소리를 듣는 순간 정신을 차리려고 마음을 다잡았지만 결국 공포를 이겨내지 못하고 말았다.

그런데 이상하게도 이 마지막 층에서는 비명이 들리지 않았다. 위는 고문실들이고 여긴 지하감방일까? 그는 또 눈을 부릅떴다. 그러나 보이는 것은 아무것도 없이 눈앞은 캄캄한 먹통이었다. 군대생활을 오래 해서 알지만 아무리 달 없고 구름 낀 어두운 밤이라고 해도 어둠에 눈이 익으면 무언가 물체들이 어렴풋이 보이게 마련이었다. 그런데 이곳은 완전한 먹통방이었다. 햇빛이 전혀 통할 수 없는 깊은 지하이기 때문인 것 같았다.

여기가 어디인지, 그들이 누구인지 어림짐작도 할 수가 없었다. 차로 떠밀려 들어가자마자 눈이 가려졌었다.

「의원님, 잠깐만 가실까요? 괜히 시끄럽게 하면 피차에 곤란하니까 점잖게 갑시다. 오래 안 걸려요.」

그들은 순식간에 팔을 뒤로 꺾었고, 입을 틀어막았다. 술을 마시기도 했지만 한인곤은 세 남자의 완력을 이겨낼 수가 없었다.

이것들이 언제까지 이렇게 혼자 내버려둘 작정이지? 겁주자는 것인가……?

한인곤은 먹통방에 혼자 있는 시간이 길어질수록 불안감이 커져가고 있었다. 그들이 노리는 것이 바로 그것이라고 자신을 일깨웠지만 자신의 의지대로 마음은 안정되지 않았다. 불안감과 공포감이 뒤죽박죽된 상태에서, 쥐도 새도 모르게 죽는다는 것이 이런 것이로구나, 사람이 이렇게 흔적 없이 사라질 수도 있겠는데, 하는 생각들이 불쑥불쑥 떠오르기도 했다. 그리고, 자신이 동행 없이 혼자서 잡혀왔다는 것이 불안감을 더 자극하고 있었다.

집 앞까지 보좌관과 동행하지 않고 큰길에서 보냈던 것이 너무 후회스러웠다. 그러나, 이들이 노리고 있는 한 그런 빈틈은 얼마든지 포착당할 수 있다는 것을 한인곤은 뒤늦게 깨닫고 있었다. 그는 말썽이 될 만한 자신의 언행이 없었는지 되짚으려고 애를 썼다. 그러나 딱히 마음에 걸리거나 신경 쓰이는 것은 없었다. 특히 선거철이라서 평소에 비해 더욱 신중을 기하고 조심을 해왔던 것이다.

덜컹 철문이 열림과 동시에 불이 환하게 켜졌다. 한인곤은 눈이 부셔 반사적으로 눈을 가렸다.

「아니, 의자에 편히 잘 모셨어야지 이게 뭐야. 이 짜식들 이거 혼나야겠구만. 한 의원님, 이거 죄송합니다. 의자로 편히 올라앉으시지요.」

누군가에게 팔을 잡히며 한인곤은 천천히 눈을 떴다. 눈이 시어 되감길 정도로 강렬한 불빛을 느끼고 일어서며, 이거 아주 병 주고 약 주고 하는구나, 생각하며 쓰게 웃었다. 그런 어르고 뺨 치는 수법은 자신도 일찍이 군대에서 더러 써먹은 것이었다.

아무것도 없는 취조실이거나 감방일 거라고 생각했던 방에는 뜻밖에도 소파까지 놓여 있었다. 한인곤은 마치 무엇에 홀린 것만 같아 사무실을 둘러보며 어리둥절했다. 그곳은 깨끗하게 꾸며진 사무실이었다. 다만 창문이 없을 뿐이었다.

「자아, 이리 편히 앉으시지요.」

키가 크고 마른 남자가 소파에 앉으며 맞은편 자리를 권했다.

맞아! 이것도 사람을 정신없이 만드는 또다른 수법이구나.

한인곤은 소파에 앉으며, 자신이 어둠 속에 주저앉아 단 한치도 움직이지 못했다는 것을 깨달으며 스스로의 무력하고 한심스러운 모습에 어이없어하고 있었다.

「아, 커피 한잔하시죠.」

양복이며 넥타이며 멋부린 티가 나는 남자가 보온병을 집어들었다.

하얀 커피잔 두 개에 차례로 커피가 차올랐다. 한인곤은 커피가 따라지는 소리와 함께 자신의 숨소리를 듣고 있었다. 그전에 별로 들어본 적이 없는 자신의 숨소리는 답답한 것 같기도 했고 거친 것 같기도 했다.

「이 마호병이 국산입니다. 일제 못지않게 이런 것도 다 만들어내고, 우리도 이젠 상당하지 않습니까?」

남자가 보온병을 들어 보이며 갑작스럽게 한 말이었다.

「아 예, 그렇습니다…….」

한인곤은 얼떨결에 얼버무렸다. 보온병이 말썽 많은 일제 밀수품들 중의 하나라는 것은 알고 있었어도 국산이 생산된다는 것은 모르고 있었던 것이다.

「이게 국산이 생산된다는 건 잘 몰랐던 모양이지요?」 그 남자는 눈을 약간 치뜨며 웃더니, 「이런 것까지 척척 만들어내는 게 다 누구 덕입니까?」 하며 커피에 설탕가루를 떠넣었다.

「……?」

한인곤은 얼핏 무슨 말인지 종잡지 못하고 상대방을 멀거니 바라보았다.

「한 의원님은 아무리 야당을 하신다지만 근본 사상이 의심스러운 것 아닙니까?」

「예에?」

한인곤은 순간적으로 정수리를 향해 머리카락이 수백 가닥의 찬 기운으로 뻗쳐오르는 것을 느꼈다. 이런 곳으로부터 사상을 의심받는다는 건 그야말로 치명적이었다.

「이런 것을 거침없이 만들어내는 건 경제발전의 결과고, 경제발전을 누가 시켰는지는 삼척동자라도 다 아는 것 아닌가요?」

한인곤은 그 말이 그냥 지나가는 소리가 아니라 트집을 잡기 위한 덫이라는 것을 깨달았다.

「예, 그야 당연히 각하의 덕이지요.」

「정말 그렇게 생각하십니까?」

그 남자는 부드럽게 웃으며 계속 깍듯하게 존댓말을 쓰고 있었다.

「당연하지요. 대한민국 국민치고 그 사실을 의심할 사람이 어디 있습니까.」

사상의 의심을 떼치려다 보니 자신의 말이 좀 과장되고 있음을 한인곤은 느꼈다.

「그런데 섭섭하게도……, 정작 한 의원님만은 그렇게 생각지 않는 것 같던데요?」

「아니, 그게 무슨 말씀입니까?」

「한 의원님은 지속적인 경제발전을 바랍니까, 안 바랍니까?」

「그야 당연히 바라지요.」

「그런데 어째서 그렇게 열렬하게 뛰십니까? 그건 지금까지 한 말하고 앞뒤가 안 맞지 않습니까? 아니면, 이제 경제건설은 기반이 잡혔으니까 아무나 해도 된다고 생각하는 건가요?」

「……!」

한인곤은 유도심문에 완전히 걸려들었음을 느꼈다. 상대방의 물음에 '그렇다'고 대답해야 되는데도 몸 어딘가로 기운이 빠져나가며 맥이 풀리고 있었다.

「뛰는 건 다 좋아요. 허나 자금까지 동원하려고 그렇게 열심일 건 없지 않아요? 자기 일도 아닌데.」

「……」

「지역구도 그래요. 그 선거와 이 선거가 다른데 한 의원님이 그렇게 나서면 지역 유권자들의 자유로운 선택을 방해하고 한쪽으로만 강압하는 것 아닌가요? 심히 유감스럽습니다.」

「…….」

「야당 국회의원도 출세고 감투인 것은 분명한데, 그 자리 보존하려면 좀 융통성이 있어야 되는 것 아닌가요? 정치란 타협의 예술인데. 자아, 차 식는데 좀 드시지요.」

그는 여전히 반듯하게 예의를 갖추며 커피잔을 들었다. 그리고 소파 옆에 놓인 작은 탁자의 서랍을 열었다.

「남재구 국장님과의 인간 관계도 있고 해서 십분 고려하기로 했으니까 직접 확인이나 해두도록 하세요.」

그는 서너 장의 사진을 흔들더니 한인곤의 앞으로 던졌다.

「으악!」

한인곤은 눈을 부릅뜨며 소리쳤다. 젖가슴을 다 내놓거나 치마를 다 걷어 올리고 있는 여자들과 어지럽게 얼크러져 있는 건 바로 자신이었다.

「와아, 박치기왕 기미리다, 기미리!」

「잉, 저 대그빡허고 돌허고 부닥치면 돌이 깨진다드라.」

「공갈 때리지 마, 좆만 새끼야. 기미리 대그빡이 머 무쇠덩어리드라냐.」

「머, 좆만 새끼? 야 이 씹새끼야, 서울 사는 우리 삼춘헌티 들은 말인디 머시가 공갈이냐?」

「머, 씹새끼? 니 죽어볼래?」

「좆 까네. 한판 붙을래?」

텔레비전 앞에 진을 치고 있던 아이들 중에서 둘이 멱살잡이를 했다. 그리고 다른 아이들은 레슬링이 아직 시작하지 않은 텔레비전 화면보다는 당장 눈앞의 싸움 구경에 눈들을 빛냈다.

「거 앞에 아새끼덜 얌전허니 못 있겠냐! 저 쌈 헐라는 두 놈 당장 십리 밖으로 몰아내뿌러.」

뒤에서 어느 어른이 외쳤다.

「와아, 시작이다 시작!」

아이들의 눈길이 일시에 텔레비전으로 쏠렸다. 서로 멱살을 잡고 있던 두 아이의 손도 어느새 풀려 있었다.

레슬링이 시작되자 왁자지껄하던 시끄러움은 뚝 멎었다. 읍사무소 마당의 텔레비전 앞에는 아이들이 열대여섯, 그 뒤로 어른들이 열 명 남짓 둘러서 있었다. 아이들이 말하는 '기미리'는 박치기로 유명한 김일 선수였다. 외자 이름에 '이'가 붙어 발음되다 보니 기미리가 되어 전국적으로 아이들의 입에 오르내리고 있었다.

몇 년 전부터 여러 가지 일본풍과 함께 건너온 레슬링은 텔레비전 방송과 어울리면서 폭발적인 인기를 끌기 시작했다. 특히 사내아이들은 레슬링에 완전히 사로잡혀 있었다. 텔레비전이 아주 드문 이 남도의 끝 시골 아이들까지도 '기미리'에 사족을 못 썼다.

「저, 저, 저, 물어뜯는다!」

「어, 어, 반칙이다. 눈 찔렀어.」

「박치기 혀, 박치기!」

아이들은 작은 입들을 오므라뜨리며 기운을 써대고, 고사리손들을 부르쥐어 흔들며 신바람 나게 외쳐대고 있었다.

「강 의원은 꾸척시럽게 테레비 갖고 무신 선거운동 헐라고 그런지 몰르겄어.」

「아니시. 고것을 벌로 볼 것이 아니랑게. 강 의원, 그 물건이 미련시럽게 뚱뚱혀도 시상 물결 요리조리 탐스로 출세허는 것허고, 선거 때 여시 맹키로 표 긁어모트는 수완이야 귀신 아니드라고? 요분에도 고 잘난 물건이 비문이 알아서 그 비싼 테레비를 다섯 대썩이나 내다 걸었겄어.」

「글씨, 그도 그렇기넌 헌디. 근디 말이여, 요분에넌 쌈이 쌈이라서 좀 달브덜 안 혀? 저 테레비럴 각단지게 한 집에 한나썩 사다 앵기면 몰르까, 요리 귀경시켜 갖고야 누가 표 찍어줄랑가? 워야, 워야, 저 허리 뿐 질러지겄다!」

「잉, 참말로 심덜이 장사랑께로. 씨름 귀경은 저그에 비허면 맹물이랑께. 잉, 그려. 자네 말도 옳여. 집에서 고무신이고 빨래비누 받고, 장터서 막걸리 얻어묵고 흠스로도 니나 나나 씰룩씰룩허는 판잉께. 그 눈치 빠삭허니 알고 강 의원이 새 방도로 테레비 사다 걸었는지도 몰르제.」

「근디, 강 의원도 너무 염치 읎고 낯짝 두껍덜 안 혀? 지아무리 당이 같다고 혀도 요리 요상시럽게 쌈이 붙었는디 어찌 박을 찍어도라고 헌다?」

「긍께로 말이시. 까마구도 지 땅 까마구드라고 말이 안 되는 짓거리고, 그간에 우리 전라도를 찬밥, 쉰밥이다 못해 똥 친 작대기로 친 것으로 보자면 더 말이 안 되는 짓거리 아니겄어?」

「그려, 그려, 자네 말이 공자님 말씸이여. 두말허면 잔소리제. 워따, 그 박치기 씨연타!」

「카아, 쩌 미국놈 저거 정신 못 채리고 벌벌 기는 것 봐라. 언제 우리가 저리 씨언허게 미국놈을 패불겄냐. 기미리 최고다!」

어른들은 할말 다 해가면서 텔레비전을 보고 있었다.

「나는 테레비만 보면 그 이말수 생각이 난당께.」

「아 참, 그놈 워찌 되았당가? 여그 병원서는 못 고칠 별시런 임질이니 매독이니 소문이 시끌시끌 해쌌등마.」

「어허, 자다가 봉창 뚜딜긴당가 시방? 넘덜이 많이 보면 그만치 쉬 닳아진다고 즈그덜 식구덜찌리 살짝살짝 보든 그 비싼 테레비 폴아갖고 매독 고치자고 광주로 나간 판잉께 그 자석 생각이 나고 그라제.」

「거 참 요상허시. 임질이고 매독이야 걸리기도 쉽고 낫기도 쉰 병이고, 남자치고 임질 매독 한 분썩 안 걸림사 남자 자격이 없는 것인디, 이 말수는 워찌 그리 야단이랴? 국산허고 월남제허고는 달브당가?」

「그려, 월남제는 국제매독이라는 것인디, 얼매나 독허든지 간에 약이란 약이 안 듣고, 글씨 물건이 시나브로 썩어들어 간디야.」

「머시여? 글면 워찌 되게?」

「연장만 그리 되는 것이 아니당마. 코도 썩어 내래앉고, 눈도 썩어 봉사가 되고 그러다가 결국⋯⋯.」

「어허 참말로, 테레비야 라지오야 갖고 올 때는 태산을 떠오는 것맨치로 말수고 동천댁이고 기가 펄펄허등마 그 무신 귀신 붙은 일이까. 쌈은 안 허고 맨날 그 구녕만 팠을랑가?」

「아니여. 쌔빠지게 싸움서 한 서너 번 몸 풀었다는 것인디, 워떤 드런 년 구녕에 재수 옰이 퐁당 빠진 것이제.」

「화아, 그년이 누군지도 몰르고 미치고 팔딱 띌 일이시 잉. 근디 워째 월남에 있을 적에 병이 나도 나야제 집에 와분 담에 이러면 워쩐댜?」

「이 사람, 무식허기는. 매독은 임질하고는 달라서, 거 유식헌 말로 머시라고 혀? 병균이 몸 안에 오래 숨어 있는 것 말이여. 좌우간 그렇다치고, 병균이 늦잠 잘 것 다 자고 지 좋을 적에 부시시 일 보로 나온 것 아니드라고.」

「그것 참 생각헐수록 징허고 징허시. 그리 죽어불면 전사도 아니고 보상도 못 받고, 죽도 밥도 아니시. 월남돈 묵기가 그리 쉽덜 안 혀.」

「무신 돈은 머 묵기 쉴코? 돈이야 쓸 때 왕 노릇 허는 것만치 벌 때야 종 노릇 허는 것 아니드라고.」

「그려, 다 인명은 재천이시.」

어른들의 세상살이 이야기는 또 체념조로 바뀌고 있었다.

「와아, 박치기 박아라!」

「기미리 최고다. 한 방 더!」

마치 파릇파릇 돋고 있는 새싹들이 풍기는 4월의 생기처럼 아이들이 신바람 나게 외쳐대고 있었다.

강기수도 당의 방침에 따라 자기 지역구에 내려와 있었다. 그가 생각해 낸 기발한 선거운동 방법 하나가 텔레비전 설치였다. 애들이고 어른 이고 할 것 없이 시골사람들이 제일 좋아하고 부러워하는 것이 텔레비 전인 것에 착안한 그는 다섯 대를 사가지고 내려왔다.

사실 텔레비전은 시골뿐만 아니라 서울사람들한테도 최고 인기품이 었다. 아직 서민들은 갖기가 어려웠고, 아이들의 성화에 못 이겨 월부로 들여놓고 매달 돈을 갚아나가느라고 애를 먹는 사람들도 숱했다. 시집 가는 처녀들은 장롱 다음으로 갖추고 싶어하는 것이 텔레비전이었다. 그러나 그 꿈을 쉽게 이루는 처녀는 그다지 많지 않았다.

강 의원은 정치인답게 그 텔레비전 다섯 대를 가지고 거창한 자리를 마련했다. '군민의 정서 함양을 위한 텔레비전 전달식'이 그것이었다. 그는 자신의 선거구에서 각 동네마다 대표를 뽑아 한 500여 명쯤 모이 게 했다. 텔레비전 전달은 겉치장일 뿐이었고, 그는 목청을 뽑아가며 대 통령 선거운동에 열을 올렸다. 그리고 그 텔레비전을 관공서마다 설치 해 군민들이 맘껏 보게 했다.

「하! 누구 놀리는 것이여, 화 질르는 것이여? 저것이야 전기 들어오는 읍내서 편케 사는 사람들 더 호시 태우는 것이제 안직 전기도 안 들어오 는 구석지에 사는 사람들은 보고만 죽어라 고것인감만? 니기럴, 찍어줄 라다가도 카악 가래침 뱉어불겄다.」

먼발치에서 이런 불평을 듣고서야 강 의원은 정신이 번쩍 들었다. 그 러고 보니 자신의 선거구에서 아직도 전기가 안 들어가는 곳이 얼마가 되는지 파악이 되어 있지 않았다. 그는 번개처럼 스치는 생각에 무릎을 쳤다.

전기 가설!

그건 다음 국회의원 선거 때 내세울 공약으로 너무나 근사했다.

그런데, 강 의원은 선거날이 하루하루 가까워질수록 마음이 자꾸 찜 찜해지고 있었다. 공화당으로 옮기고 대통령 선거가 세 번째인데 판세가 그전하고는 영 딴판이었다. 일반인들은 더 말할 것 없고 경찰이나 공무원들의 분위기마저 이상스럽게 돌아가고 있었다.

이러다가 표가 너무 안 나와 다음 공천 날아가 버리는 것 아닌가?

강 의원은 이런 위기를 느낄 정도로 표가 한쪽으로 쏠리고 있는 것을 감지했다. 선거철의 그런 예감들은 거의 틀려본 적이 없었다. 더구나 이번 선거는 자신의 것이 아니라서 더욱 객관적으로 살펴볼 수가 있었다.

「다들 정신 바짝 차리고 더 힘내서 뛰어. 이건 각하를 위해서가 아니고 바로 나를 위해서야. 여기서 체면치레는 하게 표가 나와야지 제일 작게 나와봐. 그땐 어떻게 되겠어! 공천 날아가잖아. 내 공천 날아가면 자네들 신세는 어떻게 되지?」

강 의원은 조직원들을 닦달하고 나섰다. 그러나 한풀 꺾인 그들의 기세는 살아오를 것 같지가 않았다. 또한, 그들마저도 김대중을 찍어버리는 게 아닐까 하는 의심이 들기도 했다.

이거 큰일인데……, 이건 각하의 10년 정치 실패야. 잘살게 됐다고 시끄러운데 이 전라도땅은 맹탕으로 자식들 타향살이 보내기 바쁘니 인심이 등 돌리지…….

강 의원은 몸이 달아 동네마다 지프를 몰고 다녔다.

「여러분, 이 강기수 말을 믿어요. 앞으로는 우리 호남 지역을 적극적으로 개발하기로 계획이 딱 짜여져 있어요. 나를 믿고 이번에도 눈 딱 감고…….」

급한 김에 강기수는 나오는 대로 외쳐대다가 그만 맥이 빠지고는 했다. 자신의 말에 아무런 자신이 없는데다가 사람들의 반응이 전에 없이 심드렁하고 뜨악했던 것이다.

그런데 선거전을 일거에 뒤집어엎는 엄청난 폭탄이 터졌다. 김대중 후보가 전주 유세에서 '박 정권이 영구집권을 위한 총통제를 추진하고 있다는 충분한 증거를 가지고 있다'고 하면서, '지금 어느 나라에 연구

위원이 나가서 총통제를 연구 중이다'라고 폭탄선언을 하고 나섰다.

강 의원은 충격과 환희가 엇갈려 정신을 차릴 수가 없었다. 그 믿을 수 없는 폭로가 선거에 결정타를 입힐 것 같은가 하면, 이번에만 어찌 잘해서 그렇게 된다면 자신의 앞날도 마르고 닳도록 탄탄대로라 기쁘지 않을 수 없었다.

강기수는 불안 속에서 22일의 광주 유세에 사람들을 몰고 나갔다. 박정희 후보는 전남 개발 공약을 집중적으로 내세웠다. 전남을 획기적으로 발전시키기 위해 호남고속도로를 비롯한 10여 가지의 도로공사를 실시하고, 3차 5개년 계획을 추진할 2조 원 중에서 전남에 제일 많이 투입해 광주·목포에 공업단지를 건설하고 특히 광주에는 50억본(本)을 생산하는 대연초제조창과 대형 우유가공공장을 건설하고, 여수·순천·광양도 새 공업단지로 개발하고, 특히 여수는 제2수출자유지역으로 지정한다는 거였다.

「얼랴, 너무 과헌디. 뒷감당 워쩔라고.」

강기수는, 각하가 정치할 줄 안다 싶으면서도 자신도 모르게 중얼거렸다.

그런데 김대중 후보는 서울 유세에 돌입하면서, '10년 동안의 부정부패로 얼룩진 박 정권은 이번 기회에 반드시 갈아치워야 한다'고 역설하면서, 이번에 정권교체를 이루지 못하면 '영구집권의 총통제가 실시되어 더 이상 선거가 없을 것이라는 확고한 증거를 가지고 있다'고 선거운동을 마무리짓고 있었다.

이에 맞서 박정희 후보는, '이번이 대통령으로 출마하는 마지막 기회다. 아직 부정부패가 있는 것은 사실이나 다음 임기 중에 부정부패를 기어이 뿌리뽑고 물러가겠다'며 부산과 서울에서 연달아 총통제를 완강히 부인했다.

공화당의 박정희 후보가 제7대 대통령으로 당선되었다. 그런데 개표 결과는 그전의 대통령 선거에서는 볼 수 없었던 이상한 현상을 나타냈다. 경상도와 전라도의 표가 두 후보를 따라 칼로 무 치듯이 갈라진 것이다. 그리고, 잇따라 서울대생들이 부정선거 규탄데모를 일으켰다.

48
아름다운 폭력

천두만은 가발회사에서 돈을 받아가지고 나오면서 나복남의 일로 줄곧 마음이 무거웠다. 나복남 없이 시골을 돌아다니면서도 그의 일이 마음에서 떠난 적이 없었다. 복남이의 장래가 걱정이기도 했지만 갈포댁이 딱해 더 그랬다. 복남이는 서너 달 전부터 시골 가는 일에 따라나서지 않았다. 갈수록 머리카락은 모아지지 않는데 괜히 아저씨한테 폐를 끼치지 않겠다는 거였다. 복남이가 짐이 되고 있는 것처럼 느낄 정도로 머리카락이 바닥나고 있는 것은 사실이었다. 언제부턴가 일거리의 선후가 바뀌어 머리카락 모으는 것은 뒷전이 되고 아가씨들을 서울로 끌어올리는 것에 더 마음을 쓰게 되었다. 그것도 회사에서 수고비를 다 받는 것이니 머리카락을 모으나 그 일을 하나 돈벌이는 마찬가지니까 마음쓰지 말라고 해도 복남이는 듣지 않았다.

「쟈가 요상시럽게 변했당께라. 밤낮으로 무신 크담헌 책에다 코럴 박고 사는디, 소핵교 포도시 나온 신세에 과거급제를 허잔 것도 아닐 것이고, 고등고시를 쳐서 판검사가 되잔 것도 아닐 것이고, 저것이 무슨 꾸척시러운 일인지 몰르겄어라우. 한푼이라도 벌어도 살기 에로운 형편에.」

갈포댁의 탄식이었다.

그게 무슨 책이냐고 물어도 그냥 읽어보는 거라며 복남이는 어물거리고 말았다. 책이야 어떤 책을 읽든 해 될 것 없으니까 상관할 게 없었고, 급한 문제는 복남이의 돈벌이였다. 무슨 일을 해서든 복남이가 벌어서 가장 노릇을 해야 집안이 잡힐 수 있었다. 당장은 윤자가 벌어서 살림을 꾸려간다고 하지만 그애도 시집갈 나이가 다 차 있었다. 제가 벌어서 손수 시집갈 채비를 해야 할 처지인데 버는 쪽쪽 생활비로 없애고 말면 그보다 난감한 일이 없었다. 갈포댁의 탄식이 깊어질 수밖에 없었다.

그러나 아무리 생각해 보아도 그 몸을 해가지고 복남이가 돈벌이할 수 있는 것이라곤 없었다. 풀빵장사 할 밑천도 없으니 천상 어디에 취직을 해야 하는데 손이 그 모양이니 누가 취직을 시켜줄 것인가. 이 세상에 사람이 밥벌이할 수 있는 일은 많고 많지만, 아무리 하찮은 일이라고 해도 한 손으로 할 수 있는 일이란 거의 없었다.

천두만은 차창 밖을 내다보며 깊은 한숨을 쉬었다. 어떻게 해서든 복남이의 밥벌이를 할 수 있게 해줘야 되겠는데 그 어디에도 기댈 데라고는 없었다. 자신이 가발 하청공장을 차리는 것이 두말할 것 없이 딱 좋은 일인데 아직 돈이 모자랐다. 딸하고 자신이 앞으로 2~3년은 더 기를 쓰고 모아야 어떻게 해볼 수 있는 형편이었다. 그동안 복남이가 아무 벌이도 못하게 되면 집안꼴은 더 쪼들리고, 윤자는 시집가기 어려운 노처녀 신세가 될 것은 뻔했다.

아니, 쩌그 저 극장!

무심코 버스 밖을 내다보고 있던 천두만은 눈이 번쩍 띄었다. 낯익은 극장과 함께 서동철 그 사람의 얼굴이 퍼뜩 떠올랐다.

옳여. 쌍짱구 그 양반을 찾아가 보면 무신 수가 있덜 안컸어. 그 양반
이 주먹 씨고 무섭기는 혀도 인정이 많앴는디. 나헌테 재까닥 극장 변소
똥 푸게 혀주고, 마누래 딜고 극장 뒷문으로 들어가 살짝 영화 보는 것
도 눈감아주고 허덜 안 혔어. 그 덕에 마누래헌테 영화 솔찬이 귀경시켜
줌서 냄편 체면 섰제. 글고 가발공장으로 자리 옮길 적에는 서운해 험스
로 더러 놀러오라고도 안 혔다고. 좌우간에 그 양반이 도와주자 허고 맘
만 묵었다 허면 복남이 한나 어느 구석지에 박어 밥벌이허게 맨글어주
는 것이야 식은죽 묵기 아니겠어. 극장표 포는 시악씨덜 말 들어보면 그
주먹이 원체로 씨고 부하들이 많어서 그 근방 워디고 안 통허는 디가
읎다든디. 아니여, 복남이가 손이 그렇게 워디 존 자리 바랠 수는 읎고,
거그 극장 청소부 자리만 얻어도 워디여. 그 손으로 청소야 안 애롭게
헐 수 있응께. 비질이야 왼손 부리면 되고, 대걸래질이야 오른손을 보태
면 비질보담 쉽게 되제.

천두만은 꼬리를 잇는 생각으로 마음이 달뜨고 있었다. 그리고 또 한
사람 떠오르는 얼굴이 있었다. 유일표 학생이었다. 서동철이 그렇게 쉽
게 자신에게 극장의 똥을 푸게 해주었던 것은 순전히 유일표 학생의 덕
이었다. 이 일에도 그 학생의 힘을 빌리면 틀림없을 것 같았다. 그러나
그 학생이 어디에 사는지 알 수가 없었다. 그때 만났을 때 곧 군대에 간
다고 했었는데 그 뒤로는 만난 적이 없었다. 군대에 갔으면 소식을 전하
고 살았어야 되는 건데 자신이 너무 무심하게 지내고 말았다. 서동철에
게 물었으면 어디에 근무하는지 알았을 것인데. 그러나 날이날마다 힘드
는 일에 부대끼고 허덕이며 사느라고 그런 생각은 하지도 못하고 몇 년
이 훌쩍 지나가고 말았다. 진작 제대를 했을 텐데, 지금은 어디서 무엇
을 하고 사는지……. 그를 앞세울 수 없는 것이 너무 아쉬웠다.

다른 날과 달리 천두만은 밤늦도록 잠이 오지 않았다. 서동철을 만나
러 갈 일이 머리에 가득 차 있었다. 일이 잘될 것인지 어떨지……, 전처

럼 정답게 대해줄 것인지 어쩔지……, 어떻게 이야기를 풀어나가야 할 것인지……. 이런저런 생각들이 얽히는 속에서 못내 후회스러운 것이 있었다. 그동안 서동철을 한 번도 찾아보지 않았던 것이 유일표 학생에게 무심했던 것보다도 더 후회스러웠다. 머리카락을 쫓아 정신없이 시골 구석구석을 헤매다니다 보니 건듯 불어간 바람처럼 몇 년이 흘러가고 말았다. 그간에 인사 한번 없다가 불쑥 찾아가 일을 부탁하면 어떻게 생각할지 자꾸 마음이 쓰였다.

천두만은 이튿날 아침 일찍 집을 나섰다. 어젯밤에 했던 걱정들이 그대로 남아 있었지만 일이 되든, 안 되든 생각난 김에 일단 찾아가 보기로 작정했다. 저 구름에 비 들었으랴 했는데 소나기 쏟아지더라고 뜻밖에 잘될 수도 있었고, 안 되더라도 서운할 것은 없었다. 하는 데까지는 해보아야 미련이나 후회 같은 것이 남지 않을 거였다.

천두만은 극장 가까이 이르러 망설거렸다. 빈손으로 찾아가기가 마음에 걸렸다. 오랜만에 찾아가면서 인사가 아니었다. 지난날 도움을 받은 것도 그렇고, 더구나 새 일을 부탁하는 입장이었다. 그러나, 막상 인사치레를 하려고 생각하니 무엇을 사가야 좋을지 마땅한 것이 생각나지 않았다. 수중에 돈은 많지 않고, 상대방은 언제나 양복을 매끈하게 차려입은 멋쟁이였다. 어설픈 것 사가지고 가봤자 눈에 안 차면 괜히 돈만 버리는 거였다.

천두만은 사방을 두리번거리다가 담배가게 간판을 보았다. 그는 거기에 마음이 끌렸다. 담배를 최고급으로 사가지고 가면 실수가 안 될 것 같았다. 담배 피우는 사람치고 최고급 담배를 싫어할 리가 없었다.

천두만은 담배가게 앞에서 또 망설였다. 두 갑은 말이 안 되고, 다섯 갑? 다섯 갑이 괜찮헐랑가? 주먹 씨고 배짱 씬 사람헌테 다섯 갑이 선하품 나오게 혀불면 으쩌제? 글면 열 갑, 한 보루로 혀? 글씨……, 한 보루는 나헌테 과헌디? 글면 일곱 갑으로 혀? 일곱 갑? 일곱 갑? 워째 아구가 안 맞는디? 하 참, 요것을 워째야 좋제?

그때 나삼득의 얼굴이 떠올랐다. 그리고, 그날 밤 석탄에 파묻혔던 기억과 함께 자신에게 잘해 주었던 일들이 연달아 떠올랐다.

그려, 삼득이 성님 아니었음사 나가 처자석덜 딜고 오늘꺼정 살 수 웂었을 것잉께.

그는 마음을 정했다.

「여그 청자 한 보루 줏씨요.」

천두만은 담배가게의 작은 구멍을 들여다보며 힘차게 말했다. 청자 열 갑을 사는 건 처음이었다.

담배를 옆구리에 낀 천두만은 극장의 큰 유리문 안을 기웃기웃했다. 시간이 너무 일러 조조할인 손님도 안 들 때라 그런지 극장 문은 닫혀 있고 안에 사람도 보이지 않았다. 일 바빠지기 전에 빨리 만나려고 서두른 것이 너무 서둘렀다 싶어 천두만은 담배를 빼물었다.

큰길에서 자동차들이 빵빵거리고, 사람들이 바쁜 걸음으로 오가고 있었다. 서울의 하루가 또 시작되고 있었다. 천두만은 느리게 담배연기를 날리며 그 거리를 망연히 바라보고 있었다. 눈에 익은 거리가 이상하게 낯설어 보였다. 그동안에 번화해진 탓이 아니었다. 똥통 리어카를 끌고 몇 년 동안 골목골목을 누비고 다녀서 이 근방은 너무나 환했다. 그런데도 친숙한 정이라고는 느껴지지 않고 처음 서울 거리를 대했을 때와 별로 다를 것 없이 서먹서먹하고 멀게만 느껴졌다. 하루만 떠났다가 돌아와도 정답고 푸근했던 고향 마을의 맛이라고는 서울 어디에서도 느낄 수가 없었다. 그나마 헤설픈 정이라도 조금 느낄 수 있는 데가 있다면 복남이네 산동네였다. 그러나 거기도 춥고 배고팠던 기억이 너무 커 달갑지 않기는 마찬가지였다. 세월이 자꾸 쌓이는데도 자신이 잘못 와 있는 것 같은 그 묘한 서먹거림과 낯설음은 왜 가시지 않는 것인지 알 수가 없었다.

나만 그런가, 촌에서 온 사람들은 다 그런가? 나가 빙신인가, 못나서 그런가? 맘언 두고 몸만 와서 그런가? 아매 나만 그런 것이 아닐 것이여. 서울이란 디가 사람만 와글바글 많았제 원체로 서로가 정 읎이 산께 워디다가 맘얼 붙일 디가 있어야 말이제. 나가 시방 서울 한복판에 워째 이러고 섰는지 몰르겄네…….

유리문 저 안쪽에서 사람이 나타나는 것을 보고 천두만은 하릴없는 생각을 털어냈다. 이쪽으로 걸어오고 있는 여자는 그 옷 입은 것으로 보아 매표원 아가씨였다. 천두만은 반가운 마음으로 유리문을 마구 두들겼다. 그런데 가까이 온 아가씨는 아는 얼굴이 아니었다.

「표 사게요? 아직 안 팔아요.」

두꺼운 유리 때문에 아가씨의 말이 먼 느낌으로 들렸다.

「쩌어 머시냐, 미쓰 정은 안직 안 나왔능게라?」

천두만은 자신도 모르게 큰소리로 물었다.

「미쓰 정 시집갔어요. 왜 그러세요?」

「시집? 은제요?」

「작년에요. 왜 그러냐구요?」

아가씨의 얼굴에 짜증이 드러났다.

「이, 미쓰 정을 만내로 온 것이 아니라 부장님을 만내로 왔소. 서동철 부장님.」

「부장님을요오?」

말꼬리가 치올라가며 아가씨는 빠르게 천두만의 위아래를 훑었다. 당신 같은 사람이 감히 부장님을 만나려고? 하는 기색이 완연했다.

「이, 부장님 기시요?」

「아직 안 나오셨어요.」

아가씨는 획 돌아서서 매표소로 가버렸다.

그것 참 느자구읎이 쌀쌀맞네. 지도 성냥곽만허니 좁아 터진 방구석

에 쪼글치고 앉어 표 폴아 월급 타묵는 신세면 하나또 보잘것읎이 가난
헐 것이 뻔헌디 워찌 저리 사람을 눈 아래로 깔아보고 저려? 시상 인심
참 요상시럽당께로. 있는 사람들이 없이 사는 것들 하시허는 것이야 그
렇다 치드라도, 없는 것들할라 없는 사람을 깔아보고 무시허는 것은 고
것이 무신 심뽀제? 고것 참 알다가도 모를 일이랑께로.

천두만은 싹 심기가 상해 눈을 찡그려 붙이며 꽁초를 빡빡 빨아댔다.

「아니, 이게 누구요? 똥 푸던 천 씨 아닌가.」

유리 두들기는 소리와 함께 들리는 이 말에 천두만은 얼른 고개를 돌
렸다.

「아이고메 장 씨 아자씨, 그간에 무고허셨는게라?」

천두만은 이마가 유리창에 부딪칠 지경으로 다가서며 반색을 했다.

「예, 그럭저럭 살지요. 헌데 천 씨는 여기 어쩐 일이요?」

그 남자는 대걸레를 담근 물통을 바닥에 놓으며 물었다.

「야아, 부장님 잠 만낼라고라.」

「왜? 또 여기 똥 푸게?」

「아니구만이라. 그냥 인사디릴라고라.」

천두만은 강하게 고개를 내저었다. 다시 똥을 풀 거냐는 말에 진저리
가 쳐졌던 것이다.

「다행이오. 또 똥 푸게 되면 안 돼지. 부장님 운동하시고 오실 때 얼마
안 남았으니 거기서 좀더 기다리시우. 나한테 열쇠가 없으니 문을 딸 수
가 없구랴. 난 일 좀 해야겠수.」

「야아, 어여 허시게라.」

천두만은 돌아서는 청소부 장 씨를 물끄러미 쳐다보았다. 청소부 반
장 격인 장 씨는 살기가 고달파서 그러는지 어디가 아프기라도 한지 그
동안에 부쩍 늙어 있었다. 그 모습이 딱하고 측은했다.

사람 사는 것이 세월 따라 한치썩이라도 나사져야 고상험스로도 사는

맛이 나제 세월이 가는디도 맨날 그 자리에 그 타령이면 그것 참 꽉꽉헐 일이제. 청소부 월급 받아감서 새끼덜 뒷수발허자면 신세 필 날이 옰겄제. 나보고 또 똥 푸러 왔냐고? 에이 쯧쯧, 사람 신세가 그리 깨진 쪽박 신세가 되면 쓰가니. 쪼깐만 기둘려봐. 하청공장만 채리는 날에는 나도 한시상 보는 것이여. 딸이 딱허니 채럴 잡고 기술자덜 부리고, 나도 독허니 일허고, 마누래도 팔 걷어부치고 나스고 허면 금세 불길로 일어날 것이여. 항, 일어나고말고. 음지가 양지 되는 것이제.

눈을 사르르 내려감은 천두만은 끝없는 황홀경 속으로 빠져들고 있었다. 하청공장을 할 생각만 하면 언제나 고향의 여름 들판에 소나기가 지나간 다음에 서곤 했던 무지개, 그것도 쌍무지개의 그 찬란한 모양이 눈앞에 선하게 떠올랐다. 쌍무지개는 운수대길의 징조로 누구나 보기를 원했다.

「아니, 이거 천 씨 아니오?」

옆에서 들리는 말에 천두만은 화들짝 놀라 눈을 떴다.

「아이고메 부장님, 지가 먼첨 못 알아보고. 그간에 평안허셨능게라?」

천두만은 허둥거리며 서동철 앞에 그야말로 코가 땅에 닿도록 절을 했다.

「이게 어쩐 일이오? 날 찾아온 거요?」

서동철이 빙그레 웃으며 악수를 청했다. 포마드 잔뜩 바른 머리를 '올백'으로 넘겨 그의 짱구 이마는 더 튀어나와 보였다.

「아이고메 이 손이…….」

천두만은 자기 손을 내려다보고 서동철을 쳐다보고 하며 주저주저 손을 내밀었다.

「요새는 똥 푸는 일 하는 것도 아닌데 손이 뭐 어때서요.」

서동철은 천두만의 손을 잡고 기운차게 흔들었다. 천두만은 험한 일로 투박해지고 거칠어진 손을 남 앞에 내놓기가 창피스러웠고, 악수라는 것을 별로 해본 일이 없어서 어색하고 쑥스러웠다.

「나한테 무슨 볼일 있소?」

서동철이 다정하게 물었다.

「야아, 쪼깐 디릴 말씀이 있어서……」

「그럼 사무실보다 다방이 낫겠지요? 사무실에는 직원들이 출근하고 어쩌고 복잡하니까. 갑시다, 다방으로.」

천두만은 생각보다 훨씬 더 정답게 대해주는 서동철에게 고마움을 느끼며 극장 옆의 다방으로 따라 들어갔다.

「가발공장 벌이는 어때요?」

서동철이 자리잡으며 물었다.

「야아, 덕분에 그작저작 묵고 사능마요.」

천두만은 의자 끝에 겨우 엉덩이를 붙이고 대답했다.

「똥 푸는 것보다 나으면 됐소. 천 씨야 왕대포나 쐬주가 더 좋겠지만 이런 때 커피라는 것도 한잔 마셔보시오.」 서동철은 커피를 시키고 나서 담배를 꺼내며, 「무슨 일이오?」 어서 할 이야기를 하라고 눈짓했다.

「쩌어 머시냐, 그간에 정신읎이 사니라고 인사 한분 못 디리고, 하도 오랜만에 뵈로 옴스로 빈손으로 오는 것도 인사가 아니고 혀서……」

천두만은 더듬거리듯 어렵게 말하며 담배를 두 손으로 받쳐 서동철 앞에 내놓았다.

「이게 뭐요?」

서동철이 어이없는 표정을 지었다.

「그냥……, 담배럴……」

「이런, 천 씨가 무슨 돈이 있다고 이런 걸 사오고 그래요. 천 씨나 가져가서 피워요.」

「아, 아니구만이라. 사람이 인사를 몰르면 사람이 아닌 법인디, 부장님헌테 덕 입은 것이 을맨디 그간에 사람 노릇 못허고……. 지 쪼깐헌

맴잉께 부장님이 맛나게 피워주시면 더 고마울 것이 옳겠구만이라.」

두 손을 앞으로 모아잡은 천두만은 간절한 얼굴로 말하며 연신 고개를 주억거렸다.

「이거 참, 내가 덕 보인 게 뭐가 있다고.」 서동철은 담배 싼 봉지를 반토막 내듯 하고는, 「이런, 제일 비싼 청자를. 자아, 반씩 나눠 피웁시다」 하며 절반을 천두만 앞으로 밀어놓았다.

「아니구만이라, 아니구만이라. 지가 그걸 피우면 입이 놀래 경기 나는 구만이라. 지 맴잉께 지발 그냥 받아주시씨요. 부장님이 그러시면 보잘 것읇어서 그런갑다 허고 지가 서운해지는구만이라.」

천두만은 애원하듯 하며 담배를 다시 서동철 앞으로 밀어놓았다.

「허 참, 이 담배 이거 눈물나서 어찌 피우겠소. 천 씨 돈이 어떤 돈이라고.」 서동철이 커피를 한모금 마시고는, 「어디 무슨 얘긴지 들어봅시다」 하며 담배에 불을 붙였다.

「야아, 긍께 머시냐……」

천두만은 지난밤부터 간추려왔던 이야기를 하기 시작했다. 자기와 나삼득과의 관계, 나복남을 취직시켜 줬는데 결국 손가락이 잘리고 쫓겨난 일, 나복남을 돈벌이에 데리고 다녔지만 지금은 어렵게 되었다는 것까지 빠르게 엮어나갔다.

「……그려서 그놈 불쌍허니 생각허셔서 부장님이 여그 극장에 청소라도 시켜주실 수 있을랑가 혀서…….」

말을 마친 천두만의 이마에는 진땀이 내배고 있었다.

「가만히 있어봐, 손가락이 네 개나 잘려나갔는데도 사장놈이 나 몰라라 하고 내쫓기까지 해버렸다는 게 참말이오?」

말이 거칠어진 서동철의 눈꼬리에 성깔이 돌아 있었다.

「야아, 지가 이 두 눈으로 똑똑허니 봤응께요.」

천두만은 이마의 땀을 훔치며 힘주어 대답했다.

「요런 지 에미 붙어묵을 씨부랄 놈이 있능가!」

상체를 벌떡 일으키는 서동철의 입에서 고향말의 욕이 터져나왔다.

「알았으니까 내일 이때쯤 그 친구를 이리 데리고 나오시오.」

「야아, 고맙구만이라, 고맙구만이라.」

자리에서 일어서는 서동철을 향해 천두만은 몇 번이고 허리를 굽혔다.

이튿날 아침 서동철이 다방으로 들어서자 천두만은 벌떡 몸을 일으켰다. 그 바람에 옆에 앉아 있던 나복남도 후딱 일어났다.

「어이, 얼렁 인사디려. 서 부장님이시어.」

천두만이 다급하게 나복남에게 일렀다.

「처음 뵙겠습니다. 나복남이라고 합니다.」

나복남은 오른손을 바지 주머니에 넣은 채 고개를 깊이 숙였다.

「아, 반갑소, 나 서동철이라고 하오.」

서동철이 냉엄한 얼굴로 악수를 청했다.

「저어……, 제 손이…….」

나복남이 어깨를 움츠리며 당황스러워했다.

「괜찮소. 꼭 악수하자는 게 아니라 손을 보려는 거니까. 어디 손을 내보시오.」

서동철이 의자에 몸을 부렸다.

나복남은 머뭇거리며 오른손을 빼냈다. 그리고 서동철 앞으로 천천히 팔을 뻗었다.

「…….」

서동철은 미동도 하지 않고 나복남의 손을 응시하고 있었다. 손가락 네 개가 한 마디씩밖에 남지 않은 손은 섬찟하게 흉했고, 성한 엄지손가락 하나가 오히려 괴이스럽게 보였다.

서동철은 계속 손에 눈길을 박은 채 담배에 불을 붙여 연기를 내뿜었다. 그리고 불쑥 말했다.

「이런 손으로는 청소도 못 해먹어.」

천두만은 그만 가슴이 쿵 내려앉았다.

「자네 말이야, 사장 만나서 얼마를 달라고 할 참이었지?」

서동철이 나복남을 쳐다보며 물었다. 천두만은 자신을 대할 때와는 전혀 다른 사람, 엄하면서도 독기가 흐르는 무서운 서동철을 보고 있었다.

「예⋯⋯, 그러니까⋯⋯, 뭐, 이 몸으로 어떻게 먹고 살 수 있게⋯⋯, 그러니까 구멍가게 하나 할 수 있도록⋯⋯, 그렇게 생각했습니다.」

나복남은 서동철의 기세에 눌려 연달아 말을 더듬었다.

「영영 병신이 되고도 구멍가게 정도라. 순진한 거야, 배짱이 없는 거야?」 서동철은 담배연기를 확 내뿜고는, 「헌데, 사장 그 새끼는 만나주지도 않고 경찰에 연락해 버렸다 그거야?」 하며 언성이 높아졌다.

「예에⋯⋯.」

「좋아, 가자!」

서동철이 재떨이에 담배를 던지며 몸을 벌떡 일으켰다.

「어, 어디로⋯⋯?」

나복남이 엉거주춤 일어나며 말을 더듬었다.

「어디긴 어디야, 그 공장이지. 그런 개새끼는 박살내 버려야 되잖아.」

서동철은 앞서 걸어나가고 있었다.

다방 앞에는 택시 두 대가 대기하고 있었다. 서동철이 나타나자 건장한 사내 넷이 동시에 허리를 꺾었다.

「잘 따라오라고 해.」

서동철이 사내들에게 일렀다.

「옛, 염려마십시요.」

사내들이 다시 허리를 꺾었다.

천두만과 나복남은 서동철과 함께 앞 택시에 올랐다.

「마장동 가주세요.」

앞자리에 앉아 운전수에게 말하는 나복남의 목소리가 떨리고 있었다.

천두만은 뒷자리의 서동철 옆에 잔뜩 쪼그리고 앉아 비로소 서동철의 속마음을 알아차리고 있었다. 어제 나복남을 데리고 오라고 할 때 청소부로 써주는 줄만 알았던 것이다. 그런데, 서동철은 그때 벌써 사장을 찾아갈 작정을 하고 있었던 거였다.

그들이 공장으로 들어서자 수위가 앞을 막았다.

「누구요?」

「골통 박살나기 전에 죽치고 있어. 느네 사장 나리 만나러 왔으니까.」

한 사내가 수위의 목을 콱 움켜잡더니 떠다밀었다. 수위는 켁켁거리며 비틀비틀 뒷걸음질을 쳤다.

나복남을 앞세운 그들은 공장 옆의 사무실로 거침없이 몰려갔다. 한 사내가 사무실 문을 군홧발로 여지없이 내질렀다. 요란한 소리와 함께 문이 열렸다.

「이거 뭐야? 당신들 누구야?」

한 남자가 사무실로 밀려드는 그들을 막으려고 했다.

「아가리 닥쳐, 이 개뼉다귀야! 느네 사장새끼 어딨어!」

한 사내가 그 남자의 어깻죽지를 후려치더니 떠밀어버렸다.

「아이쿠쿠쿠…….」

그 남자는 신음소리와 함께 뒤로 나둥그러졌다.

「느네들 꼼짝 말고 자빠졌어. 깝죽대면 골통들 싹 빠개고 말 테니까.」

다른 사내 둘이 의자를 불끈 들어 책상을 내려치며 으르렁거렸다. 그 서슬에 두 아가씨는 「어머, 어머……」 하며 곧 책상 아래로 기어들 것처럼 움츠러들었고, 다른 남자 직원 둘은 일어날 생각도 못하고 책상으로 고개를 떨구었다.

「왜 이리 시끄러워!」

그때 사장실이라는 팻말을 붙인 문이 벌컥 열리며 한 남자가 소리쳤다.

「하! 사장님이시구먼. 예의바르게 먼저 걸어나오실 것까지 뭐 있나. 당신 만나러 왔으니까 들어가시자구.」

서동철이 찬바람 도는 웃음을 피우며 사장의 가슴팍을 퍽퍽 쳤다.

「윽, 윽.」

사장은 묘한 소리를 토하며 뒤로 밀리고 있었다.

「이새끼야, 얌전하게 책상에 가 앉아.」

서동철은 연달아 사장의 가슴팍을 퍽퍽퍽 쳐댔다.

「윽, 윽, 윽.」

사장은 주먹질에 맞추어 신음을 토하며 뒷걸음질을 하다가 자기의 회전의자에 털퍽 주저앉았다.

「너 이새끼, 이 사람 알지?」

서동철이 한 발을 사장의 책상 위에 올리고 뒤에 서 있는 나복남을 앞으로 끌어당겼다.

「예에…….」

얼굴이 하얗게 질린 사장이 나복남을 올려다보며 대답했다. 그의 목소리도 입술도 떨리고 있었다.

「이새끼, 이 손가락들 니놈이 잘라먹은 거지?」

서동철이 나복남의 오른손을 잡아 사장 앞에 내밀었다.

「아니, 그게 아니고 자기가 잘못해서…….」

그때 책상 위에 올라가 있던 서동철의 발이 쭉 뻗치며 사장의 가슴팍을 내질렀다.

「어쿠!」

사장이 비명을 토하며 가슴을 싸잡았다.

「요런 싹수없는 새끼야, 사람 열받치게 하지 말고 사실대로 말해. 개소리 치면 혓바닥 확 뽑아버릴 테니까. 이 사람이 느네 집에 찾아갔을 때 만나주지도 않고 경찰에 연락했다며?」

「…….」

사장은 부들부들 떨기만 했다.

「이새끼, 너 경찰 빽이 그렇게 든든해? 너 그렇게 경찰 좋아하면 어디 또 전화해서 경찰 불러봐.」

서동철은 송수화기를 들어서 사장 코앞에다 디밀었다.

「아, 아, 아닙니다. 제가, 제가 잘못했습니다.」

사장이 송수화기를 피하며 심하게 말을 더듬었다. 더듬거리는 말처럼 파랗게 질린 입술이 푸들푸들 떨리고 있었다.

「야, 도끼, 이새끼한테 맥주 좀 먹여라.」

서동철이 부하에게 턱짓했다.

「옛!」

사장실을 지키고 있던 두 사내 중에 하나가 앞으로 나섰다.

다른 두 사내는 사무실을 지키고 있었고, 천두만은 사장실 문 앞에 엉거주춤 서서 사장실 안을 들여다보고 있었다.

서동철은 느리게 걸어 소파로 가 앉더니 두 다리를 쭉 뻗어 탁자 위에 올려놓았다. 그러는 동안에 도끼라는 사내는 아까 서동철이 서 있던 자리로 갔다. 그 사내의 손에는 맥주병이 들려 있었다. 그는 사장의 책상 옆에 서더니 거침없이 이빨로 뚜껑을 땄다. 그리고, 입에 물린 뚜껑을 사장을 향해 내뱉었다. 뚜껑은 마치 손으로 던진 것처럼 정확하게 사장의 얼굴로 날아가 부딪쳤다. 사장은 움찔했다. 그런데 그는 점점 더 심하게 떨고 있었다.

도끼는 맥주병을 기울였다. 맥주는 장부가 펼쳐져 있는 사장의 책상 위에 쏟아지기 시작했다. 장부를 흥건하게 적시고 책상으로 번져나가던 맥주는 아래로 흘러내렸다. 사장은 꼼짝을 못하고 와들와들 떨기만 했다. 도끼는 맥주병을 세웠다. 맥주는 절반쯤 남아 있었다. 그는 한 발짝 옮기더니 맥주병을 다시 기울였다. 맥주는 사장의 정수리로 쏟아지기 시작했다. 얼굴이고 뒤통수고 가릴 것 없이 흘러내린 맥주는 목줄기를 타고 와이셔츠 안으로 줄줄이 스며들고 있었다. 사장은 한층 더 심하게 떨고 있었다.

도끼는 빈 맥주병을 사장의 책상 위에 쾅 소리가 나도록 내려놓았다. 그리고 두 다리를 반쯤 굽히고 두 팔을 벌리며 이상한 몸짓을 했다. 팔을 느린 동작으로 두어 번 뻗고 접고 하는가 싶더니 갑자기 소리쳤다.

「이얍!」

그 순간 맥주병이 반토막이 나며 윗부분이 사무실 바닥으로 굴러떨어졌다.

「이새끼야, 뭐 하고 자빠졌어. 저거 빨리 집어올려.」

도끼가 사장에게 내쏘았다.

「예, 예.」

사장이 허겁지겁 맥주병 윗부분을 집어 두 손으로 도끼 앞에 내밀었다.

「병신 같은 새끼. 책상 위에 올려놓고 넌 그대로 얌전히 앉아 있어.」

도끼가 내뱉고는 돌아섰다.

「야, 통뼈, 저 새끼 위로 좀 해줘라.」

서동철이 담배연기를 풀풀 날리며 말했다.

「옛!」

다른 사내가 도끼와 자리바꿈을 했다. 통뼈라는 사내의 손에는 각구목이 들려 있었다.

「이새끼야, 똑바로 앉아.」

통뼈는 갑자기 소리치며 각구목으로 사장의 책상을 내리쳤다.

「예, 예, 예……」

사장은 질겁을 하며 엉덩이를 들었다가 놓았다. 맥주를 뒤집어쓴 그의 몰골은 천상 물에 빠졌다 나온 형국이었다.

통뼈는 두 다리를 약간 벌리고 서며 각구목을 자기 이마에 두어 번 댔다 떼었다 하더니 갑자기 소리쳤다.

「우얏!」

기합소리와 동시에 각구목이 절반으로 뚝 부러지며 사장의 책상 위로 떨어졌다. 사장이 화들짝 놀라며 또 엉덩이를 들었다 놓았다.

「야 이 양심에 털난 새끼야. 넌 돈에 환장한 놈이니까 이것 가져다가 불쏘시개 해 처먹어라.」

통뼈가 들고 있던 각구목을 사장의 책상에 내던지고 돌아섰다.

서동철이 느릿느릿 걸어 처음의 자리에 가 섰다.

「시원하게 맥주도 한잔하시고, 안주삼아 위로도 받으셨으니까 이젠 본영화를 상영해 보실까? 너 오른손 책상 위로 올려.」

「예에……?」

사장이 어리둥절해서 서동철을 올려다보았다.

「이새끼 귀먹었어!」

서동철의 목소리는 칼날이었다.

「아, 예에, 예.」

사장은 오른손을 책상 위로 올려놓았다.

「넌 더도 덜도 말고 네놈이 피해 입힌 만큼만 당하면 돼. 지금부터 손가락 네 개만 자른다.」

그 말과 동시에 서동철의 손에서 잭나이프가 번쩍 날을 뺏쳤다.

「아이고, 잘못했습니다. 제가, 제가 잘못했습니다. 사, 살려주십시요. 살려주십시요, 죽을죄를 졌습니다. 돈은 얼마든지, 얼마든지 내놓겠습니다.」

사무실 바닥에 무릎을 꿇은 사장은 온몸을 부들부들 떨며 두 손을 싹싹 비벼대고 있었다.

「야 이새끼야, 급하다고 좆 까는 소리 하지 마. 얼마든지라면 1억이라도 내놓겠다는 거냐?」 서동철은 사장의 무릎을 툭 차고는, 「이봐, 자네 이리 와서 자네가 바라는 걸 이새끼한테 직접 말해.」 그는 벽에 붙어서 있는 나복남에게 손짓했다.

「난 큰돈 바라지도 않아요. 내 평생 망쳤으니까 구멍가게라도 하면서 살게 해주면 돼요.」

나복남이 사장을 향해서 말했다.

「들었지? 구멍가게를 차리려면 얼마나 줘야 되겠다고 생각해?」

서동철이 사장의 무릎을 또 툭 찼다.

「예에……, 저어……, 오, 오십만 원…….」

「이새끼야, 손가락 네 개가 겨우 오십만 원이야! 너 안 되겠다. 손가락 잘라야지.」

서동철이 사장의 뒷덜미를 낚아챘다.

「아, 아닙니다. 배, 백만 원 내겠습니다, 백만 원.」

「됐어, 백만 원. 스텐공장들 요새 돈벌이에 한창 신나는데, 이 정도 공장이면 은행에 수백만 원씩 쌓아놓고 있겠지? 당장 내놔, 현찰로.」

「예, 예, 알았습니다.」

사장이 부장을 불러들였다.

「여기 오십만 원은 있으니까 자네 빨리 가서 오십만 원만 찾아와, 현찰로. 어서 가, 어서.」

사장은 연신 떨면서 통장과 도장을 내밀었다.

49
고단해라, 인생길

"아범아 보그라.

모내기 끝물에 국회의원 선거바람 타고 니가 번개 치기로 댕겨갈 적에만 해도 꽃피는 봄이었는디 발써 숨 턱턱 맥히는 삼복 더우 속에 밤이면 모구가 지 시상 만낸 한여름이 되얐다. 항시 공사다망헌 검사 영감님 노리(노릇) 허니라고 금쪽 겉은 몸은 성허냐 으쩌냐. 무소식이 희소식인지 암스로도 핀지가 하도 드문드문헝게 걱정시럽고 맴이 씨이고 그런다. 고 이쁘고 똑똑헌 아그덜도 별 탈 읇이 잘 크지야? 그것들이 이 할메 낯 안 잊어뿔랑가 몰르겄다. 그것들허고 꿈에서 놀아쌌고 그런다.

어이 아범아, 나가 생각허고 또 생각허다가 애가 보타서 이 야그를 또 허게 되얐다. 성가시다 구찮허다 생각지 말고 맘 널르게 묵고 이 에미이약 들어줬으면 쓰겄다. 으쩔 것이냐, 미우나 고우나 성제간이고, 부모 성제간 인연이야 띨라야 띨 수가 읇이 귀허고 찔긴 것 아니드냐. 그라고 가장 읇는 집안에 장자는 그 집안 가장인 법잉께 니가 동상덜 거둬줘야

제 워쩌겄냐. 그려, 그간에 아범 니가 집안 거두니라고 몸 고상 맘 고상
헌 것을 생각허면 아무 심도 읎는 이 에미년 낯을 들 면목이 읎고 입이
열이라도 말을 헐 염치가 읎는 사람이여.

근디 말이여, 공사다망허다 봉께로 혹여 청자 냄편 일 까묵은 것 아니
다냐? 고 서방이 니 처분 오기만 기둘리고 있다가 요새 맘이 변해 서울
로 뜰 작정을 허고 있다. 여그서 자리 한나 못 구허면 전답 쪼께 남은 것
폴아갖고 서울로 돈벌이 가겠다는 거이다. 봉사든 귀먹쟁이든 서울만
가면 돈 잘 벌고 사는 판에 촌구석에서 맨날 밑지는 농사에 목매고 삼서
더는 빙신 팔푼이 안 되겠다는 거이다.

어이 아범아, 일이 그리 되면 큰 탈 아니겄어? 아새끼덜 셋이나 딜꼬
험헌 서울서 쪽박 차기 하로아침일 것이고, 그리 되야 아범 니헌테 손
벌리고 뎀빔서 떼쓰면 워쩔 것이냐. 고 서방을 여그다 묶어두는 것이 질
로 상책일 것 겉은디, 어찌 자리 한나 터줘라. 검사 영감님 빽이면 군청
이든 읍사무소든, 하다못해 수리조합 같은 디라도 한자리 차고 들어가
기는 식은죽 묵기고, 손바닥 뒤집기라는디. 고 서방보담도 많이 못 배운
동상 청자 생각혀서 꼭 잠 애를 써야 되겠다.

또 듣기 싫은 소리만 담뿍 혀서 미안시럽고 볼 낯이 읎다. 아범도 아
그덜도 더우 안 묵게 조심허고, 오늘은 더 허고 잡은 말 여그서 끊는다.

고향땅에서 에미가."

이규백은 어머니의 육성을 들으며 편지를 물끄러미 바라보고 있었다.
어머니의 편지는 언제나 고향 말투 그대로였다. 읽기는 하지만 쓰기는
서투른 어머니의 편지는 언제나 동생들이 대필했다. 그런데 어머니는
당신의 말투를 그대로 쓰기를 원했다. 표준어 표기가 당신의 마음을 제
대로 전달하지 못한다고 느끼기 때문이었다. 서울로 대학을 진학하기
전까지는 남동생 규상이가 대필했고, 그 다음에는 막내동생 규동이가

대필했고, 막내동생이 금년부터 서울로 진학하자 여동생 청자가 대필하게 되었다. 그러니까 청자는 자기자신의 이야기를 대필한 거였다. 그런데 그게 단순한 대필이 아니라 어머니의 입을 빌려 자기의 이야기를 하고 있는 것 같았다.

이규백은 그렇게 생각하는 자기자신에게 어떤 야비함을 느끼고 있었다. 그런 부탁이 역겨워진 나머지 자신은 여동생에게 누명을 씌우고 있는지도 몰랐다. 편지 내용 전부는 전적으로 어머니의 뜻이고 여동생은 그저 대필만 했을지도 모른다. 그러나 한 가지 분명한 것은 여동생도 제 남편의 뜻에 동조하고 있다는 점이었다.

이규백은, 어머니가 그런 편지를 보내지 않을 수 없게 한 매제 고두석에게 짜증이 일어났다. 두 동생과 세 조카에게 짓눌려서 사는 맛을 잃고 있는데 시집간 여동생마저 또 그렇게 짐으로 얹히려 하고 있었다. 물론 농사가 공업화의 덫에 치여 가망 없이 되어가고 있는 것을 모르는 것이 아니었다. 그러나 농고 출신인 매제는 신분을 바꾸기에는 갖춘 것이 너무 없었다.

어머니의 편지는 어찌 보면 은근한 위협이고 협박이었다. 짧지 않은 편지의 핵심은, 어서 빨리 관공서 어디에나 취직을 시켜라, 그렇지 않으면 논밭 다 처분해 서울로 올라가서 더 큰 두통거리가 될 수 있다, 하는 것이었다.

이규백은 어깨 처져내리는 한숨을 토하며 담배에 불을 붙였다. 그건 빨리 자리를 만들어내라는 위협일 수 있었고, 사실 그대로일 수도 있었다. 나날이 시골에서 서울로 몰려드는 사람들이 늘어나고 있는 판국에 매제라고 못 올 까닭이 없었다. 돈 몇 푼 가지고 서울에 올라와 어물쩍하다가 빈털터리가 되어 손 벌리고 덤비는 날에는 이만저만 문제가 아니었다. 여동생네는 애들이 셋이니까, 그리 되면 부양가족 다섯이 더 생기는 셈이었다.

"많이 못 배운 동상 청자 생각혀서……." 이규백은 이 대목이 또 마음에 걸려 괴로운 신음을 씹었다. 태풍 난리로 형이 세상을 떠났을 때 여동생은 고등학교 2학년이었다. 겨우 고등학교를 졸업시키고는 대학 진학은 엄두를 낼 수가 없었다. 여동생은 대학 진학을 바랐지만 그런 눈치 앞에서 '여자가 고등핵교 나온 것도 과허다' 어머니는 이런 말로 단호하게 청자의 꿈을 무질러버렸다. 여동생은 더 말없이 앞에 닥친 환경에 순응했고, 어머니는 딸의 결혼을 서둘렀다. 여동생은 그게 자신이 갈 길이라는 듯 어머니가 정한 혼처에 다소곳이 시집을 갔다.

이규백은 여동생에게 안쓰러움과 미안함을 가지고 있었다. 여동생은 어쩌면 살아남은 형제간들 중에서 태풍 난리의 가장 큰 피해자인지도 몰랐다. 여동생이 여자가 아니었더라면 대학 진학을 그리도 매정하게 잘랐을 것인가. 여동생은 여자의 숙명을 말없이 감수했고, 자신은 고등고시를 준비하는 무능한 오빠로서 어머니의 결정에 무언의 동조를 했었다. 그건 가위눌리는 짐을 하나라도 빨리 벗어버리고자 한 음험함이었다.

여동생 청자는 제 남동생 둘이 대학생이 되는 것을 지켜보면서 어떤 심정이었을까. 자기만 대학을 못 다닌 채 농사꾼의 아내로 볼품없이 된 불만과 열등감이 날로 커졌을 것이다. 그런 마음을 표하지 않았는데도 어머니가 편지를 그렇게 썼을 리가 없었다. 그리고, 매제도 검사 처남의 덕을 보고 싶어했을 것이 뻔했다. 어느 집안에 돈 번 사람이 하나 생기면 사돈네 팔촌까지 덕을 보고 싶어하듯이 검사를 바라보는 눈들도 마찬가지였다.

이규백은 담배연기를 코로 느리게 내뿜으며 신음을 잘근잘근 씹었다. 어떻게 해야 좋을지 알 수가 없었다. 우선, 서울로 올라오게 방치할 수는 없었다. 서울은 이미 만원을 넘어 폭발 상태에 있었다. 농부는 서울 같은 도시에서는 살아갈 방법이 없는 무능력자였다. 그렇다면 결론은 더 말할 것이 없었다. 어디든 자리를 마련해 주어야 하는 것이다.

이규백은 상체를 비틀며 된신음을 어금니에 물었다. 무리를 감수하며 검사의 힘을 작용시키면 군 단위 행정기관 그 어딘가 말단에 자리 하나 뚫기는 그리 어려운 일이 아닐 수도 있었다. 그러나 매제가 제몫을 제대로 해낼 수 있을 것인지……, 괜히 검사 빽 팔아가며 두고두고 사람 망신이나 시키지 않을지……, 이규백은 '내가 왜 검사가 됐나' 하는 생각을 또 불현듯 하고 있었다. 그 생각은 검사가 되고 난 이후 골백번도 더 한 것이었다.

「검사님, 중부서 수사과장 전홥니다.」

여직원이 고개만 디밀며 알렸다.

「아, 여보세요…….」

이규백은 송수화기를 들며 낮고 묵직한 소리를 냈다. 냉정하고 엄한 기색으로 바뀐 얼굴과 함께 그 목소리에는 거만과 위엄기가 서려 있었다. 평소와 달리 공무를 수행할 때 나타나는 변화였다.

「아 예, 이규백 검사님이십니까?」

「예, 그렇소만…….」

「아, 안녕하십니까. 여기 중부서 수사곱니다. 안민구가 처남 맞습니까?」

「예, 그런데요.」

이규백은 처남의 이름을 듣는 순간 의자 등받이에 부리고 있던 상체를 벌떡 일으켰다.

「아, 그렇군요. 안민구가 좀 곤란한 사건으로 체포돼 우리 서에 있습니다.」

「무슨 사건인데요?」

이규백은, 이놈이 또 일 저질렀구나, 생각하며 담뱃갑을 끌어당겼다.

「예, 이거 참 곤란하게 마약 피우다가 걸려들었습니다.」

「마약이요?」

「예, 마리화납니다. 여자 둘, 남자 둘이 호텔방에서 그런 겁니다.」

「이거 참 면목 없습니다. 집안에 연락하고 곧 찾아갈 테니까 그동안 잘 좀 부탁합니다.」

이규백은 전화를 끊으며 쓴 입맛을 다셨다. 상급기관의 검사 체면을 완전하게 구겨버린 거였다. 그러나 한편으로는 말썽꾸러기 처남이 은근히 고맙기도 했다. 그가 사고를 칠 때마다 처가 쪽 식구들에게 검사 이규백의 존재가치를 높여주기 때문이었다. 사고뭉치 안민구는 외부적으로는 자신의 체면을 깎는 귀찮은 존재였지만 내부적으로는 자신의 존재를 돋보이게 하는 조명등 역할을 수행하는 썩 필요한 존재이기도 했다.

이규백은 장인, 장모, 마누라의 얼굴을 차례로 떠올리다가 장모에게 전화를 하기로 했다. 세 사람 중에서 가장 몸달아할 사람이 장모였고, 자신을 가장 하시하는 것이 장모였다. 장모의 애를 태울 필요가 있었고, 자신의 값어치가 얼마나 큰지 다시 한번 확인시켜야 했다. 일단 장모에게 알리면 장인이나 마누라한테는 효과가 증폭되어 알려질 것이고, 그리 되면 장인이나 마누라한테는 느긋하게 자신의 존재를 과시할 수 있게 될 거였다.

「장모님, 놀라지 마시고 들으세요. 작은 처남 민구가 지금 경찰서에 잡혀 있습니다.」

「아니, 왜 또? 대낮부터 술 마시고 누구하고 싸웠나 어쨌나?」

「그게 아니라 이번엔 좀 중죄를 저질렀습니다.」

「중죄? 그게 뭔가?」

전화기에서 장모의 목소리가 뜨겁게 터지고 있었다.

「예, 그게 좀 말씀드리기 난처해서요……, 여러 사람 체면도 있고…….」

이규백은 짐짓 뜸을 들이며 말꼬리를 사렸다.

「무슨 소린가, 지금! 어서 말하게, 어서. 뉘 집 처녀라도 망쳐놨나?」

「그게 아니고, 마약을……, 마리화나라는 마약을 여자들하고 피우다가 체포됐답니다. 이거 딴 일도 아니고…….」

「뭐, 마약이라고? 여보게, 그럼 어찌 되는 겐가? 회사에는 전화드렸나?」

더욱 뜨겁고 급하게 밀려오는 목소리에서 몸이 달아오른 장모의 모습을 환히 보고 있었다.

「혹시 밖에 알려지면 장인어른 체면이 있지 않습니까. 그래서 장모님한테 제일 먼저 알리는 겁니다.」

「응, 그거 잘했네. 그런 건 내가 다 알아서 할 테니까 자넨 어서 민구를 좀 만나보게나. 그 어린것이 얼마나 무섭고 겁나겠나.」

애가 타는 모정은 대학 2학년을 '어린것'이라고 하고 있었다.

「예, 제가 지금 곧 재판이 있어서 당장 가보기는 어렵습니다.」

이규백은 미리 생각한 대로 둘러댔다.

「아이구, 그럼 어쩌나!」

장모의 목소리는 그대로 울음이었다.

「아무 걱정 마세요. 담당과장한테 잘 부탁해 놨습니다.」

「아이구, 자네밖에 없네. 자네가 젤이야. 고마우이 고마워. 혹시 때리진 않겠지?」

장모의 목소리에서는 어느 때 없이 정이 뚝뚝 듣고 있었다.

「그럼요. 검사 처남한테 누가 감히 손을 댑니까. 그 점은 안심하세요.」

「그렇지, 그래. 경찰은 검사님 꼬붕이니까. 그래, 우리 맏사위밖에 없다니까. 내가 연락 다 취할 테니까 자넨 재판 끝나는 대로 곧 가봐야 하네.」

「예, 걱정 마세요.」

이규백은 자신의 존재가 평소와 달리 확대되고 돋보이는 것을 느끼며 새 담배에 불을 붙였다. 그러나 한편으로는 초라하기 그지없는 자신의 몰골을 바라보고 있었다. 재판은 있지도 않은데 장모를 더욱 애타게 해 자신의 값을 올리려고 재판이 있다고 꾸며대고 있으니.

내가 이러려고 검사가 됐나……?

처가 식구들을 상대로 고작 그런 잔머리나 굴리고 있는 자기자신이 혐오스럽고 비감했다. 한번 빠지기 시작하면 걷잡을 수 없이 심해지는 그런 감정을 떨쳐내려고 이규백은 의자에서 벌떡 일어났다. 책상에서 벗어나던 그는 몸을 되돌려 어머니의 편지를 집어들었다.

아까 끊겼던 생각 하나가 다시 이어졌다. 어머니는 아들과 손자들에 대해서는 그리도 간곡하면서도 며느리에 대해서는 빈말일망정 단 한마디가 없었다. 그건 시집을 함부로 아는 며느리에 대한 어머니의 엄한 징계인 셈이었다.

어머니, 죄송합니다. 다 가난이 죕니다. 저도 이러고 살고 싶지는 않은데……, 어쩝니까…….

이규백은 무거운 발길로 사무실을 나섰다. 그는 동생 규상이가 공대를 나온 것을 새삼스럽게 다행으로 여겼다. 동생은 공업화의 바람을 타고 주가가 치솟기 시작한 공대를 선택했었다. 법대가 아닌 것만 천만다행이라서 자신은 이의 없이 동의했을 뿐만 아니라 칭찬까지 해주었다. 그런데 막내동생 규동이도 법과를 피하듯 영문과를 택했다. 그 이유를 묻지 않고 또 흔쾌히 동의했다. 자신을 뒤따라오지 않는다는 것만으로도 동의조건은 충분했다. 자신은 처가와의 관계 말고도 법조계의 삶에 대해서도 회의가 자꾸만 늘어가고 있었다.

드럼통 술상이 세 개밖에 없는 작은 술집인데 그나마 술상 두 개는 비어 있었다. 옷차림이 구지레한 주모가 꾸벅꾸벅 졸면서 밤이 깊은 것을 알리고 있는데 술상 하나를 차지한 두 남자는 제멋대로 술주정을 하고 있었다.

「아휴 옘병헐, 드런 놈에 세상 확 불이나 싸질러버렸으면 좋겠어요.」

「그거 조오치. 돈 있고 권력 있는 놈들끼리만 짜고 해먹으며 썩어 문

드러져 돌아가는 요런 드런 놈에 세상은 확 불을 싸질러버리는 것도 구제의 한 방법이지. 이 서울이 불타는 건 로마 시가 불타는 것보다 훨씬 더 예술적일 거야. 규모도 더 크고 썩기도 더 썩었으니까 말야. 우린 남산 팔각정에 떡 버티고 앉아서 불구경을 하면 네로 황제보다 더 황홀할 거고 말야. 크크크크…….」

「아니 선배님, 끼리끼리 다 해먹는 판인데 이새끼들이 즈이 후배들만 골라 채점 잘해 주는 것 아닌가요?」

「글쎄, 요놈에 세상이 한여름 생선 썩듯 푹푹 썩긴 했는데 말씀야, 설마 그 시험까지야 그리 됐겠어?」

「설마가 사람 잡아요!」

「아니야, 아니야. 그건 아니야. 그건 내가 장담할 수 있다구.」

「아이구, 사람 환장하겠네. 죽지도 살지도 못하고 이걸 어쩌지.」

「이봐 아우님, 대여섯 번 실패한 걸 가지고 뭘 그래. 실패는 병가상사라. 나 같은 사람도 있으니까 힘내라구.」

「아니에요, 아니에요. 전 아무래도 돌대가린 것 같애요. 가망 없어요.」

「거 무슨 소리야? 재수가 좀 없었을 뿐이야. 자네 머리 좋은 거야 고등고시 탁 붙은 자네 형 김선오 검사님께서 입증하잖아.」

「아니오. 중·고등학교 때부터 전 형보다 공부를 못했어요. 형은 언제나 1등인데 저는 기껏해야 3, 4등밖에 못했거든요.」

술기운을 못 이겨 상체가 흐느적거리고 있는 김선태의 눈에 눈물이 번지는 것 같았다.

「그까짓 건 한두 문제 틀린 거로 백지 한 장의 차이야. 날 보라구, 날. 마흔인 나도 버티고 있는데 겨우 서른밖에 안 된 사람이 왜 그래. 여기서 포기하는 건 말야 노다지를 한 자 앞에다 두고 곡괭이를 던져버린 광부와 같다구. 고등고시 합격! 그건 평생 파먹어도 되는 노다지라구. 뻔쩍뻔쩍한 황금의 광맥! 그 얼마나 황홀해. 힘내라구.」

술기운에 들뜬 큰소리 때문에 후줄근한 입성이 더욱 초라해 보이는
남자가 김선태의 어깨를 힘주어 감싸안았다.
　「그게 다 그림의 떡이라구요. 이젠 더 이상 형한테 면목 없으니 때려
치워야 되겠어요.」
　「형이 그런 소릴 해?」
　「말은 안 해도 벌써부터 그런 눈치를 보여왔어요. 야 임마, 냉수 먹고
속차려. 너 같은 돌대가리로는 어림도 없어. 형의 눈초리에는 이런 말이
들어 있어요.」
　「이봐, 이봐, 그건 자네의 열등감 과잉이야. 나처럼 마누라 삯바느질
시켜먹으면서두 꿋꿋하게 버티고 있는데 젊은 사람이 그 무슨 못난 소
리야. 형한테 돈 좀 얻어쓰는 것 땜에 기죽지 말라구. 형수가 날마다 돈
마구 긁어들이잖아. 산부인과들, 그거 너무 쉽게 떼돈 버는 거야 세상이
다 안다구. 연애가 성행해 처녀들이 몰려들고, 산아제한바람으로 주부
들까지 줄을 서는 판이니 제일 수지 맞는 데가 산부인과인 거야 당연한
거지. 이봐, 사위 사랑 장모고, 시동생 사랑 형수라잖아. 형을 상대하지
말고 형수님한테 길을 잘 닦으라구. 고시만 패스하는 날에는 그까짓 돈
딸라변 쳐서 갚아버릴 건데 뭘. 힘내, 힘!」
　「말 말아요, 그 잘난 여자, 우리 형수. 니미럴……. 관둡시다.」
　김선태는 술김에도 창피한 생각이 들어, 날 만나주지도 않아요, 하는
말을 삼켜버렸다.
　「아이구, 이제 그만들 가슈. 곧 통금 돼요, 통금.」
　언제 깨어났는지 주모가 갑자기 소리지르며 팔을 내저었다.
　「그래, 민주 시민은 통금을 지켜 제때 귀가해야지. 여보게 선태, 그만
가자구. 내일은 또 내일의 태양이 떠오르는 거니까.」
　그 남자는 추레한 몰골에 어울리지 않게 아까부터 유식한 말들은 혼
자 다 쓰며 비틀비틀 일어섰다.

「그렇지요. 실패는 성공의 어머니라는 말을 믿어야 되겠지요. 아주머니, 여기 얼만가요? 드런 놈에 세상…….」

김선태는 겨우겨우 몸을 가누며 바지 주머니에서 돈을 꺼내고 있었다.

그 남자는 문 앞에 기대 서서 지나가는 사람에게 시간을 묻고 있었다. 서너 번째 사람이 11시 반이라고 하며 바쁘게 걸어갔다.

「이봐, 인생이란 말야 때론 눈물이고 때론 한숨이고 때론 막막함이고……., 그러다가 바람으로 사라져가는 거야. 그 사이사이에 빛이고 영광을 끼울려고 몸부림들 치는 거지. 그래 봤자 물거품이고 티끌이기는 다 마찬가지야. 이 박만길의 말 알아듣겠어?」

김선태와 어깨동무를 하고 뒷골목을 벗어나며 그 남자는 마치 시를 읊듯 가락을 넣고 있었다.

「일만 만 자에 길할 길 자, 이름은 참 기똥찬데 말이죠…….」

「왜 고시엔 16번씩이나 떨어졌냐 그거지? 가난하고 무식한 농사꾼이었던 우리 아버지의 욕심이었지.」

박만길은 끄윽 트림을 하며 시내버스에 술 취한 눈길을 보내고 있었다.

「선배님, 잘 가세요. 전 건너갑니다.」

「이봐 선태, 내일 꼭 도서관에 나오라구. 영원한 낙방인생은 없으니까.」

박만길은 휘적휘적 길을 건너가고 있는 김선태를 향해 소리쳤다.

「오빠, 왜 이러고 다녀?」

대문을 따주며 김명숙은 싸늘하게 쏘아붙였다.

「기집애가 왜 또 잔소리야.」

「다들 자니까 조용히 들어가. 떠들어봐야 망신살만 끼니까.」

김명숙은 목소리를 낮추며 앞서 걸었다. 작은오빠가 또 고시에 떨어진 것이 속상했고, 날마다 술이 취해 늦게 들어오는 것이 셋방 사는 사람들 보기에 창피스러웠다.

그만 좀 정신차리고 맘 독하게 먹으라고, 큰오빠가 이런 걸 보면 또 뭐라고 하겠느냐고 작은오빠에게 야무지게 말하고 싶었다. 그러나 김명숙은 벽에다 얼굴을 붙이듯 하며 누워버렸다. 술 취한 사람 잘못 건드렸다가는 한밤중에 무슨 소란이 벌어질지 몰랐다. 작은오빠는 술을 마시지 않은 맨정신에도 자기의 신상에 대해 이야기를 하면 아주 싫어하며 화를 내거나 흥분해서 마구 소리를 질러댔다. 그럴 때면 꼭 정신이 이상해진 사람 같고는 했다. 그러나 딱 한 사람 큰오빠 앞에서는 꼼짝달싹을 못하는 불쌍하기 그지없는 위인이었다.

「그래, 다 그게 그런 거야. 다 나그네 길이라구. 다 빈손으로 왔다가 빈손으로 가는 거라구. 근데 말야……, 그게 근데……, 그게 또 아니라구…….」

옷을 입은 채 방바닥에 쓰러진 김선태는 신음처럼 웅얼거렸다.

작은오빠가 잠이 드는 기척을 등뒤로 느끼며 김명숙은 사무쳐오는 슬픔을 느꼈다. 자신의 신세나 작은오빠의 신세나 생각할수록 한심스럽기 짝이 없었다. 큰오빠가 내비치는 눈치대로 어쩌면 작은오빠는 영영 고시를 통과하지 못할지도 몰랐다. 나이만 자꾸 먹어가다가 결국 그 일생이 어찌 될 것인가…….

「또 볼 거냐?」

작은오빠가 고시에 떨어지고 나서 만난 자리에서 큰오빠가 꺼낸 말이었다. 큰오빠의 밑도 끝도 없는 그 말과 입 언저리를 스치는 냉소는, 더 해봤자 소용없으니까 이제 그만 포기해, 하는 말을 담고 있었다. 묵묵부답인 작은오빠는 그 숨겨진 말뜻을 알아듣는 눈치였다. 큰오빠의 그런 무시에 대항하듯 작은오빠는 끝내 아무 말도 안 하는 것으로 다시 고등고시를 보겠다는 대답을 대신했다.

그러나 그 정도면 그래도 큰오빠는 작은오빠에게 예의를 갖춘 셈이었다. 자신에게는 너무 매정하게 하며 사람 취급을 하지 않았다.

「여러 잔소리할 것 없어. 고향에 내려가서 시집이나 가!」

검사 오빠에 공순이 여동생, 이건 큰오빠만 소스라칠 일이 아니라 세상 사람이 다 놀랄 만한 일이었다. 큰오빠는 그 창피하고 망신스러운 물건을 저 먼 시골 구석에다 처박아두고 싶어했다.

「큰오빠가 도와주기 싫으면 관둬요. 난 내가 하고 싶은 공부 꼭 할 거예요. 요새 세상에 여자나 나이가 다 무슨 상관이에요.」

자신은 작은오빠하고는 달리 큰오빠에게 이렇게 못을 박았다.

「시건방지게, 너 그게 말이라고 해? 광자나 너나 계집애들이 어째서 좀 여자답지 못하고 그따위로 억세고 되바라졌냐. 어디 느네들 맘대로 해봐.」

큰오빠는 화를 내고 자리를 떠버렸다. 그후로 몇 달 동안 만나지 않아 아직까지도 올케의 얼굴을 보지 못했다. 이 자취생활은 작은오빠가 큰오빠한테서 돈을 받아와 셋방을 얻어 시작되었다. 둘의 생활비는 작은오빠의 하숙비로 해결할 수 있었다. 방 하나에서 오빠와 함께 기거한다는 것이 여러 가지로 불편했다. 그러나 공원 시절의 비좁던 방에 비하면 불평을 따로 할 것이 없었다. 그리고 장성한 남매가 한 방을 쓰는 것은 가난한 형편들에 흉거리가 될 수 없는 흔한 일이었다.

언니가 간호원으로 서독에 가 있는 것은 큰오빠가 검사가 된 것보다 훨씬 더 놀라운 일이었다. 큰오빠가 검사가 된다는 것은 법대에 합격하면서부터 아무도 의심하지 않은 일이었다. 그러나 언니의 강단도 무서운 데가 있기는 했었다.

언니한테 편지를 쓰다 보니 자그마치 나흘이나 걸렸다. 편지를 쓰기 시작하니 지난날을 더듬지 않을 수가 없었고, 지난 세월을 더듬다 보니 설움과 눈물이 복받쳐올랐고, 눈물을 떨구고 훔쳐가며 지난 10년을 줄이고 줄여서 엮어도 대학노트 앞뒤로 다섯 장이었다.

서독은 역시 멀고 멀어 한 달이 넘어 걸려 언니의 답장이 왔다. 반가움이 철철 넘치는 편지에서 언니는 앞날에 마음을 쓰고 있었다. 큰오빠와 달리 무작정 시집을 가라는 것이 아니라 앞으로 어떻게 할 거냐고 묻고 있었다.

이상하게도 그 물음은 힘이 되었다. 그리고 불현듯 '나도 서독으로 가자!' 하는 생각이 굳어졌다. 그 생각은 갑자기 떠오른 것이 아니었다. 언니의 소식을 듣고부터 전에 가졌던 생각들과 뒤섞이기 시작했었다. 그전에 품었던 생각은 처지에 따라 조금씩 변해 미용사나 디자이너가 되고 싶었다. 그런데 서독 간호원은 여기서보다 예닐곱 배나 더 번다고 했다. 그러나 한 가지 문제는 자신이 중학교밖에 나오지 못하고 고등학교 과정을 검정고시로 마쳤으니까 간호학교를 다녀야 한다는 점이었다. 나이가 너무 많기는 했지만 못 다닐 것이 없었다. 사람 대접을 받는 직업에 돈도 그렇게 많이 벌게 되는데 좀 창피스러운 것쯤 얼마든지 참아낼 수 있었다. 2~3년 전에 진작 집에 가지 않은 것을 후회하며 언니에게 다시 편지를 썼다. 언니한테서 답장이 올 때가 다 되어가고 있었다.

「선배님, 선배님, 전 영영 고시가 안 될지도 모르지요?」

김선태는 마치 생시처럼 또렷하게 잠꼬대를 하고 있었다.

김명숙은 그 잠꼬대에 가슴 섬뜩해지며 한숨을 쉬었다. 고등고시는 몇십 대 일이 아니라 몇백 대 일인지 모른다고 했다. 하늘의 별 따기가 바로 그것으로, 한 사람이 합격해서 웃으면 수백 명은 낙방해서 울 수밖에 없었다. 정말 작은오빠가 영영 합격을 못하면……, 김명숙은 그 불길한 생각에 진저리치며 잠들려고 뒤척였다. 공원 시절에는 그렇게도 쏟아지던 잠이 어디로 갔는지 모를 일이었다.

「작은오빠, 힘내. 고등학교만 나와서도 고등고시 되는 사람들도 있잖아. 난 작은오빨 꼭 믿어.」

김명숙은 다음날 아침 도시락을 작은오빠 앞에 내밀며 말했다.

「모르겠다, 해보긴 또 해보는데…….」

헐어빠진 가방에 도시락을 넣는 김선태의 손길이 목소리만큼 무거웠다.

며칠이 지나 김명숙은 기다리고 기다리던 언니의 편지를 받았다.

"……너의 꿈은 잘 알겠다만 여기 독일에 올 생각은 안 하는 게 좋겠다. 왜 그러는고 하니 우선 돈벌이가 달라져서 그런다. 한국보다 여섯 배나 일곱 배가 더 많이 벌린다는 것은 몇 년 전 계산이고 그동안에 절반 가까이 줄었다. 여기 월급이 깎인 것이 아니고 그동안 우리나라가 경제발전하는 것에 따라 사람들의 월급이 많아지면서 그리 되었다. 또 집값, 땅값 같은 것도 다 올라 이런 식으로 몇 년 더 가다가는 독일에 와서 고생한 것이 헛고생이 되지 않을까 우리 간호원들이고 광부들이고 다 걱정이 태산이다.

그리고 또 한 가지 문제는 여기서 간호원들이 하는 일이 너무나 뼛골 빠지게 힘이 든다. 말이 났으니 솔직하게 하는 말인데, 한국의 간호원과 여기 간호원은 일의 범위나 방법이 아주 달라 한국의 간호원들이 신선 놀음을 한다면 여기선 막노동자나 머슴처럼 일을 한다. 한마디로 몸을 움직일 수 없는 중풍환자의 대소변을 받아내고, 똥오줌이 묻은 더러운 옷을 갈아입히고, 목욕을 시키고 하는 건 한국에선 다 보호자들이 알아서 한다. 그러나 여기선 전부 간호원들이 해내야만 한다.

명숙아, 너에게까지 이런 고생 시키고 싶지 않다. 내가 돈을 조금씩 더 보낼 테니 학원비로 쓰고 네가 원하는 길을 택해라. 그리고 한 가지 꼭 약속해라. 여기 일이 힘들다는 건 어머니한테 절대 말하면 안 된다……."

「언니이…….」

김명숙은 편지를 떨어뜨리며 눈을 훔치고 또 훔쳤다. 언니의 모습과 함께 눈물이 걷잡을 수 없이 솟구치고 있었다.

50
천국이 만든 지옥

제7대 대통령 취임이 끝났어도 세상은 여전히 평온해질 줄 모르고 뒤숭숭하고 술렁거렸다. 박정희는 대통령 취임식에서, 선거유세 때 그랬던 것처럼 국민소득 고작 80달러에서 경제개발을 시작해 그동안 그 세 배인 250달러를 돌파했으니까 앞으로는 더욱 박차를 가하여 이번 임기 중에 500달러를 기필코 달성할 결심이 확고하니 국민 여러분도 희망과 자신감을 가지고 다같이 일심단결하여 총력매진 하자고 역설했다.

대통령의 그 희망찬 호소에도 불구하고 대학생들의 데모는 계속 벌어지고 있었고, 월남 경기도 이제 한물갔다는 소문이 먹구름처럼 퍼지며 세상을 우중충하게 만들고 있었다. 세상사람들은 대통령의 힘찬 확언보다는 월남에서 돈벌이가 막을 내리고 있다는 소문을 더 믿었다. 대통령의 권위가 소문의 힘 앞에 속절없이 무너지는 속에서 주월한국군의 철수 문제가 신문에 보도되고 있었다. 사람들은 월남 경기가 석양을 맞고 있다는 것을 소문이 아니라 현실로 받아들여야 했다.

그런데 판사가 구속되는 사태가 벌어지고, 그에 반발해서 판사 39명이 사법권 독립 침해를 외치며 집단 사표를 냈다. 그리고 전국의 판사들이 그에 동조하면서 '사법파동'으로 확대되고 있었다. 검사가 판사의 손목에 쇠고랑을 채우는 것도 놀랄 만한 일인데, 거기에 맞서 전국의 판사들이 들고일어나고, 신문들은 바로 이거라는 듯 기사를 써대니 세상사 사람들에게는 더없이 좋은 구경거리가 아닐 수 없었다.

판사가 제주도로 출장을 갔는데, 그는 왕복 항공권과 숙식비를 제공받았을 뿐만 아니라 향응에다 몇만 원의 돈까지 받아 뇌물수수 혐의로 구속했다는 것이다. 이에 대해 서울형사지법 판사들은, 그건 으레 있는 관행일 뿐인데 그렇게 문제삼는 것은 사법권 독립 침해라고 집단 사표를 내며 맞서고 나섰다.

구경하는 일반인들의 입장에서 보면 참 희한한 일이었다. 남의 죄를 엄히 다스려야 하는 판사들이 그런 뇌물을 뒤로 받아먹는다는 건 애초에 말이 안 되는 것이었고, 그런데도 판사들은 '관행'이라고 해서 전혀 죄가 안 되는 것처럼 낯 두껍게 나서고 있었고, 그리고 전국의 판사들이 동조하는 것을 보면 모든 판사들은 그런 뇌물을 계속 받아먹어 왔다는 뜻이었다. 그렇다면 제주도에서 여러 명목으로 쓰인 돈을 다 합치면 큰돈이 되는데, 그런 돈들은 어디서 나왔을까? 국가 예산일까? 국가 예산이면 검찰이 뇌물이라고 구속할 리가 없지 않은가. 그런 묘한 돈이 오가는 속에서 재판은…….

그러나 판사들만 문제가 아니었다. 관행이라는 말로 앞가림을 해가며 판사들이 구린 돈을 받아먹는 걸 뻔히 알면서도 모르는 척해 온 검사들이 왜 갑자기 집안 망신시키고 나섰는지 사람들은 의아스러워했다. 그런데 그 의문은 발 없이 천 리를 가는 소문을 따라 풀려가고 있었다.

「그게 다 그렇고 그런 꿍꿍이속이 있었드만 그랴.」

「검찰이 아니고 그보다 훨씬 더 힘이 큰 정권에서 사법부를 손아귀 안에다 틀어잡으려는 속셈이었지.」

「뭐라구? 그게 될 법이나 한 소리야. 괜한 헛소문이지.」

「정권에서 맘먹어 안 될 게 뭐 있어. 지난번에 대학생들한테 무죄 선고한 것 있잖아. 대학생들의 데모나 농성을 막으려면 시범조로 엄벌을 해야 하는데 판사들이 손발을 맞추지 않으니까 정권에서 감정이 상해 혼짝을 내려고 나섰다는 거야.」

「음, 듣고 보니 그렇기도 하겠군. 근데 왜 그런 건 신문에 안 나지?」

「어허 참, 순진하기는. 정권 비위 거슬렸다간 어쩔려구?」

「하긴 그래. 어쨌거나 데모가 일어나지 않게 정치를 잘하면 될걸 가지고 왜 이러나 몰라. 알다가도 모르겠어.」

「누가 아니래나. 하여튼 한 사람이 오래 해선 안 돼. 왜 그걸 모를까.」

이상재는 기자라는 직업을 가지고 그런 세상을 바라보며 마음이 한없이 적막해지고 있었다. 인간이란 어떤 존재인지. 권력이란 무엇인지. 양심은 무엇이고, 정의는 무엇인지. 인간 사회에 진실이라는 것은 과연 존재하는 것인지. 응답을 얻을 수 없는 부질없는 회의들이 또 되풀이되고 있었다.

판사들에게만 '관행'이 있는 것이 아니었다. 기자들에게도 촌지라는 것을 받는 관행이 있었다. 작년에 기자가 되고 처음 맞는 추석에 출입처인 경찰서에서 촌지가 나왔다. 이상재는 그 돈 봉투를 어찌해야 좋을지 몰라 거북하고 난처하기만 했다. 속마음은 받고 싶지 않은 쪽으로 기울어 있었다.

「모르는 건 눈치껏 남들 하는 대로 따라서 해.」

선배가 출입처를 넘겨주고 떠나며 한 말이 생각나 뭐라고 입을 놀릴 수도 없었다.

「저어, 이건 좀 곤란하지 않습니까? 자기네 예산도 매냥 모자라 허덕거리는 경찰에서 우리한테 돈을 주려면 어디서 뜯어낸 게 틀림없는데,

이런 돈을 우리 기자들이 받으면 사회 악순환은 계속되고, 우리가 기사도 제대로 쓸 수 없게 되지 않겠습니까?」

ㅎ일보 신참 기자의 말이었다.

「햇병아리다운 순수성이라 좋긴 한데, 월급 많은 신문사라고 너무 그리 배부른 소리 하지 마시오. 점심으로 짜장면도 먹기 어려운 동업자들이 바로 옆에 있다는 것을 잊지 마셔야지. 그리고, 이건 뭐 기자 양심 팔아먹는 게 아니라 그저 관행이니 하나도 부담 느낄 것 없소. 이걸 거절하면 호의를 무시한 것이 돼서 서로 사이만 껄끄럽게 되니 그리 아시오.」

그는 유일민과 집안 내력이 같은 ㅈ일보의 이경열이었다.

ㅎ일보의 신참 기자는 더는 아무 말도 하지 못했다. 이상재는 '점심으로 짜장면도……', 하는 말에 눌려 돈 봉투를 슬그머니 주머니에 넣지 않을 수 없었다. 그 뒤로도 때때로 나오는 돈 봉투를 '관행'으로 받으며 사회의 때를 묻혀왔다.

「신문기자? 그거 판검사 안 부러운 직업 아이가? 그래, 어찌 보믄 판검사 그것도 못할 직업인 기라. 거 죄를 다스린다 카는 기 넘한테 벌 주고 감옥 보내고 해서 가심에 못박고 원수지고 하는 것 아이가. 그에 비하면 이 세상 바로잡는 신문기자 그거 얼매나 좋노. 그래, 이 애비 평생 장사해 묵음서 알게 모르게 거짓말 억시게 안 했나. 니가 양심적으로 기자 노릇 잘해서 이 애비 잘못까지 씻어도고. 어이 장허다.」

아버지가 흡족해 하시며 내린 격려였다. 그러나 직업적인 거짓말은 장사만 하는 것이 아니었다. 기자 노릇을 좀 하다 보니 이 세상이 얽히고설켜 돌아가는 모양새가 조금씩 보이기 시작하는데, 그건 참 가관이 아닐 수 없었다. '사법파동'이라는 것도 신문에 사실대로 못 써서 그렇지 결국은 권력집단 간에 서로 먹고 먹히지 않으려고 벌이는 고래싸움이었다. 곧 죽고 살기를 결판낼 것 같은 기세로 치닫던 그 싸움은 판사들이 어물어물 사표를 철회하고, 검사들이 우물쭈물 태도를 바꾸면서 흐지부지 끝나가고 있었다.

「어이 이 형, 오늘 어때?」

옆의 기자가 이상재에게 술잔 꺾는 시늉을 했다.

「오늘 곤란한데. 이거하고…….」

이상재는 새끼손가락을 세워 보이며 어색하게 웃었다.

「아아, 목하 열애 중이시지. 배신자, 벌써부터 친구는 안중에 없다 그거지.」

그 기자는 목소리만큼 낮은 소리로 쿡쿡거리며 웃었다.

기삿거리가 없어 한가한 그들과는 달리 기사가 마감되고 있는 넓은 편집국 안은 이상한 열기에 찬 분주함과 묘한 긴장감으로 술렁거리는 분위기였다. 수십 명이 원고지를 펼쳐놓고 마구 뿜어대는 담배연기는 뿌옇게 안개 퍼지듯 하고 있었다.

「예에? 뭐라구요? 아니……, 그게 사실입니까? 예에? 그게 말이 됩니까!」

사회부장의 목소리가 점점 커졌고, 부원들의 얼굴도 차츰 긴장되고 있었다.

「이봐, 기사 없는 사람들 전원 출동이야. 광주대단지에서 수만 명이 대난동을 일으켰는데 서울시에서 철저하게 보도통제를 했다는 거야. 한 사람쯤 시청으로 가고 나머지는 전부 현장으로 출발해. 분산해서 심층 취재 하라구.」

부장의 빠른 지시에 따라 네댓 명의 기자들이 신속하게 몸을 일으켰다.

「이 형, 안됐군. 낭만이 깨져서.」

옆의 기자가 이상재를 툭 치며 눈을 찡긋했다.

「이거 이제 보니 골치 아픈 직업이네. 이걸 어쩌지, 연락할 길도 없고.」

이상재는 발 빠르게 걸어나가며 상을 찌푸렸다. 그렇다고 고참이 있는데 건방지게 시청으로 가게 해달라고 할 수도 없었다.

「별수없지. 기다리다 가겠지.」

이상재는 지프 뒷자리에 몸을 부렸다.

「이 형, 그 여자한테 미리 교육 안 시켰어? 30분이 넘으면 더 기다리지 말고 그냥 돌아가라. 기자한테는 언제 돌발사고가 생길지 모른다 하고 말야.」

「글쎄, 기잔 줄 아니까 그 정도는 알아서 새기겠지. 몰라도 어쩔 수 없고.」

「무슨 말이 그렇게 미적지근해? 아직 불이 안 붙었나?」

「모르겠어, 장가는 가야 될 나이인 모양인데. 아이고, 피곤해.」

이상재는 하품을 하며 눈을 감았다.

슬픈 안개 같은 느낌의 허미경의 얼굴이 선하게 떠올랐다. 어머니가 결혼을 서두르며 친구의 딸을 소개했는데도 떠오르는 건 허미경의 얼굴이었다.

「자네들 광주대단지에 대해선 기본적으로 알고 있어?」

지프는 점점 속력을 내고 있는데 앞자리의 고참이 뒤를 돌아보았다. 이상재는 마지못해 눈을 떴다.

「예에……, 몇 년 전부터 서울의 무허가 집들을 대대적으로 철거하면서 사람들을 광주 남한산성 밑으로 이주시키기 시작했지요. 서울의 위성도시를 만든다면서요. 가만있거라, 그게 72년까진가 얼마를 이주시키고, 주민의 생계 안정과 지역의 경제를 발전시키기 위해 각종 제조공장들 몇 개를 유치한다고 했더라? 어디서 보긴 봤는데…….」

이상재 옆의 박 기자가 뒷머리를 긁적거렸다.

「이 기자, 자넨 어때?」

고참이 이상재에게 눈길을 돌렸다.

「예, 72년 말까지 30여만을 이주시키고, 공장을 300여 개 유치해 생계 문제를 완전 해결한다고 했었지요. 그런데 금년 1월에 보도된 특집기사에 의하면 공장이 두세 개밖에 들어오지 않아 취업할 데가 없어서 생계 위협이 심각한데다, 서울시에서는 시내까지의 버스 운행도 자주 하지 않아 교통난 때문에 취업문제가 더욱 심각해지고 있다는 겁니다. 그뿐만 아니라 상하수도 시설이 전혀 안 되어 있어서 대소변과 쓰레기 같은 것들이 썩어 우물을 오염시키기 때문에 수인성 전염병까지 번창하는 실정이라고 했습니다.」

「이런 제길, 논문 발표하나.」

박 기자가 어이없어했고,

「음, 그 기억력 한번 쓸 만하군. 그 정도의 예비지식을 가지고 접근하면 취재 핵심을 빨리 잡을 수 있을 거야. 이 기자가 한 가지 빼먹은 게 있는 데 말야, 그곳 사람들이 시급하게 해결해 주기를 원한 건 서울 시내까지 왕래하는 버스를 대폭 늘려 쉽게 취업할 수 있게 해주고, 을지로 5가까지만 운행하는 버스를 서울역까지 연장해 달라는 것이었어. 재판이나 취재에서 예단은 금물이지만 말야, 오늘 일어난 난동이 그 사람들의 그런 요구나 공장 유치 같은 것이 잘 이루어지지 않아 누적된 불만이 폭발한 게 아닐까 하는 추측은 가능하거든. 절대 속단할 건 없고, 이 점을 참조하도록 해봐.」

고참기자는 고참다운 관록을 내보이며 담배를 빼물었다.

8월의 석양빛이 사위면서 어스름이 내리고 있는 광주대단지는 한눈에 사람이 살 수 있는 곳이 아니었다. 야산들의 평퍼짐한 구릉을 타고 펼쳐진 '성남'이라는 그곳은 무허가 판잣집들이 난립한 그 어떤 곳보다 초라하고 지저분해 보였고, 사방에 격렬했던 '난동'을 보여주는 현장이 그대로 남아 있었다.

「69년부터 이주시켰으면 벌써 3년인데, 이건 숫제 짐승 취급이었잖아. 난동이 아니라 폭동이 일어나라고 부채질한 거지 뭐야. 이런 데가 있는 줄도 모르고 날마다 사회면 기사 쓰고 살았다니 이거 참 사람 미칠 노릇이네.」

차가 단지 안으로 깊이 들어갈수록 앞에 앉은 고참이 사방을 빠르게 살피며 후배들에게 주의를 환기시키듯 말했다.

이상재도 그 말에 동감하고 있었다. 주저앉고 기울어지고 찢어진 천막집들이 수없이 많은 것을 보면서 서울시가 왜 보도 통제를 했는지 알 수 있을 것 같았다. 그는 그 옛날 허진네 산동네보다 훨씬 더 형편없는 이런 빈민촌을 보는 것은 처음이었고, 천막집들이 그렇게 많은 것도 처음 보았다.

「저 사람들 앞에 차 세워요.」

고참기자의 말이었다.

「술들 취한 것 같은데요?」

운전수가 속도를 줄이며 말했다. 차 앞에는 대여섯 명의 남자들이 길을 가로막고 서서 팔들을 내젓고 있었다.

「괜찮아요, 어차피 피해 갈 재주가 없으니까. 취재엔 술 좀 마신 사람들이 더 좋을 때가 많아요. 과장이 심한 게 탈이지만. 자아, 다같이 일단 내려서 대충 분위기나 파악하자구.」

그들은 차에서 내렸다.

「하, ㄷ일보! 잔치 다 끝났는데 뭐 하러 오셨나? 필요할 땐 뒷짐 지고 있다가 이제 와서 누구 편들겠다는 거지?」

한 남자가 사뭇 시비조였다.

「아, 안녕하십니까. ㄷ일보 사회부 서정훈이라고 합니다. 믿지 않으셔도 좋습니다만, 서울시에서 모든 신문사에 비밀로 했기 때문에 조금 전에 알고 달려오는 길입니다. 우린 누구 편도 들지 않고 있었던 일을 그대로만 씁니다.」

고참 서정훈은 두둑한 배짱이 느껴지도록 말하며 명함을 내밀고 악수를 청했다.

「그거 정말이오? 양택식이 편 안 들겠다 그거요?」

양택식은 서울 시장이었다.

「당연하지요. 있었던 그대로만 써요.」

「치이, 그걸 어떻게 믿어. 우린 짐승이고 서울 시장은 하늘인데.」

다른 남자가 코웃음쳤다.

「우릴 믿지 말고 신문사를 믿으세요. ㄷ일보가 그렇게 형편없습니까?」

「신문이야 ㄷ일보가 젤이지.」

또다른 남자가 뚜벅 말했다.

「좋시다. 그럼 우리가 승리를 거둔 얘길 다 해드리지. 술 한잔 사시겠수?」

명함을 받아든 남자가 말했다.

「지금 밥때니까 술 대신 밥을 사겠습니다. 벌써 술들을 한잔씩 하셨는데 더 하시면 말이 불분명할 수가 있어서 그럽니다. 이해해 주십시오.」

「이거야 원, 말술 먹자는 게 아니라 곰탕에 쐬주 딱 두 잔씩만 사슈. 술 없이 무슨 얘길 하라는 거유.」

「좋시다. 딱 두 잔씩이오!」

서정훈은 그 남자의 말투를 흉내내며 손가락을 울려 딱 소리를 냈다.

「……한때 각하의 오른팔인지 왼팔인지 했던 그 잘난 김현옥이가 무허가 집을 마구 때려부셔서 사람들을 이 성남으로 몰아낼 때 1가구당 땅 20평씩을 분배해 주고, 땅값은 실비로 평당 2천 원씩 쳐서 총 4만 원을 집 지어 입주한 뒤 3년째부터 3년 간 분할 상환하기로 하고, 전매를 금지시켰어요. 그것까진 좋은데 김현옥이는 공장을 300개가 넘게 유치해서 잘살게 해준다는 약속을 전혀 안 지켰으니 여기 사람들은 어찌 됐겠어요. 다 굶어죽을 판 났지요. 그래도 굶어죽을 수 없으니까 서울로 날품팔이라도 나가야 하는데 버스가 모자라 교통 사정이 엉망이에요. 상하수도 시설이 안 되고, 전기가 안 들어오고, 시장이 없고 하는 거야 뒷전이지요. 버스를 늘려달라고 수십 번 건의를 해도 아무 소용이 없고, 그 잘난 시장은 멋들어진 위성도시를 만든다고 뻥뻥 말대포만 쏘아댔어요. 그 선전만 믿고 딴 지역 사람들이 몰려들면서 여기서도 부동산 투기 붐이 일어났지요. 돈벌이할 데가 없어서 굶고 있는 사람들한테 돈을 주겠다고 땅을 팔라는 사람들이 나타났다 그겁니다. 굶어죽게 생겼는데 전매 금지고 뭐고 뵈는 게 뭐 있나요. 급한 사람들은 너나 나나 땅을 팔아먹기 시작했지요.」

「아, 그건 분명 서울시 잘못이오.」

서정훈이 상대의 기를 돋우어주었다.

「글쎄 그렇다니까요. 근데 김현옥이가 쫓겨나고 양택식이가 들어앉고도 달라진 건 아무것도 없었소. 그러니 이곳 사람들은 점점 더 생사람을 잡아먹을 만큼 살기 어려워지고, 그럴수록 전매는 심해졌지요. 그러자…….」

「얼마나 배가 고파 환장을 했으면 제가 금방 낳은 애를 솥에 넣고 삶았겠어, 글쎄.」

한 남자가 느닷없이 한 말이었다.

「어허, 그건 이따가 따로 해야지 여기다 섞으면 얘기가 뒤죽박죽되잖아.」

그 남자가 얼굴을 찌푸렸고,

「예, 얘기 계속하세요.」

서정훈은 그 남자에게 손짓했다.

「에에, 그리 되자 지난 7월 중순에 서울시에서 갑자기 전매입주자들에게 땅값을 시세대로 평당 8천 원씩 쳐서 총 16만 원씩을 일시불로 내라고 했어요. 더 이상의 전매를 막고, 법을 어긴 대가를 치르게 한다는 것이었지요. 그뿐만 아니라 경기도에서는 등기도 안 된 가옥에다 취득세를 가구당 1만 원에서 1만 6천 원씩을 부과했어요. 전매입주자 6천

4백여 가구를 다 죽이자고 작정한 거지요. 그래서 앉아서 죽느니 덤비자 하고 들고 일어난 겁니다.」

「아까 승리라고 했는데, 요구 조건은 무엇이었습니까?」

「뻔하지요. 땅값을 원입주자들과 같이하고, 상환 조건도 같이 해달라. 가옥 취득세를 자리가 잡힐 때까지 면세한다고 한 약속을 지켜라. 주민들의 완전한 생계대책을 세워라. 이 세 가지를 양택식이는 전부 들어주기로 한 거지요.」

「암, 양택식이가 똥줄 탔지. 우리가 그렇게 출장소고 파출소고 다 불지르며 세게 나갈 줄은 몰랐지. 애들까지 눈이 뒤집혀 경찰차에 불을 지르면서 덤비니까 경찰들도 벌벌 떨잖아. 전쟁이 따로 없이 아주 볼 만했는데 진작들 오셨어야지.」

딴 남자가 무용담을 자랑하듯 말했다.

「애들까지 나서다니요?」

이상재는 만년필을 급히 놀리면서 물었다.

「예, 애들도 용감하게 싸웠지요. 애들을 나서게 하는 데는 여러 말이 필요 없었어요. 이 데모를 하면 배가 터지도록 밥을 준다. 이 한마디를 하니까 배를 곯을 대로 곯은 아이들이 물불 안 가리고 덤빈 거지요.」

「아까 그 얘긴 뭡니까? 애를……」

서정훈이 아까 그 남자를 쳐다보았다.

「예, 돈벌이 간 남편은 안 돌아오고, 며칠을 굶은 여자는 혼자 애를 낳았어요. 그런데 너무 배가 고파 환장을 한 그 여자는 제가 낳은 애를 솥에다 넣고 삶은 거지요.」

「그 여자를 알아요?」

「아니요. 소문이 파다해요.」

「그게 언제 얘기지요?」

「글쎄요, 한 서너 달 됐나?」

「예, 여러분, 여러 말씀 고맙습니다. 저희들은 또 딴 일이 있으니깐 이만 실례해야 되겠습니다.」

서정훈을 따라서 모두 일어섰다.

「이 기자, 자넨 그 여자의 소문을 추적하면서 이곳 생활실태를 심층적으로 취재해. 그리고 박 기자 자넨 말야, 저기 보이는 교회들 중에서 목사 하나를 만나 오늘 상황을 객관적으로 취재해. 난 오늘 시위를 주동한 사람들을 찾아낼 테니까. 일단 두 시간 후에 이 지점에서 다시 만나자구.」

더위와 함께 어둑발이 어슴푸레하게 퍼지고 있었다. 포장이 안 된 길들은 지저분했고 어디에선가 풍기는 찝찌름하고 퀴퀴한 악취 속에서 모기들이 앵앵거리는 소리가 귓가를 스쳤다. 이상재는 걸음을 빨리하며 다방을 찾고 있었다. 소문들이 많이 모이면서 이 시간에 좀 한가한 곳, 그곳이 다방이었다.

두리번거리며 한참을 걸어도 허술한 대폿집들은 많아도 다방은 잘 보이지 않았다. 그렇다고 술집에 들어가 그런 이야기를 꺼낼 수는 없었다.

「아저씨, 놀다 가세요.」

골목에서 한 여자가 불쑥 나오며 이상재의 팔을 붙들었다. 이상재는 놀라며 여자를 쳐다보았다.

「아니, 너, 넌……」

이상재는 눈이 커지며 말을 더듬었다. 자신을 붙들고 있는 건 여자가 아니라 열댓 살 되어 보이는 소녀였다.

「숏타임은 싸게 해드릴게요.」

가냘프게 마른 소녀의 입에서 두 번째 나온 소리였다.

「나 신문기잔데, 너 몇 살 먹었냐? 너희 부모는 안 계셔?」

너무 놀라고 기막혀 이상재는 자신도 모르게 이렇게 말했다.

「어머!」

소녀는 질겁을 하며 도망치기 시작했다. 이상재는 순간적으로 소녀를 쫓아갈까 하다가, 직업의식인지 호기심인지 모를 그 감정을 눌렀다. 그런 소녀를 목격했으면 됐지 억지로 붙들어 이렇게 된 사연을 캐물어가며 소녀를 괴롭히고 상처 입힐 자유나 권한은 자신에게 없었다.

「아유 참 순진한 기자님이시네. 어찌 이리 세상물정이 깜깜 밤중이실까. 하긴 뭐 기자 나리시면 좋은 집안에서 태어나 잘먹고 잘입으면서 좋은 학교로 쫘악 뽑았을 테니 그 나이에 몸 팔아야 할 가난이 뭔지, 배고픔이 뭔지 알 수 있겠수? 뭐, 놀랄 것 없어요. 여기 그런 애들 많아요. 사흘 굶으면 남의 집 담 안 넘을 사람 없더라고, 어쩌겠어요, 굶어죽을 순 없고, 남자가 아니니 남의 집 담을 넘을 재주도 없고, 그렇게 나선 거지요. 사나흘 굶은 배고픔이 뭔지 아시우?」

서른네댓쯤 된 다방 마담은 이상재가 산 커피를 찔끔거리며 너무 자연스럽고 태연하게 말했다.

「그 여자 미쳐서 죽었다는 말도 있고 그래요. 근데 그런 불쌍한 여자 찾아서 뭘 할려구 그러우? 팔자 고쳐줄 것도 아니면서. 어린 기집애들이 몸 파나 그 여자가 애 삶으나 다 배고파 죽게 생겨서 한 짓들이니까 그리 알아서 글을 쓰면 될 거 아니유.」

「맞아요, 맞아요. 마담이 내 선생이오. 우리 위스키나 한 잔씩 더 합시다.」

이상재는 그 여자 찾는 것을 일단 접었다. 한 가지 구상이 떠올랐던 것이다.

「나 오랜만에 남자다운 남자 만났네.」

마담이 야한 눈웃음을 피웠다.

「마담이 보기엔 여기가 어때요?」

「두말하면 뭘 해요. 지옥이 따로 없지. 나 열네 살에 고아원에서 도망쳐 험하고 더럽게 몸 망쳐가면서 여기까지 굴러왔는데, 이런 끔찍한 지옥은 첨 봐요. 사람들을 이리 짐승만도 못하게 취급하는 놈들은 다 천벌 받을 게요.」

이상재는 마담을 새삼스럽게 쳐다보았다. 아까 사나흘 굶은 배고픔이 뭔지 아느냐고 물었던 게 그 나름의 까닭이 있었던 것이다.

어둠 속에서나마 여기저기를 살피다가 이상재는 시간에 맞추어 약속 장소로 갔다. 그는 어둠 속을 걸으며 월남을 생각하고 있었다. 전쟁이 휩쓸고 있는 그곳에서는 열서너 살의 소녀들이 몸을 파는 것은 예사였고, 열 살짜리도 일곱 살의 남동생에게 망을 보게 하고 몸을 팔기도 했다. 그러나 그곳은 날마다 살육이 저질러지는 전쟁터였고, 그 소녀들은 고아이거나 부모가 전혀 벌이를 할 수 없는 병자나 불구였다. 그런데 이곳은 전쟁터가 아니라 평화의 땅이었고, 더구나 경제개발 5개년 계획을 세 번째로 시행하면서 경제발전 성공의 깃발을 흔들어대고 있는 곳이었다.

「여기 생활실태가 보통 심각한 게 아닙니다. 폭동을 보도하는 것도 중요하지만, 그 근본적인 원인과 진상, 이곳의 생활실태와 문제점 같은 것들을 심층적으로 파헤쳐야 되지 않을까 싶은데요. 이건 경제개발로 꿈꾼 천국이 만들어낸 지옥이고, 최소한 10만 명의 생존권이 달려 있는 문제니까요.」

이상재는 가장 늦게 도착한 서정훈을 보자마자 아까의 구상을 털어놓았다.

「경제개발로 꿈꾼 천국이 만들어낸 지옥이라. 미리 미다시(기사의 큰 제목)까지 정해놨군 그래. 아주 그럴듯한데, 그럼 그 총대를 자네가 메겠다 그거야?」

「예, 먼 데 괜히 왔다 갔다 하면서 시간 낭비할 것 없이 여기서 자고 내일 아침부터 시작하면 어떨까 싶은데요.」

「하, 그 열정 좋아. 어쩌면 특종 낚을 수도 있겠는데, 부장님한테 자네

시도가 먹혀들도록 해놓을 테니까, 잘해 봐.」

여인숙에서 잠을 잔 이상재는 이슬아침에 해장국을 먹고 나섰다. 공공시설들은 거의 안 되어 있어도 민간인들끼리 돈벌이가 되는 것들은 궁색하나마 모양을 갖추고 있었다.

식당에서 나오던 이상재는 주춤 멈춰섰다. 깡통을 든 아이가 화들짝 놀라 옆으로 비켜서고 있었다. 그 아이는 첫눈에 거지였다. 열 살쯤 되어 보이는 빼빼 마른 그 아이의 몰골은 6·25 직후에 흔히 볼 수 있었던 거지꼴 그대로였다. 상점을 찾아다니며 돈을 구걸하는 거지들은 아직도 종로통에 더러 남아 있었지만 그런 깡통 든 거지는 서울 시내에서 사라진 지 오래였다.

「애, 밥을 얻으러 왔으면 달라고 해야지 왜 그러고 섰지?」

잔뜩 기죽어 힐끔힐끔 눈치를 보고 있는 아이에게 이상재는 말을 걸었다.

「……지금 설치면 얻어터지기만 해요. 아침부터 재수 없다고…….」

아이는 무슨 참견이냐는 듯 뾰루퉁한 얼굴로 입술을 쑥 내밀었다.

「웅, 그렇겠구나. 너, 이 아저씨가 밥 사줄 테니 얘기 좀 할래?」

「무슨 얘기요?」

아이의 눈빛이 좀 달라졌다.

「웅, 넌 학교에 다녀야 될 나인데 왜 이렇게 됐는지, 그 얘길 듣고 싶다.」

「으음……, 그럼 밥 사주지 말고 돈으로 줘요. 밥은 얻어먹을 테니까요.」

아이의 눈이 빛나며 얼굴에 영리한 기색이 드러났다.

「그래, 그거 좋은 방법이다. 어디로 갈까?」

「어디로 가긴요. 이 자리 뺏기면 밥 못 얻어먹는다구요. 일로 앉으세요.」

아이는 쪼그리고 앉으며 손을 내밀었다. 가난이 만든 그 어른스러움에 비애를 느끼며 이상재는 아이의 손에 돈을 쥐어 주었다.

아이의 사연은 복잡할 것 없었다. 아버지가 공사장에서 일하다 2년 전에 떨어져 죽었고, 어머니가 벌어 먹고 살았는데 몇 달 전부터 어머니마저 앓아눕게 되었다. 동생까지 둘이라 깡통을 들고 나서지 않을 수 없는 형편이었다.

큰길로 나선 이상재는 먼저 성남 전체의 모습을 둘러볼 생각으로 발걸음을 빨리했다. 눈에 띄는 부분만으로도 어제 어스름이 짙어져가는 속에서 보았던 것보다 거리는 한층 더 볼품없이 남루하고 극빈의 모습을 드러내고 있었다. 좀 번듯한 건물들은 찾아보기 어려웠고, 천막을 면한 작은 집들도 내의바람으로 서 있는 사람처럼 블록을 그대로 노출시키고 있었다.

이상재는 버스 옆에서 30~40명이 뒤엉켜 소란스러운 것을 보고 걸음을 멈추었다. 그 버스가 서울로 나가는 것임을 직감할 수 있었다.

「아, 밀지 말어.」

「이거 봐, 이거.」

「어머머, 내 구두, 내 구두.」

「아이고, 옷 찢어져.」

그 사람들은 남녀 가릴 것 없이 서로 먼저 버스를 타려고 떠밀고 제치고 부딪치면서 북새통을 이루고 있었다.

「몸을 뒤로 돌려서 타요, 뒤로!」

「밀지 말고 순서 좀 지켜요!」

앞뒤 차장 아가씨들이 빠락빠락 소리질렀다. 그러나 앞을 다투는 사람들의 억센 기세 앞에서 그 외침은 한낱 부질없는 소리였다.

이상재는 버스 창으로 눈길을 돌렸다. 버스 안에는 이미 사람들이 빽빽하게 들어차 있었다. 서로 뒤엉켜 난투극을 벌이다시피 하고 있는 사람들이 버스를 다 타기는 어려워 보였다.

「안 돼요, 안 돼요. 다음 차 타요, 다음 차.」

「잔소리 말어. 다음 차가 언제 와!」

「돌아서서 밀어요, 돌아서서. 뒷문, 그만 태워! 오라이한다.」

앞문 차장이 문에 매달리며 버스 옆구리를 쾅쾅 두들겼다. 두 차장이 곧 떨어질 것처럼 아슬아슬하게 매달린 채 버스가 출발했다.

이상재는 자신의 몸이 곧 떨어질 것같이 한쪽으로 쏠리는 위기감 속에서 버스를 지켜보고 있었다. 출퇴근시간마다 만원버스에 시달리고 살지만 그렇게 남녀를 가리지 않고 인정사정없이 다투는 것을 본 것은 처음이었다. 산자락에 아직 안개도 걷히지 않은 이른 아침에 날품팔이 일거리를 찾아 서울로 나가야 하는 그 사람들의 몸부림이 애처로웠다.

「이새끼들, 뭐 하고 자빠졌는 거야. 당장 버스 늘리겠다고 해놓고.」

「이새끼들 이거 또 말대포만 쏘아대고 사기 친 거 아냐.」

「서울 사는 것들만 사람이고 우린 쓰레기라 그거지. 아유 빌어먹을, 싹 다 불을 싸질러버렸으면 속이 시원하겠다.」

버스를 타지 못한 스무여 명이 제각기 감정을 토해내고 있었다. 그런데 버스정류장에는 새 사람들이 자꾸 모여들고 있었다. 그들의 얼굴은 하나같이 꺼칠하게 마르고 입성도 낡고 추레했다. 그 가난하고 지친 몰골들은 초라하고 궁색스러운 천막집들의 모양과 다를 것이 없었다.

이상재는 우울한 마음으로 다시 걷기 시작했다. 경제개발……, 그것은 정상으로 이루어지고 있는 것인가. 대통령은 국민소득 80달러에서 250달러를 이루어냈다고 자신만만하게 자랑거리로 내세우고 있는데, 여기는 왜 이 꼴인가. 이건 무언가 크게 잘못되고 있는 것 아닌가. 서울 중심부에는 끊임없이 신식 대형건물들이 세워지고 있는데 여기는 왜 이런가. 국민소득 250달러 상황에서는 어쩔 수 없는 일인가? 그런데……, 어째서 권력의 핵심을 차지하고 있는 대통령의 측근들은 끝없이 부정축재 소문을 뿌리고 있는가. 지난 대통령 선거에서 야당은 그 문제를 끈질기게 공격했고, 박정희는 견디다 못해 유세장에서 그 사실을 시인하고 말았다. 그러면 그들이 부정축재한 것은 얼마이며, 그 돈은 어디서 나온 것인가. 그러나 박정희가 다시 대통령이 되면서 그 사실은 밝혀지지 않고 흐지부지되고 말았다. 소문으로 떠도는 엄청난 부정축재는 기업들로부터 뜯어낸 돈인 것은 너무나 뻔했다. 그럼 기업들은 권력의 힘이 무서워 그저 돈을 갖다 바치고 빈손이었을 것인가. 기업들이 받고 있는 특혜설 또한 분분한 소문이 된 지 오래였다. 권력과 기업들의 밀거래— 그 정경유착은 경제개발이라는 단물을 빨아먹으며 부정하게 자라나고 있는 속성수 거목이었다. 그 그늘이 만든 음지가 바로 이 성남 같은 곳이 아닐 것인가…….

이상재는 천천히 걸으며 생각의 가닥을 잡아나가고 있었다.

걷다 보니 그 다음 버스정류장이 나타났다. 그곳에도 수십 명이 모여 버스를 기다리고 있었다. 이상재는 그곳을 빨리 지나쳤다. 버스가 오면 아까처럼 치열하게 벌어질 몸싸움을 또 보는 것이 괴로웠다. 생존을 위한 그 처절한 몸부림 앞에서 신문이란 무엇을 할 수 있는가……., 죄스러운 회의가 일었다.

밝은 햇빛 아래 드러나 있는 성남은 아까 어떤 사람이 외친 것처럼 쓰레기장과 다를 것이 없었다. 어제 첫 느낌으로 서울에 비해 지옥이라고 생각했었는데 다시 보니 그 비참함은 더 심해지고 있었다. 겨우 밤이슬이나 가리게 되어 있는 천막집들은 사람이 살 수 있는 거처가 아니었다. 군대에서 기동훈련을 하는 것도 아니고 가정을 이룬 사람들의 거처를 옮기는 것인데 어떻게 이렇게 할 수 있었을까, 상상이 되지 않았다. 도시 미관상 무허가 집들을 철거할 수 있는 일이었다. 그러나 그 일은 충분한 계획과 준비를 거쳐 단계적으로 처리해야 할 중요한 문제였다. 그건 국민의 생존권과 직결되어 있기 때문이다. 그런데 서울 시장은 누가 군대 출신 아니라고 할까 봐 군대식으로 몰아붙여 버린 것이다. 보기 흉한 무허가 집들을 무작정 두들겨 부셔버리고 거기 살던 사람들을 쓰레

기 청소하듯 강 건너 야산자락으로 내몰아버렸다. 가축도 집을 지어주
는데 그 야산자락에는 사람이 살 수 있는 아무런 시설도 되어 있지 않았
다. 사람을 짐승만도 못하게 취급해 버린 것이다. 아까 어떤 사람이 우
리가 쓰레기냐고 외친 것은 한치도 틀리지 않은 정확한 인식이었다. 사
람을 쓰레기로 취급해 버릴 수 있는 것은 군대식 정권에서 얼마든지 할
수 있는 일이었다. 무작정 밀어붙이는 그 고질적 악습의 폐해는 이미 와
우아파트 붕괴 참사로 잘 드러났다. 성남의 폭동은 당연히 일어날 수밖
에 없는 제2의 와우아파트 사건이었다. 같은 시장이 한 일이니 결과가
같아지는 것은 그야말로 사필귀정이었다.

이상재는 악취 풍기는 길을 걸어가며 수인성 전염병이 번창하고 있다
는 지난날의 보도를 되짚었다. 상하수도 시설이 없고, 변소들을 아무데
나 지은데다, 더러운 물을 마구 버려대니 지하수가 오염되어 병이 생기
는 것은 너무 당연했다.

「너 이놈으 새끼, 거기 서, 거기!」

갑작스럽게 터져나온 여자의 칼칼한 외침에 놀라 이상재는 걸음을 멈
추었다.

「저 빌어먹을 놈에 새끼가. 너 뒈지고 싶어!」

여자는 힘껏 달리면서 목소리가 더 쨍쨍하게 내뻗치고 있었다.

이상재는 그쪽으로 눈길을 돌렸다. 저 앞에 한 소년이 도망치고 있었
다. 순간적으로 그 소년이 '도망치고 있다'고 생각한 것은 손에 무엇이
들려 있었고, 그 여자가 구멍가게에서 뛰쳐나온 탓이었다.

여자는 허벅지가 드러나든 말든 치마를 걷어잡고 맹렬하게 쫓아가고
있었고, 소년도 후딱후딱 뒤를 돌아보며 내뛰고 있었다.

이놈아, 뒤를 돌아보지 말고 뛰어. 뒤를 돌아볼 때마다 속도가 떨어져.

이상재는 어느새 소년의 편을 들고 있었다. 소년에게 하는 말은 중학
교 때 체육선생이 한 말이었다. 이어달리기를 할 때면 마음 급한 아이들

은 으레 뒤를 돌아보았다. 그때마다 체육선생은 머리통에 군밤을 먹이며, 뒤를 돌아볼 때마다 한 보폭씩은 속도가 떨어진다는 것을 강조했다.

여자와 소년의 간격은 점점 좁혀지고 있었다. 그럴수록 소년은 더 자주 뒤를 돌아보았다.

이놈아, 그걸 버리고 도망가.

이상재는 안타깝게 답을 가르쳐주고 있었다. 여자가 사생결단 쫓아가고 있는 것은 소년의 손에 들린 물건이지 소년이 아닐 거였다.

그러나 소년은 끝내 물건을 버리지 않고 여자에게 붙들리고 말았다. 그 순간 이상재는 눈을 감았다. 물건을 버리지 못하는 소년의 마음이 찡하게 가슴을 찔러왔다.

「이 도둑놈에 새끼야, 어디 뒈져봐라.」

좀 멀어진 외침과 함께 여자가 소년을 때리기 시작했다.

이상재는 달려가서 말릴까 어쩔까 생각했다. 이러기도 어렵고, 저러기도 어려웠다.

소년이 울기 시작했다. 그런데도 여자는 때리기를 멈추지 않았다. 화가 난 만큼 분풀이를 할 작정인 모양이었다. 이상재는 안 되겠다 싶어 그쪽으로 발길을 옮겼다.

울음소리가 더 심해지며 소년이 땅바닥에 쓰러졌다. 그제서야 여자가 돌아섰다. 이상재도 걸음을 멈추었다.

숨을 씩씩거리며 이상재 앞을 지나가는 여자의 손에는 라면 하나가 들려 있었다. 이상재의 눈길은 여자가 가게 안으로 사라질 때까지 그 라면을 따라가고 있었다. 여자가 가게로 들어가 버리자 이상재는 소년 쪽으로 고개를 돌렸다. 그런데 그사이에 어느 골목으로 사라진 것인지 소년의 모습은 보이지 않았다.

이상재는 무거워진 발길을 옮기며 어젯밤에 마주쳤던 몸 파는 소녀와, 다방 마담과, 아침에 식당 앞에서 만났던 소년을 생각하고 있었다.

「아유 참 순진한 기자님이시네. 어찌 이리 세상물정이 깜깜 밤중이실까. 하긴 뭐 기자 나리시면 좋은 집안에서 태어나 잘먹고 잘입으면서 좋은 학교로 쫘악 뽑았을 테니 그 나이에 몸 팔아야 할 가난이 뭔지, 배고픔이 뭔지 알 수 있겠수?」

야유하던 다방 마담의 말이 다시 들려왔다. 그 여자가 빈정거리며 놀린 그 말은 자신이란 존재의 핵심을 찌르고 드는 아픈 침이었다. 그 여자의 말 그대로 자신은 살림 넉넉한 집안에서 태어났고, 배고픈 것이 무엇인지 모르고 자랐고, 일류로 꼽히는 학교만을 거쳐 사회에 나왔다. 대학생 때 술 취한 친구들과 사창가에 가고는 했어도 그건 젊은 혈기의 배설이었을 뿐이고, 그 여자들의 슬픔과 아픔 같은 것에는 마음쓸 겨를이 없었다. 아니, 그런 데 있는 여자들 모두가 전쟁의 피해로 생긴 가난의 수렁에서 벗어나려고 하는 슬픈 사연을 지니고 있다는 건 상식이었다. 남자들은 기구한 사연을 굳이 묻지 않는 것이 예의라고 생각했고, 그 여자들은 그런 것을 꼬치꼬치 캐묻고 드는 남자를 오히려 귀찮아하고 촌스럽게 여겼다. 그렇게 서로 부담없이 성은 거래되었을 뿐이고, 사창가의 여자들은 모두 성인으로 못박혀 있었다. 그런데 사창가도 아닌 곳에서 열댓 살 되는 소녀를 맞닥뜨리게 되었으니 그건 충격이 아닐 수 없었다. 자신만이 아니라 그 누구든 전쟁터 월남이 아닌 대한민국 하늘 아래 그런 현실이 있다는 건 알지 못하고 있을 것이다. 그러나 그건 우리의 현실이었고, 그리고 그 소녀보다 훨씬 더 어린 소년이 라면 하나를 훔쳤다가 호되게 두들겨 맞는 것도 현실이었다. 다만 그 현실이 권력의 의도에 따라 가려져 있을 뿐이었다.

「야 이 개애새끼들아, 니기미 시팔 개좆 같은 새끼들아, 느네들이 도대체 뭐야! 느네 새끼들이 뭔데 사람을 개 취급이야, 취급이. 나도 인간이야, 나도 인간이라 그거야. 아이 씨팔 말이야, 이놈에 세상 아니꼽고 더럽고 메스껍고 치사해서 못살겠어. 느네가 잘났으면 얼마나 잘났고, 느네가 배웠으면 얼마나 배웠어. 와아, 사람 괄세하는 것, 와아, 미치겠다, 와아, 환장하겠다. 나와, 다 나와. 씹새끼들, 다 때려죽일 테니까 다 나와아아.」

중년 남자는 대낮부터 술이 취해 애꿎은 하늘을 향해 삿대질을 해대며 고래고래 소리를 지르고 있었다.

이상재는 그 남자를 물끄러미 바라보고 있었다. 그의 몸짓을 따라 그림자도 열심히 활갯짓을 하고 있었다. 외로운 분노를 터뜨리고 있는 그 남자가 그림자와 다를 것 없이 느껴져 이상재는 딱한 마음으로 발길을 돌렸다.

교회가 보였다. 이상재는 교회 위에 세워진 십자가를 물끄러미 바라보았다. 이런 땅에서 교회는 무슨 역할을 하고 있을까 하는 회의가 일었다. 십자가에 못박힌 예수, 그가 이런 땅에서 할 수 있는 일이 무엇일까. 먹을 것이 없어서 자기가 낳은 아기를 솥에 넣고 삶은 여자의 영혼을 구원해? 열댓 살에 몸을 파는 소녀의 영혼을 구원해? 하늘을 향해 목 터지라고 분노를 터뜨리는 중년 남자의 영혼을 구원해? 그들을 이런 구렁텅이로 몰아넣은 자들을 징치하지 못한다면 예수는 그들에게 허깨비일 뿐이지 않는가. 2천 년에 걸쳐 예수를 현실의 생명으로 살아 있게 한 것은 1차적으로 성직자들이었다. 저 교회의 목사는 이런 데서도 예수를 살려낼 수 있다는 자신감으로 교회를 세운 것인가? 어쩌면 그건 우문이고, 교회라는 실체는 현답이었다. 그런 확신 없이 이런 땅에 발을 들였을 리 없었다. 그런 생각을 가지고 교회를 세운 목사라면 만나보아야 했다.

「아 예, 기자시라구요. 찾아주셔서 정말 고맙습니다. 대충 둘러보셨다니까 아시겠지만 여기는 사람이 사는 곳이 아닙니다. 예수님께서 말씀하신 지옥이 어디 이보다 더 심하겠습니까. 여긴 현실에 있는 지옥입니다. 이거 이래서는 안 됩니다. 정치가 무엇입니까. 사람 세상을 바르게 다스린다는 뜻입니다. 그런데 지금 이 모양이 되어 있습니다. 사람을 사람으로 여기지 않는 정치가 무슨 정치입니까. 저는 미력이나마 바쳐서 이 참혹한 현실을 개선해 보려고 그동안 관공서에도 많이 찾아다니고, 탄원서도 내고 했습니다. 그러나 관공서에서는 들은 척도 하지 않고 있다가 마침내 이번 일을 당하고 말았습니다. 짐승도 이런 악조건에 몰아넣으면 물고 덤비게 됩니다. 하물며 사람이 어찌 참고만 있을 수 있겠습니까. 이곳 사람들은 그동안 너무 오래 참고 견디어온 것입니다. 이번 사건은 터질 수밖에 없는 필연적인 폭발입니다. 이것은 완전히 정치의 잘못입니다. 이 점을 명확히 지적해 주시기 바랍니다. 우리가 인간으로서 왜 이 세상에 사는 겁니까. 사람이 사람으로서 사람답게 살기 위해서 사는 것 아닙니까. 이렇게 천대받고 버림받은 사람들이 있는 한 가진 사람들의 안락한 삶도, 이 사회의 평화도 결코 보장되지 않습니다. 기왕 나서셨으니 힘이 되어주십시오. 우리가 더불어 화평할 수 있도록 사실 그대로 글을 써주십시오.」

젊은 목사는 진지하고도 열성적으로 말을 했다. 그가 왜 굳이 이런 땅에 교회를 세웠는지 그 진정성을 이상재는 느끼고 있었다.

목사와 헤어진 이상재는 경찰서를 찾아갔다.

간부들은 서로 말을 피하려고 했다.

「우리가 무슨 할말이 있겠어요. 우리도 괴로우니까 제발 어서 빨리 좋게 해결됐으면 좋겠어요. 우리도 힘들어요.」

어떤 간부가 한마디 하며 고개를 저었다.

「이년 이거 순 도둑년 심뽀네. 30원 받아간 지가 언젠데 또 내놓으라고 해.」

「뭐야 이년아, 누구보고 도둑년이야, 도둑년이. 갚지도 않은 돈 갚았다고 하는 니년이 도둑년이지.」

「이런 미친년이 사람 잡네.」

「뭐야, 미친년! 이 쌍년을 그냥!」

그 여자가 상대방의 머리채를 잡아챘다.

「그래, 어디 해보자.」

두 여자는 서로 머리채를 잡고 뒤엉켰다. 옆에 있는 서너 여자는 그저 보고만 있었다.

이상재는 그 싸움을 어떻게 할 수가 없어서 그냥 지나치지 않을 수 없었다. 이젠 물가가 올라 자장면 한 그릇 값도 못 되는 돈으로 그렇게 싸움을 해야 하는 그들의 현실이 착잡하기만 했다.

문제는 잘못된 '공업입국'의 경제정책이 근본적인 원인이었다. 국제 경쟁력을 높여 수출을 계속 신장시키기 위해 노동자들의 임금인상을 억제하는 저임금 정책을 확정했고, 저임금을 유지시키려면 물가를 안정시켜야 하고, 물가가 안정되려면 노동자들의 주식인 곡물가격을 통제해야 하고, 곡물가격이 억제되면 농민들이 몰락해 이농을 하게 되고, 이농한 농민들은 살길을 찾아 도시로 몰려들고, 그러면 도시 노동력은 과잉이 되어 임금이 싸질 수밖에 없는 악순환의 이중효과를 나타냈다. 그런 이농현상으로 해마다 50만 명 이상이 도시로 몰려들게 되었고, 그것은 결국 도시빈민 문제를 야기시켰다.

그 표본적인 비극이 바로 광주대단지 사건이었다. 이렇게 뼈대를 정리하며 이상재는 서울로 돌아왔다. 경제발전의 상징인 으리으리한 고층 건물들이 즐비한 서울은 천당이었고, 천막집들이 촘촘한 골목마다 악취가 진동하고 있는 성남은 갈데없는 지옥이었다.

「응, 말 들었는데 8매씩 2회분이 되도록 빨리 좀 써봐. 초특급이야!」

부장의 지시를 받고 이상재는 곧 여관을 찾아들었다. 방바닥에 배를 깔고 엎드려 줄담배를 피우기 시작했다. 파지를 내고 또 내면서 다섯 시간 동안 낑낑 매서 기사를 다 끝냈다.

그러나 이틀이 지나고 사흘이 지나도 그 심층취재 기사는 나오지 않았다.

「너무 리얼했나 봐. 포기해. 이건 부장으로서도 어쩔 수 없는, 뭐, 그런 거니까.」

서정훈이 야릇한 냉소를 피웠다.

이상재는 아무 말도 하지 않고 돌아섰다. 갈증처럼 술을 마시고 싶었다.

51
지식인, 그대들!

「100만 원짜리로 1억을 만들어라. 아니야……, 부피가 좀 크더라도 50만 원짜리로 하는 게 좋겠다. 이따가 오후 1시까지 해와.」

「어디에 쓰시려고 그리 급하게…….」

「비료를 줘야 곡식이 크지.」

박부길 사장은 아주 짧은 순간 아들 준서에게 묘한 눈길을 보내며 퉁명스럽게 말했다.

「예에……, 알겠습니다.」

박준서는 미심쩍은 데가 전혀 없지는 않았지만 더는 무슨 말을 보탤 수가 없었다. 상대는 아버지였고, 회사는 아버지의 것이었다. 아무리 큰돈이라도, 아버지가 쓰는 데야 회사 안에서는 그 누구도 말 한마디 할 수 없었다. 자신이 그나마 한마디 할 수 있는 것은 아들이기 때문이었다.

박준서는 미심쩍음을 지우며 1억이라는 큰돈이 없어지는 것을 잊기로 했다. 순간적으로 미심쩍은 생각이 들었던 것은 1억은 어느 여자 밑으로 들어가기에도 너무 큰돈이었고, 회사를 키우는 비료로도 너무 큰돈이었다. 한 가지 철칙, 아버지는 회사에 손해날 일은 절대로 하지 않았다. 아버지는 본전치기도 손해로 계산했다. 기업의 목적은 이윤추구라는 것이 아버지의 확고한 신념이었다.

「너 혹시 요새 대진 쪽에서 이상한 눈치 못 챘냐?」

박부길 사장은 점잖은 체면에는 어울리지 않는 무겁고 투박한 지포 라이터를 담배 끝에 켜댔다.

「예, 별로……」

박준서는 대답을 얼버무리며 바짝 긴장했다. 대진은 지난 몇 년 사이에 심심찮은 풍문을 뿌리며 하늘 높은 줄 모르고 솟아올라 1급 기업군에 끼여든 신흥 무역회사였다. 그리고 아버지가 그런 식으로 묻는 것은 벌써 무슨 일이 벌어지고 있다는 뜻이었다.

「그래, 넌 현장에 정신 팔려 모를 수도 있지. 이건 비밀인데 말이다, 잘 들어라. 얼마 전부터 대진 쪽에서 사채시장 돈을 겁도 없이 끌어당기고 있다. 군인들 철수계획이 세워지고, 월남 경기가 완전히 한풀 꺾여버린 판에 무슨 노다지 껀수가 있어서 그러는 건지 모르겠단 말야. 그 젊은 친구 또 그렇게 노는 걸 보니 아무래도 눈치가 이상해. 화끈한 껀수가 아니고선 이자가 사람 잡는 사채를 그렇게 많이 빌릴 리가 없거든. 왜 그러는지, 사채 규모가 얼마인지 빨리 알아내. 우리 쪽이 알려지지 않게 조심하구.」

「예에……」

박준서는 대진의 손진권 사장을 떠올리며 기분이 언짢아졌다. 젊은 그가 소문 파다한 대로 이 나라 최고의 빽을 가지고 승승장구하는 것도 속이 좋지 않았고, 더구나 저 일제시대부터 사업을 해온 아버지가 그런 애송이의 움직임에 신경 써야 하는 현실에 영 비위가 상했다.

「아버지 느낌으로는 뭐가 좀 짚이는 게 없으세요?」

박준서는 아버지를 똑바로 쳐다보았다. 그는 사업에 대한 아버지의 예감이나 직감 그리고 판단의 정확성을 신뢰하다 못해 존경하고 있는 터였다.

「뭘 말이냐?」

박부길 사장은 보리차를 한모금 입에 머금으며 무덤덤했다.

「혹시 저 위에서 또 무슨 건수를 잘 봐줘서…….」

박준서는 엄지손가락을 세워 연달아 하늘을 가리켰다.

「아서라. 알아보지도 않고 넘겨짚어서는 안 된다. 생각이 그쪽으로 쏠려서 일 망치기 십상이니까. 딴생각 말고 어서 나가봐라.」

박부길 사장은 다정한 웃음을 지으며 손짓했다.

박준서는 사장실을 나서며, 아버지는 저 위와 사이가 어느 정도 가까울까 하는 궁금증이 또 일어났다. 소위 일류로 꼽히는 대기업들은 저 위와의 관계가 어떻고 어떻다는 풍문이 파다하게 떠돌았다. 그 풍문의 사실 여부가 기업운영에 직접적인 영향을 미치고 있었다. 금융시장은 물론이고 사채시장까지 그 사실 여부에 민감하게 반응하기 때문이었다. 신흥 무역회사 대진은 그 풍문을 타고 거침없이 항해를 계속하고 있었다.

아버지도, 저 위에서 스스로 최고의 업적으로 치는 경부고속도로 공사에 참여할 정도니까 신임을 받고 있는 것이 분명했다. 그러나 그 신임도가 일급 기업들 중에서 몇 번째인지 알 수가 없었다. 그게 무슨 서열 번호를 나눠주는 것이 아니니까 아버지도 대충 어림짐작을 할 수밖에 없을 것이다. 그런데 이상하게도 그걸 속시원히 물어볼 수가 없었다. 그건 아버지의 여자 관계를 자세히 알려고 해서는 안 되는 것과 같은 그 어떤 성역처럼 느껴졌다.

저 위의 비호를 받기로는 대진무역회사에 못지않은 것이 ㅎ상사였다. ㅎ상사 본사 빌딩의 방화사건 처리가 그 좋은 본보기였다. ㅎ상사는 월남의 호경기를 타고 달러를 제일 많이 벌어들였다고 소문나 있었다. 그걸 입증이라도 하듯이 그 회사는 금싸라기땅으로 유명한 명동 맞은편에다가 최신식 고층빌딩을 으리으리하게 세웠다. 그런데 작년 9월 어느날 갑자기 400여 명의 사람들이 몰려들어 넓고 호화롭게 꾸며진 1층에다 불을 질렀다.

그 방화는 회사를 상대로 한 데모였다. 데모대는 사장 만나기를 원했는데 사장이 나오지 않자 불을 지르고 말았다. 그들은 파월노동자들의 체불노임 149억 원을 지불하라는 것이었고, ㅎ상사에서는 법원에서 판결난 대로 더 지불할 것이 없다는 주장이었다.

「그건 단순히 노동자와 회사 간의 돈 문제가 아니야. 그 사건에서 더 중요한 문제는 정부가 특정 기업의 편을 너무 일방적이고 노골적으로 들었다는 점이야. 난 기자 입장에서 직접 취재를 했으니까 다 아는데, 경찰이 어떻게 했는지 알아? 기동경찰들까지 출동해서 과격한 사람들을 모조리 연행하다 보니까 100여 명이 넘어서 서너 개의 경찰서에 분산시켰어. 거기까진 괜찮은데, 사나흘 걸린 조사라는 게 너무 강압적이고 위협적이었어. 그리고 그들을 밤중에 차에 실어서는 서울 변두리에다가 내다버리듯 했어. 며칠 동안 그런 일들을 당하면서 겁이 안 날 사람이 없고, 경찰의 주목을 받으면서 또 데모할 엄두를 내기는 어렵지. 그리고 정부에서는 그런 사실들이 신문에 보도되지 않도록 말끔하게 손질을 했으니까 아주 만족할지도 모르지. 보호받은 기업에서는 권력을 더욱더 떠받들게 되고. 이번 사건은 노동자들과 회사의 대결에서 정부가 노골적으로 회사의 편을 든 최초의 사건인데, 그게 중대한 건 앞으로 여러 기업에서 같은 종류의 노사 문제가 일어나면 정부는 똑같은 방법을 택할 거라는 것 때문이야. 난 우리 장인 영감이 그런 노사 문제가 터지지 않도록 회사를 합리적으로 잘 운영하기를 바라고, 너도 권력에 빌붙어 쉽게 돈 벌 생각 하지 말고 장인 어른 똑바로 보좌하기 바란다. 너도 점점 묘하게 변해가고 있는 냄새가 나니까.」

친구이며 매제인 원병균이 술기운에 실어 했던 말이었다. 그 말에 자신은 가슴 뜨끔한 것을 느꼈다. 매제의 말은 당연하고도 정당한데도 이상하게 귀에 거슬리는가 하면 비위를 건드리고는 했다. 그건 매제의 말이 심해지고 있는 것이 아니라 자신이 자신도 모르게 변해가고 있는 징조인지도 몰랐다.

「여자 문제? 그건 장인 어른한테는 일종의 스포츠 아닌가? 돈 열심히 벌고, 그 성취감을 즐기는 남자로서의 일종의 오락 말야. 그게 상대방 여자와 어떤 타협이 이루어지고 있는 거니까 뭐라고 할말이 없잖아? 남자들 배꼽 밑 얘기는 안 하는 법이라고 하는데, 자식들은 당연히 모르는 척하는 게 도리겠지.」

매제는 장인의 여자 문제에 대해서는 이렇게 관대하고 소견 넓게 나왔다. 그러나 권력과 기업들이 유착 관계를 형성하는 것에 대해서는 아주 견고한 비판적 입장을 취하고 있었다.

박준서는 비밀 유지를 위해 혼자 은행으로 갔다. 아버지가 자신을 따로 불러 그런 일을 은밀하게 시키는 것에 그는 적이 만족을 느끼고 있었다. 고속도로의 막바지 공사에서 밤샘을 해가며 일을 차질 없이 해낸 다음부터 아버지가 보이는 신뢰는 더 두터워졌다.

「지점장님, 여기서도 명동골목하고 잘 통하는 데가 있으시죠? 돈 흐르는 데야 서로 뗄 수 없는 관계니까요.」

박준서는 수표뭉치를 양쪽 속주머니에다 나눠 넣으며 지점장에게 넌지시 물었다. '명동골목'이란 그들 사이에서 사채시장을 가리켰다.

「또 무슨 급전이 필요하신가요? 물론 저희가 아는 데가 여럿 있습니다만, 광일건설의 이 상무가 그쪽은 꽤 잘 알 텐데요.」

느닷없이 1억이 빠져나가는 바람에 당황스러운 기색을 감추지 못하고 있는 지점장이 무언가 탐색하는 눈치로 조심스럽게 말했다.

「예, 우리 이 상무하고 상관없이 제가 좀 알아둘 필요가 있어서요. 사업하면서 그런 선은 많을수록 나쁠 것 없어서요.」

박준서는 속내를 드러내지 않으며, 어쩌면 아버지는 그 소식을 이 상무를 통해 알았을지도 모른다고 생각했다. 그리고 이 상무에게도 그 내막을 알아내라는 똑같은 지시를 내렸을지도 모른다 싶었다.

「예, 그건 그렇지요. 사업이라는 게 어찌 보면 자본의 싸움인데 뻔히 돈벌이가 될 일도 자본이 없으면 그림의 떡이고 공염불이니까요. 사업 규모가 클수록 큰돈이 필요하고, 큰돈이 필요할수록 돈줄을 많이 잡고 있는 게 장땡이지요. 예 그럼요, 사업이란 누가 돈 잘 끌어대느냐로 판가름난다는 말도 있으니까요. 필요하시면 제가 믿을 만한 데를 몇 군데 소개해 드리겠습니다.」

「예, 그럼 말입니다…….」

박준서는 자신도 모르게 목소리를 낮추며 용건을 털어놓기 시작했다.

「아, 대진 손 사장님이 그러십니까? 은행이 안 통하는 데가 없으면서 사채까지 끌어 쓰는 걸 보면 은행들의 한도가 다 찼다는 뜻일 수도 있습니다. 저희 은행은 진작 찼으니까요. 그게 아니면 사채를 동원해야 될 만큼 급하고 좋은 건수가 생길 수도 있구요. 어떤 회사를 급히 인수하는지도 모르지요. 어쨌든 곧 알아보도록 하겠습니다.」

「고맙습니다. 근데 절대로 우리 회사가 드러나서는 안 됩니다.」

「예, 그건 걱정 마시라니까요. 고객보호는 저희들의 생명 아닙니까.」

자신감 넘치는 지점장의 눈이 빛났다.

이틀이 지나도 지점장한테서는 아무 연락이 없었다. 박준서는 더 기다릴 수 없어서 은행으로 찾아갔다. 언제부턴가 '빨리빨리'에 익숙해져 있는 아버지에게 무능자로 점찍힐까 봐 은근히 신경 쓰였다.

「이거 참……. 사채를 동원하고 있는 건 틀림없는데 왜 그러는지는 아직 감을 잡을 수가 없습니다. 이거 너무 죄송합니다만, 조금만 더 기다려주시면 꼭 알아내겠습니다. 이런 정보는 저희들한테도 필요한 거니까요.」

지점장은 무척 면목없어 하며 이렇게 입다짐을 했다.

또 이틀이 지나갔지만 지점장의 전화는 걸려오지 않았다. 박준서는, 지점장이 그걸 알아내지 못할지도 모른다는 생각이 전보다 좀더 강해졌다. 저쪽 사장이 어떤 꿍꿍이속을 전혀 내비치지 않고 사채를 끌어모으고 있다면 지점장이 제아무리 애를 쓴다고 해도 그 용도를 알아낼 재간은 없는 일이었다.

박준서는 더 이상 지점장에게 기대를 걸지 않고 어떻게 상무의 선을 이용해 볼까 하는 생각을 했다. 그러나 그는 이내 그 생각을 단념했다. 만약 아버지가 상무에게도 같은 일을 시켰다면 상무가 기분 좋아할 리 없었다. 괜히 상무가 아버지에게 서운한 감정을 갖게 함과 동시에 자신을 얕잡아보게 하고 싶지 않았다. 그리고 더 중요한 것은, 상무도 그 일에 개입하게 되면 결과는 지점장과 마찬가지일 거라는 생각이 들었다. 상무가 아무리 그런 쪽에 능하다 해도 지점장을 앞지르기는 쉬운 일이 아니었다.

「제 능력으로는 그 이유를 알아낼 방법이 없습니다. 상무한테 좀 시켜 보면 어떨까요?」

박준서는 자신이 무능하게 보이는 것이 싫었지만 아버지 앞에 솔직하게 머리를 숙였다.

「으음……, 무슨 정보 빼서 부동산 투기라도 하는 겐가? 상무라고 별수 있나. 세상에 비밀이란 없는 법인데 이게 도대체 무슨 꿍꿍이 수작일까…….」

박부길은 묵직하게 고개를 갸웃갸웃했다.

「이거 시간이 20분이나 넘었는데 더는 안 오는 것 같은데?」

「그래, 속이 출출한데 우선 시켜 먹으면서 기다리지 뭐. 이것으로 올 사람 다 온 것 같기도 하고 말야.」

「그게 잇속 빠른 장사겠는데. 그럼 뭘들 먹을까?」

「불고기에다 쐬주로, 오랜만에 목구멍에 때 좀 벗기는 게 어때?」

「그것 참 듣던 중 반가운 소리긴 한데 그리 고급으로 놀다가 괜히 전당포 신세 지는 것 아닌가?」

「됐어, 됐어. 경제발전 됐다는데 우리도 그 정도로는 폼을 잡을 수 있어야지.」

「이봐, 원병균 기자 나으리, 오늘도 느네 처남 박준서 새낀 안 나와? 이런 때나 나와서 물주 노릇을 좀 해야 할 것 아냐.」

「말 마. 그 친구야말로 맘 변한 4·19세대의 대표자 중의 하날 걸. 얼마 전에 자가용 뒷좌석에 버티고 앉아 가는 걸 봤는데, 우리 같은 것들하고는 완전히 딴세상 사람인 대사업가더라구.」

「맞어, 대기업체의 아들로 박정희 신봉자가 됐으니 우릴 만나고 싶겠어? 우린 박정희야 하면 입에서 나가는 게 욕인데.」

「이 친구들아, 아무리 이 자리에 언론의 자유가 있대도 입들 좀 조심해. 미우나 고우나 처남매제 사인데 저 원병균의 입장이 얼마나 거북하겠어.」

「아니야, 아니야. 내 염려는 안 해도 괜찮아. 나도 집사람도 그 사람 만나기만 하면 듣기 싫은 소리 마구 해대니까.」

친구들을 둘러보며 담배연기를 내뿜고 있는 원병균의 얼굴에는 정말 싫어하는 기색 같은 것은 전혀 보이지 않았다.

「자네 안사람도 오빨 비판해? 그거 믿어지지 않는 소린데.」

「그런 소리 말어. 4·19정신 옹호하는 데는 자네보다 나을걸? 그게 모성애의 발로인지 뭔지는 모르겠지만 4·19데모에 참가했던 여자들은 남자들하고는 다르게 그때의 마음이 거의 변한 것 같지 않아. 원 형 아내가 4·19세대로서 갖고 있는 긍지감은 대단해.」

고등학교 사회과 선생이 되어 있는 민경섭이 마치 수업시간인 것처럼 정색을 하고 말했다.

「재벌딸이 그리도 쓸 만할 줄은 예전에 미처 몰랐어요…….」

누군가가 시 구절을 바꿔 장난스레 읊조렸다. 대여섯 명이 모두 와아 웃음을 터뜨렸다.

「이거 어떻게 얘기가 삼천포로 빠지고 그러지? 먼저 민생고부터 해결하자니까. 얘기야 먹고 마시면서도 얼마든지 할 수 있잖아.」

「그래, 빨리 시켜. 불고기에 쐬주로 결정났잖아. 쟈는 아직도 자유당 때 빈민 근성 그대로네.」

「어쨌든 세월 참 좋아졌다. 과연 양키들 돈 딸라가 좋긴 좋다니까. 광부와 간호원들이 서독에 가서 폐병이 걸리든 고름을 짜든 딸라를 벌어 보내고, 군인이고 근로자들이 월남에 가서 죽고 병신되고 하면서도 딸라를 벌어들이니 그 덕에 차관이다 뭐다 해오면서 기업들이 돌아가고, 경제가 나아지고, 우리도 덩달아 불고기에 쐬주라. 참 눈물겹고 기분 묘하다. 아가씨이, 이봐 아가씨이—.」

불고기에 소주, 근년에 들어 회식 자리는 그렇게 바뀌기 시작하고 있었다. 갈비는 너무 비싸 아무나 엄두를 낼 수 없었고, 헛배 부르고 뒤에 머리 아픈 막걸리와 비싸면서 설취하는 맥주에 비해 그 중간치기로 소주는 더없이 좋은 술이었다. 그런 변화를 감지한 어느 소주회사에서는 눈치 빠르게 텔레비전에다가 소주 광고를 하기 시작했다. 그 뜻밖의 일은 주당들의 입장을 한껏 고무시키기도 해 소주바람에 더욱 부채질을 해댔다.

「자아, 변함없는 우리 4·19의 정신을 위하여 건배합시다.」

「건배에—.」

「아니 왜 '혁명'이 빠지나?」

「그랬나? 어차피 빼앗긴 이름인걸 뭐. 4·19 속에 그 뜻 다 들었잖아.」

「그렇긴 해. 어쨌거나 4·19의거고 5·16혁명이라니, 군바리도 그 정도 짱구는 돌린다니까. 놀랍고도 기특해.」

「좋아하지 말어. 그거 어떤 머리 잘 굴리는 지식인이란 게 해준 짓일 거라구.」

「맞어. 한다 하는 대학 교수님들께오서 줄줄이 감투쓰며, 그 앞에 읍을 해오고 있잖아. 학자라는 게 뭣들 하는 짓거리들인지 모르겠어.」

「그런 자들을 학자로 봐주다니, 이렇게도 순진하시니 원. 그런 인간들은 애초에 학자가 아니었어. 학자의 탈을 쓰고 있었던 출세주의자고 기회주의자였지.」

「그래, 교수들이 그 모양으로 권력 앞에서 지조를 못 지키고 빌빌매는 형편이니 가진 것도 없고 기댈 데도 없는 우리 4·19세대들이 변해가는 건 어쩌면 당연한 것인지도 몰라. 벌써 10년 세월이 흘러갔잖아.」

「그래, 벌써 4·19는 12년이고, 5·16은 11년이야. 지난번 대통령 선거 때 5·16 10년인 것을 새삼스럽게 느끼며 깜짝 놀랐어. 벌써 10년인가 하는 생각이 들었고, 이승만 12년은 그렇게 지긋지긋하고 길게 느껴졌는데 박정희 10년은 왜 이렇게 빨리 지나갔는가 하는 생각에 놀란 거야. 이승만 때는 내가 정치나 사회에 별 관심이 없었던 어린 시절이었고 박정희 때는 그 반대인데 말야. 이것 참 괴상하고 묘한 일 아냐?」

「글쎄, 그 말 듣고 보니 나도 그런 것 같은데? 그거 왜 그러지?」

「왜 그러긴 뭘 왜 그래. 이승만정권보다 박정희정권이 정치 푸닥거리 하는 기술이 더 능란한 거지.」

「정치 푸닥거리?」

「거 간단하잖아. 경제발전이라는 굿상을 차려놓고 '우리도 한번 잘살아보세'를 전국 방방곡곡에서 외치게 하면서 모두 희망을 갖게 했고, 해가 바뀔 때마다 조금씩 그 단맛을 보게 해주었고, 막연한 희망을 확실한 현실로 믿게 해준 거야. 작년인가 언제 장충체육관이 터져나가도록 모인 사람들이 '우리도 한번 잘살아보세'를 목 터지게 노래하면서 울먹이는 모습이 테레비 화면에 비치는데 나도 목이 메면서 가슴이 먹먹해지더라구. 그건 분명 정부에서 벌인 행사인데, 정부하고는 상관없이 그 많은 사람들의 가슴을 일시에 관통하고 있는 감동적인 감정이 있는데, 그게 뭐지? 전쟁이 남긴 이 지긋지긋한 가난에서 벗어나 어서 잘살고 싶다는 욕망 아니겠어? 쿠데타를 일으킨 박정희는 대중들의 그 갈망을 꿰뚫어봤던 거야. 그리고, 빨리 민심을 얻고 정권을 안정시키기 위해서 그 사람은 경제개발이라는 깃발을 들어올렸지. 그게 차츰 성과를 올리면서 국민들은 그를 신뢰하게 되고, 그는 더욱 자신감에 차서 깃발을 한층 드높이 들고 흔들며 '중단 없는 전진'을 외쳐댄 거야. 그 신명나는 푸닥거리에 우리도 다함께 휩쓸리고 취하다 보니 같은 길이의 세월인데도 서로 다르게 착각을 일으키는 거지 뭐야.」

「이거 듣다 보니 영 이상하네? 저 친구 저거 낼모레 입각하는 것 아냐?」

「글쎄 말야, 박정희 교도들이 있다던데, 영락없이 박정희 선전원 같은 소리만 하고 앉았네.」

「어쨌거나 그 말이 일리가 있는데, 경제를 발전시킨 박정희의 그 성과를 부인할 수 없게 된 게 우리 4·19세대의 딜레마고 괴로움이야.」

「글쎄, 그건 너무 인심 후한 거고 결과론적 속단 아닐까? 사실 엄밀하게 말하면 경제개발 5개년 계획은 장면정권이 세운 것이었어. 그걸 박정희 쿠데타 세력들은 고스란히 이용한 거야. 장면정권은 그 계획의 일부를 추진하고 있었으니까 5·16 쿠데타만 일어나지 않았더라면 경제개발은 계속됐을 거라구.」

「뭐, 장면정권? 난 박정희정권도 싫지만 장면정권은 더 질색이야. 장면정권 무능한 걸 다시 말하면 입만 아프니까 다 그만두고 딱 한 가지만 보자구. 이승만정권의 원흉들 처리를 어떻게 했지? 우리가 180명이 넘

게 죽어가면서 혁명을 성공시켜 정권을 손에 쥐어 줬으면 그 원흉들을
어떻게 해야 되겠어? 학생들에게 총질하고 테러를 가한 놈들인데 가차
없이 처단해야 되잖아. 그런데 다 풀려났어. 결국 장면정권은 4·19를 배
신하며 쿠데타를 불러들였는데, 군인들은 어떻게 했지? 원흉들을 속시
원하게 처단해 댔잖아. 경제개발이라는 것도 그 차이야. 난 박정희를 절
대 인정하고 싶지 않지만, 장면정권이 경제개발 했더라면 엉망진창, 개
판을 만들었을 거야.」

「아니, 그건 아주 위험한 논리야. 장면정권이 무능했던 것은 사실이지
만 경제개발의 주체는 어디까지나 국민이니까 결과를 나쁘게만 생각하
면 안 돼. 정권이 무능하면 국민들이 바꿔가며 경제개발을 추진해 나갔
을 테니까 국민들의 욕구만큼 경제는 발전하게 돼 있어.」

「그 무슨 속 편한 소리야? 그거야말로 현실성 전혀 없는 형식논린데,
국민들이 뭐 유식한 대학생들이거나 훈련 잘된 군인들인 줄 알어? 아니
대학생들도 지도부가 시원찮으면 데모 대열이 엉망이 되고, 군인들도
지휘관 없으면 금방 개판이 되잖아. 그런데 국민이 뭘 어쩐다는 거야.
말이 되는 소릴 하라구.」

「어허, 이봐, 이봐, 이러다가 쌈들 나겠어. 자아, 토론의 열기를 식히
기 위해서 다들 쭈욱 한잔씩 하더라구.」

「그래, 다들 기운 좋고, 옛날 열정 그대로다. 그 뜨거운 마음 변함이
없으니까 여기 나온 거지만.」

원병균은 소주잔을 단숨에 비우고 카아 소리를 과장되게 냈다.

「어이 기자 양반, 삼학소주라는 게 지난번 대통령 선거에서 김 씨 밀
었다고 세무조사 당하고 박살이 났다는데, 사실인가?」

「글쎄, 그런 소문을 듣긴 했는데 사실인지 어쩐지는 잘 모르겠는데.」

원병균은 어물거렸다.

「기자가 그런 것도 몰라?」

「기자라고 이 세상 일을 다 아나, 어디. 모르는 게 훨씬 더 많지.」

「거 미원도 똑같은 일 당해 피를 봤다는데, 그건 어때?」

다른 사람이 잇대어 물었다.

「글쎄, 그것도 잘 모르겠는데.」

「이런 제길, 일부러 답을 피하는 거 아냐? 몸조심하려고.」

「아냐, 그건 아니야. 신문기자들이 남들보다 소문을 빨리 듣고 많이 듣는 건 분명한데, 그 소문들을 다 신문에 내는 게 아니니까 사실 확인을 할 수가 없잖아. 신문에 낼 것만 취재하기에도 정신이 없는데.」

「아니, 연탄까스로 죽고 복어알 먹고 죽은 건 맨날 뻔질나게 내면서 그런 중요한 건 왜 안 내지? 무서워 미리 알아서 기시나?」

「몰라, 난 보잘것없는 평기자니까 그런 결정하고는 거리가 멀고, 어쨌거나 신문사밥 먹고 보니까 신문이라는 게 학생 때 생각했던 것하고는 영 딴판이야. 여기저기에 얽히고설키고 복잡미묘하게 돌아가는 요지경 속인데, 한 가지 분명한 것은 우리가 교과서에서 배운 대로 신문이 무관의 제왕이나 사회의 목탁이 아니라는 사실이야. 그쯤 알아두고, 자아, 술들 마시자아.」

원병균은 신문사 이야기가 길어지는 게 싫어서 어물쩍 덮으며 술잔을 들어 모두에게 권하는 손짓을 했다. 그동안의 기자생활이란 그전에 가졌던 신문에 대한 환상이 철저하게 깨져나가는 단계였다.

「이병태 그놈 그거 도대체 어떻게 된 거야? 무슨 벼락출세를 해도 그렇게 해? 아무 기준도 뭣도 없이.」

「이봐, 순진한 거야 철이 없는거야? 그분께서 필요하시다고 쓰면 기준인 거지 무슨 말이 많아. 저렇게 눈치가 없으니까 출세를 못하지.」

「정말 소문대로 이병태 아버지하고는 관계가 깊었던 모양이지?」

「그런 모양이야. 일본 육사 동창이었는데 이병태 아버지는 6·25 때 전사했다는 거야. 그러니까 친구 아들을 군대식 의리로 화끈하게 봐주는 셈이지.」

「꼭 그렇지만은 않아. 3선개헌을 하고 자기 보호가 절실해진 상황에서 능력 있고 믿을 만한 사람들이 필요한 판에 이병태가 고등고시를 패스한 거야. 그러니까 제꺼덕 경찰서장에 앉힌 거지.」

「다급한 김에 그건 그럴 수도 있는데, 문제는 이병태 그놈이야. 그게 벼락출세에 머리가 빼그르 돌았는지 어쩐지 그 데모 진압하는 것 좀 봐. 아무리 맘이 변했다고 4·19에 나섰던 놈이 어찌 그럴 수가 있나. 우리 4·19세대 중에서 그놈이 제일 더럽게 변한 놈이야.」

「그래, 출세의 꿀맛이란 그런 거야. 그렇게 데모 진압 잘하면서 충성을 다 바치니까 승승장구 출세하게 되잖아. 인생의 스승님이니까 잘들 배우라구.」

「응, 이병태 찜쪄먹는 사부님이 최동석 의원님이셔. 지난번 여야의원 충돌 때 최동석이가 행동대로 앞장서서 설치는 꼴 좀 봐. 4·19 때 익힌 걸 그렇게 써먹을 줄 아니 기특하더군.」

「참 그 새끼, 학생회장 경력이 부끄러워. 그걸 그렇게 이용해 먹다니. 그놈이 그렇게 변할 줄 어찌 알았어, 그래. 초기에 쿠데타를 그렇게 비판하고 박을 욕해대던 놈이.」

「그놈 참 뻔뻔하고 소름 끼쳐. 정치를 하는 건 좋은데 정치를 할려면 4·19 정신 살려 당연히 야당을 해야지. 야당에서 정치 시작한 동지들 보지도 못해. 참 인간이란 어디까지 믿어야 되는 건지 알다가도 모르겠어.」

「두고 보라구. 그 친구 크게 출세할 거야. 정치인의 자질을 두루 잘 갖추고 있거든. 대중선동 잘하고, 얼굴 두껍게 아무데나 잘 나서고, 능청스럽게 거짓말 잘해대고, 잇속따라 전혀 뜻밖으로 태도 변화시키고, 이쯤 되면 완벽하잖아?」

「그래, 그것도 보통 재주는 아니지. 근데 김기웅이는 어떻게 됐어? 지금도 그 연구원에서 풀죽어 있나?」

「무슨 잠꼬대하는 거야, 지금? 중정 쪽으로 옮겨서 날개 달고 훨훨 나느라고 우리 같은 것들은 안중에도 없어.」

「뭐 중정? 이건 또 무슨 소리야?」

「거 작년부터 시작된 남북적십자사 만나는 것 있잖아. 거기에 맞춰 무슨 특별팀인지 뭔지가 짜여졌는데 거기에 한자리 차지하게 된 거야.」

「허, 옛날의 통일운동 경력을 살리는 건 좋은데 입장은 영 딴판이 됐잖아? 4·19 직후엔 평화통일이었는데 이젠 철저한 반공주의자가 됐으니……, 왜들 이러지?」

「뭐 그리 낙담할 것 없어. 20대에 혁명에 피 끓지 않으면 청년이 아니고 30대에 혁명에 젖어 있으면 사회인이 아니다. 누군가가 설파하신 말씀이신데 그럴듯하지 않아?」

「그래, 다들 세월 따라 나이 먹어가면서 결혼도 해야 하고, 자식도 낳아 길러야 하고. 그러자면 직장을 갖고 건전한 사회인이 돼야 하는 건 당연하지. 그런데 그놈들은 건전하지 않으니까 문제 아니냔 말야. 왜 4·19세대가 너무 썩었다고 사회적 지탄이 나오겠어. 최소한 자유를 유린한 독재정권을 옹호하거나 거기에 기생하지는 말아야지. 참 염치도 양심도 너무들 없어.」

「응, 그 말이 백 번 맞는데, 박세진이 꼴 보니까 그것도 참 기막히고 속상해 못 보겠더라.」

「아니, 박세진이가 왜?」

「너한텐 아직 안 찾아왔대? 기다리고 있거라, 곧 만나게 될 테니까. 그 친구, 사업이 곧잘 되는 것 같더니만 망해서 알거지가 돼버렸어. 빚쟁이들한테 피해다닐 겸해서 시작한 게 월부책장사야. 친구들 300명 정도가 100권짜리 세계문학전집 한 질씩만 사주면 다시 일어날 수 있다는데 어쩌겠어. 외상이면 소도 잡아먹는다는 말이 있는데, 월부로 까나가는 거니까 사야지. 데모 대열에 앞장서서 뛰던 옛날의 모습은 간 곳이 없고 지치고 후줄근해진 박세진의 뒷모습을 보니까 그것도 괴로워.」

「세진이가 그리 됐구나. 그것도 참 예사 문제가 아니네. 근데 그 친구 강한 데가 있어서 다시 일어날 거야. 월부책장사라는 거 아무나 나설 수 있는 게 아니잖아.」

「그래, 나한테도 아직 안 왔는데 빨리 재기할 수 있어야지. 벌써 인생살이에 실패하는 친구들이 생겨나는 걸 보니까 우리도 이젠 제법 나이들 든 것 같은데?」

「그렇지. 우리도 스무 살짜리 눈으로 보기엔 한물간 아저씨들 세대지. 요새 청년문화라는 요상한 말 앞세우며 청바지에 통키타 튕기는 친구들에겐 우리 세대의 고민이 쉰내 나겠지.」

「청년문화? 그건 도대체 뭘 말하자는 거야? 독재는 강화되고, 빈부격차는 심해지고, 부정부패는 기승을 부리는 사회에서. 그런 거 다 외면하고 짧은 다리에 청바지 걸치고 양키 흉내내며 기타나 떵까떵까 치며 놀아나자는 건가?」

「웃기는 거지. 그만 2차로 갈까?」

「그래, 고기 들어갔으니까 2차로 가자.」

52
어린 양들을 위하여

해거름이 되면서 넝마주이들이 돌아오기 시작했다. 그들이 등에 진 커다란 망태기는 배가 불룩불룩 나오도록 넝마가 가득 차 있었다. 그 망태기를 한쪽 어깨에 멘 그들의 자세는 반대쪽으로 기우는 동시에 허리가 굽어진 이상야릇한 모습이었다. 무거운 망태기를 지탱하느라고 몸은 한쪽으로 기울어지고, 그러면서 그 무게에 눌려 허리는 굽어질 수밖에 없었다. 또 목은 있는 대로 길게 뻗쳐 있어서 그 큰 망태기지기가 얼마나 힘드는지 한눈에 알아보게 했다.

「다녀왔습니다.」

그들은 망태기를 부리며 빠짐없이 인사를 했다.

「그래, 수고했다.」

「많이 힘들었지?」

이용진 대장과 유일표는 그들의 어깨를 두들겨주고 머리를 쓰다듬으며 정겹게 인사를 받았다.

그들 서른여 명이 거의 다 돌아왔을 즈음에는 남산 자락을 타고 땅거미가 내리고 있었다.

「이상하네. 왜 김해근이가 안 보이지.」

이용진이 두리번거리며 중얼거렸다.

「그렇지요? 저도 지금 그 생각을 하고 있던 참인데요.」

유일표가 고개를 갸우뚱하며 말했다.

「이렇게 늦을 리가 없는데. 어디 알아봅시다.」

이용진이 급히 돌아섰다. 유일표도 그 뒤를 따랐다.

「한경창, 한경창 어딨어?」

이용진이 숙소로 가며 외쳤다.

「저기 세면장에 있는데요.」

한 사내가 얼굴을 닦으며 대답했다.

「한경창, 너 김해근이는 어디 두고 혼자 왔어?」

이용진이 세면장으로 들어서며 팽팽해진 목소리로 성급하게 물었다. 넝마주이들은 작업능률을 올리고, 만일의 일에 대비하기 위해서 두 명씩 한 조가 되고, 다시 네 명이 한 반이 되도록 짜여 있었다.

「해근이요? 아까 어디 잠깐 갔다 온다고 했는데요. 아직 안 왔어요?」

한 사내가 얼굴에서 물을 뚝뚝 떨구며 의아해 했다.

「어디?」

「그건 잘 모르겠는데요. 걔 가끔 그랬어요.」

그러니 염려 말라는 투였다.

「뭐, 가끔? 너, 같은 조는 꼭 붙어다녀야 되는 것 몰라?」

이용진의 목소리와 얼굴이 엄해졌다.

「아니, 해근이가…….」

그 사내는 찔끔해진 기색으로 얼굴의 물을 훔치며 똑바로 섰다.

「알았다. 어서 저녁 먹을 준비해라.」

이용진이 낮게 혀를 차며 돌아섰다.

「해근이가 무슨 사고 낼 애는 아닌데요.」

유일표는 이용진을 안심시키듯 말했다.

「글쎄요, 애들 속을 다 알 수 있어야 말이지요. 이놈들이 의지가지 없는데다, 하는 일도 워낙 거칠고 무슨 일 저지르기 쉬워서……」

이용진의 말이 근심스러웠다.

유일표는 뭐라고 더 할말이 없었다. 이용진 대장이 걱정하는 점을 자신도 걱정하기 때문이었다. 여기 사내들에게 정신교육은 수시로 하고 있었다. 환경이 불우할수록 마음을 강하게 먹고, 생활 태도를 바르게 해야 한다. 세상사람들은 흔히 넝마주이들을 불량스럽게 보거나 좀도둑 취급을 한다. 우리를 무조건 그렇게 몰아 천시하고 무시하는 건 나쁘지만, 그 책임은 우리 자신에게도 있다. 지금보다 훨씬 더 가난했던 시절에 넝마주이들이 그런 짓을 더러 했기 때문이다. 그리고 지금도 그런 짓을 전혀 안 한다고 장담할 수가 없다. 재건대는 여기뿐만 아니라 수없이 많기 때문이다. 그래서 경찰에서도 걸핏하면 우리 재건대를 의심하고 드는 것이다. 이 점을 잊지 말고 우리는 절대로 나쁜 짓을 해서는 안 된다. 우리 모두가 정직하고 올바르게 살아서 일반인들이 가지고 있는 나쁜 인상을 고쳐나가도록 해야 한다. 그래야만 우리가 하는 일이 천하지 않고 떳떳한 직업이 될 수 있고, 여러분도 당당한 사회인으로 대접받게 되는 것이다.

이런 내용의 교육을 하면서도 늘 마음 한쪽에는 불안이 도사리고 있었다. 여기 있는 사내들은 상당수가 고아였고, 나머지는 무작정 가출자였다. 불우한 그들은 같은 또래의 학생들에게 열등감이 심했고 그만큼 적대감도 컸다. 그래서 곧잘 패싸움을 벌였다. 학생들이 눈에 거슬리면 참아넘기지 못하고 감정을 폭발시켜 버렸다. 그것이 불량배의 인상을 깊게 했고, 책임자들을 파출소나 경찰서에 드나들게 만들었다. 그리고 그들은 세상에 대해서도 불만과 원한이 많았다. 장래가 불안하기 짝이 없는 채 춥고 배고픈 자신들의 신세에 비해 세상은 너무나 호화롭고 흥청거리면서도 몰인정하고 냉혹했기 때문이다. 갈비나 불고기 굽는 냄새가 진동하는 식당 뒷골목에서 소뼈를 망태기에 주워담고, 재수 좋아야 꿀꿀이죽을 얻어 허기진 배를 채우는 그들이 많이 가진 자들에게 어떤 감정을 품을 것인가.

김해근은 재건대원들의 저녁 식사가 끝날 때까지도 돌아오지 않았다.

「이거 무슨 일 난 게 틀림없어요.」

이용진 대장이 초조감을 감추지 못하고 누구보다 먼저 숟가락을 놓았다.

「무슨 사고라기보다 혹시 여길 떠난 게 아닐까요?」

유일표는 이용진 대장을 위로하고 싶은 생각으로 말했다. 대원들이 많다 보니 이런저런 말썽으로 마음 편할 날이 없는 이용진 대장이 너무 딱했다. 그런데도 그는 늘 담담한 얼굴로 말썽들을 해결해 가며 대원들을 자식처럼 감싸고 다독거렸다.

「글쎄요, 여기보다 더 좋은 데가 있어서 떠났다면 그보다 더 좋은 일은 없지요.」

말과 다르게 이용진은 고개를 저으며 자리에서 일어났다.

「어디 가시게요?」

유일표의 의식은 갑자기 사고 쪽으로 쏠리며 불안감이 커졌다. 대원들을 오래 다루어온 이용진 대장의 예감은 언제나 적중하고는 했다. 그리고, 시골에서 무작정 가출한 김해근 같은 처지에서 여기보다 더 나은 돈벌이 거처가 생기기도 어려웠다.

「파출소로 해서 경찰서까지 가봐야지요. 다행히 무슨 사고가 아니라면 가출신고를 할 겸해서. 공부 잘 부탁합니다.」

「예, 그럼 다녀오세요.」

유일표는 대문 밖까지 따라나갔다.

이용진 대장은 이미 어두워진 골목을 뛰듯이 서둘러 걸어가고 있었다. 유일표는 그런 그의 뒷모습을 물끄러미 지켜보고 있었다. '가출신고'라는 그의 말이 묘한 울림으로 가슴에서 메아리 치고 있었다. 그 말에는 그의 한량없는 정이 담겨 있었다. 이곳은 다른 데처럼 재건대원들을 두고 돈벌이하기 위해 합숙시키는 숙소가 아니라 그들이 정 붙이고 사는 '집'이었고, 그는 분명 그들을 자식으로 여기는 충실한 가장이었다. 자신이 벌써 몇 년째 옆에서 지켜보아 알지만 그가 대원들을 아끼고 사랑하는 지성은 감탄할 만했다. 타인에게 어떻게 저리도 잘할 수 있을까 할 정도로 그는 따뜻한 정과 변함없는 정성으로 대원들을 보살펴나갔다. 자신이 여기에 마음을 붙일 수 있는 것도 이용진 대장의 그 불가사의한 심덕 때문이었다. 그 넓고 깊은 마음을 보면서, 아 세상에는 이런 사람도 있구나, 아 세상을 이렇게 사는 방법도 있구나, 하는 깨달음을 갖고는 했다. 그것은 세상에 대한 분노를 넘어서게 하는 힘이었고, 깊이 모를 좌절에서 헤어나게 하는 길이었다.

유일표는 두 대학생선생을 맞이해 수업을 시작하고서도 신경이 한사코 밖으로 쏠리고 있었다. 행여나 김해근이 들어오지 않을까 해서였다.

유일표는 대학생선생들에 대해서도 이용진 대장 못지않은 고마움을 느끼고 있었다. 자신과 친구들이 야학선생으로 나섰던 것은 허진을 돕기 위해서였다. 그런데 대학생들은 그런 이유가 아무것도 없이 순수하게 봉사에 나서고 있었다. 그들은 어쩌면 또 하나의 이용진 대장이었다. 야박하다는 세상 속에서도 그런 꽃보다도 더 아름다운 마음을 지닌 사람들이 있다는 것은 새롭게 발견한 경이고, 인간에 대한 큰 신뢰였다. 그들이 대학을 졸업하면서 야학을 떠나게 될 날이 다가오면 걱정과 두려움이 앞서고는 했다. 이번에 선생을 구하지 못하면 어쩌나……. 그러나 대학에 부탁을 하면 마치 기적처럼 봉사에 나서는 학생들이 있었다.

그래도 세상은 살 만한 곳이고, 인간은 꼭 이기적인 존재만은 아니라는 듯이. 그들을 보면서 인간에 대한 수수께끼는 더 복잡해졌다.

세 사람이 한 반씩 돌아가면서 하는 전체 세 시간의 수업이 끝났는데도 김해근도 이용진 대장도 돌아오지 않았다. 유일표는 두 선생을 배웅하고 곧 재건대를 나섰다. 김해근이 무슨 사고를 쳤다는 것이 확신처럼 굳어졌다. 유일표는 파출소부터 들렀다.

「우리 이용진 대장님 오셨었지요?」

「빨리 경찰서로 가보세요.」

전화를 받고 있던 파출소장이 대꾸했다.

「우리 애가 무슨 사고를 쳤습니까?」

파출소장은 짜증스럽게 빨리 가라는 손짓을 했다.

유일표는 경찰서로 뛰기 시작했다. 또 남의 물건에 손을 댄 것인지……, 누구하고 싸움을 한 것인지……, 그의 머릿속은 복잡해지고 있었다.

유일표가 경찰서 현관으로 들어섰을 때 이용진은 내방객 대기의자에 앉아 근심스러운 얼굴로 담배를 피우고 있었다.

「대장님, 무슨 일입니까?」

「아 예, 뭐 하러 오셨어요. 피곤한데 쉬시지.」

말은 그렇게 하면서도 이용진은 반가운 기색을 드러냈다.

「해근이가 무슨 사고를 쳤습니까?」

유일표는 이용진 옆에 앉았다.

「이거 참 난처하게 됐어요.」

이용진은 전에 없이 침울한 얼굴로 한숨을 푹 쉬었다. 그는 대원들이 일으키는 이런저런 말썽으로 경찰서를 드나들면서도 늘 듬직하게 여유롭고 속상하는 것을 드러내는 일이 거의 없었다.

「뭐가 큰 사곱니까?」

「글쎄, 그 녀석이 어떻게 된 건지 원…….」 이용진은 담배연기를 푸우 소리 나게 내뱉고는, 「녀석이 글쎄 마약 운반책 노릇을 하다가 걸렸어요.」 그는 세차게 혀를 찼다.

「예에……?」

유일표는 절로 허리가 곤두설 정도로 놀랐다.

이용진은 더 말이 없이 담배만 빨았다. 유일표는 비로소 그가 왜 그리 근심스럽고 어두운 얼굴이었는지 알았다. 마약에 연관된 사건은 전에는 전혀 없었던 일이었다. 그리고, 마약사범은 폭행범이나 도박범보다 훨씬 더 강력하게 단속하고 있었다. 유일표도 담배에 불을 붙였다.

「그게 도대체 어떻게 된 걸까요? 그 녀석이 우리 모르게 마약조직에 연결되어 있었을까요?」

「글쎄요, 나도 그걸 믿을 수가 없는데……, 더 고약한 건 경찰에서 우리를 의심하는 눈치를 보이는 거요.」

「예에? 그게 말이나 되는 소립니까.」

유일표는 다시 놀랐다.

「내 전과가 있으니까 경찰에서는 우선 색안경을 끼고 볼 수도 있지요.」

「대장님 전과요?」

이렇게 말해 놓고 유일표는 이용진을 쳐다보며 어이없어하는 웃음을 픽 흘렸다.

「우리끼리는 그게 전과가 아니라고 생각할 수 있어도 경찰이 보기에는 의심을 품을 수도 있어요. 미제 물건 감춰두고 암거래하는 놈이 마약은 암거래 못할 게 뭐냐 하는 식으로 말이오.」

이용진이 담배연기를 내뿜으며 쓰디쓰게 웃었다.

「그게 어디 말이 돼요? 미제 물건하고 마약은 근본적으로 다른 걸요. 그리고 미제 물건은 뭐 대장님이 혼자 치부하자고 손댄 건가요. 근데, 해근이는 만나보셨어요?」

「아니오, 수사가 끝나기 전에는 절대 면회 금지라는 거요. 그게 바로 내통해서 말을 맞출까 봐 의심하기 때문이오.」

「이런 제길……, 머릴 돌려도 그 정도밖에 못 돌리니 원. 헌데, 그게 수사 용어로 거창하게 말해서 연락책이지 해근이 그 녀석이 아무것도 모르고 돈 몇 푼 받고 심부름하다가 걸려든 것 아닐까요? 마약조직에서 우리 애들을 이용하려고 들면 그보다 더 좋은 게 없잖아요. 지저분해서 경찰 눈 피하기 좋고, 골목골목 길을 잘 알아서 좋고 말이지요.」

「아, 그래요. 그럴 수 있어요. 역시…….」 이용진은 반색을 하며 고개를 끄덕이더니, 「그렇기만 하다면 감옥 갈 일은 없겠지요?」 그는 마치 김해근의 부모처럼 말하며 유일표를 바라보았다.

「글쎄요, 그게 마약사건이 돼놔서…….」

유일표는 이용진 대장을 안심시키는 대답을 하고 싶으면서도 다음에 상심할지도 모를 염려 때문에 말 조심을 안 할 수 없었다.

「그래요, 하필 마약이 돼놔서. 여기 좀 앉아 계세요. 조사가 어떻게 되는지 알아보고 올게요.」

이용진이 수사과 안으로 들어갔다.

유일표는 마음이 영 찜찜했다. 이용진 대장은 파출소나 경찰서와 아주 잘 통하는 입장이었다. 그런데도 면회를 안 시켜주는 것은 재건대나 이용진 대장을 의심해서만은 아닌 것 같았다. 마약사건이니까 수사를 철저히 하려는 의도일 수도 있었다. 김해근이 어떻게 해서 그 조직에 연루되었는지는 알 수 없지만 쉽게 풀려날 것 같지는 않았다. 시골에서 학교도 못 다니며 농사일을 배우기가 싫어 무작정 상경한 김해근은 돈 많이 버는 기술자가 되는 것이 꿈이었다. 다른 대원들과 비슷한 그 평범한 꿈이 깨어질 위기에 처해 있었다. 어쩌다가 그런 조직과 연결된 것인지 안타깝고 딱하기만 했다.

「그냥 돌아가야 되겠소. 다른 조사가 많아 해근이는 내일부터나 시작한다니까.」

이용진은 시름겹게 말했다.

「너무 상심하지 마세요. 뜻밖에도 쉽게 풀려날 수도 있으니까요.」

「그랬으면 좋겠소만…….」

이용진이 짙은 한숨을 쉬었다.

그들이 재건대로 돌아왔을 때 대원들은 거의 다 잠들어 있었다. 하루 종일 무거운 망태기를 지고 다닌데다 밤공부까지 했으니 그 피곤이 잠을 부르지 않을 수 없었다. 그런 사정을 누구보다 잘 알면서도 이용진은 한경창을 깨웠다.

「경창아, 어서 정신차리고 묻는 말에 똑바로 대답해라. 해근이가 큰 사고를 쳤다.」

이용진이 잠에 취해서 눈을 제대로 못 뜨고 있는 한경창에게 엄한 기세로 말했다. 유일표는 이용진 대장이 몹시 애달아 있음을 느끼고 있었다.

「예에? 해근이가요?」

한경창이 눈을 비비며 똑바로 섰다.

「그래. 너, 해근이가 언제부터 혼자서 어디를 갔다 오고는 했냐?」

「해근이가 무슨 사고를 쳤는데요?」

「어허! 묻는 말에나 대답해.」

이용진이 한경창을 똑바로 쳐다보며 더 엄해졌다.

「예에, 그게 그러니까……, 한 두어 달 됐나……, 확실하게는 모르겠어요.」

「그런 게 몇 번이나 됐냐?」

「글쎄요, 한 대여섯 번 됐나 그랬을 거예요.」

「해근이가 딴사람 누구를 만나는 걸 봤냐?」

「딴사람……, 못 본 것 같은데요.」

이용진이 유일표를 쳐다보며 고개를 가로저었다. 유일표는 고개를 끄덕여 아무것도 얻어낼 게 없다는 공감을 표시했다.

「됐다, 가서 자거라.」

「대장님, 해근이가 무슨 사고를 쳤는데요?」

「차차 알게 될 거다. 어서 가서 자.」

한경창은 고개를 갸웃갸웃하며 돌아섰다.

다음날부터 이용진 대장은 경찰서를 수시로 오갔다. 그러나 김해근을 면회도 할 수 없었고, 수사 내용도 알아내지 못했다. 웬만한 말썽들은 이튿날이면 쉽게 해결해 왔던 것과는 사뭇 달랐다.

나흘째 되는 날 오후에 경찰서에서 힘없이 돌아온 이용진은 넝마더미에 털썩 주저앉았다.

「일이 참 고약하게 돼 있어요. 해근이 그 녀석은 돈을 받고 심부름을 했는데, 심부름을 시킨 사람이 누군지도 모르고, 물건을 받아간 사람이 누군지도 모르고, 그 물건이 무엇인지도 몰랐다는 거예요. 어느 길목에서 물건을 받아 어떤 상점 앞에 서 있는 사람한테 전해준 식이라 다시 보면 얼굴은 알 수 있어도 성도 이름도 어디 사는지도 모른다는 거지요. 그런데 문제는 경찰에서 그들 중 하나만 잡았어도 일이 쉽게 풀릴 텐데 둘 다 놓쳐버려서 해근이 녀석이 골탕먹게 생겼어요. 그놈들은 경찰이 냄새 맡은 것을 눈치채고 날라버렸는데, 경찰에서는 해근이가 싹수없이 오리발 내밀고 있다고 생각하고 있어요. 그놈들이 아주 고약하게 해근이를 이용해 먹은 건데, 어쨌거나 유 선생이 점친 게 한치도 틀리지 않고 딱 들어맞았어요.」

이용진은 참 용하다는 눈길로 유일표를 쳐다보았다.

「그럼 경찰에서는 해근이를 계속 추궁하겠다 그건가요?」

「그럴 작정을 하고 있어요. 그 사람들 큰 건수 잡으려다 놓쳐서 아주 열이 받쳐 있단 말이오.」

「그거 큰일인데요. 큰 건수 올려 승진도 하고 폼도 잡으려고 했던 것이 물거품이 됐으니 얼마나 열오르겠어요. 해근이가 그 피해 다 당하게 생겼는데요.」

「바로 그게 큰 탈이오. 어린 게 당해도 크게 당하게 생겼어요. 내가 아는 형사들을 붙들고 통사정을 해도 다들 냉랭해요. 그놈의 돈이 뭔지 참.」

이용진은 가슴이 내려앉는 것 같은 한숨을 토해냈다.

유일표는 이용진 대장에게 담배를 권하고 자신도 불을 붙였다. 그렇게 한숨을 토해내는 그의 심정을 잘 알았다. 자신의 심정도 그와 별로 다를 것이 없었다. 불우한 재건대원들과 함께 생활하고 가르치면서 다 정이 들어 있었고, 그들이 모두 잘되기를 진정으로 바라고 있었다. 그건 그들을 위해서만이 아니라 자신의 삶을 의지하며 지탱해 가고 있는 의미이고 보람이기도 했다. 그런데 김해근을 그런 위험한 궁지에 방치해 둘 수는 없는 일이었다.

「너무 걱정하지 마세요. 제가 내일부터 바로 나서볼 테니까요. 어떻게 해서든 일이 빨리 풀리도록 할 테니까 대장님은 한 이틀 동안만 구타당하지 않도록 손을 좀 쓰세요.」

「아이고 고마워요, 유 선생. 그렇잖아도 그동안 많이 얻어맞은 눈치였어요.」

이용진은 유일표의 손을 덥석 잡았다.

「고맙긴요. 이게 어디 대장님만의 일인가요. 제가 지금 나가서 내일 약속시간을 정해놔야 되겠군요.」

유일표는 옷을 털며 일어섰다.

「이거 어서 전화를 놔야 하는 건데.」

이용진이 미안쩍어하며 따라 일어났다.

유일표는 공중전화로 강숙자에게 전화를 걸었다.

「마침 집에 계셨군요?」

「마침이 아니야. 나 본의 아니게 집귀신 신세 된 것 지겨워 죽을 판이야. 어쩐 일이야? 우리 유일표 씨께서 전화를 다 주시고.」

「내일 점심 좀 사줄 수 있으세요?」

「나야 좋지. 일표하고 만나는 건 다시 못 올 내 청춘을 음미하는 거니까.」

「혼자 다 늙은 체하지 마세요. 나도 이젠 다 시들었으니까.」

「시들긴, 결혼 안 한 사람은 만년청춘인 것 몰라? 결혼 그건 청춘 살해범이야. 근데, 무슨 일 있어?」

「예, 내일 만나서 말씀드릴게요.」

「어쨌든 좋아. 날 밖으로 끌어내주는 사람은. 그게 일표니까 더욱.」

「장소는 어디로 할까요? 내가 가까이 갈까요?」

「그게 무슨 멋이야? 기왕 나가 점심 먹는 것 명동이 좋지. 일표 나오기 가깝고. 전에 우리가 만났던 양식집 있지? 거기서 12시.」

「또 영양 보충시켜 주려구요? 예, 그렇게 하지요.」

「근데 몸은 괜찮아?」

「예, 좋아요.」

「좋을 리 있어? 그 넝마구덩이에서. 나 속상해, 일표만 생각하면 너무 속상해. 그럼 내일 만나.」

유일표는 전화를 끊으면서 가슴이 먹먹해졌다. 언제나 한결같은 정으로 자신을 대해주는 사람, 자신의 불행한 처지를 진심으로 아파해 주는 몇 안 되는 사람, 강숙자는 자신의 외롭고 허전한 서울생활에서 늘 따뜻한 빛이었고 포근한 위안이었다.

「선생님, 한 가지 질문 있습니다. 김해근한테 무슨 일 있습니까?」

마지막 시간 수업을 끝내는데 한 대원이 그 이야기를 꺼냈다.

「그게……, 여러분도 대충 눈치를 채고 있겠지만, 김해근이가 좀 좋지 않은 사고를 냈어요. 자세한 내용은 사건이 해결된 다음에 아는 게 좋겠어요. 왜냐하면 사건의 성격상 미리 발설해서 좋을 게 없기 때문이에요. 그런데 기왕 얘기가 나왔으니까 한마디 해둘 게 있어요. 김해근이 저지른 사건이 돈 때문이었고, 여러분들도 돈이 욕심나서 그런 잘못을 얼마든지 저지를 수 있기 때문입니다. 그동안 여러분들에게 남의 것을 탐내지 마라, 거짓말을 하지 말고 정직해라, 하는 말들을 수없이 해왔습니다. 그런데도 김해근은 쉽게 돈을 벌 욕심에 빠져 아주 큰 사건에 얽혀들고 말았습니다. 여러분, 지금부터 내가 하는 얘기 귀담아듣고 앞으로 명심하기 바랍니다. 얼마 전에 읽은 얘긴데, 어느 나라에서 100명을 대상으로 사람의 마음, 그러니까 양심과 도덕심에 대한 실험을 했어요. 사람이 드문 이른 아침에 어느 길목에 돈지갑을 떨어뜨려놓고 그것을 주운 사람들이 어떻게 하나 하는 것을 보는 것이었습니다. 그런데 돈지갑을 집는 순간 100명 중에 단 한 사람도 빼놓지 않고 재빨리 자기 주변을 두리번거리고 살폈습니다. 그리고, 아무도 본 사람이 없는 것을 확인한 사람들은 어떻게 했겠습니까? 80명이 넘는 사람이 돈지갑을 자기 주머니에 넣고 말았습니다. 그리고 어떤 사람 하나는 지갑을 그 자리에 도로 놓고 갔고, 가까운 파출소에 지갑을 갖다 맡긴 사람은 열여섯에 불과했습니다. 이것은 우리보다 몇십 배 잘살고, 사회질서가 잘 잡혀 있다는 서양 어느 나라의 경우인데도 이렇습니다. 이 실험에서 우리는 두 가지를 배울 수 있습니다. 첫째는 우리 인간들의 마음에는 귀한 물건을 탐내는 본능이 있다는 사실입니다. 둘째는 그 본능 때문에 그 누구나 돈의 유혹에 쉽게 빠질 수 있다는 사실입니다. 우리나라에서 계속 말썽이 되고 있는 부정부패도 그 유혹에 빠져서 생기는 것입니다. 여러분, 여러분은 이 서울에서 가장 불우하게 살고 있다고 할 수 있습니다. 그러니 돈 욕심이 더 심하고, 돈의 유혹에 더 쉽게 빠질 수 있습니다. 그러나 여러분, 똑똑히 기억해 둘 사실이 있습니다. 이 세상에 쉽게 벌리는 돈은 없습니다. 그리고, 공짜로 생기는 돈도 없습니다. 누가 돈을 쉽게 벌 수 있고, 빨리 벌 수 있다고 꼬드긴다면 그건 틀림없이 속임수이거나 사기입니다. 또, 누가 여러분한테 턱없이 많은 돈을 주며 손쉬운 심부름 같은 것을 시킨다면 거기에는 반드시 여러분을 구렁텅이로 빠뜨리는 무서운 함정이 있다는 것을 잊어서는 안 됩니다. 다시 한번 강조합니다. 이 세상에서 쉽게 벌리는 돈은 절대로 없습니다. 그리고, 공짜로 생기는 돈도 절대로 없습니다. 여러분들은 이 점 명심하고, 여러분들이 손수 땀 흘려 버는 돈만이 여러분의 돈이라는 것을 잊지 말고 헛된 욕심 갖지 않기를 바랍니다.」

「아이고, 그 좋은 말씀을 딴 반 아이들도 들었어야 하는데요.」

유일표가 수업을 마치고 나오자 이용진 대장이 손바닥을 치며 아쉬워했다.

「좋은 말이긴요, 뭘. 어떻게 들으셨어요?」

유일표는 쑥스럽게 웃었다.

「예, 지나다 들으니 그냥 공부하고는 다른 색다른 말이라 귀가 끌린 거지요. 그 말을 어떻게 딴 반 애들한테도 해주실 수 없나요?」

「예, 필요하다면 하지요.」

「예, 필요하다마다요. 내 귀에 쏙 들어오고 마음이 환해지는 말씀인데 애들한테 필요한 거야 두말할 것이 없지요. 특히 이애들은 그런 말을 많이 들을수록 좋은 것 아닙니까. 늘 위태위태하니까요.」

이튿날 유일표는 강숙자를 만나자마자 김해근의 이야기를 꺼냈다.

「…… 이 일을 해결하는 데는 판사님보다 검사가 더 낫지 않을까 해서 이규백 형이나 김선오 형을 잠깐 생각해 보기도 했어요. 그런데 아무래도 내키지 않았어요. 너무 오랫동안 만나지 않은데다, 그쪽에서 귀찮아할 것 같기도 하고……. 아무래도 홍 판사님을 믿는 게 좋을 것 같았어요.」

유일표는 어렵게 이야기를 마무리지었다.

「아유, 믿는 게 홍 판사야 나야?」

강숙자가 곱게 눈흘김을 했다.

「부부 일심동체.」

유일표가 웃으면서 대꾸했다.

「어머, 일표 단수 늘었네.」 강숙자가 입술 사이로 혀끝을 조금 내밀며 놀라는 시늉을 하고, 「이규백이나 김선오한테 부탁 안 한 건 잘한 일이야. 그 인간들 보나마나 넝마주이 같은 애들한테 아무런 관심도 없을 테니까. 관심이 좀 있어봤자 우범자 정도로 알고 있을 거고. 엘리트병에 걸려 있는 인간들치고 인간성 제대로 된 물건들이 별로 없어. 즈네들 출세할 기회나 엿보면서 약아빠지게 구는 데나 능하지. 그런 의미에서 홍석주는 잘 골랐어.」 그녀는 비프스테이크 고기 반을 뚝 잘라 유일표의 접시로 옮겨놓았다.

「혹시 홍 판사님이 귀찮아하시지 않을까요?」

「부부 일심동체라메?」

「예, 알았어요.」

유일표는 마음 가볍게 쿡 웃었다.

「그 남자 한 가지 좋은 점이 뭔지 알아? 오만하지 않고 진실하다는 점이야. 그게 내가 그 남자를 선택한 점이기도 하고. 이번 일도 귀담아듣고 최선을 다해줄 거야.」

「예, 고마워요.」

「어머, 그런 말 하지 마. 괜히 거리감 느껴지잖아.」

「그래도……」

유일표는 멋쩍게 어물거렸다.

「내가 일표한테 뭘 부탁했는데 내가 그러면 좋겠어?」

「글쎄요, 제가 뭘 좀 해드릴 게 있었으면 좋겠어요. 이번 일을 부탁드리려고 하면서 생각해 보니까 그동안 제가 맨날 부탁한 것뿐이고, 그때마다 싫어한 적 한 번 없이 들어주시기만 했으니, 세상에 이럴 수도 있나 하고 새삼스럽게 미안하더라구요.」

「참 별소리 다 하네. 몇 번이나 부탁을 했다고. 그리고, 일표가 일표 일로 부탁한 게 한 번이라도 있어? 다 돕지 않으면 안 되는 남들 일을 부탁했지. 나는 그 점에서 일표를 다시 봤고, 내 힘닿는 데까지 도우려고 애썼던 거야. 그런 점이 사람을 끄는 일표의 매력인지도 모르고.」

「매력은요. 흠투성이 인간인걸요.」

유일표는 이렇게 말하면서, 자신이 의식하지 못했던 것을 파악하고 있는 강숙자의 예리함에 저으기 놀라고 있었다.

「근데, 일표는 언제까지 그런 데 있을 거야? 남자 평생을 그런 데서 썩힐 수는 없는 일이잖아.」

강숙자는 앉음새도 표정도 바꾸며 말했다.

「거기가 겉보기로는 영 흉해도 저 같은 놈이 지내기에는 그런대로 괜찮아요. 속 편코, 불쌍하고 딱한 애들 가르쳐서 사회에 내보내는 의미도 있고요.」

「그렇지만 언제까지 그렇게 살 거냐 그거지. 나이는 들어가고 결혼은 해야 되고 하는데 거기에 맞도록 생활이 해결돼얄 것 아냐. 축적되는 수입 없이 이 세상을 어떻게 사느냐 말야.」

「어차피 망가진 인생인걸요, 뭐. 결혼이 꼭 필요한 것도 아니고, 수입이 적어 결혼을 못하게 되면 그럭저럭 혼자 살다가 떠나도 별로 서러울 것 없지요, 뭐. 누구나 다 죽어가는 인생, 그게 그거니까요.」

유일표는 고기를 씹으며 헤설프게 웃었다.

「누가 철학과 출신 아니랠까 봐 인생 다 달관한 것 같은 말씀만 하고 계시네. 이봐 일표, 그렇게 억지체념 하지 말고 그놈의 신원조횐지 뭔지 웃기는 것 필요 없는 데로 자리 좀 알아봐 줄까?」

강숙자는 식탁으로 바짝 다가앉았다.

「아니, 괜찮아요. 결국 신원이 드러나게 되니까요.」

「아니, 그게 무슨 소리야?」

「제대한 다음부터 생긴 일인데, 제가 가는 곳이면 어디든지 형사들이 따라다니게 돼 있어요. 괜히 직장에 형사가 드나들게 해서 회사나 직원들에게 주목받고 눈총받고 하다가 물러나는 꼴 보이고 싶지 않아요. 지금도 한 달에 두 번씩 형사가 찾아와서 도장을 받아가요.」

「어머나 세상에! 이런 끔찍한 나라가 어딨어. 세상에, 이게 무슨 사람 사는 나라야.」

강숙자는 곧 울음을 터뜨릴 것 같았다.

이틀이 지나 경찰서의 호출을 받고 유일표는 이용진 대장과 함께 재건대를 나섰다.

「이렇게 일이 빨리 풀릴 줄은 몰랐어요. 유 선생 아니었으면 이놈의 재건대 어떻게 끝어나갔을지 모르겠어요.」

이용진 대장이 슬며시 유일표의 손을 잡으며 말했다.

「원 별말씀 다 하십니다. 어찌 될지는 가봐야 알겠지만, 만약 해근이가 바로 풀려날 수 있다면 걔가 돈 보고 심부름한 것밖에는 달리 지은 죄가 없기 때문이지요. 경찰에서도 달랑 그애 하나 가지고는 어떻게 사건을 만들 수도 없는 거구요.」

「아니에요. 한두 번 당해본 게 아니라서 잘 아는데 경찰에서 애먹이고 골탕먹이려고 들면 얼마든지 시일 질질 끌며 피 마르게 할 수 있어요. 거 힘없는 사람들 앞에서 마구 장사 행세하는 경찰력 그게 무섭잖아요.」

「예, 그렇긴 하지요.」

유일표는 고개를 끄덕이며 떨떠름하게 웃었다. 국가 공권력의 횡포 앞에서 속수무책으로 당하고만 있는 것이 바로 자신이었다.

「당신, 홍석주 판사하고 민동빈 검사하고 어떤 사이야?」

수사과장이 유일표에게 대뜸 물은 말이었다. 그는 반말지거리에 못지 않게 얼굴에 기분 나쁜 기색을 드러내고 있었다.

「예, 학교 선배님들이십니다.」

민동빈은 모르는 사람이었다. 그러나 홍석주 판사가 동원한 사람인 것을 눈치채고 유일표는 태연히 대답했다.

「흥, 빽 한번 든든해서 좋으시겠군. 당신이 빽 쓴 거야?」

수사과장은 눈을 치떴다.

「빽을 썼다기보다는, 걔가 잘못하기는 했습니다만, 저희가 데리고 있는 애가 궁지에 몰려 있는 것이 딱해 의논을 드리고 좀 도움을 청했던 것입니다. 과장님께서 좀 언짢으시더라도 급한 저희들의 입장을 넓게 살펴주시기 바랍니다. 선처해 주시면 과장님의 은혜 잊지 않겠습니다.」

유일표는 최대한 자세를 낮추며 예의를 갖추었다.

「말 한번 번지르르하게 잘하네.」 수사과장은 다시 유일표를 힐끗 올려다보고는 서류를 넘기며, 「우리도 그애가 단순범이고 미성년자고 해서 특별히 처벌할 생각은 없었어. 일이 이렇게 됐으니 오래 끌고 어쩌고 할 것 없으니까 두 사람 연명으로 여기다 서약서나 하나 써. 그놈을 사흘 이내로 재건대에서 내보내겠다고.」 그는 백지 한 장을 내밀었다.

「아, 아니, 과장님, 무슨 말씀이십니까?」

이용진 대장은 백지를 받으며 당황했다.

「왜 그리 눈치가 없어. 척하면 알아들어야지. 범죄 가능성이 농후한 그런 골치 아픈 놈을 우리 관할에다 둬야 되겠어? 그렇게 서약서 못 쓰겠으면 관둬.」

「아, 아닙니다. 지시대로 쓰겠습니다.」

유일표는 이용진 대장에게 눈짓하며 돌아섰다.

「대장님이 빨리 괜찮은 재건대를 좀 알아보세요. 그 방법밖에 없잖아요.」

빈자리를 찾아가며 유일표가 낮게 말했다. 이용진 대장이 한숨을 쉬며 고개를 끄덕였다.

53
기름밥 친구

늦겨울의 눈이 하늘하늘 내리고 있었다. 잘디잔 꽃잎들이 나풀거리며 하염없이 떨어지고 있는 것 같은 그 성긴 눈발에서는 그다지 추위가 느껴지지 않았다. 아이들마저 눈송이를 받으며 경쾌한 활갯짓을 하고, 가로수의 실가지에도 어느덧 봄이 스민 듯했다.

김명숙은 도시락 뚜껑을 열 생각도 하지 않고 아득한 눈길로 창밖을 바라보고 있었다. 날로 번화하게 변해가는 서울의 모습이 눈과 어우러져 평소와 달리 아름다움과 친근감을 느끼게 했다. 그녀는 언제나 서울이 낯설고 서먹서먹했다. 서울에서의 생활이 자그마치 10년인데도 어찌된 일인지 고향처럼 정답거나 마음 아늑한 것을 한번도 느낄 수가 없었다. 처음 서울역에 내렸을 때의 느낌 그대로 서울은 언제나 쌀쌀맞고 두렵고 힘겨운 곳이었다.

김명숙은 또 눈발 사이로 어른거리는 나복녀의 모습을 보고 있었다. 지난날을 더듬을 때마다 나복녀는 괴롭게 떠오르고는 했다. 그녀가 마

음에서 지워지지 않는 것은 정 깊은 그리움이기도 했고, 떼칠 수 없는
죄스러움 때문이기도 했다.

「……몸이 아파서, 폐가 나빠서 집에 간다고 했어요. 제가 서울역에
나가 입장권 끊어 기차 안에서 전송했어요.」

작년 설에 나복녀의 어머니를 만나 이렇게 말했었다. 김명숙은 자신
의 그 태연스러운 거짓말에 깜짝 놀랐다. 나복녀의 어머니를 만나기 전
까지만 해도 무슨 말로 곤궁한 입장에서 벗어날 수 있을 것인지 아무 생
각도 떠오르지 않았다. 그런데 나복녀의 어머니를 맞닥뜨린 순간 자신
도 모르게 그런 거짓말이 술술 흘러나왔다.

그 한마디로 나복녀의 어머니 말문은 막혀버렸고, 자신은 단숨에 궁
지에서 빠져나올 수 있었다. 그러나 함께 가출해 10년 만에 혼자 돌아온
죄스러움까지 털어낼 수는 없었다. 그리고 피를 토하는 심한 폐병을 앓
으며 어디론가 팔려간 나복녀가 어쩌면 죽었을지도 모른다는 생각이 들
면 정말 큰 죄를 지은 것 같아 괴로움을 견디기 어려웠다.

「왜 이렇게 세상살이가 힘이 드니. 이러다간 우리 꿈 이루기는 다 틀
린 것 같으다.」

나복녀가 술집으로 떠나기 직전에 부쩍 자주 했던 말이었다. 나복녀
는 걷잡을 수 없이 지쳐가고 있었고, 좀 쉽게 돈을 벌어 꿈을 이루려고
술집으로 자리를 옮긴 거였다.

나복녀는 지금 어디에 있는지……. 살아 있는지 죽었는지……. 김명
숙은 목이 메었다. 나복녀의 소식도 모른 채 디자이너가 되겠다고 자기
혼자 양재학원에 다니고 있는 게 왠지 쓸쓸하고 슬펐다.

김명숙은 한기를 느끼며 보리차잔을 입으로 가져갔다. 그리고 도시락
뚜껑을 열었다. 보리가 많이 섞인 밥에 반찬은 김치 한 가지였다. 그런
데 냉기 서린 밥에는 반찬그릇에서 흐른 김칫국이 불그스름하게 물들어
있었다. 오빠 도시락에는 멸치볶음, 콩나물, 김치 등속으로 반찬 세 가

지, 그리고 계란부침을 꼭 밥 위에 올렸지만, 자신의 도시락에는 언제나 김치 한 가지였다. 눈칫돈으로 살아가면서 자신까지 그렇게 입맛 갖추어 먹을 수는 없었다.

김명숙은 따끈한 보리차를 한모금 마시고 밥을 떠넣었다. 밥이 싸늘하게 차가웠다. 흔히 학생들이 하는 것처럼 도시락을 연탄난로 위에 올려놓고 데우는 것은 금지되어 있었다. 밥이나 반찬이 눋고 타는 고약한 냄새가 학원의 분위기를 망친다고 원장이 엄명을 내리고 있었다. 하긴 그것도 영 지나친 말은 아니기도 했다.

김명숙은 보리차를 마셔가며 밥을 무척 빠르게 먹어치웠다. 차장 시절부터 시간에 쫓기며 살다 보니 자신도 모르게 몸에 밴 습관이었다.

"……인간이 다른 동물들과 다른 점은 자기의 인생 목표를 자기 스스로 정하고, 그것이 이루어질 때까지 꾸준히 노력한다는 점이다. 모든 인간에게 자기 인생의 주인은 자기자신이다. 그러므로 노력하는 고통도 그리고 그 다음에 오는 성취의 행복과 기쁨도 오로지 그 사람의 것이다. 여자라고 주저하거나 못할 것이 없다. 난 의사가 될 작정이다……"

언니의 편지는 커다란 위안이고 힘이었다. 언니는 의사가, 그것도 독일 의사가 된다는 것이다. 10여 년 전에 선생이 되고 싶어했던 꿈보다 더 커져 있었다. 그리고, 여동생 금숙은 그동안 언니가 보내준 돈으로 광주에서 착실히 공부해 내년에 대학을 졸업하는 대로 교사 자격을 딴다고 했다. 김명숙은 시새움 같은 것이 일어나는 동시에 가출할 때의 욕망이 새로 불붙는 것을 느꼈다. 언니한테서 돈이 오기를 기다리지 않고 바로 양재학원에 등록을 했다. 목숨만큼 귀하게 여기는 저금통장에는 이자 받은 돈이 모아져 있었다.

가발공장 사장은 사업이 잘될수록 돈을 끌어다 쓰기에 바빴다. 사장은 가발공장 하나로 만족하지 못하고 자꾸 새 사업을 벌여나갔다. 그러다 보니 은행돈 빌리는 것도 모자라 공장장이 나서서 공원들의 돈까지 모았다. 공원들은 풀빵 하나 사먹는 것을 벌벌 떨며 아끼고 아껴 모은 돈들을 서로 다투어 빌려주기에 바빴다. 왜냐하면 이자가 은행의 두 배 가까이나 많았던 것이다. 그리고 떼일지도 모를 개인이 아니라 안전한 회사였다. 이자는 매달 꼬박꼬박 받아서 저금을 했다.

김명숙은 양재학원이나 미용학원을 맘놓고 다닐 수 있는 돈을 모으는 것이 1차 목표였다. 그 기술을 완전히 익혀 자격증을 따고 취직을 한 다음에 손수 개업할 수 있는 자금을 모으는 것이 2차 목표였다. 그런데 언니 덕에 1차 목표가 해결되었으니 바로 2차 목표를 향해 달리게 된 셈이었다.

그러나 김명숙은 언니에게 고마운 만큼 미안하고 면목없기도 했다. 언니가 타국땅에서 얼마나 고생하며 사는지 상상하기 어렵지 않으면서도 도와주겠다는 말에 겉치레 사양조차 한 번 해보지 않았던 것이다. 편지에서 그 말을 대하는 순간 탐나는 물건을 본 것처럼 도심이 동했다. 끝내 '돈을 좀 모아둔 게 있으니 걱정하지 말라'는 얘기는 써보내지 않았다. 그 대신 어서 빨리 성공해 언니에게 몇 배로 은혜를 갚아야 한다고 다짐했다.

김명숙은 도시락을 가방에 챙겨넣고 곧 손바닥 안에 들어가는 영어 단어장을 꺼냈다. 거기에 깨알같이 적힌 단어들은 모두 양재에 필요한 것들로, 영어만이 아니라 불어도 많았다. 그녀는 언제 어디서나 토막시간이 나면 그 단어장을 꺼내들었다. 그 단어들의 스펠링만 깡그리 외우는 것이 아니었다. 발음도 미국에서 공부하고 온 원장처럼 부드럽고 멋지게 하려고 혀를 굴리고 또 굴렸다.

김명숙은 다른 학원생들에 비해 자신이 달리는 게 학벌인 것을 느끼고 있었다. 학원생들은 기본 학력이 고졸이었는데 자신은 고등학교 과정을 야학에서 대학생들에게 배웠을 뿐이다. 그래서 고등학교 졸업장 대신 검정고시 합격증을 보이고 학원 등록을 했고, 혹시 남들에게 뒤질까 봐 버스 차장 시절에 죽도록 기를 쓰며 만원버스에 매달렸던 그 마음으로 공부에 열중했다. 그러나 손끝솜씨를 부리는 데는 그 누구보다도 자신이 있었다. 머리카락 한 올, 한 올을 잽싸게 다루며 가발을 엮어낸 세월은 헛된 것이 아니었다.

「명숙아, 명숙아, 나 횡재했다, 횡재!」

한 아가씨가 달뜬 목소리를 억눌러 재빨리 말하며 김명숙의 어깨를 흔들었다.

「응 옥실아, 무슨 횡재?」

김명숙은 별 느낌 없는 얼굴로 상대방을 쳐다보았다.

「그 잘난 공부에 취해 있지 말고 요걸 좀 보라구, 요걸.」

강옥실은 뒤에 감추고 있던 책을 김명숙 앞에 확 디밀었다.

「어머 애, 이건 패션잡지잖아!」

김명숙의 반응이 순간적으로 달라졌다. 목소리는 물론이고 얼굴과 눈빛에도 생기가 활짝 피어나고 있었다.

「아이구, 그렇게도 좋아? 죽은 어머니가 살아 돌아와도 그렇게 좋아하진 않겠다. 아주 디자인에 완전히 미쳤어.」

「애, 이게 횡재라니 무슨 소리야?」

김명숙은 눈앞의 책을 잡으려고 했다.

「만지지 마, 닳아져. 이거 단돈 100원에 샀다. 어때, 횡재 같니?」

강옥실은 책을 살짝 끌어당기며 웃었다.

「어머 애, 웃기지 마. 이런 책이 100원이라니 말이 되니?」

김명숙은 휘둥그레진 눈으로 책과 강옥실을 번갈아 쳐다보았다.

「그러니까 횡재라는 것 아니니. 너처럼 점심시간에도 안에만 처박혀 있는 애들한테는 평생 가야 이런 횡재가 생길 리가 없지. 용용 죽겠지?」

책을 가슴에 껴안은 강옥실이 엄지손가락 끝으로 볼에 우물을 파며 네 손가락을 살래살래 흔드는 것에 맞추어 혀를 날름날름했다.

「알았어, 알았어. 약 그만 올리고 어서 얘기해 봐.」

「글쎄 있잖니. 점심을 먹고 오는데 오만 잡동사니 다 받는 엿장수가 리야까를 끌고 가위를 울려대며 지나가는 거야. 근데 피해 서다 얼핏 보니까 글쎄 이상한 책이 눈에 띄잖겠니. 잘못 봤나 싶어 다시 보니 틀림없이 우리한테 보물단지인 패션잡지 아니겠어? 앞뒤가 좀 떨어져 나가고 찢어지고 한 헌것이지만 그게 얼마나 귀한 물건이야. 그래서 엿장수 아저씨를 붙들고 흥정을 했지. 봐라, 이런 게 헌책방에서는 1천 원도 할 건데 100원이면 공짜잖아.」

강옥실은 신바람 나게 말하며 패션잡지를 김명숙 앞에 내려놓았다.

「그래, 정말 횡재했다. 패션잡지가 좀 귀하고 비싸야 말이지.」김명숙은 눈을 빛내며 책을 빠르게 넘기더니, 「애, 이거 반만 나한테 팔아라.」그녀는 상대방을 똑바로 쳐다보았다.

「애, 그게 무슨 소리야. 내가 며칠 보고 빌려줄게.」

「아니, 그냥 빌려보면 미안하잖아. 나도 반을 투자해서 책을 반으로 나누고, 나머지 반은 서로 바꿔보면 둘 다 이익이거든.」

「글쎄, 그래도 되나? 그냥 빌려줘도 되는데 내가 미안하잖아.」

강옥실이 어색스럽게 머뭇거렸고,

「미안하긴. 서로 돈 적게 들고 책은 한 권씩 갖는 효과를 보는 건데. 자아, 50원 받어.」

김명숙은 책을 갖고 싶은 욕심에 숨쉴 겨를 없이 밀어붙였다.

「어머 애, 돈은 이거…….」

그녀의 급한 소원은 패션책을 많이 갖는 것이었다. 외국의 유명 디자이너들이 만든 옷이 많이 실려 있는 패션잡지는 학원과는 또다른 스승이었다.

그러나 패션책들을 수중에 넣기는 쉽지 않았다. 일본 책들이 들어오면서 몇 년 전보다는 좀 나아졌다고 하지만, 패션으로 첫손가락을 꼽는 프랑스 책들은 여전히 귀했고, 또 값이 엄청나게 비쌌다. 새것은 감히 넘볼 수가 없어서 동대문 헌책방을 뒤져도 다른 책들에 비해 많이 나돌지 않았고, 너덜너덜한데도 값은 만만치가 않았다.

김명숙은 책을 딱 반으로 갈랐다.

「닷새 뒤에 서로 교환하는 거야.」

「아이구 극성. 넌 꼭 성공할 거야.」

책 절반을 받아들며 강옥실이 웃었다.

「그 말 이상하네? 넌?」

「글쎄, 난 해갈수록 이상한 생각이 들어. 별로 자신이 없는 게……, 아무래도 난 재주가 모자라나 봐.」

「애, 너 그게 무슨 소리야. 그런 못난 소리는 하지도 말어. 괜히 귀신 붙어. 너 농구선수 신동파나 박신자 알지?」

「아시아 최고라는 그 사람들 모르면 간첩이지.」

「잘됐네. 그럼 그 사람들이 어떻게 해서 그리 유명한 선수가 됐는지 털어놓은 말도 잘 알겠네?」

「아니, 무슨 말?」

「글쎄, 언젠가 라디오에 나와서 하는 얘긴데, 아나운서가 어떻게 공에 눈이 달린 것처럼 던지는 쪽쪽 들어가느냐고 물으니까, 많을 때는 하루에 1천 번, 적을 때는 500번씩은 꼭 공을 던진다는 거야. 그렇게 공을 던지다 보면 어느 날 문득 공 들어가는 바구니가 열 배쯤 크게 보이기도 하고, 자기 팔이 쭉 길어져 바구니에 닿는 것 같기도 하고 그렇대. 그렇게 되면서부터 공이 마음먹은 대로 던져지고, 말을 잘 듣는다는 거야. 나는 그 말을 듣고 눈앞이 환해지는 걸 느꼈어. 모든 게 피나는 노력이다. 나도 못할 게 없다. 이를 악물고 결심을 한 거야.」

김명숙이 강옥실을 응시하고 있었다.

「애, 그런 꿈같은 얘기야 어디 박신자 선수나 신동파 선수한테만 있는 얘기니? 국민학교 때부터 유명한 사람들 얘기를 들을 땐 그와 비슷한 얘기들이 많았고, 멀리 갈 것도 없이 바로 우리 옆에도 그런 징그러운 사람이 있잖니.」

「우리 옆에……?」

「얘 좀 봐. 우리 원장님 말야, 미국 학생들한테 지지 않으려고 기본 스케치를 날마다 100장 이상씩 했대잖아.」

「으응, 그거야 뭐…….」 김명숙은 그까짓 거야 대수롭지 않다는 듯 심드렁하게 말끝을 흐리고는, 「이런 말 들으면 우리 원장님 또 싫은 기색할지 모르지만 말야, 디자이너로 말하자면 노력으로나 능력으로나 앙드레 김을 당할 사람이 없어. 네가 말을 꺼냈으니까 솔직하게 하는 말인데 우리한테는 신동파나 박신자보다는 앙드레 김이 훨씬 더 중요하고 본받아야 될 인물이야. 너도 소문 들어서 좀 알고 있겠지만 앙드레 김은 벌써 15년 전에 순전히 독학으로 디자인 공부를 시작했는데, 거짓말 하나도 보태지 않고 기본 스케치를 1천 번, 1만 번, 수백만 번을 해서 3년이 지나지 않아 어둠 속에서도 마음먹은 대로 디자인 스케치를 해낼 수 있었다는 거야. 그 실력이 얼마나 짱짱하면 벌써 6~7년 전에 프랑스 정부에서 초청해 세계 디자인의 최고 도시인 파리에서 패션쇼를 열게 했겠니. 너 국민학교 때 명필 한석봉 얘기 들었지? 등잔불 없는 밤중에 천자문을 획 하나 틀리지 않고 다 썼다는 거. 난 그게 지어낸 말인 줄 알았는데 알고 보니 앙드레 김이 살아 있는 한석봉이야. 난……, 그 사람처럼 되는 게 꿈이야.」

그녀는 어깨를 움츠린 듯한 모습으로 말막음을 했다.

「어머 기집애! 혀는 짧아도 침은 길게 뱉으려고 하네. 근데 왜 첨부터 앙드레 김 애길 안 했니?」

「그야……, 겁나고 무섭고……, 뭐 그런 이상한 기분 있잖아…….」

김명숙은 입 속에서 맴도는 소리로 조심조심 말했다.

「음, 알 것 같애, 그 기분. 근데 말야, 우린 기본 스케치를 그렇게 하고 싶어도 못할 형편이잖아. 모조지나 백로지는 바라지도 않고 싸구려 시험지만 쓴다 해도 그 종잇값이 얼마니 그래. 우리 같은 가난뱅이들로서는 어차피 틀린 거라구.」

강옥실은 과장되게 어깻숨을 내쉬었다.

「글쎄……..」

김명숙은 모호하게 웃으며 고개를 끄덕였다. 마침 점심시간이 끝나가면서 밖으로 나갔던 학원생들이 왁자하게 교실로 돌아오고 있었고, 학원생들은 누구나 경쟁자인데 자신만의 방법으로 하고 있는 일을 괜히 발설하고 싶지 않았다.

가지각색의 옷들을 입고 온갖 포즈를 취한 모델들의 모습을 매끈하고 날씬하면서도 균형 잡히고 세련되게 그려내는 것은 디자이너로서 거쳐야 하는 기본적이고 필수적인 과정이었다. 1~2분 정도의 짧은 시간에 변화무쌍한 모델들의 포즈와 함께 거기에 어울리는 옷 모양을 자유자재로 그려낼 수 있어야만 그 다음 단계로 넘어갈 수 있었다. 디자이너로서 자기만의 개성을 발휘하여 남다른 옷을 만들어내는 아이디어가 샘솟듯하게 되는 능력은 기본 스케치에서 이룩되는 것이라고 했다. 눈을 감고도 마음먹은 대로 스케치를 해낼 수 있게 되기까지 얼마나 많이 그리기를 반복해야 하는지는 정확히 알 도리가 없었다. 그러나 수없이 많을 것은 틀림없는 일이고, 강옥실의 말마따나 연습해서 버리는 종잇값을 가난뱅이들로서는 감당해 내기 버거운 일이기도 했다.

어느 가난한 선비는 지필묵을 살 돈이 없어서 나무 중에서 단단하기로 이름난 참나무 가지를 한 자 길이로 잘라서 땅바닥에다 글씨를 쓰며 공부를 해나갔다. 책이 쌓여갈수록 그 참나무붓은 점점 닳아지며 짧아져갔다. 더 글씨를 쓸 수 없도록 짧아져 참나무붓을 새로 만들고……, 그러면서 사서삼경을 통달하게 되어 마침내 과거급제를 하기에 이르렀다. 그런데 그때까지 닳아진 참나무붓은 다섯 개나 되었다. 국민학교 때 들었던 그 이야기가 떠올랐다. 참나무 가지를 구하기는 쉽지 않아 손 가까운 아카시아 가지를 잘랐다. 한 자 30센티미터 길이가 아니라 가방에 잘 들어가도록 20센티미터로 줄였다.

단어장을 꺼내들기가 마땅찮을 때면 그 막대기를 꺼내 땅바닥에다가 모델들의 모습을 그리고 또 그렸다. 땅바닥은 참 신통한 도화지였다. 아무리 발로 지우고 또 그리고 해도 그 도화지는 닳아지거나 동나는 법 없이 쓰면 쓸수록 몽글어지고 부드러워져 그림이 잘되었다. 그러나 그건 어디까지나 토막시간을 유용하게 쓰는 임시변통에 지나지 않았다. 역시 그림은 종이에 그려야 여러모로 효과가 나게 마련이었다.

끝없이 들어가는 종이 문제를 해결하기 위해서 궁리해 낸 것이 헌 신문지 구입이었다. 엿장사들에게 헌 신문지를 싸게 사서 대학노트 크기로 잘랐다. 그리고 빨간 볼펜을 쓰면 검게 인쇄된 글씨들 위에서도 스케치는 선명하게 드러났다. 대학노트 한 권 살 돈이면 헌 신문지는 그 쉰 배가 넘는 양이 되었다. 그것도 한쪽만 그리는 것이 아니라 양쪽에다 연습을 하니까 종이 문제는 거든하게 해결이 되었다.

헌 신문지 위에 패션책에 있는 모델들을 마음에 들 때까지 그리고 또 그리다 보면 깜빡 자정이 넘기 일쑤였다. 열 번 찍어 안 넘어가는 나무 없더라고 열 번, 스무 번, 쉰 번을 그리다 보면 어느새 스케치는 패션책의 모습과 같아지고는 했다. 또한 자꾸 그리다 보면 어느 부분은 '이렇게 하는 게 더 멋지고 아름답지 않을까' 하는 생각이 문득 떠오르기도 했다.

그런 생각이 너무 시건방진 것 같아 당황하기도 했지만 한편으로는 자신이 신통하고 대견하기도 했다. 그런 순간에는 봄에 새싹이 파릇파릇 돋아오르듯 몸 저 깊은 곳에서 새 힘이 용솟음하는 것 같은 야릇한 기쁨과 뿌듯함을 맛보고는 했다. 버스 차장 시절에나 가발공장에서는 전혀 느껴보지 못한 기분이었다.

「그만 자자. 고등고시 수험생보다 더 열심이니 원. 넌 누나처럼 독한데가 있어서 뭐가 되긴 될 게다.」

작은오빠가 하품을 하면서 하는 말이었다. 자신의 노력이 작은오빠에게 자극이 되고 있는 눈치여서 그것 또한 기쁜 일이 아닐 수 없었다.

김명숙은 시내버스 안에서도 패션잡지에서 눈을 뗄 줄을 몰랐다. 그녀는 꼬박 이틀 동안 150페이지가 넘는 책에 실린 크고 작은 모델들의 모습을 하나도 빼지 않고 스케치해 보았다. 그리고 강옥실에게 책을 내밀었다.

「바꿔.」

「아이구 극성. 난 반도 다 안 봤는데.」

강옥실이 눈을 곱게 흘겼다.

「닷새 있다가 다시 바꿀 거니까 걱정 마. 그리고 애, 그 엿장사 또 찾아봐. 어떤 양장점의 잡동사니를 단골로 치우는 사람인지도 모르니까.」

김명숙이 암팡지게 말했다.

「어머, 그럴지도 모르겠다. 어쩜 넌 그렇게 머리가 팽팽 잘 돌아가니?」

강옥실이 억지 쌍꺼풀을 만드느라 유리테이프를 붙인 눈을 껌벅였다.

「머리가 잘 돌긴 무슨…….」

「애 명숙아, 우리 영화 볼래? 〈미워도 다시 한번〉 3편이 요 앞 극장에 들어왔거든.」

「으응, 나 그거 지난 일요일에 돈암동에서 봤어.」

'그거 다 뻔하잖아' 하는 말을 꿀떡 삼키며 김명숙은 은근슬쩍 받아넘겼다.

「지집애, 빠르기도 하네. 빨리 애인이 생겨야 하는데.」

강옥실이 서운한 기색으로 돌아섰다.

김명숙은 영화도 아무거나 보지 않았다. 디자인 공부에 도움이 되는 것을 신중하게 골랐다. 그런 영화란 여배우들의 의상이 볼 만한 거라는 말이 도는 것이었다. 그러다 보니 자연히 외국영화를 많이 보게 되었다. 그런 영화 감상법도 디자이너 앙드레 김한테서 배운 것이었다. 그는 여주인공의 옷들이 좋아 한 영화를 다섯 번이나 보았다는 것을 어떤 여성지에서 읽었었다.

그러나 돈만 넉넉하다면 〈미워도 다시 한번〉 3편도 보고 싶었다. 텔레비전이 자꾸 퍼져나가면서 몇 년 전부터 국산영화는 한물가고 있다는 풍문이 떠도는 가운데 대히트를 친 것이 〈미워도 다시 한번〉이었다. 너무 인기가 좋아 2편을 만들고, 그래도 인기가 펄펄해 3편까지 만든 거였다.

그 영화는 어찌나 인기가 있었던지 그걸 보지 않고서는 화제에 끼지 못할 지경이었다. 특히 '청순가련형'의 표본으로 꼽힌 신인 여배우 문희는 하늘을 찌르는 인기와 함께 영화 이외의 화제까지 낳고 있었다.

영화에서는 모든 여자들의 눈물을 펑펑 쏟게 하더니만, 현실에서는 수많은 총각들의 가슴을 뒤흔들어놓은 것이다. 문희에게 반한 ROTC 장교가 전방에서 탈영을 했다고 하는가 하면, 충청도에서 어떤 총각은 논을 팔아가지고 올라왔다가 문희는 만나지도 못하고 돈은 쓰리꾼한테 털려 한강에 투신했다는 소문이 퍼지기도 했다. 60년대 초반에 인기절정에 있었던 중년의 남자배우 김진규에게 반해 시골 아주머니들이 돼지 팔아서 줄줄이 서울로 올라왔다는 소문과 같은 것이었다. 김명숙은 그저 그런 소문이나 듣고 웃음지으며 영화를 못 보는 아쉬움을 달랬다. 옷 싫어하는 건 여자가 아니고, 영화 싫어하는 건 사람이 아니라는 말이 있듯이 김명숙은 마음에 드는 좋은 영화를 보기 위해 이틀은 좀 곤란할지 몰라도 두 끼는 굶어 관람표를 마련할 마음은 있었다. 아무리 시시하게 느껴지는 영화라 해도 영화를 보는 시간만은 그렇게 즐겁고 행복할 수가 없었다.

김명숙은 꼭 돈 때문에 영화를 안 보는 것이 아니었다. 오늘은 명동에

나가는 날이었다. 월요일과 목요일, 1주일에 두 번은 꼭 명동에 나갔다. 명동의 번화한 거리, 거리마다 화려한 꽃들처럼 휘황찬란하게 꾸며놓은 수많은 양장점들. 그 쇼윈도는 바로 한다 하는 디자이너들이 자기들의 개성을 뽐내며 최신 스타일을 선보이고 있는 살아 있는 교육장이었다. 쇼윈도의 마네킹들이 갈아입은 새 디자인의 옷들 앞에서 눈에 익을 때까지 시간을 보내고 다른 쇼윈도로 옮기고 하다 보면 으레 밤이 깊어 있고는 했다. 그 이틀 동안은 작은오빠의 저녁상 차려주는 것도 매정하게 외면했다. 작은오빠는 고개를 끄덕이고 웃으며 그런 태도를 오히려 좋아했다.

김명숙은 서대문 로터리의 건널목을 빠르게 건넜다.

「얘, 명숙아, 명숙아. 얘, 김명숙!」

한 여자가 저쪽 인도에서 뛰어오며 급하게 부르고 있었다. 그러나, 차량들의 소음 속에서 사람들에 뒤섞인 김명숙은 그 소리를 듣지 못하고 걷기만 바빴다.

「얘, 김명숙!」

마구 뜀박질을 해온 그 여자는 서너 발짝 뒤에서 외쳤다. 그제서야 김명숙이 고개를 돌렸다.

「얘, 명숙아, 기집애야, 나야.」

파마머리도 화장도 요란한 여자가 숨을 몰아쉬며 반색을 하는데 김명숙은 어리둥절한 얼굴이었다.

「얘 좀 봐. 나 모르겠어? 박보금이!」

「어머 얘, 보금아!」

김명숙은 깜짝 놀라며 상대방의 손을 잡았다. 박보금의 모습은 첫눈에 알아보기 어려울 정도로 몇 년 사이에 전혀 딴사람처럼 변해 있었다.

「사람을 어찌 그리 못 알아보니? 서운하게.」

박보금의 얼굴이 뾰로통해졌다.

「서운할 것 없다 애. 이렇게 하이칼라 멋쟁이가 돼버렸으니 느네 엄만들 알아보겠니?」

김명숙은 전라도식으로 반죽 좋게 받아넘겼지만, 속으로는 '가시네, 참말로 천허고 지랄겉이 변해부렀네 이' 생각하고 있었다.

「하이칼라 멋쟁이? 흥, 천하고 야하게 화류계 냄새 풍긴다 그거지? 그래, 하여튼 뭐래든 좋아.」 박보금은 비웃음 스치는 얼굴로 코웃음을 치고는, 「어쨌든 다방으로 가자. 이게 몇 년 만이니」 하며 김명숙의 손을 우왁스럽게 잡아끌었다.

「난 널 서너 번이나 이 근방에서 봤어. 근데 그때마다 내가 택시를 타고 지나가거나, 손님이 있거나 해서 알은체를 못했어. 너, 공장이 이 근방인 모양이지?」

다방에 자리를 잡자마자 박보금이 말했다.

「나 이젠 가발공장 안 다녀.」

김명숙은 짙고 야한 화장에 파마머리까지 헝클어진 듯 잔뜩 부풀어올라 있는 것이 아무래도 낯설어 박보금을 새삼스럽게 쳐다보았다.

「그럼 새 직장 얻었니? 시집간 폼은 아닌데.」

박보금의 얼굴에 긴장하는 기색이 언뜻 스치고 지나갔다.

「응, 나 양재학원에 다닌 지 꽤 됐어.」

김명숙은 순간적으로 그녀가 술집으로 떠나던 때와 불쌍한 나복녀를 생각하며 보복감이 일어나 이렇게 대꾸했다. 그러나, 박보금을 너무 심하게 쥐어박는 것 같아 '곧 디자이너가 될 거야' 하는 말까지 내뱉진 않았다.

「응, 그래. 저 길 건너편 골목에 유명한 양재학원이 있지. 근데 말야, 양재학원 다닌다고 다 수가 나는 건 아니라던데? 낭자머리 없어지고 다 파마하는 바람에 미장원들 엄청 생겨나고, 여자들 옷이 정신없이 양장으로 바뀌면서 양장점들도 약국만큼 많이 생기는데, 그것 차릴려면 돈이 한두 푼 드는 것도 아니고, 또 차렸대도 솜씨가 기똥차게 좋지 않으면 망하기 십상이라메?」

김명숙은 박보금의 말에 가시가 돋쳐도 큰 가시가 돋쳐 있음을 느꼈다. 자신을 노골적으로 얕잡아보는 그 말투에 가슴이 화끈해지도록 열이 뻗쳐올랐다.

「그야 다 사람 나름 아니겠어? 난 내가 벌어 모은 돈이 좀 있고, 모자라는 건 검사인 우리 큰오빠가 다 대준다고 했으니까 뭐. 그리고 난 학원 졸업하자마자 앙드레 김 싸롱으로 가게 돼 있어. 개업하기 전에 거기서 경험을 쌓기로 했거든.」

「어머 애……, 거, 검사는 뭐고……, 앙드레 김, 그 유명한 앙드레 김이 너를 인정했단 말야?」

말을 더듬거리는 박보금은 아까 같은 오기 기운은 간곳이 없고 기죽어 어리둥절해져 있었다.

「내가 나복녀하고 함께 집 도망쳐 나온 건 너도 알잖아. 난 10년 만에 집을 찾아갔는데 그동안에 큰오빠가 검사님이 돼 있었어. 지금 저기 덕수궁 뒤에 법원에 있어.」

「그럼 앙드레 김 밑으로 가는 건 느네 오빠가 빽 쓴 거로구나?」

박보금이 얼른 말을 가로챘다.

「어머, 애 좀 봐. 검사빽이 디자이너하고 무슨 상관이 있니. 학원에서도 우리 오빠가 검산 거는 아무도 몰라. 못 믿겠으면 가서 알아봐.」

김명숙은 이렇게 말을 하면서 자기자신에게 놀라고 있었다. 박보금이 하는 투가 고까워 허풍을 좀 치려고 한 것인데, 거짓말을 하다 보니 어찌 그리 술술 잘도 풀려나오는지 스스로도 모를 일이었다.

「세상에 그렇구나……, 고생 끝에 낙이라더니 넌 성공했구나. 네가 왜 술집으로 안 빠졌는지 이제 알겠다. 넌 좋겠다……, 넌 좋겠다…….」

완전히 풀죽은 박보금의 눈에는 눈물이 그렁그렁했다. 김명숙은 자신의 과장이 너무 지나쳤음을 깨달았다. 박보금이 딱하고 미안했지만 이제 어쩔 도리가 없었다.

「그저 그렇지 뭐. 근데, 너도 많이 좋아진 것 같은데? 부티도 나고.」

김명숙은 커피잔을 들며 다정하게 웃음지었다.

「좋아지긴 얘. 너한테 비하면 신세가 하늘과 땅 차이다. 난 쪽발이들 상대로 몸이나 팔고 포주 노릇이나 하는 더러운 년인데 뭘. 내 꼴이 이렇게 걸레같이 될 줄 알았으면 널 알은체하지 않았을 텐데……」

박보금은 담배에 불을 붙여 연기를 길게 내뿜었다.

「얘, 그런 말 하지 말어. 우린 친구잖아, 기름밥 함께 먹었던.」

「너……, 그 말 진심이니……?」

박보금이 김명숙을 빤히 쳐다보았다.

「당연하지, 그럼.」

「담에 양장점 차리면 나 같은 것 옷도 해줄 수 있어?」

「그걸 말이라고 해?」

「고마워…….」

때마침 내뿜은 담배연기 뒤로 눈물 크렁한 박보금의 눈이 흐릿했다.

「일본사람들은 많이 오니?」

「응, 다행인지 어쩐지 쪽발이들이 점점 더 밀려들어. 월남 경기 죽으면서 앞으론 쪽발이들 경기가 일어날 거라고 하는데, 잘됐지 뭐. 왕창 한몫 잡아야지. 개처럼 벌어서 정승처럼 쓰면 되니까.」

54
사람답게 살아보자

「이봐, 나 피 보고 싶지 않으니까 한구석에 얌전하게 죽치고 앉아서 폼 안 구겨지게 말년 보내라고 해. 왕년의 가오다시 대접해서 까이 스물 짜리 맥주홀 하나 독립시켜 줄 테니까. 야, 똑똑히 전해. 세월은 흘러가는 것이고, 새로운 해는 떠오르는 것이라고.」

낮고 차가우면서도 질긴 서동철의 목소리는 날카로운 눈초리와 함께 상대방에게로 날아가고 있었다. 그가 한 끝말은 액션영화에서 허장강이 했던 말을 그대로 흉내낸 것이었다.

「저어……, 그게 아니고……, 그러니까 부장님께서…….」

씨름꾼 같은 사내가 잔뜩 긴장한 얼굴로 더듬거렸다.

「왜, 무슨 할말이 남았어?」

두 다리를 책상 위에 꼬아 올리고 잭나이프로 손톱을 손질하고 있던 서동철이 사내를 향해 눈을 치뜨며 손가락 끝을 후후 불었다. 잭나이프 보다는 마디마디 군살 툭툭 불거진 우악스러운 주먹이 한결 더 섬뜩해

보였다.

「예에……, 저어, 꼭 전하고 오라고 해서……, 저어…….」

「얌마, 빨랑 씹어 뱉어. 뒷골목밥 먹겠다고 나선 새끼가 뭘 그리 빌빌대.」

서동철의 목소리가 약간 꼬리를 치세웠다.

「예, 다른 게 아니고 명령에 복종하지 않으면 황천객을 만들겠다고…….」

「우와 하하하…….」 서동철은 정말 우습다는 듯 질펀하게 웃음을 터뜨리고는, 「날 황천객을 만드시겠다고? 그 공갈 한번 삼삼하네. 쭈아, 가서 전해라. 그 도전장을 정식으로 받아들이겠다. 누가 황천객이 되는지는 두고 보면 알겠지. 일 대 일로도 좋고, 단체로도 좋고, 어떤 방법이든지 좋으니까 좋을 대로 정해 연락하라고 해. 알았으면 꺼져!」 그는 기합을 넣듯 끝말을 외치며 순식간에 잭나이프를 던졌다.

사내가 큰 몸집에 비해 아주 민첩하게 몸을 피했고, 허공을 가르며 날아간 칼은 맞은편 벽에 걸린 조그만 칠판에 박혔다.

「아, 안녕히 계세요.」

사내는 허둥지둥 문을 떠밀고 나갔다.

「어떻게 할까요, 부장님.」

그때까지 돌기둥처럼 책상 양쪽에 서 있었던 두 사내 중에 오른쪽 사내가 즉각 반응했다.

「지금 당장 전부 연락해서 비상 걸어. 그놈이 치사하게 아무데나 치고 들어올지 모른다. 마음이 급하고, 겁먹일려고 선수를 쓸 수도 있으니까.」

「옛, 알겠습니다.」

두 사내는 밖으로 뛰어나갔다.

서동철은 담배에 불을 붙였다. 한 번 올 것이 온 것이었다. 5·16으로 잡혀 들어가 10년형을 살게 된 멧돼지가 그냥 꼬리 내리고 사라질 리 없었던 것이다. 그 대비는 지난 10년 동안 해온 셈이었다. 영화관 윤 사장 덕에 국토건설단으로 빠진 다음 1년 동안 고생하고 풀려나면서 쎄븐클럽을 조직했던 것부터가 그 첫 번째 대비책이었다.

「음……, 눈치 빨라 좋아. 내가 편안하도록……, 알겠지? 힘은 셀수록 좋고 활동은 조용할수록 좋아.」

귀환 인사 자리에서 쎄븐클럽 이야기를 하자 윤 사장이 보인 반응이었다. 윤 사장은 입으로보다는 눈에 많은 말을 담고 있었다.

열흘쯤 지나 윤 사장은 자신에게 부장이라는 직함을 주었다. 그건 멧돼지 대신 자신을 택한다는 뜻이었다. 그때 비로소 그동안 어렴풋이 짐작해 왔던 것이 분명해졌다. 윤 사장은 중형을 피할 길 없는 중간 거물 멧돼지를 포기하고 손쓰기 쉬운 아랫것들 중에서 자신을 골라낸 거였다. 그건 참 꿈에도 생각할 수 없는 벼락출세였다. 평상시 같았으면 10년이 넘게 충성을 바쳐도 오를 수 있을까 말까 한 자리였다.

그런 자리를 1년 만에 차지하게 되다니……, 자신은 5·16 때문에 손해를 본 것이 아니라 오히려 덕을 톡톡히 본 셈이었다. 세상살이 참 야릇하고 묘한 것이었다. 그러나 그 자리를 아무도 넘보지 못하도록 튼튼하게 지킨다는 것도 그리 수월한 일은 아니었다. 그동안 네댓 차례나 도전자들을 물리쳐야 했다. 그들 중에서는 멧돼지보다 먼저 출감한 그의 부하도 서넛 들어 있었다.

「누굴 거지로 알아? 위아래 몰라보고. 너 후회할 날이 있을 것이다.」

그들이 분에 떨고 돌아서며 남긴 말이었다. 그들은 당연한 것처럼 위에 올라앉으려고 들었고, 그러다 거부당하게 되면 비슷한 말들을 남기고 자취를 감추었다.

「부장이 둘일 건 없지. 난 골치 아픈 건 싫으니까 알아서 잘해 봐.」

그들이 윤 사장을 찾아간 다음날이면 윤 사장이 흘리듯 하는 말이었다. 그건 윤 사장이 보여주는 변함없는 신뢰였다. 그걸 믿으며 그들을 가차없이 내쳤고 조직의 힘을 계속 강화시켜 나갔다.

그런데 마침내 멧돼지가 출감했다. 그 소식을 알고도 윤 사장은 전혀 아무런 내색도 하지 않았다. 그 무표정과 무언은 너무 확실하고도 분명한 말이었다. 난 필요 없으니까 알아서 처리해…….

멧돼지는 윤 사장을 받드는 세력이 단 한 명도 형무소로 출감 마중을 나가지 않았을 때 모든 것을 알아차리고 단념했어야 했다. 이쪽에서 졸개들 그림자 하나 비치지 않았으면 멧돼지는 자기가 얼마나 쓸모없는 인간으로 취급되고 있는지 깨달았어야 했다. 그런데도 그는 서너 달이 지나 가당찮은 연락을 해왔다. 옛날 자기 자리를 내놓고 조용히 물러나라는 것이었다. 그가 서너 달 동안 찍소리를 내지 않았던 것은 뻔한 일이었다. 재기에 필요한 세력을 끌어모았다는 뜻이었다.

멧돼지는 서른다섯에 쇠고랑을 찼으니까 이제 마흔다섯이었다. 남자 나이 마흔다섯이면 세상 물정도 꽤나 알고 틀도 잡히고, 돈주머니만 두둑하다면 더없이 좋은 인생의 황금기였다. 그러나 주먹세계에서 마흔다섯이란 환갑, 진갑 다 지나고 송장냄새 풀풀 나는 나이였다. 화류계 여자들 환갑이 스물다섯이라는 말이 있었다. 주먹세계에서도 물불 가리지 않고 치고 나가는 황소 같은 기운은 역시 스물다섯이 고비였다. 두 번째 고비가 서른 살이었고, 세 번째 고비인 서른다섯이면 관록의 힘으로 왕노릇 하는 늙다리였다. 그리고 마흔이 넘게 되면 점잖고 고상한 사업가가 되어 있어야 한다. 주먹의 힘보다 돈의 힘이 더 큰 사업가로 변해 멋지게 폼을 잡을 수 있어야만 성공한 인생이라 할 수 있었다.

그런데 멧돼지는 딱하게도 마흔다섯의 나이에 엉뚱하게 다시 왕초 노릇을 하려 들었다. 그는 편히 잘먹고 몸을 가꾸면서 마흔다섯 살을 먹은 것이 아니었다. 감옥살이를 10년이나 하며 그 몸이 어찌 되었을 것인가. 죽지 않을 만큼만 주는 감옥밥을 먹고 몸이 삭을 대로 다 삭아 있을 것은 뻔했다. 그런데도 그는 욕심이 앞선 마음만 믿고 앞뒤 없이 덤비고 있었다.

그에게 제시한 조건은 결코 나쁜 것이 아니었다. 여급 스물이 딸린 맥주홀의 사장 노릇을 하면 그럴듯하게 폼잡아 가면서 금세 돈을 모을 수 있었다. 밥장사가 곱배기 장사라면 물장사는 다섯 배 장사라고 했고, 그중에서도 맥주홀 장사는 안주로 바가지 씌우는 게 커서 돈을 그냥 긁어모으는 셈이었다. 거기다가 뜯기거나 떼일 염려도 없었다. 자신의 조직이 보호를 해주는데 누가 뜯어먹으러 덤빌 수도 없었고 누구한테 외상을 떼일 리도 없었다. 거의가 뜯기고 떼이고 하면서도 요정 뺨치게 돈벌이 잘하는 것이 맥주홀이었다.

더구나 형사생활 20년이 넘게 하고 옷을 벗어도 그런 규모의 술집은커녕 뒷골목에 분식집 하나 차리지 못해 쩔쩔매는 형편이었다. 그 정도면 어디 내놓아도 욕먹지 않을 만큼 선배 대접을 한 셈이었다. 그러나 그 대접을 받지 않겠다면 어쩔 수 없었다. 그쪽에서 원하는 대로 응해줄 수밖에 없었다.

서동철은 어금니를 맞물며 주먹을 굳게 말아쥐었다.

자신의 나이도 어느덧 서른셋, 이 막바지에서 그 누구에게도 자리를 내놓을 수도, 빼앗길 수도 없었다. 그동안 수없이 몸을 던져 싸우고 대여섯 번의 칼침을 맞고 죽을 고비를 넘겨가며 오늘까지 버텨온 보상을 받아야 했다. 이제 그럴 시기가 되었다.

「부, 부장님, 큰일났습니다. 통뼈 형님이 당했답니다. 홀이 왕창 박살났대요.」

한 사내가 뛰어들며 숨가쁘게 쏟아놓았다.

「얌마, 설래발치지 말고 정신차려. 멧돼지새끼가 그따위로 치사하게 선수 치고 나올 줄 알았어. 몇 놈이나 습격했지? 멧돼지도 나타났어?」

서동철은 미동도 하지 않고 싸늘한 어조로 물었다. 부하를 노려보고 있는 눈에서 푸른 살기가 뻗치고 있었다.

「그건 잘 모르겠는데요.」

「얌마, 쪼다같이 굴지 말고 야마 똑바로 돌려. 멧돼지 그 새끼가 지금 거기 있는지 없는지 그걸 빨리 알아봐. 그리고 몇 놈인지도.」

「예, 알겠습니다.」

「그리고 말야, 본부 전원 집합시켜.」

서동철은 담배에 불을 붙여 깊이 빨아들이며 천천히 일어섰다. 그는 저쪽에 멧돼지가 없을 거라고 짐작하고 있었다. 통뼈네 홀을 치자고 직접 나설 멧돼지가 아니었다. 멧돼지가 겨누고 있는 표적은 어디까지나 자기자신인 것을 서동철은 잘 알고 있었다. 그런데 통뼈네를 먼저 친 것은 제 나름으로 수를 쓰고 있는 셈이었다. 이쪽의 기를 꺾고, 그쪽으로 끌어들이는 유인작전을 써서……

「부장님, 도끼 형님이 또 당했습니다. 다 흉기로 무장하고 홀을 작살냈다고 합니다.」

한 사내가 뛰어들며 쏟아놓았다.

「흉기로? 알았어.」

서동철은 담배를 내던지며 전화기를 끌어당겼다.

「부장님, 멧돼지는 안 나타났습니다.」

아까의 사내가 다급하게 들어와 보고했다.

「이봐 털보, 멧돼지가 공격이다. 통뼈가 당했으니 빨리 구해라. 그 새끼들이 무장했으니 우리도 완전무장하고 박살내 버려. 근데 한 가지 주의할 게 있다. 우리가 공격할 것에 대비해 그놈들 또 한 패가 어디 숨었다가 뒤를 덮칠 수도 있어. 그 함정에 빠지면 안 되니까 뺑코 부대가 뒤를 받치도록 협조해. 털보야, 이 명령 절대 어기면 안돼. 빨리 행동 개시!」

서동철은 전화로 재빠르게 작전명령을 내리고 있었다. 그러는 동안에 건장한 사내들이 속속 사무실로 모여들며 줄을 서고 있었다.

「이봐 백곰, 멧돼지가 공격개시다. 도끼가 당했으니 빨리 구해라. 그 새끼들이 무장했으니…… 그 함정에 빠지면 안 되니까 늑대 부대가 뒤를…….」

서동철은 똑같은 식으로 또 작전명령을 내렸다.

「부장님, 전원 집합했습니다.」

세 줄로 선 그들은 스무여 명쯤 되었다. 하나같이 젊고 탄력 넘치는 몸에서는 서늘한 살기가 내뿜어져 나왔다.

「쭈아, 전원 신속하게 완전무장하라. 멧돼지 패거리가 선수를 치고 나섰다. 새끼들이 치사하게 주먹으로 안 하고 무장을 하고 덤비는 거야. 단판에 끝장을 내겠다는 거니까 너희들도 단단히 각오해. 다 팔다리를 부러뜨려버려. 죽이지만 말고. 여기 3층에서 쇼부 끝낸다. 빨리 조별로 자기 위치로!」

부하들을 빠르게 훑고 있는 서동철의 싸늘한 눈초리에서는 섬뜩섬뜩한 살기가 뻗치고 있었다.

부하들이 밖으로 쏟아져 나가자 서동철은 의자에 앉으며 담배에 불을 붙였다. 나이는 못 속이는 것이었다. 멧돼지는 주먹패답게 주먹 대 주먹으로 겨루는 것을 피해 양아치들 패싸움하는 식으로 무기 든 졸개들을 앞세우고 있었다. 각목이든 쇠파이프든 야구방망이든 무기를 들었으면 이쪽에서도 그렇게 대응해 줄 수밖에 없었다. 아무리 뛰어난 무술도 흉기를 당할 재주는 없었다.

서동철은 담배연기를 내뿜으며 서랍을 열었다. 손가락이 잘린 가죽장갑을 꺼내 양쪽 손에 끼었다. 그리고 다시 서랍에서 반지 네 개를 연결시켜 놓은 것 같은 이상한 물건 한 쌍을 꺼냈다. 그는 그것을 양쪽 손에다가 단단히 끼었다. 위가 툭툭 튀어나온 쇠고리는 손가락이 잘린 가죽장갑 위에서 끔찍스러운 흉기로 둔갑해 있었다. 그 주먹에 한 방씩 맞으면 몸의 어느 부위든 터지고 깨지고 부서지지 않을 수 없을 것처럼 징글

징글하고 무시무시해 보였다.

서동철은 담배를 입꼬리에 문 채 양쪽 주먹을 번갈아가며 손바닥에 두어 번씩 쳐보았다. 그의 입 언저리에 만족스러운 웃음과 함께 살기가 피어올랐다. 그는 담배를 깊게 빨더니 의자를 뒤로 밀며 책상 아래서 무엇인가를 꺼냈다.

1미터가 넘는 긴 막대기는 책상 위에 부딪쳐 구르며 쇳소리를 냈다. 신문지로 감긴 그것은 쇠파이프였다. 서동철은 재빨리 담배를 재떨이에 던지고는 신사화를 벗고 군화를 갈아신기 시작했다. 민첩하게 군화끈을 맨 그는 쇠파이프를 들고 벌떡 일어섰다. 그리고 그것을 휘두르기 시작했다. 쇠파이프가 허공을 가를 때마다 칼날 같은 바람소리가 살벌하게 일어났다. 그것이 내뿜는 위력은 황소도 당해 내지 못할 것 같았다.

「나 걱정하지 말고 너나 어떻게 좀 살 궁리를 해라. 항시 젊고 기운 좋은 게 아니잖아. 난 뭐 이 정도면 족해.」

서동철은 몸을 풀며 유일민의 말을 생각하고 있었다. 세상을 사는 희망이 아무것도 없는 것 같은 유일민이 자신의 장래를 진심으로 생각해 주는 유일한 친구였다.

「부장님, 멧돼지 패거리가 1층에 나타났습니다.」

각목을 든 사내가 뛰어들었다.

「됐어. 살살 약올리면서 3층까지 끌어올려.」

서동철은 휘두른 쇠파이프를 다잡아 일직선으로 허공을 찌르며 명령했다.

「예, 평소 작전대로 착착 진행하고 있습니다.」

「쫐았어. 나가자.」

서동철은 쇠파이프를 들고 사무실을 나섰다.

휴게실의 의자들은 구석으로 싹 치워져 있었다. 그 텅 빈 공간에는 권투시합 직전의 링처럼 팽팽한 긴장이 서려 있었다.

「야 이 개뼉다구들아, 까지 말어.」

「요런 좆만 새끼들아, 느네들은 양아치만도 못하고 각설이만도 못한 종자들이야. 자신 없으면 덤비질 말 것이지 초장부터 각목 들고 나서?」

이런 외침들이 계단 쪽에서 울려오고 있었다.

서동철은 지팡이 짚듯 쇠파이프에 몸을 의지하고 서서 싱그레 웃고 있었다.

「요런 늙은 멧돼지, 그 처진 볼이 꼴 참 좋다. 이젠 새벽좆도 안 서는 주제에 냉수 먹고 속차려!」

「저 씹새 저거 아구통 박살내!」

이런 외침들이 한결 크게 뒤엉키는가 싶더니 계단 쪽에서 사람들의 모습이 드러났다. 흉기들을 휘두르며 뒷걸음질을 치고 있는 것은 서동철네 패였다. 예닐곱 명이 휴게실로 다 올라서자 그들을 쫓는 사람들의 모습도 드러났다. 서동철네 패가 휴게실의 중간쯤까지 뒷걸음질을 쳤을 때 공격해 오는 상대방들도 모두 휴게실로 올라섰다. 얼핏 보아도 그들의 수는 서동철네보다 두 배는 많았다.

「으하하하……, 멧돼지 형님, 여기까지 오시느라 수고했시다. 늙긴 좀 늙으셨는데, 뭐 이런 식으로 해골 복잡하게 할 것 있겠수? 애들보고 심판 보라고 하고 우리 단둘이 맞짱뜨고 마는 게 어떻겠수?」

서동철은 쇠파이프에 몸을 의지한 채 비딱하게 서서 야유를 보냈다.

「개소리 치지 마!」

이 외침과 함께 한 사내가 쇠파이프를 휘두르며 서동철을 향해 무서운 기세로 덤벼들었다. 사내가 쇠파이프를 내리쳤고 서동철이 피해 섰다. 사내가 다시 덤볐다. 서동철이 쇠파이프로 맞받아치는 듯하면서 몸을 피했다. 사내가 헛손질을 하면서 몸의 중심이 흔들렸다.

「젖비린내 나는 새끼!」

싸늘한 말과 함께 서동철은 사내를 향해 침을 내뱉었다.

「요런 개빽다구 같은 새끼!」

사내가 다시 무섭게 닥쳐왔다. 그런데 사내가 쇠파이프를 내려치기 직전에 서동철이 사내를 걸어찼다.

「으억!」

비명을 토하며 사내의 큰 몸이 붕 뜨는가 싶더니 시멘트 바닥에 떡을 쳤다. 숨막히는 신음과 함께 몸이 도르르 말리고 있었다. 사타구니를 걸어차인 것이다.

「조져라, 조져!」

저쪽 가운데에 선 나이 많은 사람이 외쳤다. 흰 바지에 검은 잠바를 입고 있는 그 남자는 멧돼지였다.

휴게실에서는 순식간에 난투극이 벌어졌다. 수가 절반밖에 안 되는 서동철네가 표나게 밀리고 있었다. 그러나 계단 쪽에서 갑자기 한 패가 나타났다. 그들이 나타나면서 멧돼지네는 협공을 당하기 시작했다.

서동철은 쇠파이프를 거의 쓰지 않았다. 그건 상대방의 각목이나 쇠파이프를 막아내는 데만 사용했다. 그리고 주된 공격은 발과 주먹으로 했다. 거리가 좀 멀면 발로 걸어찼고 거리가 가까우면 주먹으로 내갈겼다. 그의 발길질이나 주먹질은 두 번이 필요없이 상대방들을 무너뜨렸다. 그게 그럴 수밖에 없는 것이 그동안에 태권도로 이름이 바뀐 당수 9단의 위력도 무시무시한데다 그 발에는 군화가 신겨져 있었고, 주먹에는 쇠고리가 끼워져 있었다. 마음먹고 걸어차는 군홧발에 부자지가 채어 기운 쓸 장사 하나도 없었고, 쇠고리가 끼워진 주먹에 면상을 얻어맞고 다시 일어날 수 있는 뚝심도 없었다. 부자지를 걸어차는 것은 '개발질'이라 하여 태권도에서는 절대금물로 치는 천한 수였다. 그러나 패싸움이 벌어지거나 위기상황에서는 단 한 방으로 최고의 효과를 볼 수 있는 명기 중의 명기였다.

협공에 못 이겨 멧돼지패는 표나게 밀리고 있었다. 일단 승기를 잡은 서동철의 패는 더욱 사나운 기세로 상대들을 몰아치고 있었다.

「앗, 부장님!」

한 사내가 부르짖는 순간 칼이 서동철의 등을 찍었다.

「개애새끼!」

부장님을 부르짖으며 덤벼들던 사내가 쇠파이프로 서동철의 등뒤에 선 멧돼지를 내려쳤다. 멧돼지가 비명을 토하며 비틀비틀했다.

「요런 드런 새끼, 등뒤에서 찔러!」

등에 칼이 꽂힌 서동철이 돌아서며 외쳤다. 그리고 비틀거리는 멧돼지를 붙들더니 주먹을 내갈겼다. 서동철의 주먹은 거의 보이지 않을 정도로 빠르게 한 곳만을 난타해 댔다. 그건 멧돼지의 한쪽 눈이었다. 눈에서는 피가 터져나오며 그는 푹 고꾸라졌다.

「그 새끼 다리 양쪽 다 부러뜨려버려!」

서동철이 시퍼런 살기를 내뿜으며 부하들에게 명령했다.

「튀겨, 야, 튀겨!」

그때 한 사내가 외치며 계단으로 도망치기 시작했다. 그 뒤를 대여섯 명이 허둥지둥 따라서 뛰었다.

「부장님, 부장님…….」

부하들이 서동철을 둘러싸고 어쩔 줄 몰라 허둥거렸다.

「괜찮아. 어디 한두 번 당해봤나. 가서 붕대 가져와서 칼 뽑아. 내려가서 차 잡아놓고.」

서동철은 부하들을 둘러보며 여유만만하게 웃고 있었다. 그러나 검정 양복의 등뒤에는 피가 내배고 있었다.

부하들에게 업히고 받쳐서 1층까지 내려오며 서동철은 점점 심해지는 통증에 휘말리고 있었다. 그러나 아픈 것만큼 속이 시원한 것도 느끼고 있었다. 그 시원함은 '앓던 이 빠진 기분'이라는 말을 실감나게 해주었다. 고향말로 하면 '껄쩍찌근허고 텁터그리허든 속이 확 풀려뿐' 기분이었다. 고름 살로 안 가더라고 언젠가 한 번은 치러야 될 일이었다.

「짜부(형사)들 눈치 못 채게 빨리빨리 치워 없애.」

서동철은 택시에 실리며 지시했다.

「예, 걱정 마세요. 근데 부장님, 정말 멧돼지 두 다리 다 부러뜨려요?」

한 사내가 차 안으로 고개를 디밀었다.

「관둬. 그 새끼 인생이 불쌍하다. 어차피 눈 한쪽은 애꾸가 될 테니까.」

서동철은 때마침 심해지는 통증으로 어금니를 맞물며 택시 등받이를 붙잡았다. 그는 속이 찢어지는 고통을 참으며 자신의 결정에 만족을 느꼈다.

택시가 대학병원으로 들어서고 있었다. 서동철은 그것을 의식하며 정신이 가물가물 멀어지는 것을 느끼고 있었다.

유일민은 서동철의 부하한테서 연락을 받고 병원으로 달려갔다. 수술을 받은 서동철은 아직 깨어나지 못하고 있었다. 유일민은 담당의사를 찾아갔다.

「제가 63년에 상대를 나왔습니다.」

유일민은 다급한 김에 자신과 담당의사가 같은 대학 동문이라는 것을 밝혔다. 이 나라의 사회생활에서 가장 신통한 효과를 발휘하는 학연·지연·혈연을 이용하고자 하는 욕구가 무의식 중에 발동하고 있었다.

「아, 아 그러세요? 상대……」 무뚝뚝하던 40대 중반의 담당의사 얼굴에는 꼭 거짓말처럼 밝은 웃음이 피어나더니 「그런데 어떻게……, 환자하고는……?」 그는 의아스럽게 유일민을 바라보았다.

「예. 저하고는 국민학교 동창인데……, 사연이 좀 복잡합니다.」

의사가 의문을 표시하는 것은 환자의 신원을 알고 있다는 뜻이었다. 그러나 유일민은 더 뭐라고 할말이 없었다.

「예, 사연이 복잡할 것 같긴 하군요. 거기 좀 앉으세요. 환자는 사제(私製) 방탄조끼 덕에 폐가 다치는 것을 면했어요. 이것 좀 보세요. 그 사람

주먹만 쓰는 게 아니라 머리 쓰는 것도 예사가 아니에요.」

의사가 캐비닛에서 무슨 물건을 꺼내가지고 유일민 앞에 앉았다.

「그게 뭡니까?」

유일민은 의사가 내놓은 물건이 무엇인지 뻔히 알면서도 짐짓 모르는 척했다.

「이게 글쎄 사람의 목숨을 구한 사제 방탄조끼입니다. 난 첨에 이런 비단조끼를 왜 속에 입었나 했는데, 칼 꽂힌 자리를 자세히 보고, 폐가 다치지 않은 것을 따져보니 이게 방탄조끼였던 겁니다. 이거 보세요, 비단을 두 겹씩 박음질하고, 다시 네 겹을 꿰맸어요. 그러니까 비단이 여덟 겹인 셈인데, 비단이 천 중에서도 가볍고 질긴데다가 그 사이사이에 공기가 들어 있어서 외부의 충격이나 타격을 막아내는 데 엄청난 효과를 발휘한다니까요. 이런 과학적인 원리를 어떻게 알았는지 모르겠어요.」

「예, 그렇군요. 만약 이게 없었으면 어찌 됐을까요?」

「그야 보나마나 칼이 폐를 파고들었지요. 그리 됐더라면 출혈 과다로 목숨이 위태로울 뻔했고, 재수가 좋았더라도 폐 하나를 떼내야 할 위험이 있었지요.」

「예, 정말 천만다행이군요. 환자는 앞으로 며칠이나…….」

「예, 한 1주일 있으면 퇴원할 수 있을 겁니다.」

유일민은 복도를 걸어가며 가슴 서늘함이 가시지 않은 상태로 안도의 숨을 길게 내쉬고 있었다. 의사가 말하는 그 사제 방탄조끼는 바로 자신이 만들어다 준 것이었다. 그걸 서동철이 하찮게 생각하지 않고 입고 있었다는 것이 그렇게 고마울 수가 없었다.

유일민이 서동철에게 처음 입으라고 권한 것은 월남전에서 군인들이 입었던 방탄조끼였다. 처녀 불알만 빼고 없는 게 없다는 청계천 고물상들은 그것도 가지고 있었다. 서동철이 언제나 위태위태해서 그걸 꼭 입히고 싶었다.

「니 미쳤냐? 목심이 천하에 하나로 중허기넌 중헌디 그놈에 쪼끼 징허게 생긴 것 봐라. 그 뚜꺼운 것을 워찌 입고 댕기겄냐. 않느니 죽자.」

서동철은 이미 방탄조끼를 알고 있었고, 단호하게 고개를 내저어버렸다. 자신이 생각해도 그 방탄조끼의 두껍고 투박한 생김에 문제가 있었다. 곰곰이 생각하다 보니 천을 겹겹으로 누벼 갑옷이며, 방패를 만들었다는 것을 책에서 읽은 기억이 떠올랐다. 그래서 동대문시장 포목점에서 제일 질긴 비단을 사고, 평화시장의 일급 재봉사에게 맡겨 여덟 겹조끼를 만들었던 것이다.

「아이고메 요런 미친놈아, 니가 이 성님을 오래 살리고 잡기는 잡은갑다 이. 요리 맘 쓰는 것은 참말로 고맙기넌 헌디 요 시장시러운 것을 워찌 입으라는 것이다냐?」

「글쎄, 이게 보는 것처럼 시장스러운 게 아니라니까. 가만있어……, 그래 너 당수 9단이니까 잘 알겠구나. 1센치짜리 송판 한 장하고 1미리짜리 송판 열 장하고, 두께는 똑같이 1센친데 어떤 게 더 깨기가 어렵지?」

「잉, 그야 두말허면 잔소리제. 요상시런 일인디 얇은 것 열 장짜리가 훨씬 심든단 마다.」

「그래, 그것하고 똑같은 이치야. 이건 질긴 비단을 누빈 게 여덟 겹이니까 보통 강한 게 아니야. 내가 조각을 여러 번 칼로 찔러봤는데 여간해선 칼끝이 뚫지를 못해. 내가 늘 걱정인데, 위험한 일이 생길 때는 꼭 챙겨 입어.」

「미친놈, 공부만 잘헌지 알았등마 술장시도 요렇타게 잘허고 또 요런 요상시런 생각도 다 해낸다 이.」

서동철의 눈시울이 가늘게 떨렸었다.

병실 앞에는 어깨 벌어진 사내 넷이서 지키고 있었다.

「부장님 깨나셨습니다. 오셨다고 말씀드려 놨습니다.」

광대뼈에 멍이 든 사내가 유일민에게 각듯하게 예의를 갖추며 병실문을 열었다. 서동철의 부하들이 자신에게 어느 때 한 번 허투루 대하는 법이 없는 것은 다 서동철이 보이는 언행 때문이었다. 일류대학 나온 불알친구라고 언제나 부하들 앞에서 자랑이었고, 자신을 대하듯 예의 똑바로 갖추라고 부하들에게 수시로 일렀다. 그런 서동철이 고맙기도 했고 민망하기도 했다.

「동철아, 좀 어떠냐. 지금 의사 만나고 오는 길인데 큰 이상 없으니까 며칠 있다가 곧 퇴원할 수 있단다.」

유일민은 서동철의 손을 잡았다. 이런 식의 병실 면회는 처음이 아니었다.

「나가 문자 한분 쓰랴?」 서동철은 씨익 웃더니, 「간호원헌테 말 들었는디 니가 날 살린 생명의 은인이다」 하며 유일민의 손을 꽉 맞잡았다.

「미친놈, 징헌 소리 허네.」

유일민은 자신이 고마워할 때면 서동철이 곧잘 하는 말을 흉내냈다.

「근디 마다, 사람헌테 맴이라는 것이 있는갑서야. 어지께 밤에 꿈을 꾸는디, 나가 수십 명헌테 둘러쌔여 죽게 생겼는디 우리 엄니가 쩌그 우에서 날 불름시로 멀 던지는디, 그것을 받아봉께 니가 준 그 쪼끼 아니겄냐. 그것을 착 받아 입었는디, 창이고 칼이 수없이 나를 찔러대는디도 암시랑토 않는 것이어. 나는 쪼끼 덕에 그 많은 놈들을 다 쳐내고 살아났당께로. 아칙에 나오는디 그 쪼끼로 손이 지절로 가드란 마다. 전에도 쌈 붙을 일 있으면 쪼끼를 두어 번 입기는 했어도 그런 꿈을 꾼 일은 읎었제. 근디 어지께 밤 꿈이 귀신 곡허게 딱 맞아부렀당께로. 맴이 씨인다는 말이 무신 말인지 인자 알 것 같어.」 서동철은 코를 들어마시며 코밑을 훔치고는, 「야 독사야, 담배!」 문 쪽에다 대고 소리쳤다.

아까 그 사내가 재빨리 뛰어들어와 서동철의 입에다 청자담배를 물리고 라이터를 켜댔다.

담배를 금할 텐데 생각하면서도 유일민은 그 말을 꺼내지 않았다. 서동철이 그 말을 들을 것 같지 않았고, 배를 짼 대수술 같은 것도 아닌데 어쩌랴 싶기도 했다.

「어머, 안 돼요, 안 돼요. 담배는 절대 안 돼요. 당장 끄세요.」

주사기를 가지고 들어오던 간호원이 놀라 소리치며 담배를 뺏으려고 했다.

「아니, 허파는 구멍 난 게 아니라 끄떡없다면서요?」

서동철은 담배연기를 맛있게 내뿜으며 능청을 떨었다.

「담배는 해로워요. 의사선생님 아시면 큰일나니까 어서 끄세요.」

간호원은, 뭘 하고 있느냐는 듯 유일민을 쳐다보았다.

「이봐, 빨리 담배 꺼라. 이러다가 치료 못 받고 쫓겨나면 큰일 아니냐.」

유일민이 손을 내밀었다.

「병원 신세가 되면 이게 죽을 맛이라니까. 차라리 쫓겨나고 말지 뭐.」

말은 그렇게 하면서도 서동철은 마지막 한모금을 힘껏 빨아들이고는 담배를 유일민에게 건넸다.

유일민이 담배를 복도의 재떨이에 버리고 오니 서동철은 엉덩이에 주사를 맞으며 엄살을 부리고 있었다.

「야 일민아, 걸 기대하시라! 바야흐로 황야의 악한을 물리치고 서동철의 시대가 왔다. 이제부턴 나도 사업가가 되는거야. 너 정신 바짝 차리고 덤벼야 해. 우리도 떼돈 벌어 사람답게 살아보자.」

간호원이 나가자 서동철이 유일민의 손을 잡으며 상기되었다.

「우선 몸조리나 잘해. 그런 얘긴 차츰 하고, 빨리 회복되려면 푹 쉬어야 하니까 한숨 자라. 나 또 올게.」

유일민은 병원을 나서며 서동철의 위치가 비로소 안정된 것을 다행으로 여겼다. 그동안 서동철이 여러 가지로 고심하는 것을 곁눈질해 오면서 세상살이란 어느 것 하나 수월한 것이 없음을 느끼곤 했었다. 그런데 자신은 서동철을 아무것도 돕지 못하고 계속 신세만 지며 짐이 되어왔었다. 국민학교 때는 서동철과 이런 사이가 되리라고는 상상도 하지 못한 일이었다.

유일민은 무심결에 하늘로 눈길을 보내며 한숨을 쉬었다. 그 깊고 무거운 한숨은 언제부터인지 모르게 몸에 익은 습관이 되어 있었다. 그는 주위 사람들에게 자주 지적을 받으면서도 정작 스스로는 한숨을 쉬었다는 것을 전혀 의식하지 못했다. 하늘을 바라보는 그의 의식 속에 또 손진권 사장이 떠올랐다. 급성장과 함께 그의 사진이 신문에 뻔질나게 오르내릴 때마다 유일민은 수사기관에서 받는 상처와는 또다른 상처를 입고는 했다. 손 사장의 성공에 따른 소문이 자꾸 상처를 덧나게 했다. 소문대로라면 손 사장은 아버지를 잘 둬도 이만저만 잘 둔 것이 아니었다.

「부모 팔자가 반팔자란 말이 안 있다냐. 잘난 부모 덕에 우리 팔자들 조져뿐 것이야 워쩔 방도가 옳응께 딱 접어뿔고, 요런 판에서라도 워찌 사람답게 한판 살아봐야 되덜 안컸냐? 갯뻘에 지랭이고 짱뚱이맹키로 우리가 요 꼬라지로 찌적찌적 허니 살다 죽게 되면 가심에 한이 맺혀서 안 되지야 잉. 야 이 골샌님아. 니 머리허고 나 주먹허고 합치면 크게 잡을 수 있응께 기둘려.」

서동철이 술이 취하면 하고는 하는 말을 들으며 마음은 더욱 서글퍼졌다.

이튿날부터 서동철은 아주 마음이 편안해졌다. 멧돼지네 패들이 완전히 흩어지고 말았다는 보고를 받았고, 윤 사장도 병문안을 다녀갔기 때문이었다.

「오빠, 이게 웬일이야, 이게. 나 간 다 떨어졌다구.」

사흘째가 되어 병실을 찾아든 남미미는 호들갑을 떨며 큰 꽃다발을 서동철의 품에 안겼다. 나이가 좀 든 표가 날 뿐 여전히 아름다운 그녀의 눈에는 눈물이 글썽그렸다.

「간은 그만두고 젖꼭지도 안 떨어졌네.」

서동철이 그녀의 젖가슴을 콕 찔렀고,

「이잉, 몰라, 몰라.」

그녀는 서동철의 어깨를 연달아 치는 시늉을 하며 윗몸을 살랑살랑
흔들었다.

「어째, 술집에 손님은 좀 드냐?」

「말도 마, 오빠. 영 파이야. 그전 때가 참 좋았는데, 다시 그런 식으로
돌아갈 수는 없을까?」

「그때 얘긴 하지 말라니까. 깨끗하게 잊으라고 했잖아!」

서동철이 고약하게 눈을 부릅떴다.

「알았어, 알았어. 좀 재미없고 힘들고 해서 그냥 해본 소리야. 오빠하
고 단둘이 있으니까.」

남미미는 당황스럽게 변명했다.

「그런 얘긴 단둘이 아니라 혼자서라도 꺼내지 마. 제 명대로 살고 싶
으면.」

「알았어. 다신 안 그럴게.」

「혹시 그때 단골 국회의원들한테 연락한 거 아니야?」

「미쳤어, 오빠? 그 사람들이 날 족치고 들면 어쩌게. 오빠 눈엔 내가
그렇게 바보로 보여? 나 그 사람들 만날까 봐 은근히 겁난다구. 그 사람
들이 족치고 들면 모른다고 뚝 잡아뗄 거지만 말야.」

「그래, 그런 술집 하나라도 꿰챘으니까 고맙게 생각하고 끝까지 의리
잘 지켜야지. 쓸 만한 놈씨는 하나 안 생겼어?」

「피이, 오빠 같은 싸나이한테 반했던 눈이라서 아무도 눈에 안 차.」

「쟤 또 사람 웃기네.」

서동철은 멋쩍게 웃으며 베개 밑에 감춰두었던 담배를 꺼냈다.

「웃기기는. 사람 속도 모르고.」

「그래, 조금만 기다려. 이제 내 세상이 됐으니까 널 화끈하게 봐줄게.」

서동철은 남미미와 한두 번 잠자리를 같이 한 사이가 아니었다. 그러나 아내로는 처녀를 얻고 싶은 욕심을 버리지 못했다.

55
수상하잖아?

최주한은 잠이 깨자마자 신경질이 나고 울화가 치밀었다. 오늘이 향토예비군 훈련날이기 때문이었다. 향토예비군 훈련날만 돌아오면 역정이 나고 기분이 엉망으로 구겨져버렸다. 어차피 피할 수 없는 거니까 기분 상하지 말자고 스스로를 다스리려고 애썼지만 아무런 효과가 없었다.

향토예비군 훈련이 그렇게 싫은 것은 지긋지긋하고 넌덜머리 났던 군대생활을 떠올려주기 때문만이 아니었다. 김신조 사건으로 복무기간을 무조건 6개월 연장당했던 그 피해가 계속 이어지고 있는 것이 그렇게 싫을 수가 없었다. 6개월 복무연장은 그것으로 끝난 피해가 아니었다. 9월 제대가 다음해 3월로 밀려 군복을 벗고 보니 취직할 데가 아무데도 없었다. 큰 회사들은 지난해 연말 무렵에 신입사원들을 뽑아 한창 새해의 일을 해나가기에 바빴다. 복무기간 6개월 연장은 취직 기회를 깨끗하게 앗아가고 만 것이었다. 마음에 차는 회사에 취직하려면 꼼짝없이

1년을 실업자로 보내야 할 판이었다. 그 어처구니없는 억울함을 하소할 데가 있을 리 없었다. 어이없는 허탈 속에서 하늘을 향해 한숨만 토해내고 있는데 동회에서 덜컥 나온 종이쪽지가 향토예비군 훈련소집 통지서였다.

「이 개새끼들이 누굴 놀리나!」

자신도 모르게 울화가 폭발하고 말았다. 그러나 해결된 것은 아무것도 없고 소형 트랜지스터만 깨지고 말았다.

훈련에 나가지 않으면 처벌이 기다리고 있었다. 어찌할 도리 없이 그 징그러운 제대복을 걸치고 터덕터덕 훈련장으로 나갈 수밖에 없었다. 그런데 또 어이없는 일이 기다리고 있었다.

「이건 안 되니까 예비군복으로 갈아입으시오.」

예비군 중대장의 명령이었다.

「예에?」

「저 얼룩무늬로 사입으란 말이오. 저게 정식 예비군복이니까. 아무 시장에나 가면 다 팔아요.」 너무 기가 막혀 말이 나오지 않았다. 개개인이 자기 돈으로 군복을 사입으라는 것이다. 현역 때 진급을 하면 자기 돈으로 계급장을 사서 달았던 것처럼. 마구잡이식 밀어붙이기는 어디서나 횡행하고 있었다.

「개새끼들, 정말 웃기네 이거.」

「아이고, 이민 괜히 가나.」

「가만있어 봐. 250만 예비군이라고 했잖아. 저놈의 군복을 사입는 돈을 다 합치면 그게 얼마야? 저 옷감 만들어내는 놈들은 떼돈 벌었잖아? 이것도 서로 짜고 해먹는 거 아냐?」

「왜 아니겠어. 뻔할 뻔 자지. 이건 특혜치고도 알토란 같은 특혠데.」

「개애새끼들, 잘들 해처먹어라.」

제대복을 입은 사람 몇이 감정을 토해내고 있었다.

또 어찌할 수 없이 시장에서 예비군복을 사입을 수밖에 없었다. 그런데 그것이 가관이었다. 어떻게 된 놈의 천이 한 번 빨자 바짝 줄어들어 버렸다. 소매와 바지 길이가 짧아졌고, 품도 좁아져 사람 꼴이 우습게 되고 말았다. 그뿐만 아니라 바느질도 제대복처럼 날림이어서 접어 박은 여기저기가 터져 실밥이 풀려났다. 그러나 상표가 없으니 어디다 항의할 데도 없었다. 그리고 한 번 산 물건은 바꾸어주지도 않는 악습이 판치고 있는 형편에 일단 빨아버린 물건을 물러달라고 하는 건 아예 있을 수 없는 일이었다. 그런 옷들을 걸치고 나선 예비군들의 모습은 군인도 아니고 민간인도 아니고, 그것 또한 가관이었다.

그 몸에 맞지 않는 예비군복을 몸에 걸칠 때마다 최주한은 부아가 치밀었다. 가뜩이나 훈련을 나가기도 싫은 판에 자신이 꼭 등신처럼 보이기 때문이었다. 그리고 더 울화가 끓어오르는 것은 어디를 둘러봐도 전쟁이 터질 기미는 보이지 않는데 괜히 어설픈 병정놀이를 시키고 있는 정치 조작이 너무나 뻔뻔스러웠다. 제대로 된 훈련이라고는 한 적이 없는 예비군 훈련은 한마디로 시간 때우기에 지나지 않는 한심한 병정놀이였다. 수많은 젊은 사람들을 억지로 끌어내서 낭비하고 있는 시간은 엄청난 것이었다.

최주한은 속이 꼬여 아침도 먹는 둥 마는 둥 하고 예비군복을 걸쳤다. 거울에 비친 자신의 모습이 더없이 우스꽝스러웠다.

전쟁 대비? 웃기고 자빠졌네. 김일성이 그렇게 바본가? 미군이 없으면 또 몰라. 미군이 그렇게 버티고 있는데 어떻게 전쟁을 일으켜? 미군한테 6·25 때 한 번 당했으면 됐지 두 번 당할 것 같애? 독재하기 좋게 괜히 공포 분위기 만드는 거지. 그나저나 이 더러운 꼴 안 당하려면 박정희 독재가 끝나야 하는데, 이게 언제 끝나지? 4·19 같은 것 한바탕 안 일어나나? 아, 이젠 박정희는 지겨워. 내가 왜 군대에서 박정희를 찍어줬지? 그땐 참 순진했었지. 이럴 줄은 몰랐으니까. 두 번 잘하고 물러갈

줄 알았더니 그 속셈은 그게 아니었어. 반공주의 내세워 사람을 이렇게 못살게 굴면서 또 임기를 연장했으니 이거 숨막혀 어찌 살지. 아이고, 정말 어디로 이민이라도 가버렸으면 좋겠다.

최주한은 우거지상을 해가지고 집을 나섰다. 골목을 벗어나자 예비군 복들이 눈에 띄기 시작했다. 모자를 바지 뒷주머니에 찌르거나 한 손에 구겨쥔 사람들도 더러 보였다. 그 멋대로 흐트러진 모습에서 최주한은 소리 없는 저항을 느꼈다. 자신도 모자를 벗어 바지 뒷주머니에 쑤셔넣 었다.

집합 장소는 집터를 닦아놓은 야산 공터였다. 야산의 모습은 없어지 고 붉은 황토가 속살을 드러내고 있는 그곳은 학교 운동장보다 두 배는 더 넓었다. 누가 큰돈을 벌려고 공사를 하다가 야산을 너무 망치는 바람 에 쇠고랑을 찼다는 소문이었다. 새 집들을 짓기에 정신이 없는 신흥 주 택지에서 발생할 법한 사건이었다. 불광동에 더는 집을 지을 수 없게 되 자 주택붐은 인접한 이곳 갈현동으로 퍼진 지 오래였다. 새 집들이 왕성 한 식욕으로 농토를 잡아먹고 있는 것은 서울 인구가 600만에 이르렀다 는 우려를 현실로 보여주고 있었다. 그런데 농토도 모자라 야산까지 먹 어치우려던 돈욕심은 법에 걸리고, 그 사람은 돈 들여 닦은 터를 향토예 비군 교육장으로 제공해 엉뚱한 애국을 하는 셈이었다.

최주한은 빈터로 들어서며 불현듯 고향냄새를 맡았다. 황토가 불러온 향수였다. 황토를 보면 순간적으로 고향냄새가 스치면서 어렸을 적에 지냈던 고향의 산천이 선하게 떠올랐다. 서울의 황토는 고향의 황토에 댈 것이 아니었다. 고향의 황토는 흙이 어찌 저러랴 싶도록 선명한 핏빛 이었다. 끈적한 느낌이 드는 그 붉은 흙 속에서 살이 오른 고구마 맛은 얼마나 좋았던가. 삶아 먹으면 단맛이 엿을 무색케 했고, 생으로 깎아 먹어도 사근사근 부드러운 맛이 마치 과일을 먹는 것 같았다. 할머니는, 고구마 껍질은 벗기지 말고 그냥 먹고, 감자 껍질은 꼭 벗겨서 먹어야 한다고 일렀다. 왜 그러냐고 하면 그냥 시키는 대로 하라고 했다. 그런데 얼마 전에 어떤 식품학자가 쓴 글을 보니까, 고구마 껍질에는 소화를 돕는 요소가 들어 있으니 벗기지 않는 것이 좋고, 감자 껍질에는 자체 보호를 위한 독성이 있으니 벗겨 먹어야 한다는 것이었다. 뒤늦게 무릎을 쳤다. 할머니는 그 과학성을 명쾌하게 설명하진 못했지만 각 식품에 대한 식용 지혜는 환히 갖추고 있었던 것이다. 물론 그 지혜는 할머니가 몸소 터득한 것이 아니라 어른들로부터 물려받은 것이었으리라. 오랜 세월에 걸쳐서 이런 식으로도 먹어보고 저런 식으로도 먹어보고 얻은 결론, 그것을 현대 의학용어로 하자면 임상실험인 셈이었다. 그리고 그 지혜를 대대로 물려주는 것이 얼마나 소중한 것인지 뒤늦게 깨닫게 되었다.

그리고 황토와 함께 떠오르는 또 하나의 기억은 문둥이 시인 한하운이 쓴 시 〈황톳길〉이었다. 문둥병에 걸린 한하운이 세상을 등지고 자기 발로 나환자 요양원이 있는 소록도를 찾아가는 심경을 읊은 그 시는 남도에서도 가장 진한 황토를 지닌 고흥의 붉은 길과 문둥이의 서러움이 슬프게 조화를 이루고 있었다.

최주한은 문득 당황했다. 그 시를 외워보려고 하는데 슬프고 가슴 아린 느낌은 선연한데 시가 떠오르지 않았다. 그는 눈을 감고 얼굴을 찡그리며 머리를 짰다. 그러나, 생각날 듯 생각날 듯하면서 생각나지 않았다. 오래된 노래의 가락은 읊조릴 수가 있는데 가사가 생각나지 않는 것과 같았다. 아득하게 뻗어간 남도의 붉은 황톳길과 함께 단 한 구절이 떠오를 뿐이었다.

"가도가도 황톳길
끝이 없네."

그 길을 따라 사나이의 젊은 꿈도 접고, 야속한 운명에 절망하며 절룩절룩 걸어가고 있는 한 남자의 외롭고 슬픈 모습이 영화의 라스트 씬처럼 떠올라 있었다. 그것은 지금의 영상이 아니라 그 시를 외웠던 중학생 때의 영상이었다. 그 영상은 변함이 없는데 왜 시는 떠오르지 않는지 알 수가 없었다. 그야 간단하게 말하면 세월 따라 잊혀진 것이었다. 그런데 최주한은 야릇한 상실감을 느끼고 있었다. 그것을 마치 누구한테 빼앗겨버린 것 같은 느낌이었다. 그 느낌의 배면에는, 그럼 나는 서울에서 얻은 것이 무엇인가, 하는 회의가 도사리고 있었다. 결국 그것을 빼앗아 간 것은 서울이었다. 중학생 시절에 비해 서울에서 보낸 세월은 긴 세월 이었다. 그 세월은 중학생인 어린 시절 한때 외웠던 시를 잊혀지게 할 만도 했다. 그런데도 엉뚱하게 상실감이 드는 것은 자신이 처한 궁색한 처지 때문일 수도 있었다.

부실공사의 타격으로 회사는 끝내 문을 닫지 않을 수 없었다. 회사가 망했으니 사원들은 고스란히 실업자가 되고 말았다.

「폭파하라! 도처에서 부실공사를 자행해 나라가 망할 지경인데 제철 공장까지 부실공사를 한단 말인가. 철강을 생산해 내야 하는 제철공장 에는 엄청난 무게의 기계들이 설치되고 작동되지 않는가. 그 하중이 어 마어마한데 한치라도 부실공사를 하면 어떻게 되지? 당장 무너지는 것 은 말할 것도 없고, 이 나라 제철의 꿈은 영원히 수포로 돌아가고 마는 거야. 내 앞에서는 한치 아니라 1미리의 부실공사도 안 돼! 망국의 부실 공사는 포철에서부터 일소시킬 거야. 폭파해!」

포철 사장 박태준의 결연한 태도였다.

그래서 공사 현장은 폭파되고 말았다. 그 폭음은 그대로 회사를 폭파 시키는 굉음이 되었다. 물론 사장은 폭파를 막으려고 온갖 수단을 다 동 원했다. 그러나 부실공사가 명백하고, 박태준 사장의 의지가 철판 같은 이상 적당히 폭파를 모면할 도리는 없었다.

회사는 포철 공사에서 물러나는 손실만 자초한 것이 아니었다. 사회 적 공신력이 떨어져 그 여파로 덮쳐오는 파도는 더욱 엄청났다. 회사가 흔들리고, 실직의 위기로 몰리고 있는 사원들의 반응은 두 가지로 나타났다. 박태준 사장이 너무했다는 것과, 공사 시작 전부터 부실공사에 대한 경고를 반복했는데 그것을 어긴 회사가 잘못했다는 입장이었다. 결국 사원들은 사회에 만연해 있는 부실공사가 어떤 결과를 가져올 수 있는지 가슴 깊이 새기며 실업자가 되어 뿔뿔이 흩어져야 했다.

고등학교부터 시작된 서울생활에서 아무것도 남은 것이 없는 것 같은 상실감 속에서도 막상 포철 박태준을 원망할 수는 없었다. 부실공사를 없애려는 확고한 의지와 부당한 것을 용납하지 않는 철저한 냉정은 백 번 옳기 때문이었다. 만약 부실공사를 적당히 눈감아주었다가 공장들이 무너져내리고 뜨거운 쇳물이 쏟아져 사람들을 덮치고 하면 어찌 될 것인가.

「어이 최 형, 뭘 그리 생각하고 있어?」

누군가가 최주한의 어깨를 쳤다.

「어, 한 형……」

최주한은 한유상을 알아보고 손을 내밀었다. 상대방은 군대 인사과에 함께 있었던 서무계 한 병장이었다.

「요새 재미 좋아?」

한유상이 악수하며 물었다.

「월급쟁이 재미 뻔하잖아.」

최주한은 실업자인 것을 감추었다. 실업자 신세가 되고 나서 가장 거북한 것이 아는 사람을 만나는 것이었다. 제대하면서 소식이 끊긴 한유상을 다시 만나게 된 것은 참으로 우연이었다. 군대의 인연은 '나이롱 인연'이더라고 그 누구도 다시 만나지지 않았고, 모두 까맣게 잊어버렸다. 그런데 작년에 갈현동으로 이사와 예비군 훈련에 나갔다가 그와 마주치게 되었다.

「이거 우리 인연은 천상 군바리 인연인 모양일세.」

한유상이 한 말이었다.

호루라기 소리가 울리기 시작했다.

「예비군, 예비군, 각 통별로 집합. 신속하게 통별로 집합.」

예비역 대위라는 중대장이 커다란 돌 위에 올라가 손나팔을 대고 외쳤다.

「최 형, 그럼 이따가 봐.」

「응, 그래.」

한유상에 맞추어 최주한도 손을 흔들었다.

이미 '개판 군대'라고 불리는 것에 어울리게 예비군들의 줄은 구불구불 엉망이었다. 중대장도 만성이 된 것인지 포기를 한 것인지, 탓하지도 줄을 바르게 세울 기미도 보이지 않았다.

「자아, 지금부터 인원 파악을 합니다. 다들 똑바로 좀 줄을 맞춰 서세요.」

중대장이 다시 목청을 돋우었다. 존대를 쓰는 그 말투가 역시 예비군은 예비군이었다. '명령'이 될 수 없는 그 말투에 어울리게 예비군들은 굼뜨게 움직이며 줄을 맞추는 시늉만 하고 있었다.

중대본부에서 파견근무를 하고 있는 사병 둘이 나서서 인원 파악을 하기 시작했다. 사복을 입은 그들은 「뒤로 번호하세요」 했고, 예비군들은 마지못한 듯 하나·둘을 해나갔다. 300여 명의 인원 파악을 하는 데 10분이 넘게 걸렸다. 그렇게 시간 때우기가 시작되고 있었다.

「에에, 지금부터 정신교육을 실시합니다. 모두 전후좌우 간격을 좁혀 앉기 바랍니다.」

중대장이 또다시 목소리를 높였다.

예비군들은 잡담을 해가며 느릿느릿 땅바닥에 자리잡고 앉았다.

「자아, 모두 조용히 하세요. 아무리 예비군이지만 예비군도 군인은 군인이니까 훈련에 임해서는 군기가 있어야 합니다. 행동이 지나쳐 상부에 보고하고 고발하는 등 불미스러운 사태가 발생하는 것을 나는 원치 않습니다. 여러분도 마찬가지일 테니까 지금부터 정신교육을 하는 시간 동안 군기를 지키기 바랍니다.」

돌 위에 올라선 중대장이 예비군들을 휘둘러보았다.

예비군들 사이에서는 잡담이 금세 뚝 멎었다. '상부에 보고하고 고발' 한다는 한마디가 나타낸 효과였다.

「에에, 그럼 지금부터 정신교육을 시작하겠습니다. 현재 우리나라는 작년 말 대통령께서 선언하신 국가비상사태가 계속되고 있는 상황입니다. 6·25 이후 북괴 김일성 도당이 단 하루도 빠짐없이 호시탐탐 남침을 노리고 있는 위험한 상황에 처해 있는데 일부 몰지각한 대학생들이 일으키는 데모 때문에 국가비상사태를 선언할 수밖에 없게 된 것은 심심한 유감이 아닐 수 없습니다. 지금 우리의 적은 북괴 김일성 도당만 있는 것이 아닙니다. 이미 여러분도 신문 지상을 통해서 알고 있는 사람은 알고 있겠지만, 작년 12월에 파월국군 중에서 첫 번째 철수부대가 6년 만에 귀국했습니다. 그리고 바로 며칠 전 주월한국군 1단계 철수 계획을 완료했습니다. 이것은 무엇을 말하는 것이냐. 우리의 적인 공산당들은 세계 도처에서 계속 발호하고 있다 그것입니다. 이런 시점에서 북괴 김일성 도당은 더욱 남침의 기회를 노리며 우리의 사회 혼란을 야기시키고, 무장간첩을 침투시킬 위험이 농후한 것입니다. 이런 비상시국에 즈음하여 우리는 가일층 단결하여 북괴에게 추호의 빈틈도 보여서는 안 되며, 특히 250만 향토예비군들은 한마음 한뜻으로 똘똘 뭉쳐 그 어떤 적이 나타나더라도 향토방위는 우리가 철통같이 맡아내는 조국의 간성으로서…….」

「어 씨팔, 저놈의 소리는 어찌 저리 똑같은 녹음테이프지. 훈련소에 들어갈 때부터 지금까지. 사람 아주 환장하겠어.」

옆의 남자가 고개를 숙인 채 투덜거렸다. 최주한은 그 남자를 옆눈길로 보며 웃음지었다.

「당연하지. 좆이나 뭐 더 아는 게 있어야지 다른 썰을 풀지. 그래도 쟤는 대위 출신이라 좀 낫네. 무식한 하사새끼들이 정신교육 시킨다고 무식한 소리 떠벌리고 섰는 꼴이라니, 사람 환장할 일이지.」

그 옆의 남자가 장단을 맞추었다.

중대장의 정신교육은 똑같은 말이 반복되면서 30분이 넘게 이어지고 있었다.

최주한은 4월의 따스하고 포근한 햇살을 등에 받으며 언제부턴가 꾸벅꾸벅 졸고 있었다.

「그럼 지금부터 10분 간 휴식!」

중대장은 큰일을 했다는 듯 혀로 양쪽 입꼬리를 핥으며 돌에서 내려섰다.

예비군들은 우와아 소리치며 일어나 사방으로 흩어지고, 담배를 빼물고는 했다. 최주한은 한유상을 만나는 것이 싫어 한 무리에 섞여서 허물어진 야산 언덕 아래로 갔다. 그곳이 햇볕이 좋고 아늑해 보였다.

「근데 그 주월한국군은 왜 철수를 하는 거야? 끝장도 안 보고.」

한 사람이 자리잡고 앉은 옆사람들을 둘러보며 말을 꺼냈다.

「그야 미군이 철수하니까 더 있고 싶어도 있을 수 있나?」

옆사람이 담배연기를 내뿜으며 대꾸했다.

「그걸 누가 모르나. 미군은 왜 철수하냐 그거지.」

「그거야말로 뻔할 뻔 자 아닌가. 더 싸워봤자 안 되니까 발 빼는 거지.」

다른 사람이 말을 받았다.

「그럼 결국 미국이 베트콩한테 졌다는 것 아닌가.」

「에이, 말을 그리 하면 어떡해. 기왕이면 좀 유식하고 멋지게 해야지. 작전상 후퇴.」

「작전상 후퇴? 그건 다시 싸울 때나 쓰는 말이잖아. 근데 철수는 더 싸울 생각 없이 월남땅을 떠나버리는 거라구.」

「그거 그렇네. 이거 참, 미국이 지는 전쟁도 다 있나? 도대체 어떻게 돌아가는 판국이야?」

「어떻게 돌아가긴? 구경해 온 그대로지. 베트콩 그거 껫도 아니다 생각하고 덤벼들었다가 오히려 되물려 떡 된 거지 뭐야.」

「ㅎㅎㅎㅎ……, 그 말 그거 쌈빡하네.」

「근데 베트콩들이 정말 그렇게 쎈가? 미국이 진다는 게 믿어지지가 않아.」

「글쎄 말이야, 천하무적 미군인 줄 알았는데.」

「거 월남의 정글인가 밀림인가 하는 것 때문에 미군이고 한국군이고 고전을 면치 못한다는 말이 오래전부터 떠돌았잖아.」

「아, 그래서 나무란 나무는 다 말라죽이는 폭탄을 쓰니까 정글 같은 건 걱정 없다는 것은 또 뭐야.」

「더 말하면 뭘 해. 그것으로 안 되니까 철군하는 거지. 미국이 즈네들 콧대 짜부러지는 것 다 알면서 괜히 물러서겠어?」

「그나저나 우리는 좋다 말았네. 그 잘나가던 월남 경기 10년도 다 누려보지 못하고 문닫게 생겼으니.」

「그래도 월남전 덕에 떼부자 된 놈들이 어디 한둘이야. 그만큼 빼먹었으면 실속은 차린 거지.」

「그래도 서운하지. 기왕 빼먹기 시작한 거 몇 년 더 화끈하게 빼먹었어야 하는 건데.」

「그러게 말야, 그건 아까워.」

「아깝긴 뭐가 아까워. 배부른 놈들만 더 배 터지게 만들어주는 건데. 우리 같은 놈들한테는 뭐 국물 한 방울 돌아오는 게 있어?」

「하긴 그래. 월남 가서 억울하게 죽은 젊은 놈들은 따로 있고 돈 챙긴 놈들은 따로 있으니까.」

「거 월남서 죽은 군인들은 도대체 얼마나 될까? 엄청 많을 텐데.」

「그걸 누가 알아. 딱 덮어놓고 있는데. 어쨌거나 죽은 놈들만 불쌍해.」

말잔치 요란한 속에서 최주한은 담배만 피우고 있었다. 그도 아무리 생각해도 미국이 고전만 하다가 물러나기 시작한 것이 이상했다. 월남에 갔다 온 이상재도 보나마나 미국이 이기는 전쟁이라고 하지 않았던가. 그 누가 그 사실을 의심이나 했던가. 그런데 어떻게 된 것일까? 끝도 없다는 정글 때문인가? 베트콩들이 용감하기 때문인가? 그 두 가지가 합해진 효과 때문인가? 그건 풀 수 없는 수수께끼였다. 다만 분명해진 것은 미국의 패배였다.

「휴식 끝! 집합, 집합!」

최주한은 모자를 고쳐 쓰고 일어나며 시계를 보았다. 10분이라던 휴식시간이 20분으로 늘어져 있었다. 중대장도 시간 때우기에 동참하고 있는 중이었다.

「지금부터 2개 소대로 정렬하여 한 시간 동안 구보와 제식훈련을 실시합니다. 여러분이 절도 있고 씩씩하게 잘하면 시간을 30분으로 줄이고 휴식시간을 늘려주겠지만, 그렇지 못하면 휴식시간 없이 훈련을 계속할 것입니다. 모두 인격적으로 잘해 주기 바랍니다.」

중대장이 두 손을 허리에 받치고 위엄을 드러냈다.

「꼴에 장교 출신이라고 공갈 때리는 솜씨 하나는 삼삼하네.」

최주한의 뒷사람이 투덜거렸다.

「니기미, 대위에서 물먹었으면 알쪼지 뭐. 예비군 놓고 공갈 때려봤자 제 놈만 처량한 달밤이지.」

그 옆사람이 군시렁거렸다.

「중대애, 앞으로오오 갓!」

중대장이 우렁차게 구령을 붙였다. 예비군들은 착착 발을 맞추며 걷기 시작했다. 중대장의 '공갈' 효과인지 어쩐지 예비군들은 비로소 군인

같은 냄새를 풍겼다.

「행군 간에 군가를 실시한다. 군가는 〈진짜 사나이〉. 김일성의 간이 바짝 오그라붙게 우렁차고 씩씩하게 하지 않으면 각오하라. 다같이 군가를 실시한다. 하나·둘·셋·넷!」

"사나이로 태어나서 할 일도 많다만······."

예비군들의 노랫소리는 꽤나 힘차게 터져나왔다. 중대장의 구령이 완전히 군대식으로 바뀌어 있었고, 지휘관의 비위를 거스르면 좋을 게 아무것도 없다는 것을 군대를 경험한 그들의 촉수는 예민하게 파악하고 있었다.

최주한이 이 세상에서 가장 싫어하는 것이 그 노래였다. 그런데 그는 정반대로 발악하듯 소리를 질러대고 있었다. 그것은 일종의 오기고 삿대질이었다.

「노래 그것밖에 못해? 아직 원기 부족! 다시 행군 간에 군가를 실시한다. 군가는 〈전우가〉. 하나·둘·셋·넷!」

"전우에 시체를 넘고 넘어 앞으로 앞으로······."

노랫소리는 아까보다 더 기운차게 터져올랐다. 앉아번호를 반복해 시킬수록 속도가 빨라지는 것 같은 군대 생리가 발동되고 있었다.

「저 새끼 저거 은근슬쩍 엿 멕이네 이거.」

노래가 끝나자 최주한의 옆사람이 내뱉었다.

「봐줘. 저 새끼도 지가 훈련 잘 시키고 있다는 걸 표내고 싶은 거야. 그래야 저 자리에나마 붙어 있지. 알고 보면 저거 서글픈 인생이라구.」

그 옆사람의 말이었다.

「거 듣고 보니 그렇기도 하네. 몇 푼을 받는진 모르지만 저것도 직업은 직업이니까.」

「글쎄 그렇다니까. 저 짓 해서 처자식 먹여살리자면 한심스러울 거야.」

훈련장을 다섯 바퀴 구보까지 하고 30분이 좀 지나 다시 휴식시간이 되었다.

최주한은 다시 무리에 섞여 아까 그 자리로 갔다. 한유상을 만나기 싫은 것은 군대 시절을 떠올리고 싶지 않기 때문이었다. 나이가 많아지거나 말거나 국민학교 동창을 만나면 국민학교 때 이야기, 중학교 동창을 만나면 중학교 때 이야기를 하게 되는 것처럼 한유상과 얼굴을 맞대면 군대 얘기밖에 할 것이 없었다. 그러나 군대생활 중에서 다시 얘기하고 싶은 기억이란 단 한 가지도 없었다. 그 시절을 깨끗하게 지워 없애고 싶었다.

「거 요새 부쩍 말 나오고 있는 그 정관수술이라는 것 어떻게 되는 거지?」

한 남자가 뚱하니 말을 꺼냈다.

「어떻게 되긴, 간단하게 말해서 불알 까는 거지.」

한 남자가 대꾸했고, 다른 남자가 킥킥 웃었다.

「불알 까는 거야 누가 모르나. 그걸 까면 정력이 약해지냐, 아니냐, 그게 문제지.」

「왜, 할 생각 있어?」

「그야 보나마나 아니겠어? 남자한테서 제일 중요한 불알을 까버리면 정력이 날새는 거야 두말할 게 없지.」

「맞어. 그게 바로 고자 되는 건데, 고자가 힘쓴다는 말 들어봤어?」

「이런, 모르는 소리 말어. 가족계획협회에서 돌리는 책자나 읽어보고 그런 소리 하는 거야? 그건 옛날 고자하고는 다르다는 거야. 정자만 못 나오게 관을 묶는 거니까 정액은 똑같이 나오고, 정력도 아무 지장 없이 똑같대.」

「이런, 순진하긴. 가족계획협횐지 뭔지에서는 어떻게 해서든 애만 못 낳게 하는 게 목적이니까 무슨 소리를 못해.」

「그게 아니고, 세상이 알아주는 유명한 사람들이 정관수술을 하고 나서 아무렇지도 않다고 글을 쓴 거야. 그리고 수술한 지 10년 넘은 외국 사람들도 그렇게 쓰고 말야.」

「그거 순 엉터리야. 내가 아는 사람은 자식이 넷이라 더 낳고 싶지 않은데 마누라가 자꾸 임신을 해서 세 번이나 낙태수술을 하는 바람에 몸이 약해져 어쩔 수 없이 남자가 2년 전에 정관수술을 했어. 그런데 점점 정력이 약해져서 요새는 그게 서지를 않아 날마다 술 마시고 마누라 패는 게 일이야. 완전히 망해버린 거야.」

「어허, 그거 모르는 소리야. 가족계획협회 책자에도 그런 말이 나와 있어. 전문의사들이 뭐라고 하느냐 하면, '정력에는 아무 지장이 없다. 그러나 사람에 따라 그 영향이 다르게 나타날 수 있다. 성욕이란 정신력과 직결되어 있으니까 자기가 정력이 약해지고 있다고 생각하면 정말 약해지게 된다. 그러니까 의지가 약하거나 정신력이 약한 사람은 신중을 기해야 한다' 하고 말이야. 그 사람은 괜히 의심 많은 쪼다였던 거지.」

「그래, 그 말 맞아. 내가 아는 어느 중학교 체육선생은 애가 셋인데 피임을 놓고 마누라가 단판을 벌이고 든 거야. '내가 자궁을 들어내려면 전신마취에 두 시간이 넘는 대수술을 받아야 한다. 그리고 비용도 엄청나게 든다. 그러나 당신이 정관수술을 하면 국부마취에 10분이면 간단하게 끝난다. 그리고 가족계획협회에 찾아가면 공짜다. 날 사랑한다면서 어떻게 할래' 이렇게 따지고 든 거야. 그 선생은 꼼짝없이 불알을 깠지. 그런데 그 선생님께서 어떤 다방 마담하고 슬슬 재미를 보게 되었어. 임신시킬 염려 없으니까 맘 푹 놓고. 아 그런데 서너 달이 지나서 다방 마담이 하는 말이, '나 임신했다. 결혼하자'하는 거야. 그래서 그 사람은, '그래 좋다. 결혼하자' 하고 여관으로 직행했지. 그리고 한바탕 재미를 보고는 하는 말이, '야 이년아, 어떤 놈하고 또 바람을 피워 임신이냐 임신이. 난 씨 없는 수박이다' 하고 불알의 수술 흉터를 내보인 거야. 그리고 또 가족계획협회에서 만들어준 정관수술증까지 착 보여줬지. 그랬으니 어떻게 됐겠어. 그 마담은 질겁을 해서 도망쳤지. 그 선생 말이, 정력은 그대로 똑같고, 거기다 두 가지 좋은 점이 더 있다는 거야. 바람 마음대로 피울 수 있어서 좋고, 마누라 바람피우는 것 자동으로 감시가 되어 좋다고 말이야. 정관수술 그거 할 맘 있으면 하는 게 좋아.」

「어허, 그런 사람이 선생인 건 그거 곤란하네.」

사람들이 쿡쿡거리며 웃었다.

「이런, 뭐가 곤란해. 선생은 뭐 사람 아닌가. 목사는 더 말할 것도 없고 신부도 바람피우고 승려도 바람피우는 판에.」

「에이, 그래도 교육자잖아. 다음부터는 그 얘기 어디서 할 때 직업을 바꿔. 회사원으로.」

「아니, 아니, 그러면 재미없어지잖아. 선생이니까 웃음 나오고 얼마나 좋아.」

「어쨌거나 산아제한이 문제는 문제야. 돈 많이 들어 자식들 키우기 힘든 세상에 많이 낳을 수는 없고, 여자보고만 피임하라고 할 수도 없고.」

「아이고, 나라는 좁고 사람은 많고, 애들 적게 낳아야지. 그나저나 불알을 깐다고 생각하면 어째 맘이 이상해진단 말야. 남자로서 끝나버리는 것 같기도 하고, 뭔가 서운한 것 같기도 하고……, 하여튼 마음이 복잡하고 묘해.」

최주한은 총각으로서 그 이야기들을 들으며 자신의 마음도 복잡미묘해지는 것을 느끼고 있었다. 다음에 자신은 서슴지 않고 정관수술을 할 수 있을 것인가……. 선뜻 장담하기가 어려웠다. 산아제한은 국책 차원의 문제이면서 기혼자들의 공동 관심사인 것을 느끼고 있었다. 그들은 휴식시간을 이용해 잡담만이 아닌 자유토론을 벌여 공동 관심사의 해결책을 찾으려 하고 있었다. 그러고 보니 향토예비군 훈련이 뜻밖의 일에 기여하는 대목도 있는 셈이었다. 최주한은 자신의 의미 부여에 씁쓰름하게 웃으며 담배를 껐다.

「집합, 전원 집합!」

이번 휴식시간은 30분이 거의 다 되어 있었다.

「지금부터 훈련장 왼쪽 끝에 가서 일렬로 정돈합니다. 여러분도 보다시피 훈련장에 각종 쓰레기가 많습니다. 담배꽁초 하나까지 빠짐없이 주워 오른쪽 끝에 가서 모아 소각합니다. 만약 꽁초 하나라도 남을 시는 전원 다시 실시합니다. 전체에 차려우왓! 목표 지점을 향해 뛰어어 갓!」

예비군들은 아이들처럼 신나게 소리치며 달려가기 시작했다. 청소는 곧 교육이 끝난다는 신호였기 때문이다.

「최 형, 이거 끝나고 나하고 차 한잔하지. 할 애기도 있고.」

한유상이 최주한의 옆에 와서 말했다.

「응, 알았어.」

최주한은 어쩔 수 없이 고개를 끄덕였다.

쓰레기를 모아 태우고, 훈련통지서를 모아 내는 것으로 세 시간의 훈련을 끝냈다. 그런 세 시간을 위해 직장인들은 하루 일을 망칠 수밖에 없었다.

최주한은 한유상과 함께 버스 종점 근방의 다방으로 갔다.

「저어, 미국에 환장해서 유학길 뚫었던 작전과 박 병장이 어떻게 된 줄 알아?」

자리에 앉자마자 한유상이 불쑥 말했다.

「왜, 죽었어?」

최주한은 자신도 모르게 이렇게 대꾸했다.

「최 형도 그 친구한테 그렇게 감정이 안 좋은 모양이지? 허지만 그런 약은 친구들이 그렇게 쉽게 죽나, 어디. 최 형도 그 친구 아래 있었던 오 상병 기억하지? 오남치.」

「기억하지.」

「그 친구를 얼마 전에 만났는데 말야……」

「아니, 계급도 다른데 그런 친구들 만나고 그래?」

「어허, 말 중간에서 자르지 말고 잘 들어. 오 상병은 마침 우리 회사하고 거래 관계가 있어서 더러 얼굴을 대하니까 그건 중요한 게 아니고, 오 상병 말이 말야, 박 병장이 박사 따가지고 귀국해 어느 대학에 교수가 된 건 알고 있었는데, 얼마 전에 용산에 갔다 보니까 박 병장이 미8군에서 나오더라는 거야. 잘못 봤나 싶어 다시 봐도 틀림없이 박 병장이었다는 거야. 그거 이상하지 않아?」

「글쎄……?」

「글쎄가 아니잖아. 교수라도 민간인일 뿐인데 어떻게 미8군에 드나드느냐 그거야. 오 상병도 그랬지만, 나도 아무리 생각해 봐도 그거 수상하다니까. 최 형 생각은 어때? 뭔가 수상하잖아?」

「수상하잖아……?」

「뭔가 짚이는 게 없어? 수상하잖아?」

제3부 「불신시대」로 계속 이어집니다.

한강·6

초판 1쇄 / 2001년 12월 11일
초판 16쇄 / 2002년 2월 26일

저자 / 조정래
발행인 / 송영석

책임편집 / 김수영 · 정옥주 · 박윤정
영업총무부 / 박재성 · 이종우 · 변영수 · 이영인

발행처 / (株)해냄출판사
등록번호 / 제10 - 229호
등록일자 / 1988년 5월 11일

서울시 마포구 서교동 464 - 41 미진출판센터 5층
대표전화 / 326 - 1600
팩스 / 326 - 1624
E - 메일 editors@hainaim.com

ISBN 89 - 7337 - 402 - 8
ISBN 89 - 7337 - 396 - X(세트)

파본은 본사나 구입하신 서점에서 교환하여 드립니다.